# SPUK AUF DER BOURBON STREET

## JADE CALHOUN SERIE, BUCH 1

### DEANNA CHASE

Übersetzt von
**ANNA DRAGO**

BAYOU MOON PRESS, LLC

# ÜBER DIESES BUCH

Jade liebt ihre neue Wohnung – bis sich ein Geist zu ihr in die Dusche gesellt.

Als die Empathin Jade Calhoun eine Wohnung über einer Stripbar auf der Bourbon Street bezieht, erwartet sie, dass das Leben interessant wird. Womit sie nicht rechnet, ist, sich mit einer Stripperin anzufreunden, einen mächtigen Geist anzuziehen und Gefühle für Kane, ihren sexy Vermieter, zu entwickeln.

Eine Empathin zu sein war in keiner von Jades Beziehungen jemals sonderlich leicht. Kein Wunder, dass sie ihre Gabe geheim hält. Doch als der Geist nicht mehr nur bei Jade spukt, sondern Pyper, die Tänzerin, zu tyrannisieren beginnt, liegt es an Jade, ihre einzigartige Fähigkeit zu nutzen, um sie zu retten. Doch dazu wird sie Kanes Hilfe brauchen – und er hat sie mit einem eigenen Geheimnis hintergangen. Kann sie ihm und sich selbst vertrauen, bevor Pyper verloren ist?

# KAPITEL EINS

*A*uf keinen Fall würde ich meine neue 30 Quadratmeter große Wohnung mit einem Geist teilen. Um ehrlich zu sein, wusste ich nicht, ob die Spekulationen wahr waren, aber ich hatte die Wohnung für einen Schnäppchenpreis bekommen, weil mein Vermieter sie nicht vermieten konnte. Angesichts der Fülle an dokumentierten Geistergeschichten im French Quarter wollte ich kein Risiko eingehen.

Am Umzugstag ging ich die zwei Blocks zu *The Herbal Connection*. Das Schaufenster beherbergte eine aufwendige Buchausstellung mit dem Titel Vampire von New Orleans. Rechts waren die Regale mit ordentlichen Reihen von „Suck It"-Weinen mit blutigen Reißzähnen auf den Etiketten bestückt. Ich verzog das Gesicht. Alle Anzeichen ließen darauf schließen, dass es wahrscheinlich nur eine dieser Touristenfallen war. Trotzdem konnte es sein, dass sie grundlegende Zutaten hatten, mit denen ich arbeiten konnte.

Schon beim Betreten wusste ich, dass ich den perfekten Laden gefunden hatte. Der Sandelholzduft verflog, und eine sanfte, salzige Meeresbrise kitzelte meine Sinne. Mein Lieblingsort auf Erden war der Strand. Wer auch immer den Laden betrieb, machte einen ausgezeichneten Job. Es bedurfte eines hochqualifizierten Betreibers, um eine auf jeden einzelnen Besucher zugeschnittene Illusion zu erzeugen.

„Kann ich Ihnen helfen?" Ein südlicher Akzent schwebte aus dem hinteren Teil des Ladens. Als sie hinter einem Display hervortrat, fiel mein Blick auf eine eleganter gekleidete Version meiner Tante Gwen. Die beiden hätten fast Zwillinge sein können, nur, dass die Dame hier im Laden salongefärbtes kastanienbraunes Haar hatte und weiße Leinenhosen und eine korallenroten Bluse trug, während Gwen naturgraue Locken hatte und immer ihr übliches rotes T-Shirt und Overalls trug. Natürlich fuhr Gwen täglich mit ihrem Traktor, und es fiel mir nicht schwer, mir diese Frau dabei vorzustellen, wie sie auf einer Veranda Mint Juleps schlürfte.

Ich lächelte. „Hallo. Ja, ich brauche ein Salbei-Zeder-Räucherbündel, wenn Sie das haben."

„Natürlich haben wird das, Liebes." Sie durchquerte den Raum und streckte die Hand aus. „Ich bin Bea, die Besitzerin dieses Ladens."

Meine klamme Hand traf auf ihren kühlen Griff. „Jade. Freut mich, Sie kennenzulernen."

„Sie wollen negative Energie reinigen?"

Ich nickte.

Sie schmunzelte. „Sie müssen neu in der Stadt sein."

Als ich auf meine verwaschenen Jeans und mein schlichtes Baumwoll-T-Shirt herunterblicke, fragte ich mich, ob ich damit eine Frisch-aus-Idaho-Aura Ausstrahlung hatte. Gut möglich. Ich war erst seit einem Monat in New Orleans. „Ist das so offensichtlich?"

Sie lachte. „Nein. Ich hätte mich nur daran erinnert, wenn Sie schon einmal hier gewesen wären."

Warum? Hatte sie ein fotografisches Gedächtnis? Obwohl mir jemand gesagt hatte, dass meine schlanke Figur und das lange rotblonde Haar in Kombination mit meiner blassen irischen Haut auffällig waren, stach ich kaum aus der bunten Mischung hervor, die täglich das French Quarter bevölkerte.

Sie beeilte sich zu erklären. „Die meisten Leute, die hier reinkommen, wissen nicht, was sie vor sich haben. Ich kenne fast jeden in New Orleans, der sich mit diesem Handwerk auskennt."

Oh. Eine einfache Reinigung war meilenweit von *Handwerk* entfernt. Ich mochte es nicht besonders, für jemanden gehalten zu werden, der mit Zaubersprüchen herumspielte.

Sie summte leise, als sie mein Räucherbündel verpackte, und als ich ihr meine Kreditkarte gab, sah sie mich an. Die Strandbrise verschwand, ersetzt durch den Sandelholzduft. Ein warmes Gefühl hüllte mich in einem langsamen Kreis ein. Es dauerte einen Moment, bis mir klar wurde, dass es von Bea kam. Sie las mich mit einem Hexenzauber. Sofort ließ ich meine Barrieren fallen und schickte meine Sinne aus. Wenn sie mich lesen konnte, konnte ich dasselbe mit ihr tun. Nur, ich war keine Hexe. Empathen brauchen keine Zaubersprüche, um andere Menschen zu lesen.

Aufregung gemischt mit einer großen Portion Neugierde strahlte von ihr in sanften, federleichten Wellen aus. Mir wurde klar, dass ihre Energie meiner sehr ähnlich war. Die Emotionen der meisten Menschen sind ein wenig dick, und manchmal ist es schwer hindurchzuwaten. Ihre fühlten sich leicht, einladend und vertraut an. Was genau konnte diese Frau tun, und was hatte sie über mich erfahren? Ich hatte angenommen, sie sei nur jemand, der Hexerei praktizierte; jetzt wusste ich, dass sie auch irgendwie intuitiv veranlagt war.

Ich trat zurück, blinzelte, und der Meersalzluft kehrte zurück.

„Da ist etwas Besonderes an Ihnen", sagte sie.

Eher ein Fluch. Ich setzte ein Lächeln auf und tat so, als wäre nichts passiert. „Das hat meine Mutter immer gesagt."

Ihre Augen funkelten, und sie beugte sich vor. „In der Tat sehr interessant." Sie legte ihre Hand auf meine, und ein Funke jagte einen Schlag in meine Schulter.

Ich zuckte zurück und zog meine Hand aus ihrem Griff.

Ihr Lächeln wurde zu einem Schmunzeln, und sie klatschte vor Freude in die Hände. „Oh meine Liebe! Sie müssen einfach irgendeinen Nachmittag zum Tee zu mir nach Hause kommen. Wir haben uns viel zu erzählen. Hier ist meine Karte." Sie steckte sie in die Tüte.

Ich nahm den Griff und wandte mich zum Gehen. „Oh, ok. Danke!"

„Gern geschehen, Jade. Ich freue mich darauf, bald von Ihnen zu hören."

Ich winkte, als ich die Tür zur Straße öffnete, da ich wusste, dass ich sie nicht anrufen würde. Meine letzte Erinnerung an meine Mutter, die mir einen Kuss zugeworfen hatte, als sie zu ihrem Hexenzirkeltreffen ging, blitzte in meinem Kopf auf. Tränen brannten in meinen Augen. Ich blinzelte sie weg. Wenn Hexen und Empathen zusammenkamen, schienen immer schlimme Dinge zu passieren.

Nein. Es spielte keine Rolle, wie neugierig ich auf Bea war; Ich wusste, es war am besten, für mich zu bleiben.

GEBÄUDE, insbesondere Altbauten, sind oft von den Emotionen früherer Bewohner geprägt. Als ich meine neue Wohnung zum ersten Mal besucht hatte, hatte ich eine tiefe Traurigkeit gespürt. Es war leicht zu verstehen, warum sich neue Mieter dort nicht wohlgefühlt hatten. Man musste kein

Empath sein, damit sich die Negativität unwissentlich in ihr Leben einschlich.

Glücklicherweise fühlte sich der Ort nach gründlichem Räuchern brandneu an, als ich mich öffnete. Keine Traurigkeit und kein Hinweis auf einen Geist. Wenn es einen gegeben hatte, war er jetzt weg. Zufrieden verbrachte ich die nächsten Stunden damit, meine Sachen die drei sehr steilen Treppenabsätze hinaufzuschleppen, und als die Lieferanten mit meiner neuen Matratze eintrafen, hatte ich genug geschwitzt, dass mein T-Shirt durchnässt war. Ich hatte mich mit einem Trinkgeld bedankt und war auf dem Weg zur Dusche, als es an meiner Tür klopfte.

Ich warf einen sehnsüchtigen Blick auf mein Badezimmer, bevor ich zur Tür ging. Peinlich berührt blieb ich wie angewurzelt auf meinen breiten Kiefernholzbohlen stehen und mein Gesicht brannte, als ich den Mann anstarrte, der immer wieder meinen Magen zum Beben brachte.

„Hey", sagte Kane.

„Äh, hey."

Er hielt eine Schachtel hoch, die in elegantes Goldpapier eingewickelt war. „Ich komme mit Geschenken."

Brachte mein Vermieter allen seinen neuen Mietern Geschenke?

„Pyper hat mich gebeten, es hochzubringen."

Natürlich. Pyper war meine Chefin und Kanes Geschäftspartnerin. Kane gehörte das Gebäude, und er leitete mit Pypers Hilfe den Stripclub im Erdgeschoss. Pyper betrieb auch das Café nebenan, in dem ich Teilzeit arbeitete. Ich war mir nicht sicher, doch ich dachte, sie hätten vielleicht eine kleine Affäre. „Danke! Das war süß von ihr." Ich öffnete die Tür weiter. „Komm rein. Ich habe gerade allen meinen Kram hochgebracht, also ist es ein bisschen unordentlich."

„Keine Sorge, ist schon in Ordnung. Ich will dich nicht

stören." Sein Blick wanderte über meinen Körper. Ich wusste, dass ich es nicht tun sollte, aber ich konnte nicht anders. Die Emotionen von jemandem zu lesen war eine solche Verletzung der Privatsphäre, und ich wusste in diesem Moment, dass ich wie eine Figur aus einem Tim Burton-Film war, doch ich ließ meine Barrieren fallen und las ihn.

Zu meiner Überraschung erfüllte milde Anerkennung gemischt mit Humor meine Sinne, bis sein Blick auf meinem Gesicht landete. Seine Energie verwandelte sich in etwas, das Mitleid nahekam. Ich zuckte zusammen und zog mich zurück. Mitleid? Der Mann hatte Mitleid mit meinem Aussehen. Was konnte ich sonst noch von einem Typen erwarten, der eine Stripbar besaß? Dummer, oberflächlicher … Was auch immer. Es war sowieso nicht so, als würde ich mich jemals mit ihm verabreden wollen. Von der Stripclub-Sache abgesehen war er vergeben. Dachte ich.

Ich versuchte, meinen finsteren Blick zu verbergen und griff nach dem Geschenk. „Alles klar. Danke fürs Vorbeibringen!"

„Kein Problem." Er drehte sich um, blickte dann jedoch zurück. „Hey, willst du später in den Club kommen? Es ist Ladies Night."

Die Einladung traf mich unvorbereitet. Ich blinzelte. „Ladies Night?"

„Ja, freier Eintritt und kostenlose Getränke die ganze Nacht."

Klar, denn meine Vorstellung von einem perfekten Abend bestand darin, ungezogenen Bibliothekarinnen und Miezen dabei zuzusehen, wie sie sich bis auf die Zahnseide ausziehen, die sie einen Stringtanga nennen, während ich mich um den Verstand trinke. „Nein danke. Es war ein langer Tag."

Er warf einen Blick an mir vorbei in die Wohnung und nickte. „Klar. Wollte nur fragen, ob du Lust hast."

Ich wartete, bis er die Treppe hinunter verschwunden war, dann knallte ich die Tür zu. Verdammt. Seit Monaten kam diese Einladung einem Date am nächsten, und er will, dass ich in einen Stripclub komme. Was stimmte nicht mit mir?

Ich ließ mich auf meine neue Matratze fallen, weil ich noch keine anderen Möbel hatte, und betrachtete das Geschenk. Ich ließ es ein paar Sekunden durch meine Finger gleiten, bevor ich es umdrehte. Darauf stand: *Jade, Willkommen zu Hause.* Meine schlechte Laune war verschwunden. Ein Lächeln zupfte an meinen Lippen. Ich hatte nicht viele Freunde. Okay, ich hatte eine Freundin, und im Moment war die Situation ... unbehaglich. Das passiert nun einmal, wenn deine beste Freundin anfängt, sich mit deinem Ex zu treffen.

Eine Empathin zu sein machte es schwierig, persönliche Beziehungen zu pflegen. Als ich jünger war und nicht verstanden hatte, dass ich anders war, hatte ich viele Leute mit meiner Fähigkeit vergrätzt. Sagen wir einfach, meine Wahrnehmungen wurden nicht geschätzt. Pypers Willkommen bedeutete also mehr, als sie jemals wissen konnte. Zumal ich gelernt hatte, meine Gabe für mich zu behalten. In den letzten zehn Jahren hatte ich nur einem anderen Menschen – meinem Ex – von meinen Fähigkeiten erzählt.

Schwindelig vor Vorfreude griff ich nach der Schachtel und zog das Klebeband vorsichtig ab, um das Papier nicht zu zerstören. Warum wusste ich nicht. Ich hebe Geschenkpapier nicht auf. Tatsächlich nervten mich Leute, die das taten. Nicht, dass ich keine Bäume retten will, ich bin nur meistens zu ungeduldig, zu sehen, was drin ist. Im weißen Geschenkkarton fand ich zunächst rotes Seidenpapier. Ich schob es herum und fand eine Single-Kaffeemaschine, eine Tasse mit der Aufschrift *The Grind* darauf und ein Glas mit *Honey Dust* darin, was auch immer das war.

Ich las das Etikett: Essbarer Körperpuder mit Honig und Geißblattgeschmack.

Lachend stellte ich das Glas ab und öffnete die Karte. Während ich die Worte las, strahlte Hitze durch meinen Körper.

*Willkommen im Gebäude! Mit lieben Grüßen Pyper und Kane.*

War der Puder Pypers oder Kanes Idee gewesen? Wenn es Kanes Idee war, hatte ich irgendwie das Gefühl, dass ich beleidigt sein sollte, doch das Bild, wie er mit seinen Lippen über meine staubige Haut strich, ließ Vorfreude durch meinen Körper strömen. Ich wedelte mit der Hand vor meinem Gesicht und fächelte mir Luft zu. *Komm runter, Mädchen. Kane ist mit Pyper zusammen.* Sicher war der Puder ein Juxgeschenk.

Ich stellte die Tasse und die Kaffeemaschine auf den Tresen und trug den Körperpuder ins Badezimmer. Die Verlockung meiner Löwentatzenbadewanne war zu groß. Während ich darauf wartete, dass sie sich füllte, eilte ich zurück in die Küche, um mir eine Flasche Merlot zu holen. Meine Koffer und Taschen standen weit geöffnet da, und Klamotten und andere Dinge quollen heraus. Ohne Möbel konnte ich nichts davon wegpacken, doch es war mir egal. Ich hatte meine eigene Wohnung, ganz für mich allein, und alles andere war unwichtig. Abgesehen von dem Bad, das auf mich wartete.

Zufrieden, nachdem ich in die Wanne gesunken war, hob ich die Weinflasche an meine Lippen. Was machte es schon, wenn ich noch keine Gläser hatte? Ich hatte kein Problem damit, direkt aus der Flasche zu trinken.

Draußen dröhnte ein unheilvolles Grollen, das auf einen Nachmittagssturm hindeutete. Seufzend stellte ich den Wein auf den Boden, lehnte mich zurück, schloss die Augen und genoss das rhythmische Trommeln des Regens auf dem Dach.

Als meine Zehen zu schrumpeln begannen, zog ich widerstrebend den Stöpsel aus der Wanne und drehte die

Dusche auf, um meine Haare zu waschen. Beim Abtrocknen sah ich das Glas mit dem Körperpuder auf dem Regal links neben der Wanne stehen. Der Honigpuder. Meine Lippen verzogen sich zu einem kleinen Lächeln.

Ich fühlte mich ein bisschen sündig und öffnete das Glas. Ein süßer Geißblattduft erfüllte das Badezimmer. Bevor ich etwas anderes tun konnte, stieg der Staub von selbst aus dem Glas auf, wirbelte im Kreis um mich herum und streichelte mich mit winzigen, unsichtbaren Küssen.

Ich erstarrte und rief dann: „Hey, hör sofort auf!"

Auf meinen Befehl hin endete der Wirbelwind, und ich erstickte fast an dem dicken Staub, der in der Luft lag. Ich fühlte mich in meiner Privatsphäre verletzt, katapultierte mich aus der Wanne und schrie auf, als mein Knöchel gegen den Wannenrand stieß. Rudernd schaffte ich es irgendwie, den Rand des Waschbeckens zu fassen und zu verhindern, mir auf der Toilette den Schädel einzuschlagen. Wie peinlich wäre es, tot, nackt in meinem Badezimmer in einem Haufen Honigpuder gefunden zu werden?

Keuchend rannte ich in das andere Zimmer und zog das Erstbeste an, das ich fand, packte meine Handtasche und schlug die Tür hinter mir zu. Mit nackten Füßen rannte ich schneller die Treppe hinunter, als ich es für möglich gehalten hätte. Als ich die letzten drei Stufen in den Flur sprang, drehte ich mich direkt zum Ausgang und kollidierte mit etwas – oder jemandem – der standfest genug war, dass ich auf dem Hinterteil landete.

„Heilige Scheiße, Jade. Brennt es irgendwo?", keuchte Pyper und hielt sich an der Wand fest.

„Oh Gott! Das tut mir leid." Entsetzt schlug ich die Hände vor mein Gesicht.

„Schon gut. Ich werd's überleben." Ihre Stimme schwebte

von über mir herab. „Komm, lass mich dir aufhelfen." Als ich nicht antwortete, fuhr sie leise fort. „Bist du okay?"

Ich spähte hinter meinen Fingern hervor und quietschte: „Ich habe einen Geist."

Ihre Haltung entspannte sich. „Oh, okay", sagte sie.

„Nein, wirklich, ich glaube, in der Wohnung ist ein Gespenst."

„Warum? Weil Kane es gesagt hat, und jetzt lässt dich jede Kleinigkeit ausflippen?" Sie verdrehte ihre tiefblauen Augen.

„Nein. Denn gerade eben, als ich den Körperpuder, den du mir geschenkt hast, ausprobiert habe, hat dieser Geist es hochgeschleudert und wie ein kleiner Tornado um mich herumwirbeln lassen. Ich hatte nicht einmal das Fenster offen. Du kannst nicht behaupten, dass daran nichts Seltsames ist", flehte ich und starrte in ihre großen Augen.

Großartig. Ich kannte sie weniger als zwei Wochen und war bereits die durchgeknallte Mieterin.

„Wirklich? Das ist interessant", sagte sie mehr zu sich selbst als zu mir. Sie stieß sich von der Wand ab und bewegte sich in Richtung Treppe. „Komm schon." Sie stellte ihren Fuß auf die erste Stufe.

„Wohin?" Ich bewegte mich nicht. Sie wollte doch nicht ernsthaft da hochgehen, oder?

„Hoch. Das muss ich sehen", sagte sie mit fröhlichen Augen.

„Nein! Ich gehe da nicht wieder hoch."

„Komm schon Jade! Wer wird dir glauben, wenn du keinen Zeugen hast? Kane zählt nicht, da ihm auch niemand glaubt."

„Geh du, wenn du willst. Ich bleibe hier." Ich presste mich gegen die Wand.

„Oh nein, das wirst du nicht." Sie ergriff meine Hände und zog mich hoch.

Als ich stand, schaltete ich den Allradantrieb ein und

bewegte mich keinen Zentimeter, als sie versuchte, mich mitzuziehen. „Nein."

Sie sah mir direkt ins Gesicht und brach in Gelächter aus. Sie lachte weiter, bis ihr Tränen über das Gesicht strömten.

„Was in aller Welt is so urkomisch daran?", fragte ich.

Nach Atem ringend keuchte sie: „Der Honigpuder. Du hast einen perversen Geist." Sie lachte erneut, und ihr Gesicht wurde rot. Das passte so gar nicht zu den blauen Strähnen in ihren dicken schwarzen Haaren.

Ich seufzte resigniert. Ihre Hysterie beruhigte mich irgendwie genug, um es noch einmal zu überdenken. „Du wirst dir noch vor Lachen in die Hose machen. Also gut. Lass uns gehen." Ich ging an ihr vorbei in Richtung meiner Wohnung.

Meine Tapferkeit ließ schnell nach, als wir den Treppenabsatz im zweiten Stock erreichten. Ohne Pypers feste Hand an meinem Handgelenk hätte ich sicher kehrt gemacht. Als wir meine Tür erreichten, zog ich eine Augenbraue hoch, als Pyper einen Schlüssel aus ihrer Tasche zog und aufschloss. Es war für sie selbstverständlich, einen Schlüssel zu haben. Ich hatte einfach nur nicht gedacht, dass sie ihn bei sich trägt. Ich sagte jedoch nichts und ließ mich von ihr ins Zimmer zerren.

Sie ging sofort ins Bad und hielt die Tür weit auf.

Ich schlich hinter ihr her und spähte über ihre Schulter. Das harmlos aussehende Honigpuderglas stand mit verschlossenem Deckel mitten in meinem Badezimmer.

Ich keuchte.

„Was?" Pyper drehte sich zu mir um.

„Ich, ah, nun, ich habe das Glas nicht wieder zugeschraubt. Ich habe es einfach fallen gelassen …" Ich verstummte, als ich mich aus dem Bad zurückzog. Die Beine waren Gelee, und ich sank auf meine Matratze. Pyper verschwand im Badezimmer. Visionen von mir in einer Zwangsjacke, umgeben von weißen Gummiwänden, dominierten meine Gedanken.

Ein paar Minuten vergingen, bis sie in der Tür auftauchte.

„Komm her!", rief sie, als ihr Kopf wieder im Bad verschwand.

Ich saß regungslos da, meine Gedanken auf die Gummiwände fixiert.

„Komm ins Bad", verlangte sie erneut.

Mein Kopf war leer, als ich ihrer Stimme folgte und im Türrahmen stehenblieb. Pyper hockte an der Wand und betrachtete das Gefäß, das am Boden stand.

„Was ist?", fragte ich.

„Das ist so interessant", antwortete sie, ohne aufzusehen.

Ich wartete, bis sie fortfuhr.

„Das Glas steht mitten in einer Schicht Honigpuder. Siehst du das?" Sie benutzte ihren Finger, um über dem Glas einen Kreis in der Luft zu zeichnen.

Ich beobachtete sie. „Ja. Und?"

„Da fehlt was." Ihre Augen funkelten.

Als ich das Glas und den mit Körperpuder bestäubten Boden betrachtete, sah ich nichts anderes, was falsch war oder fehlte. Verdutzt starrte ich sie an.

„Fußabdrücke!" rief sie. „Wo sind deine Fußabdrücke? Da ist so viel Puder auf dem Boden. Auf keinen Fall hättest du das ganze Glas verschütten, den Deckel zuschrauben und es mitten im Raum abstellen können, ohne Fußspuren zu hinterlassen."

Ich betrachtete die Szene erneut. Das Glas stand mitten in meinem Badezimmer, und eine dicke Schicht Körperpuder bedeckte den Boden von der Wanne bis zur Tür. Sie hatte Recht. Ich hätte das Glas nicht dort platzieren können, wo es war, ohne Abdrücke zu hinterlassen.

Pyper drehte sich um und ging ins Wohnzimmer. „Wer auch immer du bist, zeige dich!"

Meine Augen flogen vor Schock auf. „Was zum …?", zischte ich. „Man soll Geister nicht auffordern, sich zu zeigen."

„Wie soll ich ihn sonst sehen?"

„Schhh!" Ich hatte Todesangst vor dem, was ihre Einladung bringen könnte.

Eine fremde Energie, eine Mischung aus Bitterkeit und Befriedigung, drang in meine Sinne ein. Ich drehte mich zu Pyper um, meine Stimme war kaum ein Flüstern. „Jemand ist hier."

„Hm?" Sie machte einen Schritt auf mich zu, zuckte dann zusammen und schlang die Arme um ihre Brust. „Was zur Hölle war das?" Sie sah sich hektisch um.

Eis betäubte meine Hände, kroch meine Arme empor und ließ mich frösteln. Ich zeigte auf einen kohlschwarzen Schatten, der sich über die gegenüberliegende Wand bewegte. Wir standen wie gelähmt da, während das Bild größer wurde und auf uns zukam. Pypers plötzliche Angst drang in mein Bewusstsein ein. Mein Instinkt übernahm die Kontrolle, und ich zwang so viel Ruhe wie möglich in ihre Richtung.

Ihre Panik ließ nach, aber nur wenig. Ich versuchte es erneut und zwang meinen Willen zu ihr. Schmerz durchbohrte mein Herz und schoss durch meine Adern. Keuchend presste ich die Hände auf meine Brust und starrte entsetzt auf den schwarzen Schatten, als etwas meine Essenz packte und daran zerrte.

„Nein!", schrie ich trotzig und riss meine Energie zurück.

Der Schatten schwebte einen Moment reglos vor uns, dann barst er in zahllose Stücke wie Konfetti. Ich stand da, gebannt von der Kaskade, die ins Nichts verblasste, bis Pyper an meiner Hand zog. Ich warf ihr einen Blick zu, und wir rannten beide zur Treppe.

## KAPITEL ZWEI

*W*as war das?", keuchte Pyper, als wir durch die Hintertür von *The Grind* stürmten, dem Café, in dem wir beide arbeiteten. Zum Glück lag es neben dem Haus, in dem ich wohnte, denn ich hatte wieder meine Schuhe vergessen.

„Keine Ahnung."

Sie bedeutete mir zu folgen und führte mich in ihr Büro.

Ich brach auf dem nächstbesten Stuhl zusammen, dankbar, meine zitternden Beine entlasten zu können. Was zum Teufel war gerade passiert? Ich hatte Pyper beruhigende Energie geschickt und hatte das Gefühl, dass meine Essenz ausgesaugt worden war. Nur, es war nicht Pypers emotionale Handschrift gewesen. Etwas viel Mächtigeres hatte sie genommen.

„Eines ist klar. Dein Geist ist definitiv ein Perverser", sagte Pyper.

„Hm?"

„Er hat mich begrabscht. Hast du mich nicht springen sehen? Er hat meine Brust berührt." Sie verschränkte die Arme

15

vor der Brust. „Wir müssen Kane anrufen. Er ist der einzige Mensch, den ich kenne, der uns glauben wird."

„Nein!" Barfuß auf der Bourbon Street während des Karnevals durch klebrigen, alkoholgetränkten Müll und alkoholgetränkte Körperflüssigkeiten herumzulaufen, war reizvoller, als ihm von meinem Honigpuder-Erlebnis zu erzählen.

„Warum nicht?"

„Ich –" Mein Handy vibrierte. Meine Hände zitterten, als ich es aus meiner Tasche fischte. Das war schlecht. Das Zittern passierte nur, wenn meine Energie kompromittiert war. Auf dem Bildschirm blinkte Kats Name. Ich atmete tief durch und hoffte, dass ich normal klang. „Halli-Hallo was geht?"

„Ich stehe vor dem Café. Ich wollte dir einen Chai Latte besorgen, aber es ist geschlossen. Komm und hol mich, damit ich mir deine neue Wohnung ansehen kann", sagte sie.

Ich verzog das Gesicht. „Meine Wohnung ist gerade nicht wirklich zugänglich."

Pyper warf mir einen fragenden Blick zu. „Bist du in Ordnung? Du siehst nicht gerade gut aus."

Ich legte die Hand über das Mikrofon und flüsterte: „Mir geht's gut."

Kat hob ihre Stimme. „Hallo? Mit wem sprichst du, und wenn deine Wohnung nicht zugänglich ist, wo bist du, und wo sind deine Sachen? Ich war zu Hause. Dein Zimmer ist leer. Was ist los?"

„Ich bin eingezogen, es ist nur ... lass mich dich holen, und ich erzähle es dir." Ich klappte das Handy zu. „Ich muss gehen", sagte ich zu Pyper.

„Wohin?" Sie stand auf. „Du kannst jetzt nicht gehen. Du siehst aus, als könntest du jeden Moment umkippen." Sie drückte mich sanft zurück in den Stuhl.

„Meine Freundin ist hier. Ich kann sie nicht einfach

draußen stehen lassen." Die Bewegung des Aufstehens und Hinsetzens drehte mir den Magen um. *Bitte, lass mich jetzt nicht hier kotzen.*

„Ich gehe sie holen." Sie ging, bevor ich protestieren konnte. Wie würde Pyper sie finden? Sie kannten sich nicht, und Pyper wusste nicht einmal Kats Namen.

Eine vertraute Energie lenkte meine Aufmerksamkeit auf die Tür, als Kane hereinkam. Er durchwühlte den Schreibtisch und holte eine Tüte Minz-Schokoladenkekse heraus. „Pyper sagte, du brauchst Zucker, und dass ich sichergehen soll, dass du bleibst, wo du bist."

Ich nahm einen Keks, biss hinein und zuckte mit den Schultern. Wo sollte ich sonst hingehen? Sicher nicht in meine neue Wohnung. Panik brodelte in meiner Brust. Ich konnte nicht dort bleiben. Ich würde nie zur Ruhe kommen. Würde Kane mich aus meinem Mietvertrag entlassen? Die Übelkeit kehrte zurück, als ich daran dachte, noch eine Nacht in Kats Gästezimmer zu bleiben. Vielleicht hatte ich Glück, und Dan würde mit den Jungs unterwegs sein.

Kane bot mir eine Limonade aus einem kleinen Kühlschrank an.

„Danke!" Mit einer Hand um die Dose versuchte ich, sie mit der anderen zu öffnen. Doch meine Finger zitterten zu stark. Ich konnte nicht einmal die Lasche greifen, um sie zu öffnen.

„Ich mach das." Kane nahm die Dose. Als er sie wieder auf den Schreibtisch stellte, ragte ein Trinkhalm aus der Öffnung. „Trink!"

„Danke!" Ich trank einen großen Schluck.

Kane nahm sich einen Stuhl und setzte sich neben mich. Sein Blick wanderte zu meiner immer noch zitternden Hand. Ich ballte sie trotzig zu einer Faust und presste sie gegen meinen Oberschenkel. Ich war nicht so schwach, verdammt!

Er legte seine Hand auf meine, was wie ein Balsam für

meine geschwächten Abwehrkräfte war. Zuerst fühlte es sich an wie ein Umhang, der mich einhüllte, doch dann wurde es eher zu einer Energieverschmelzung.

*Whoa.* Das passierte nie. Ich konnte die Emotionen anderer bewusst lesen, wenn ich wollte, doch es erforderte Anstrengung. War er sich dieser Wirkung bewusst? Konnte er es kontrollieren, oder passierte es einfach? Wärme breitete sich von seiner Berührung durch meine Glieder aus und beruhigte meine zitternden Muskeln.

Hitze prickelte in meinem Nacken unter seinem wachsamen Blick. Ich versuchte, mich aus seinem Griff zu befreien, doch seine Finger hielten meine fest. „Danke, aber jetzt geht's mir gut", protestierte ich.

Er hob eine Augenbraue. „Du siehst aus, als würdest du jeden Moment umfallen. Ich halte dich fest, nur für den Fall."

„Ich werde schon nicht umfallen", sagte ich mit fester Stimme und zog meine Hand aus seiner. Als sich unsere Hände trennten, begann das Zittern erneut. Ich schlang meine Arme um meine Mitte und ließ meine Hände an meinen nackten Armen auf und ab gleiten, um Wärme zu erzeugen.

„Hier." Kane stand auf, holte ein Sweatshirt hinter dem Schreibtisch hervor und reichte es mir. „Zieh das an."

„Danke!" Ich zog es mir über den Kopf und wurde mit dem Duft seines frischen, nach Regen duftenden Eau de Cologne belohnt.

„Wir sind hier!", rief Pyper von der Tür aus.

„Jade!" Kat rannte an meine Seite. „Bist du okay? Pyper hat mir erzählt, was passiert ist." Sie nahm meine Hand in ihre beiden. „Benutz mich", flüsterte sie.

„Nur, wenn du dich beruhigst."

Ihre Panik wirbelte um mich herum wie ein Windsturm, bevor sie es schaffte, ihre Gefühle unter Kontrolle zu bekommen. Ich drückte ihre Hand, um sie wissen zu lassen, dass ich das Angebot zu schätzen wusste, doch ich schöpfte nicht aus ihrer Energie. Irrationalerweise wollte ich das, was ich gerade mit Kane erlebt hatte, nicht trüben.

Kat war das letzte Mal dabei gewesen, als ich dumm genug gewesen war, meine Energie zu kompromittieren. Als wir zusammen gewohnt hatten, war unsere Nachbarin Zeugin einer Schießerei geworden und war so geschockt gewesen, dass sie aufgehört hatte zu reden. Ich hatte gedacht, wenn ich ihre Last erleichtern könnte, indem ich ihrem Kummer ein Ventil gab, könnte sie vielleicht die polizeilichen Ermittlungen unterstützen. Es hatte funktioniert. Zu gut.

Während sie der Polizei half, einen Verdächtigen festzunageln, verbrachte ich eine Woche im Bett und musste mich erholen. In den ersten Tagen konnte ich nur aufstehen, wenn Kat mich berührt und mir Kraft gegeben hatte. Es war ihre Idee gewesen, es zu versuchen. Sie hatte gesagt: ‚Wenn du das Schlechte nehmen kannst, warum dann nicht auch das Gute?' Da ich nicht dachte, dass es noch schlimmer werden könnte, hatte ich es versucht und ihre emotionale Stärke genutzt, um wieder gesund zu werden. Trotzdem musste ich es von ihr *nehmen*. Es war nicht wie bei Kane passiert.

„Du musst dich hinlegen", sagte Kat.

„Es geht mir gut." Ich sah ihr in die Augen. „Außerdem bin ich gerade nicht so scharf darauf, in meine Wohnung zu gehen."

„Dann kommst du mit mir nach Hause." Kat stand auf und zog an meinem Arm.

Ich befreite mich und schüttelte den Kopf. „Nein. Danke, aber in meinem Zustand glaube ich nicht, dass ich Dan ertragen kann." Ihr Freund – mein Ex – und der Grund, warum ich mir eine neue Wohnung gesucht hatte.

Es war ein ziemlicher Schock, nach New Orleans zu ziehen und festzustellen, dass Dan nicht nur hierhergezogen, sondern auch mit meiner besten Freundin zusammen war. Die Tatsache, dass Kat Angst gehabt hatte, es mir zu sagen, hatte mich mehr verletzt, als dass die beiden zusammen waren. Dan und ich hatten unsere Beziehung so vermasselt; es gab wirklich keine Hoffnung auf Versöhnung von beiden Seiten. Was die beiden anging? Ich verstand es. Wir drei waren in der Highschool unzertrennlich gewesen. Es war nicht abwegig zu glauben, dass die beiden eine Bindung schaffen konnten. Da Kat Boise gleich nach unserem College-Abschluss verlassen hatte, hatte ich natürlich nicht damit gerechnet, dass das aus zweitausend Meilen Entfernung passieren würde.

Kat seufzte. „Jade —"

Ich unterbrach sie. „Nein, Kat. Ich habe dir gesagt, dass mir übel wird, wenn er in der Nähe ist."

Sie musterte mich lange. Ich wusste, dass sie dachte, dass das alles nur in meinem Kopf existierte. Das hatte ich anfangs auch gedacht, aber in letzter Zeit wurde es immer schlimmer. Jedenfalls wollte ich nicht mit ihm im selben Raum sein. Sie zog ihr Handy heraus. „Okay, lass mich sehen, was ich tun kann." Nachdem sie zur anderen Seite des Büros gegangen war, wählte sie.

Mein Herz schwoll. Endlich schien sie mich gehört zu haben, was Dan anging.

Kat klappte ihr Handy zu. „Okay, er ist unterwegs."

„Was? Dan kommt hierher?" Ich stand auf, bereit zu fliehen.

„Nein. Warum sollte ich ihn anrufen? Du weißt, das ist *so* nicht sein Ding. Ich habe meinen Freund Ian angerufen. Er jagt Geister."

ICH WUSSTE NICHT, was ich erwartete, doch der Typ, der auftauchte, war es definitiv nicht. Ein Mann Anfang dreißig, der aussah, als wäre er aus einer Anzeige in einem Skateboard-Magazin gestiegen, kam auf mich zu.

„Hi, Jade." Er winkte.

„Ian? Ich wusste nicht, dass *du* das warst, der kommen würde."

Seine Lippen verzogen sich zu einem schiefen, sexy Lächeln, und blassblaue Augen musterten mein Gesicht, als er nach meiner Hand griff. Ich hatte Ian schon einmal getroffen, kurz nachdem ich in New Orleans angekommen war. Er war bei einer von Kats Dinnerpartys gewesen. Verlegen wurde mir klar, dass ich den Großteil unseres einstündigen Gesprächs monopolisiert hatte. Ich hatte mich nicht einmal an seinen Namen erinnert.

„Schön, dich wiederzusehen." Er hielt inne und nickte zur Laufschrift an meinem Gebäude. Darauf stand: *Hunderte von schönen Frauen und drei hässliche.* „Du wohnst über einer Stripbar?"

Ich warf einen Blick auf Kanes Club *Wicked* und zuckte die Achseln. „Der Preis hat gepasst."

„Interessante Marketing-Taktik." Er lachte.

Kat tauchte neben mir auf und drückte mir ein Paar Flip-Flops in die Hand, die sie im Laden um die Ecke gekauft hatte. „Ich bin weg, was essen. Wollt ihr irgendwas?"

Nachdem Ian und ich unsere Bestellungen aufgegeben hatten, bedeutete ich ihm, mir zu folgen. Meine Flip-Flops schnappten auf dem Backsteinweg, als wir den von Glyzinien parfümierten Hof betraten. Feuchtigkeit lag in der Luft und ließ endlich mein Frösteln vergehen. Ich zog das Sweatshirt aus, als ich mich an einen schmiedeeisernen Tisch setzte. „Danke, dass du so schnell gekommen bist. Ich hoffe, ich habe nichts Wichtiges unterbrochen."

Er schüttelte den Kopf. „Nein, perfektes Timing. Du hast mich vor ein paar ziemlich langweiligen Berichten gerettet."

„Berichte? Berichte über Geisterjagden?" Visionen von einem Schullabor, in dem Willow und Buffy gegen Dämonen kämpfen, stiegen vor meinem inneren Auge auf.

„Oh nein. Forschungsberichte. Ich bin der Assistent eines Meteorologen an der Universität. Ich tippe seine Berichte und helfe, wenn er mich braucht."

Nichts an seinem Aussehen – zerzaustes sonnengebleichtes Haar, Drahtbrille und ausgetretene Chucks – sagte Forschungsassistent. Aber sein entspanntes Lächeln und das warme innere Leuchten, das von ihm ausstrahlte, beruhigten mich. „Geisterjagd ist also dein Hobby?"

„In gewisser Weise. Eher schon eine Besessenheit. Sag mir, was kann ich für dich tun?"

Was wollte ich, dass er für mich tat? Bestätigen, was ich gesehen hatte? Meinen Geist vertreiben? „Na ja, ich weiß nicht. Was machst du normalerweise?"

„Da gibt es nicht viel *normalerweise*." Sein Lächeln wurde breiter. „Aber warum erzählst du mir nicht, was Kat dazu gebracht hat, mich anzurufen, und dann sehen wir, was ich tun kann?"

Ich atmete tief durch, um mich zu beruhigen, und erzählte ihm von dem Honigpuder und dem schwarzen Schatten.

„Honigpuder?" Seine Augenbrauen hoben sich bei der Frage.

„Das ist ein essbarer Körperpuder." Ich wandte den Blick ab. Als ich es wagte, ihn wieder anzusehen, schrieb er in einen Notizblock, seine Lippen zu einem verschmitzten Lächeln verzogen. Ich senkte den Kopf und hoffte, dass mein Gesicht nicht so rot war, wie es sich anfühlte.

Er legte den Stift ab und trank einen großen Schluck aus einer Dose Cola. „Ah, genau das habe ich gebraucht", sagte er seufzend. „Die letzte Nacht war lang."

„So?"

Er begann wieder zu schreiben. „Ja, das Videoband ist steckengeblieben, und wir mussten mittendrin anhalten, um das zu reparieren. Dann mussten wir natürlich von vorne anfangen. Aber die Stimmung war im Arsch, also haben wir nicht wirklich viel Action bekommen."

Ich starrte ihn verwirrt an.

Er lachte, dann wurde er nüchtern, als ich die Stirn runzelte. „Oh, tut mir leid", sagte er. „Ich bekomme den Blick nur so oft. Ich meinte, ich war zu spät bei einer Ermittlung unterwegs. Die beste Zeit für die Messung paranormaler Aktivität ist zwischen 21:00 Uhr und 06:00 Uhr morgens. Wir hatten einige Probleme mit der Ausrüstung."

„Offensichtlich weiß ich nichts von dem, was du tust."

„Kein Problem. Ich vergesse immer, dass nicht jeder Geister rund um die Uhr lebt, atmet und schläft. In meinem Fall ist es einfach so."

Ich nickte.

„Ich muss deine Wohnung inspizieren, aber ich würde gerne mein Team, John und Riley, mitbringen. Wir verwenden alle unterschiedliche Geräte, um die Aktivität zu messen, daher ist es besser, wenn die beiden kommen."

Ich nickte wieder, und er holte sein Handy heraus und wählte. Fünf Minuten später waren die anderen beiden Männer unterwegs.

„Okay, wo wirst du sein, während wir unser Ding machen?", fragte Ian.

„Warum?"

„Nachdem wir ein paar Basismessungen durchgeführt haben, würde ich dich gerne wieder dorthin bringen, um zu sehen, ob es irgendwelche Aktivitäten in deiner Gegenwart gibt. Manchmal werden Geister von bestimmten Energien angezogen."

Natürlich war das so. Ich fragte mich, wie ich es so lange

geschafft hatte, dass sich keiner wie eine Klette an mich geheftet hatte. „Ich denke, ich werde hier bleiben."

„Perfekt. Sobald meine Jungs hier sind, mache ich mich an die Arbeit. Bleibst du heute Nacht bei Kat?"

Würde ich bei ihr übernachten? „Ich denke schon. In meiner Wohnung zu schlafen scheint keine gute Idee zu sein." Ich biss mir auf die Lippe, um nicht finster dreinzublicken.

Ian zuckte mit den Schultern. „Ich habe noch nie einen Geist gesehen, der mehr getan hat, als jemanden zu gruseln, also könntest du wahrscheinlich schon zu Hause schlafen. Wir werden jedoch lange hier sein. Bei der Datensammlung kann es eine Weile dauern, bis wir schlüssige Ergebnisse bekommen."

„Nur gruseln, ja? Das ist gut zu hören." Schade, dass ich nicht wie die meisten Menschen war. Mit meiner Energie würde ich womöglich am Ende besessen sein.

Nachdem Kat zurückgekehrt war, aßen wir drei unsere Po'boy-Sandwiches und unterhielten uns über nichts, was mit Geistern zu tun hatte. Ich hatte fast vergessen, warum Ian da war, bis sein Handy vibrierte und er seine Geisterjägerkollegen treffen musste.

Ich gab ihm meinen Wohnungsschlüssel. „Komm einfach und hol mich, wenn ihr bereit seid."

„Wird gemacht." Ian machte ein paar Schritte, bevor ich ihn aufhielt.

„Warte, verlangst du keine Gebühr dafür oder sowas?"

„Doch, das schon, aber lass erstmal sehen, wo das hinführt. Betrachte das als kostenlose Beratung. Wenn wir weitermachen müssen, können wir das besprechen."

„Das ist sehr nett von dir." Ich lächelte.

„Ah, da ist es ja! Ich habe mich gefragt, ob ich ein echtes Lächeln von dir bekommen würde. Sieht hübsch aus." Er zwinkerte. „Ich mach dir einen Freundschaftspreis. Bis später, Kat."

Sie winkte. Wir sahen zu, wie er den Hof verließ, sein Handy ans Ohr gepresst. Die Nebentür des Gebäudes fiel zu.

„Der Typ ist heiß! Ist das der Geisterjäger?", fragte Pyper, als sie sich uns anschloss.

Ich nickte. „Ziemlich appetitlich, nicht wahr? Auf eine Schuljungenart."

„Schuljunge", schnaubte sie. „Überlegst du, dich beim Spiel mit ihm hinter die Tribüne zu schleichen?"

Ich lachte. „Das ist eine Überlegung wert." Dann bemerkte ich endlich ihre royalblauen Hotpants und das tief ausgeschnittene Neckholder-Top. „Was ist das denn?"

Sie machte einen sexy Schmollmund. „Was? Dir gefällt mein Stripper-Outfit nicht?"

Kat fing mitten im Schluck an zu husten, und Pyper lachte.

„Strippst du auch im Club?", fragte ich.

„Früher schon, und jetzt nur noch, wenn es nötig ist. Wir sind heute Abend unterbesetzt."

Nachdem der anfängliche Schock über Pypers Ankündigung verflogen war, blieben wir drei die nächsten Stunden im Hof und plauderten, bis Ian mich anrief. Kat hatte mich überzeugt, bei ihr zu übernachten. Ich war nicht glücklich darüber, aber meine Auswahl war begrenzt. Und wenn ich nicht bald Schlaf bekommen würde, würde ich wirklich umkippen.

Ich schleppte meine Füße den dritten Treppenabsatz hinauf und versuchte, vernünftig zu sein. Drei andere Leute waren in meiner winzigen, fast leeren Wohnung. Was konnte schlimmstenfalls passieren?

Ich klopfte an die geschlossene Tür, unsicher, ob ich einfach reingehen sollte. Sekunden später machte Ian auf.

„Bereit, Jade? Alles, was wir tun werden, ist, ein paar

Messungen aufzunehmen. Doch zuerst musst du einen Schutzzauber sagen."

„Einen Zauber?" Ich runzelte die Stirn. Ich praktizierte Zauberei nicht, und das aus gutem Grund.

„Eher wie ein Gebet. Es ist einfach ein Standardverfahren."

„Alles klar." Ein Gebetszauber würde mich nicht umbringen. Sie waren harmlos.

Ian lächelte beruhigend. „Mach dir keine Sorgen. Sprich mir einfach nach."

Ich nickte.

„Götter des Jenseits, wir sind hier als bloße Beobachter. Wir bitten um eure Führung. Begleitet uns auf unserer Suche nach Wissen. Wir wollen keinen Schaden anrichten und bitten um Schutz vor all jenen, die uns schaden wollen."

Ich wiederholte Ians Worte und fragte dann: „Bereit?"

‚Ja. Okay, ich möchte, dass du langsam durch den Raum gehst, während wir den Rest machen. Sag nichts, es sei denn, ich bitte dich darum."

Ich ging durch meine Wohnung, während Ian mir mit einem elektronischen Messgerät folgte. Die beiden anderen waren damit beschäftigt, ihre eigene Ausrüstung zu bedienen. Einer hielt einen handtellergroßen Videorekorder, der andere jonglierte mit drei verschiedenen Kameras.

Ich hatte keine Ahnung, wie genau ihre Messungen sein würden. Geisterjagd gehörte nicht zu meinem Wissensschatz. Doch ich hatte eine Waffe, von der sie nichts wussten. Ich entschied, dass es das Beste war, zu wissen, was genau hier vor sich ging, öffnete mich und ließ die Emotionen im Raum auf mich wirken. Ians Begeisterung prickelte in meinem Rücken.

„Das macht dir wirklich Spaß, nicht wahr?", fragte ich.

„Jeder hat eine Leidenschaft. Aber nicht reden. Die Messungen laufen noch."

Ich murmelte „Entschuldigung" und konzentrierte mich

auf die Langeweile des Fotografen und die Ungeduld des Videofilmers. Anscheinend teilten Ians Helfer seine Leidenschaft nicht. Ich blendete die drei aus und konzentrierte mich auf jede andere emotionale Prägung. Nichts. Ich hielt meine Sinne offen. Als wir uns dem Badezimmer näherten, verlangsamte Angst meine Schritte. Ian stieß mich an. Ich hatte keine andere Wahl, als mich zusammenzureißen.

Der Honigpuder bedeckte immer noch den Boden, und der süße Geißblattduft brachte die Ereignisse des Nachmittags zurück. Ich spürte fast, wie der Minitornado um mich herumwirbelte. Aber als ich dastand und es auf mich wirken ließ, durchdrang nichts meine emotionale Energie. Der Raum fühlte sich einfach friedlich an.

Ian führte mich in die Mitte des Wohnbereichs und bat mich, etwas zu sagen.

„Hallo?", rief ich.

Stille.

„Bist du hier?"

Einen Moment später nickte Ian. Ich versuchte es noch einmal. „Wenn du hier bist, gib uns ein Zeichen."

Wir versuchten noch ein paarmal, den Geist zu rufen, doch es passierte nichts. Als mein Teil erledigt war, bat ich Ian, den Schlüssel bei Pyper abzugeben, wenn sie fertig waren, und ging los, um Kat zu suchen.

Auf dem leeren Tisch im Hof fand ich einen Zettel. Kat wartete im Club auf mich. Was? Das ist der letzte Ort, an dem ich sie erwartet hätte.

Als ich um die Ecke bog, entdeckte ich eine Braut in einem kurzen schwarzen Paillettenkleid und einem weißen Schleier, umgeben von einer Gruppe von Frauen, die mit Kondomen und Penis-Lollipops ausgestattet waren. Sie gingen gerade durch den Eingang. War es normal, dass eine Frau ihren Junggesellinnenabschied in einem Stripclub feierte? Hm.

Ich hielt mich am Ende der Schlange und versuchte, einer Gruppe Männer auszuweichen, die auf die Partygirls zusteuerten.

Jemand packte meinen Arm und erschreckte mich.

„Hey!", schrie ich.

„Du musst nicht in der Schlange warten", sagte Kane. War es komisch, dass mein Inneres jedes Mal schmolz, wenn ich ihn reden hörte? „Deine Freundin ist drinnen an der Bar."

„Danke!" Ich lächelte ihn an. Als ich durch die Tür ging, drehte ich mich um, um zu winken, und erwischte ihn dabei, wie er mich beobachtete. Mein Inneres war warm und matschig … bis emotionale Energie in meinen Magen krachte und mir den Atem raubte.

Ich wäre sicher umgekippt, wenn die Mauer nicht direkt hinter mir gewesen wäre.

Nach Luft ringend stellte ich mir einen Glaszylinder vor und stellte mich dann gedanklich hinein. Der Schmerz in meinem Bauch ließ so weit nach, dass ich wieder atmen konnte, verschwand aber nicht ganz.

Das größte Problem, ein Empath zu sein, war, dass ich die Emotionen anderer in einer hochgeladenen Atmosphäre nicht effektiv ausblenden konnte. Und dieser Laden war *geladen*. Normalerweise hatte die Energie einer einzelnen Person eine deutliche Prägung. Ich konnte seine oder ihre Energie spüren und wusste, wem sie gehörte, ähnlich wie ich den Klang einer Stimme einer bestimmten Person zuordnen konnte. Doch in solchen Situationen war die emotionale Energie wie Geschrei. Nur, dass mir der Bauch schmerzte, nicht die Ohren.

Bei so viel Energie um mich herum konnte ich mich nicht konzentrieren. Wenn ich meine Sinne nicht mit jemand anderem verschmelzen würde, würde ich ohnmächtig werden … bald. Während mir vom emotionalen Chaos schwindelig war, streckte ich blind die Hand aus. Leider berührte ich die falsche Person.

Mein Magen drehte sich, als die Wut mein Rückgrat hinaufkroch und sich um meinen Hals schlang, als wollte sie mich erwürgen. Würgend zog ich meine Energie zurück und zog mich in meinen geistigen Glaszylinder zurück. Himmel! Das Böse lebte in diesem Körper. Äußerlich sah er ganz normal aus: ein durchschnittlicher, glatzköpfiger, magerer Mann, der in einer Ecke saß und eine nicht angezündete Zigarette zwischen den Fingern rollte. Ich nahm mir vor, Pyper und das übrige Personal zu warnen, sich von ihm fernzuhalten. Manchmal ist meine Gabe praktisch, und manchmal ist sie geradezu nervig. In diesem Fall war sie definitiv beides.

Tränen stiegen mir in die Augen. Kat bemerkte ich erst, als ihre Hand meine berührte. „Es ist okay, konzentrier dich auf mich", sagte sie.

Der Schmerz ließ nach, und ich lächelte sie schwach an. „Danke!" Jemanden zu haben, auf den man sich konzentrieren konnte, funktionierte normalerweise besser als mein Glaszylinder, doch es musste eine Person ohne toxische Energie sein, sonst half es nicht.

„Nein, es ist meine Schuld, dass du hier drin bist. Ich hatte Lust auf eine Margarita."

Kein Wunder, dass sie entspannt wirkte. „Wie viele hattest du?"

„Zwei oder drei... oder vielleicht ist das die Vierte. Ich kann mich nicht erinnern. Pyper hat sich geweigert, Geld von mir zu nehmen." Sie kicherte.

Ich lachte. „Okay. Setzen wir uns."

Als wir an der Bar ankamen, reichte mir Kat ihren Cocktail und ging zur Toilette. Im Sitzen konzentrierte ich mich wieder auf meinen mentalen Glaszylinder. Diesmal reichte er. Gott sei Dank.

„Was kann ich dir bringen?" Das strahlende, herzförmige Gesicht der Barkeeperin wandte sich mir zu, und ihr Lächeln reichte bis in ihre Augen. Ihr stacheliges rotes Haar leuchtete unter den Lichtern der Bar.

„Wasser in der Flasche, wenn du welches hast."

„Drei Dollar bitte." Sie stellte eine triefende Flasche aus einer Wanne voller Eiswürfel auf den Tresen.

Igitt. „Danke! Kannst du mir sagen, wo ich Pyper finde?" Ich wollte ihr sagen, dass sie nach Ian Ausschau halten sollte, damit er ihr meinen Schlüssel geben konnte.

Sie nickte zur Bühne. „Da oben, aber bei der Arbeit nennt sie sich Candy. Erzähl das nur nicht allen." Sie zwinkerte. „Du bist nicht zum Vorsprechen hier, oder? Die sind normalerweise tagsüber, wenn der Club nicht geöffnet ist."

Ich verschluckte mich und spuckte das Wasser aus. „Oh nein. Ich muss nur kurz mit ihr reden." Eine Vision von mir auf der Bühne ließ mich schaudern.

„Schade. Das hätte ich gerne gesehen." Sie grinste und wandte ihre Aufmerksamkeit einem wartenden Gast zu.

Fasziniert beobachtete ich, wie Pyper im Takt von „Cowboy" von Kid Rock die Stange ritt. Multitalent reichte nicht aus, um sie zu beschreiben, als sie die fast zwei Stockwerke hohe Stange erklomm, allein mit der Kraft ihrer Arme. Als sie zu zwei Dritteln oben war, schlang sie ihre Beine fest um die Stange, ließ ihre Hände los, während sie den Rücken beugte, und kreiste gut dreißig Sekunden lang um die Stange. *Wow.* Das war beeindruckend.

Die Männer, die in der ersten Reihe johlten und ließen sich offensichtlich nicht von einer Frau abschrecken, die sich nur mit der Kraft ihrer Schenkel an einer Stange festhalten konnte. Eine Tatsache, die sich zeigte, als sie ihre Geldbeutel öffneten,

Dollarnoten herauszogen und darauf warteten, dass sie ihnen einen Moment persönlicher Aufmerksamkeit schenkte.

Fasziniert von Pypers Darbietung bemerkte ich nicht, dass er sich neben mich gesetzt hatte, bis er mich ansprach.

Whiskeygestank attackierte meine Sinne, als eine männliche Stimme leise und heiß in mein Ohr flüsterte. „Was zum Teufel glaubst du, was du tust, Kat hierherzubringen?"

Es war gut, dass mein Schutzzylinder hielt, denn ich wusste, wenn er nicht gehalten hätte, wäre mein Abendessen auf dem Clubboden gelandet.

„Dan", keuchte ich. „Wer hat dich eingeladen?"

# KAPITEL DREI

*I*ch suchte den Club schnell nach Kat ab, doch sie war immer noch nicht von der Toilette zurückgekommen.

„Kat hat mich stockbesoffen angerufen." Dan baute sich vor mir auf. Seine Feindseligkeit drang durch meine Abwehrkräfte und ließ meine Haut prickeln. Wo war das denn hergekommen? Wir waren sicher keine Freunde mehr, doch wir hatten eine Art unausgesprochene Übereinkunft, uns gegenseitig zu ignorieren. Er beugte sich vor. „Halt dich von ihr fern."

Ich wurde wütend. Ich legte meine Handfläche an seine Brust und schob ihn zurück, während ich aufstand. „Oder was, Dan? Wirst du sie einsperren?"

„Fass mich nie wieder an", zischte er.

Als ob ich das wollte! Meine Hand schmerzte von dem Kontakt, den wir gerade gehabt hatten. Meine körperlichen Reaktionen auf ihn wurden intensiver. „Dann lass mich in Ruhe. Kat muss nicht gerettet werden. Sie ist ein großes Mädchen."

Er kniff die Augen zusammen, als er mich wegstieß und mich auf den Hocker zwang. „Du erwartest, dass ich glaube, dass sie allein an einen Ort wie diesen gekommen ist? Hast du dich entschieden, jetzt Stripperin zu werden? Überrascht mich nicht. Oder vielleicht bist du einfach ans andere Ufer gewechselt, weil du anscheinend keinen Mann halten kannst."

Fassungslos starrte ich ihn vom Hocker aus an. In einer Million Jahren hätte ich nie gedacht, dass er jemanden körperlich angreifen würde, und schon gar nicht mich, egal wie wütend wir aufeinander waren. Nicht nach dem, was wir drei den Sommer vor unserem zweiten Jahr in der Highschool durchgemacht hatten. Es war klar, dass er getrunken hatte, aber ich hatte ihn nie als gewalttätigen Trinker kennengelernt. Die Sorge um ihn dämpfte einen Teil meiner Wut. Was zum Teufel war los?

„Entschuldigung." Die Barkeeperin beugte sich über die Bar und tippte Dan auf die Schulter. „Vielleicht solltest du einen Schritt zurücktreten."

Dan sah sie an. „Kümmer dich um deinen eigenen Scheiß."

„Das ist mein Scheiß. Jetzt zieh dich zurück, oder ich werfe dich raus." Sie gab jemandem auf der anderen Seite des Raumes ein Zeichen, doch ich konnte nicht sehen, wem, da Dan immer noch vor mir stand.

„Du kannst mich nicht rauswerfen. Ich habe nichts getan", schnaubte Dan und wandte sich einem Mann zu, der links von mir saß. „Blöde Lesben."

Meine ganze Sorge um Dans Geisteszustand verflog, als ich seine abscheulichen Worte hörte. Es war, als wäre er besessen.

„Das habe ich gehört." Ein finsterer Blick breitete sich auf dem Gesicht der Barkeeperin aus. „Das ist meine letzte Warnung. Hör auf, die Lady zu belästigen, oder dir wird nicht gefallen, was als Nächstes passiert."

Dan lachte und legte mir besitzergreifend eine Hand auf

den Arm. „Die *Lady* und ich haben Geschichte", lallte er. „Ich belästige dich nicht, oder, Jade? Ich meine, es ist nicht so, dass du nicht weißt, was ich für dich *empfinde*."

Seine Berührung sandte eine Welle des Ekels durch mich. Ich wand meinen Arm und bemühte mich, ihn aus seinem Griff zu befreien. „Lass los, Dan! Ich meine es ernst."

„Ich denke, Sie sollten besser tun, was sie sagt." Kane tauchte an Dans Seite auf.

„Und wer zum Henker bist du?" Dan drehte sich um, seine Haltung kampfbereit.

„Der Besitzer dieses Ladens. Ich schlage vor, Sie verlassen jetzt meinen Club." Kane wirkte entspannt, doch seine Stimme hatte einen gefährlichen Unterton.

„Oh. Fantastisch." Dan stieß ein bedrohliches Lachen aus. „Genau der, den ich gesucht habe. Wenn du daran denkst, diese Schlampe einzustellen", Dan zeigte auf mich, „solltest du wissen, dass sie ein gedankenlesender Freak ist."

Von einem Augenblick zum anderen, drehte Kane Dans Arm hinter seinen Rücken und stieß ihn zum Ausgang.

„Lass los, du Arschloch!", zeterte Dan und trat um sich, während er versuchte, sich aus seinem Griff zu winden. „Ich tue dir einen Gefallen."

Die Musik übertönte Kanes Antwort, doch er strahlte eisige Wut aus. Dan sah wütend aus, doch seine Energie verriet intensive Befriedigung. Was glaubte er, damit zu erreichen? War er absichtlich hier aufgetaucht, um mir wehzutun? Ich sah zu, wie Kane Dan buchstäblich aus der Tür warf und ihm dann folgte.

„Jade?" Kat legte ihre Hand auf meinen Arm. „Was ist los?"

„Wie lange stehst du schon da?"

„Ich bin gerade zurückgekommen. War das gerade Kane, der Dan aus dem Club geworfen hat?"

„Ja."

„Warte. Was hat Dan hier gemacht? Habt ihr gestritten? Ich dachte, ihr ignoriert euch." Ihre Augen blieben an der Tür hängen, und Enttäuschung ging von ihr aus.

Ich seufzte. „Schau, Kat, Dan hat mich körperlich angegriffen und als die Barkeeperin ihn aufgefordert hat zurückzutreten, ist er ausgeflippt. Das ist seine Schuld, nicht meine." Adrenalin schoss verzögert durch meine Adern und ließ mich zittern.

Sie drehte sich so schnell um, dass sie stolperte, hielt sich aber am benachbarten Hocker fest. Ihre geröteten, leicht glasigen Augen versuchten, sich auf meine zu konzentrieren, und ich fragte mich, wie viel sie wirklich getrunken hatte. „Dan würde das niemals tun. Hast du vergessen, was vor Jahren in dieser Pflegefamilie passiert ist? Er hat uns gerettet. Uns beide."

Ein frustriertes Knurren entfleuchte meinen Lippen. „Nein. Natürlich nicht. Wie könnte ich das vergessen?"

Das war der Sommer gewesen, in dem ich meine Mutter verloren hatte, und ich war im Pflegesystem gelandet, bevor Tante Gwen gekommen war, um sich um mich zu kümmern. Am 4. Juli waren Dan und Kat gekommen, um mich auf dem Weg zum Jahrmarkt von der Pflegefamilie abzuholen. Nur, dass wir es nie aus dem Haus geschafft hatten. Selbst heute noch lief ein kalter Schauer über meinen Rücken, wenn ich mich erinnerte.

Dan hatte sein Leben riskiert, um uns beide vor unaussprechlichen Dingen zu retten, und hatte weit mehr ertragen, als ein fünfzehnjähriger Junge jemals hätte ertragen sollen. Wie durch ein Wunder waren Kat und ich mit leichten Verletzungen davongekommen. Dan hatte nicht so viel Glück gehabt. Er hätte sich immer wieder zwischen unseren Angreifer und uns gestellt und wäre sicher gestorben, um uns zu beschützen, wenn die Polizei nicht gerade noch rechtzeitig aufgetaucht wäre.

Von diesem Tag an hatte uns drei eine unzerbrechliche Freundschaft verbunden. Bis Dan und ich es mit unserer Beziehung vermasselt hatten.

„Ich sollte gehen, um mich zu vergewissern, dass es ihm gut geht. Wir sehen uns später bei mir", sagte Kat.

„Das glaube ich nicht ", sagte ich zu ihrem Rücken, während sie durch die Menge schwankte, doch ich bezweifelte, dass sie mich über die Musik gehört hatte. Mit zusammengebissenen Zähnen wandte ich mich der Barkeeperin zu. „Es tut mir leid."

„Warum?" Sie runzelte die Stirn.

„Weil es meine Schuld ist, dass er hier war." Meine Hände begannen zu zittern. Ich ballte sie zu Fäusten, wütend über meine Reaktion.

„Hast du ihn hierher eingeladen oder so?"

„Was? Nein."

„Wie ist es dann deine Schuld? Es ist offensichtlich, dass du den Typen nicht leiden kannst." Sie zuckte mit den Schultern. „Mach dir keine Sorgen. Es ist nicht das erste Mal, dass ein dahergelaufener Betrunkener Ärger macht."

„Er ist nicht so dahergelaufen", sagte ich leise.

„Wirklich, mach dir keine Sorgen. Kane wird sich um ihn kümmern. Ich bin übrigens Charlie."

Ich schüttelte ihr die Hand. „Jade, und danke für die Hilfe."

Sie neigte interessiert den Kopf. „Also, ist es wahr?"

„Was?"

„Was er gesagt hat. Kannst du wirklich Gedanken lesen?"

„Nein." Technisch konnte ich keine Gedanken lesen, also war es keine Lüge.

„Das ist schade. Über eine solche Gabe würde ich mich sehr freuen." Charlie drehte sich um, um die Theke abzuwischen, und fragte dann: „Du nicht?"

„Nein. Ich nicht", antwortete ich wahrheitsgemäß. Meine Schultern entspannten sich, als ich sie anlächelte.

Es dauerte nicht lange, bis Kane wieder hereinkam, seine Miene kühl, als wäre nichts passiert. Er ging direkt auf mich zu. Als er die Bar erreichte, sagte ich: „Es tut mir so leid. Ich weiß nicht, was sein Problem ist."

„Weißt du nicht? Ich schon."

„Du weißt es?" Meine Hände begannen wieder zu zittern.

„Er ist ein Arschloch, Das ist sein Problem. Keine Sorge, die Türsteher wurden angewiesen, ihn nicht wieder hier reinzulassen. Jemals. Er hat Hausverbot."

„Hausverbot?"

„Ist das ein Problem?"

Die Anspannung in meinem Kiefer ließ nach, als ich langsam und tief durchatmete. „Nein. Danke, Kane! Es tut mir leid, dass er eine solche Szene gemacht hat."

Er nickte und als er mich ansah, strahlte intensive Neugier von ihm aus. Ich zwang mich, Blickkontakt zu halten, und wartete. Er hatte eindeutig Fragen, doch während die Sekunden verstrichen, war genauso klar, dass er sie nicht stellen würde. Und ich bot keine Antworten an.

„Also ... nochmal danke, ich weiß deine Hilfe zu schätzen. Wenn du irgendwas von mir brauchst, lass es mich wissen."

Sein Blick wanderte über meinen Körper, dann wieder zu meinem Gesicht.

„Vielleicht später." Damit drehte er sich um und ging davon.

„Oh-oh! Sieht aus, als hätte der Boss ein neues Mädchen im Visier", trällerte Charlie, während sie neben mir einen kleinen Tanz aufführte.

„Was?"

„Ich habe diesen Blick gesehen. Ich mag nicht auf Jungs stehen, aber ich weiß, wie ein Mann aussieht, wenn er interessiert ist."

„Aber was ist mit Pyper?"

„Was ist mit ihr?", fragte sie.

„Äh ... sind sie nicht zusammen?"

Charlie lachte lange und heftig, bis ihr fast die Tränen kamen. „Honey, wenn Pyper etwas mit Kane hätte, würdest du es wissen. Subtilität ist nicht ihre Stärke, wenn es um Männer geht." Um ihren Mundwinkel spielte ein amüsiertes Lächeln. „Nein. Sie sind nur Geschäftspartner. Und der Boss hat ein Auge auf dich geworfen."

NACHDEM DER ADRENALINSCHUB NACHGELASSEN HATTE, baute sich hinter meinem linken Auge ein Druck auf, der eine Migräne ankündigte. Wenn ich den Club nicht bald verlassen würde, würde mich jemand hinaustragen müssen. Ich dankte Charlie noch einmal und machte mich auf den Weg nach draußen. Der Druck ließ erst nach, als ich den schmalen Gang zum Hof meines Gebäudes betrat. Im Hof schirmten die Backsteinmauern den Trubel der Bourbon Street ab. Erleichtert seufzend ließ ich mich auf einen Stuhl sinken.

„Jade?", rief Pyper. Ich folgte dem Klang ihrer Stimme und fand sie an den Seiteneingang gelehnt. „Ich dachte, du gehst mit deiner Freundin nach Hause."

„Planänderung. Was führt dich hierher?"

Sie kam herüber und setzte sich neben mich. „Pause. Was ist mit dir?"

„Ich warte darauf, dass Ian fertig wird, damit ich schlafen gehen kann."

Pyper richtete sich mit hochgezogenen Augenbrauen auf. „Wirklich? Hast du keine Angst?"

Ich zuckte eine Schulter. „Ich war mit Ian oben und nichts ist passiert – selbst als ich versucht habe, mit ihm zu sprechen.

Ich denke, ich bringe es besser einfach hinter mich." Mein halbherziges Lächeln geriet bei ihrem skeptischen Blick ins Stocken. „Alles wird gut."

Sie zog eine Visitenkarte aus ihrer Tasche. „Das ist meine Handynummer. Wenn nochmal was passiert oder du einfach nur Angst hast, ruf mich an, und du kannst zu mir kommen. Ich wohne nebenan über dem Café."

Ich runzelte die Stirn. „Danke! Das ist lieb von dir, zumal wir uns kaum kennen." Ich mochte sie und dachte, wir wären auf dem besten Weg, Freundinnen zu werden, aber Vertrauen fiel mir nicht leicht. Ich war in der Vergangenheit zu oft verraten worden. Sich auf irgendjemanden zu verlassen lud nur Ärger ein. Dazu musste man sich nur Kat ansehen.

Mir war klar, dass sie den Austausch zwischen mir und Dan nicht gesehen hatte und die ganze Sache so untypisch für ihn war, doch als ich ihr erzählt hatte, was passiert war, hatte sie es einfach als unmöglich abgetan, ohne es in Erwägung zu ziehen. Dass sie betrunken war, reichte nicht als Ausrede. Sie schien zu verstehen, dass Dan aus dem Club geworfen worden war. Das allein hätte ihr ein Hinweis sein sollen, dass etwas nicht stimmte. Der ganze Austausch hat mich leer und allein zurückgelassen.

„Was kann ich sagen? Ich habe ein wirklich schlechtes Gewissen, dass wir dir eine Wohnung vermietet haben, in der es spukt. Ich dachte wirklich, Kane spinnt. Wenn du aus dem Mietvertrag aussteigen willst, kümmere ich mich drum."

Ah. Schuldgefühle und ein schlechtes Gewissen brachten Menschen dazu, viele Dinge zu tun, die sie normalerweise nicht tun würden. Trotzdem wusste ich beide Angebote zu schätzen. „Danke, aber ich denke, ich werde es durchziehen. Hoffentlich kann Ian eine Lösung finden, damit die Wohnung geisterfrei bleibt." Zu diesem Zeitpunkt hatte ich nicht viele Möglichkeiten, also hatte ich mich bereits entschieden zu bleiben, es sei denn, der Geist würde Messer nach mir werfen. „Doch wenn es schlimmer wird, werde ich vielleicht auf dein Angebot zurückkommen."

„Du hast Mut. Das mag ich an einer Frau."

„Ich auch", sagte Ian, als er hinter uns auftauchte. „Jade, hier ist dein Schlüssel. Wir haben alles, was wir brauchen, aber es wird ein paar Tage dauern, die Daten zusammenzustellen. Ich rufe dich an, und vielleicht können wir uns dann zum Abendessen treffen und alles besprechen?"

„Klar, hört sich gut an. Danke, Ian!" Ich stand auf und umarmte ihn zum Abschied.

„Hmm, hört sich an, als hättest du ein Date", sagte Pyper, nachdem Ian gegangen war.

„Was? Nein, das ist kein Date. Oder?"

„Von hier aus sieht es sicher wie eins aus." Pyper stand auf. „Ich muss wieder rein. Zögere nicht, anzurufen, wenn du irgendwas brauchst."

Der Moment der Wahrheit. War ich bereit, wieder in meine Wohnung zu gehen? Nein, aber im Hof zu schlafen war keine Option. Ich konnte das Angebot von Pyper jederzeit annehmen, doch wie seltsam wäre das? Ich kannte sie ja kaum. Vielleicht würde ich kapitulieren und den fast ausgeschöpften Kreditrahmen meiner Kreditkarte für ein Hotelzimmer verwenden.

Musik der Charlie Daniels Band begann von meinem Handy zu dudeln und unterbrach meinen inneren Monolog. Ich lächelte, als ich es aufklappte. „Hey, Gwen. Wie geht es meiner Lieblingstante heute Abend?"

„Besser als dir, Süße. Du hast dich überanstrengt."

„Ich weiß. Tut mir leid. Habe ich dich wachgehalten?" Auch Gwen hatte gewisse Gaben, und es gab niemanden, mit dem sie besser im Einklang war als ich.

„Ja, aber es ist nicht das erste Mal und es wird nicht das

letzte Mal sein. Ich rufe an, um dir zu sagen, dass du die richtige Entscheidung getroffen hast, also hör auf, dich deswegen zu stressen, und geh." Sie hielt inne und fügte dann hinzu: „Ich muss mich heute Nacht *irgendwann* ausruhen."

„Warte, meine Entscheidung? Du meinst die, heute Nacht in meiner Wohnung zu schlafen?"

„Hast du darüber nachgedacht, als ich angerufen habe? Wenn ja, dann ja." Sie kicherte. „Die Botschaft ist laut und deutlich angekommen."

Die Anspannung löste sich aus meinen Gliedern. Wenn Gwen sagte, es sei in Ordnung, dann war es in Ordnung. Ich informierte sie über die Ereignisse des Tages, abgesehen von meiner Begegnung mit Dan. Ich hätte gewettet, dass sie bereits davon wusste, und es war nicht nötig, es noch einmal aufzuwärmen. Gwen war noch weniger ein Fan von ihm als ich – falls das überhaupt möglich war.

„Wow", sagte sie. „Du hast viel um die Ohren. Ich spüre starke Schwingungen, dass deine Wohnung in Ordnung ist, aber sei trotzdem vorsichtig. Wenn er dich wieder stört, sag ihm, dass er gehen soll. Sei entschlossen, aber respektvoll. Du willst ihn oder sie nicht verärgern."

„Das werde ich, und danke. Es hat wirklich gutgetan, heute Nacht deine Stimme zu hören."

„Ich weiß. Gönn dir ein bisschen Ruhe, und erhol dich. Jetzt tu, was ich sage. Ich werde es wissen, wenn du es nicht tust."

Schmunzelnd verabschiedete ich mich mit dem Versprechen, auf mich aufzupassen. Als ich das Gebäude betrat, fühlte ich mich besser als den ganzen Tag zuvor.

Mit mehr als nur einem bisschen Angst stieß ich meine Tür auf und betete, dass Gwen Recht hatte. Ich vertraute ihr vollkommen, doch selbst das konnte nicht alle meine Ängste beruhigen. Nachdem ich mich umgesehen hatte, nahm ich meine Kraft zusammen, um in mein Badezimmer zu gehen. Ich konnte schlecht schlafen gehen, ohne mir vorher die Zähne zu putzen.

Der Duft von Geißblatt hing zwar immer noch in der Luft, doch das Badezimmer war gekehrt, und das Glas Honigpuder stand unschuldig in meinem Badezimmerregal. *Danke, Ian!* Vielleicht wäre ein Date mit ihm nicht so schlecht. Nachdem ich mein Schlafenszeitritual abgeschlossen hatte, machte ich mich auf den Weg zu meinem neuen Bett. Dankbar, dass der Tag endlich zu Ende war, stellte ich meinen Handywecker, damit er mich am nächsten Tag rechtzeitig für die Arbeit weckte, und schlief ein.

*EINE KÜHLE BRISE streichelte meine Schulter und ließ mich das dünne Laken zurückschlagen. Ich begrüßte die Atempause von der drückenden Nacht. Ich musste nicht die Bewegung der Matratze spüren, um zu wissen, dass ich nicht allein war. Seine verspielte Energie hüllte mich ein, und ein langsames Lächeln breitete sich auf meinen Lippen aus, als sein warmer Atem mein Ohr kitzelte. Schnurrend, während er meinen Hals streichelte, versuchte ich, mich zu ihm umzudrehen, doch sein Arm schlang sich um meine Mitte und hielt mich fest.*

*Ich wand mich und versuchte, seinem Griff zu entkommen, aber ich hielt inne, als er seine Finger von meinem Bauch hinauf zwischen meine Brüste wandern ließ.*

*Wie war ich jemals so lange ohne das ausgekommen?*

*Ich hielt still und genoss, wie sich die Spannung aufbaute, während er seine Erkundungen fortsetzte. Doch als er mit seinem Daumen über meine Brustwarze strich, erschauerte ich, und ein leises Stöhnen entkam meinen Lippen. Ich spürte sein Verlangen, das durch meine Adern schoss und jegliche Selbstbeherrschung zunichtemachte.*

*Ich streckte die Hand aus, schmerzend vor Verlangen, denn ich wollte unbedingt spüren, wie sich sein Körper fest an meinen presste. Meine Arme schlossen sich um ihn und zogen ihn an mich. Als ich meine Lippen auf seine presste, verschwand er. Ein qualvoller Schmerz durchfuhr mein Herz.*

Meine Augen flogen auf. Ich schlang meine Arme um mich und setzte mich auf, mein Körper immer noch zitternd von der unsichtbaren Berührung. Ich konzentrierte mich auf den unheimlichen gelben Mond, der durch das Fenster schien. Von wem genau hatte ich geträumt? Mir fiel kein Gesicht oder Körperbau ein. Meine einzige Erinnerung war das Gefühl seiner Berührung und anhaltendes sündiges Verlangen. Seufzend ließ ich mich wieder auf die Kissen sinken.

Was war das gewesen? Okay, im Stripclub rumzuhängen hatte Nebenwirkungen. Oder Vorteile? Meine Gedanken wanderten zu Kane, und das Verlangen kehrte mit voller Wucht zurück. *Verdammt!* Dieser Mann war einfach verboten sexy.

# KAPITEL VIER

*D*er Rest der Woche verlief in einer angenehmen Routine. Ich arbeitete morgens im Café und verbrachte die Nachmittage im Glasstudio – dem wahren Grund, warum ich nach New Orleans gezogen war. Die Glasschule hatte mir eine Stelle als Perlenmacherlehrerin angeboten. Ich habe seit dem College Glasperlen hergestellt und online verkauft und in den letzten sieben Jahren ein ziemlich solides Geschäft aufgebaut. Doch das Einkommen reichte nicht wirklich aus, um hier zu leben, daher der Teilzeitjob im Café.

Kat, die bereits hier wohnte, hatte mir diese Glasschule empfohlen und eine ganze Menge Überredungskunst angewendet, um mich zum Umzug zu bewegen. Schade, dass sie vergessen hatte zu erwähnen, dass Dan aus Idaho hierhergezogen war oder dass sie angefangen hatten, zu daten. Sonst würde ich immer noch in Boise wohnen.

Am Freitag entschied ich, dass ich mir einen freien Nachmittag verdient hatte. Ich hatte mir gerade ein großes Glas Wein eingeschenkt, als es an meiner Tür klopfte. Ich öffnete und fand Pyper mit neuen neonrosa Strähnen in ihrem schwarzen Haar. „Wow! Wo hast du die Zeit dafür gefunden? Deine Haare sehen toll aus!"

Sie hob die Hand zu einem frisch gefärbten Schopf. „Gleich, nachdem ich das Café verlassen habe. Ist großartig geworden, oder?"

Ich nickte, als sie schnurstracks zu meiner Theke ging. „Gott sei Dank", sagte sie dramatisch. „Du hast Wein."

Ich lachte. „Harter Tag?"

„Du hast ja keine Ahnung." Sie füllte ihr Glas bis zum Rand und trank die Hälfte davon, bevor sie Luft holte. „Schon besser."

„Ich würde dir einen Sitzplatz anbieten, aber ..." Ich wedelte mit der Hand durch den leeren Raum. „Ich hatte noch keine Zeit, Möbel zu kaufen. Ich plane morgen einen Nachmittag auf Craigslist."

„Keine Sorge, ich kann sowieso nicht bleiben. Eines der Mädchen hat gerade angerufen und gekündigt. Irgendwas wegen eines Jobs in Miami. Jetzt sitzen wir wirklich in der Klemme. Wir haben heute Abend drei VIP-Partys." Verzweiflung brandete von ihr aus. „Bitte, Jade? Könntest du uns heute Abend aushelfen?"

„Im Club?", fragte ich überrascht.

Sie nickte.

„Ich weiß nicht –"

„Bitte?", flehte Pyper.

„Es tut mir leid, aber ich habe kein Interesse am Strippen."

„Was? Ach nein! Charlie braucht Hilfe an der Bar, und ich vertrete eine der Kellnerinnen. Du machst so einen tollen Job im Café. Ich weiß, du wärst perfekt."

Ich runzelte die Stirn und biss mir auf die Lippe. „Ich bin wirklich nicht daran interessiert, im Stripclub zu arbeiten." Obwohl ich das zusätzliche Geld gebrauchen könnte, würde es mir schwerfallen, all die Energie auszublenden, die dort kursierte. Vor allem an einem Freitagabend. Ich schauderte.

„Oh. Also, ich schätze ..." Pyper trank den Rest ihres Weins aus und sah sich um. Ihre Lippen verzogen sich zu einem langsamen Lächeln. „Wie wäre es damit: du hilfst mir heute Abend aus, kümmerst dich nur um die Bar, und ich besorge dir ein paar Möbel und Umzugshelfer."

„Hm? Wie das?"

„Wir haben unten einen ganzen Lagerraum voller Möbel. Ich bin sicher, da ist genug, um die Wohnung einzurichten. Du hast doch gesagt, du suchst nach gebrauchtem Zeug." Sie zuckte mit den Schultern. „Ich kann leicht ein paar von den Jungs dazu bringen, ein paar Sessel und sonstigen Kram die Treppe hochzubringen."

Kostenlose Möbel und Umzugshelfer? Vielleicht konnte ich dafür eine Nacht diese Energiemine ertragen. „Wie lange brauchst du mich?"

„Jippieh!" Triumph ging in Wellen von ihr aus. Sie wusste, dass sie mich am Haken hatte. „Drei, vielleicht vier Stunden."

„Okay, aber ich habe noch nie an einer Bar gearbeitet. Erwarte nicht die Leistung, die du im Café bekommst."

„Mach dir keine Sorgen. Charlie wird eine Menge für dich zu tun haben. Danke! Komm gegen neun runter, damit sie dich einweisen kann, bevor es voll wird." Pyper wirbelte herum und tanzte zur Tür. „Du bist ein Lebensretter."

Nachdem Pyper verschwunden war, suchte ich nach meinem Handy, um Ian anzurufen. Wir telefonierten uns seit zwei Tagen hinterher. Ich hatte immer noch nicht die Ergebnisse seiner Geisterjagd. Es schien nicht viel zu bedeuten, da ich seit dem Tag, an dem er die Messungen vorgenommen hatte, niemanden gesehen oder gespürt hatte. Im Moment war ich einfach nur neugierig. Wenn der Geist mich in Ruhe ließ, war ich mehr als glücklich, es auf sich beruhen zu lassen.

Ich wählte und wartete.

Beim dritten Klingeln nahm er ab. „Jade! Endlich klappt es."

„Wurde auch Zeit. Du bist beschäftigter als ich, wie es scheint."

Er lachte. „Da bin ich mir nicht sicher. Unsere Zeitpläne scheinen einfach zu kollidieren. Ich habe es allerdings geschafft, meinen Kalender für morgen Abend freizuschaufeln. Hast du Lust auf Abendessen und vielleicht ein bisschen Jazzmusik?"

„Klar, klingt toll. Ich arbeite bis zwei, also habe ich danach Zeit."

Wir einigten uns auf 18:00 Uhr und trafen uns in meiner Wohnung. Ich sah mich um und fragte mich, wo Ian sitzen sollte. Das Bett war die einzige Sitzfläche im Zimmer, die andere Möglichkeit war der Boden. Na toll. Anstatt mir das erhoffte Nickerchen zu gönnen, schnappte ich mir meine Schlüssel und machte mich auf die Suche nach Pyper.

PYPER WAR NICHT IM CAFÉ, also klopfte ich an die Clubtür, in der Hoffnung, über die leise nach draußen dringende Musik drinnen gehört zu werden. Ich wartete und klopfte dann lauter. Bei meinem dritten Versuch schwang die Tür mitten im Klopfen auf.

„Oh, hallo", stammelte ich und starrte in Kanes gemeißeltes Gesicht.

„Jade." Er lächelte, und seine Neugier drängte sich in mein Bewusstsein. „Du bist nicht zum Vorsprechen hier, oder?"

Ich runzelte die Stirn und betrachtete meine staubigen, abgewetzten Jeans. Was war mit diesen Leuten? Sah ich aus wie eine Stripperin? Ich strich mir über die Haare. Mehr als ein paar Strähnen waren aus meinem Pferdeschwanz gerutscht. Ich öffnete meinen Mund, um zu protestieren, dann bemerkte ich Kanes großspuriges Lächeln und eine Menge Belustigung, die von ihm ausging. „Wahnsinnig witzig. Ist Pyper hier?"

Er kicherte und winkte mich in den Club. Ich sah mich um und betrachtete die blauen Samtwände, Stühle und Zweiersofas, die ich vorher nicht bemerkt hatte. Tagsüber sah es anders aus. Sogar die Decke war mit Samt bezogen.

Er trat neben mich und führte mich mit seiner Hand auf meinem unteren Rücken. Elektrische Hitze schoss meinen Rücken hinauf und ließ mich erschauern. Ich konnte fast spüren, wie sein Ego anschwoll, als ihn die Freude durchströmte. Verdammt. Er hatte es gespürt. Ich musste mich zusammenreißen, um weiterzugehen und nicht zur Tür zu rennen. „Setz dich. Ich hole dir was zu trinken. Bei Pyper könnte es noch eine Weile dauern", sagte er.

Ich saß an der Bar und sah zu, wie Kane hinter die Theke ging.

„Was ist dein bevorzugtes Gift?", fragte er.

„Du hast kein Guinness, oder?"

„Guinness?" Er hob eine Augenbraue.

„Ja, weißt du – das dunkle Bier, das sie im Irish Pub haben?" Ich tippte mit den Fingern auf den Tresen. „Was? Es war eine lange Woche." Und mein Wein stand unberührt in meiner Wohnung.

„Nichts. Ich kenne einfach nicht viele Frauen, die Guinness trinken." Er griff in einen kleinen Kühlschrank und zog die dunkle Flasche heraus. „Im Glas?"

„Ist egal."

Er öffnete den Verschluss und reichte mir die Flasche. Ich nahm sie und drehte mich um, um mir die Szene auf der

Bühne anzusehen. Eine Gruppe von fünf Frauen stand da und hörte Pyper aufmerksam zu.

Kane kam hinter der Theke hervor und setzte sich neben mich, sein eigenes Bier in der Hand.

„Du trinkst bei der Arbeit?", fragte ich.

„Einer der Vorteile, der Besitzer zu sein." Er hob seine Flasche, um mir zuzuprosten.

Dem konnte ich nicht widersprechen. Nickend berührte ich seine Flasche mit meiner und trank.

Wir saßen schweigend da, unsere Aufmerksamkeit auf die Bühne gerichtet. Pyper schien eine Einweisung zu geben. Fasziniert lehnte ich mich nach rechts und versuchte, an einem der Mädchen vorbei zu spähen, das mir die Sicht versperrte. Kanes männlicher Duft erfüllte meine Sinne. Meine Welt kippte. Ich streckte die Hand aus und griff nach dem nächstgelegenen Halt – Kanes Oberschenkel. Seine Muskeln spannten sich an, und ich wollte nichts mehr, als meine Hand höher über die feste Oberfläche zu streichen. Mein Blick begegnete seinem. Die tiefen Seen geschmolzener Schokolade brachten mich dazu, auf meine Unterlippe zu beißen. Seine Augen wanderten bei der Bewegung, und gerade als ich dachte, er würde sich nach vorn lehnen …

„Was ist denn hier los?" Aufrichtiges Interesse überfiel meine Sinne.

Der Bann brach, ich zuckte zusammen, riss meine Hand zurück und richtete meine Aufmerksamkeit auf Pyper, die vor uns stehenblieb.

„Ich liebe das Pink", sagte Kane in seinem üblichen Tonfall, anscheinend unbeeindruckt von dem, was gerade passiert war.

Sie lächelte. „Ich dachte, dass es dir gefallen würde."

„Jade hat auf dich gewartet." Er stand auf und ging, ohne ein weiteres Wort zu sagen.

„Was war das für ein alberner Blick?", fragte Pyper.

„Hm?" Ich versuchte, mein Gesicht zu einem neutralen Ausdruck zu zwingen. „Ich weiß nicht. Einfach nicht in meinem Element, denke ich. Tut mir leid, dass ich dich bei der Arbeit belästige, aber ich hatte gehofft, ich könnte mir die Möbel ansehen."

„Kein Problem, du störst mich nicht. Meine Assistentin hat das im Griff."

Ich nahm mir mein Bier und folgte Pyper zu einer Tür am Ende des Flurs. Nachdem sie sie aufgeschlossen hatte, schaltete sie das Licht ein und führte mich in einen Raum, der an Tante Gwens Dachboden erinnerte. Das Durcheinander von Kartons und alten Möbeln teilte ein einziger, schmaler Gang. Staub bedeckte jede mögliche Oberfläche und ließ meine Nase zucken.

„All das ist von früheren Bewohnern zurückgelassen worden?", fragte ich ungläubig.

„Soweit wir wissen. Das meiste davon war hier, als Kane das Gebäude gekauft hat."

Kane. Allein sein Name brachte meinen Magen dazu, Salti zu schlagen.

*Hör auf damit. Du bist nicht an einem Stripclub-Besitzer interessiert.* Schade, dass er so verdammt appetitlich war.

„Jade?" Pyper wedelte mit ihrer Hand vor meinem Gesicht.

„Hmmm?"

„Hast du mich gehört? Ich sagte, nimm ruhig alles, was du willst. Wir wollten es sowieso spenden."

„Oh! Danke!" Ich ging durch den Raum und betrachtete die Möbel. Das Lager war vollgepackt mit allem, von antiken Sofas bis hin zu Metallgartenstühlen. Ich bewegte mich langsam und wählte einen kleinen Schreibtisch, ein Sofa, das einen neuen Überzug brauchen würde, und eine Stehlampe, die dringend lackiert werden musste. Ich brauchte einen Stuhl für den

Schreibtisch, entschied mich aber, nach etwas Bequemeren Ausschau zu halten.

„Jade, sieh dir das an!", rief Pyper aus dem hinteren Teil des Raumes.

Ich suchte meinen Weg durch das Chaos und folgte mit dem Blick der Richtung ihres Fingers. Vor mir stand das schönste Kopfteil aus Honigeiche, das ich je gesehen hatte. Aufwendig geschnitzte Ranken mit Blättern von der Mitte bis zu den Rändern. Ich strich mit der Hand über die winzigen Blüten, die sich in den Blätterbüscheln rankten, und öffnete mich. Liebe und Freude gingen davon aus. „Was für eine Blume ist das?"

„Bougainvillea. Es gibt viele davon hier."

„Es ist perfekt."

„Ich denke, die wirst du auch wollen." Pyper zeigte auf zwei passende Nachttische.

Strahlend nickte ich.

Sie zog ihr iPhone heraus und tippte die Kurzwahl. „Kane, du musst in den Lagerraum kommen." Sie schnaubte. „Nein, wir sind nicht unter was Schwerem gefangen. Schwing einfach deinen Hintern hier rein."

Mein Lächeln verblasste. Diese Möbel gehörten ihm. Ich war kein Experte, aber selbst ich konnte erkennen, dass die Schlafzimmermöbel ordentlich Geld wert waren. „Wie viel, denkst du, wird er dafür wollen?"

„Wer? Wofür wollen?", fragte Pyper verwirrt.

„Kane. Die Möbel." Ich wedelte mit der Hand in Richtung Kopfteil. „Das andere Zeug, der Schreibtisch und das Sofa, die haben schon bessere Tage gesehen. Ich kann mir vorstellen, dass er sie verschenkt. Aber das Schlafzimmerset, schau es dir nur an."

Pyper schüttelte den Kopf. „Du kannst ihn fragen, aber ich

bezweifle, dass er was dafür nimmt. Er will diesen Raum in ein Büro verwandeln, also je mehr hier raus kommt, desto besser."

„Da bin ich. Was brauchst du?", fragte Kane direkt hinter uns und klang irritiert.

Pyper lächelte und ließ all ihren Charme auf ihn los. „Kane, Darling, du musst deine prallen Muskeln spielen lassen und uns helfen, ein paar Sachen in Jades Wohnung zu bringen."

Er verdrehte die Augen. „Deine Reize wirken bei mir nicht." Er lächelte jedoch, und ich spürte, wie Belustigung sich in seine Energie mischte.

„Wollen wir wetten?"

Sein Lächeln wurde zu einem Grinsen. „Fang nichts an, was du nicht beenden kannst." Er sah mich an und nickte.

Ich wedelte hilflos mit der Hand und fühlte mich wie ein Eindringling.

Pyper zeige ihm das Bett und die Nachttische. „Den Rest tragen wir."

„Meinst du, das schaffen wir?", fragte ich, während ich das Sofa anstarrte.

„Natürlich. Komm."

VIERZIG MINUTEN später reichte mir Pyper einen Eisbeutel, während ich auf meinem Sofa saß.

„Du armes Ding. Tut mir wirklich leid. Ich stolpere auch andauernd. Lass mich sehen." Sie zog meine Hand sanft von meinem Kopf weg. „Sieht nicht so schlimm aus, wenn man bedenkt, dass du mit dem Gesicht auf der Ecke deines Schreibtischs gelandet bist." Sie strich mit dem Finger über die Haut über meiner Augenbraue.

„Au!"

„Tut mir leid." Sie kramte in ihrer Handtasche und holte eine kleine Pillenflasche heraus. „Hier, nimm ein paar davon."

Sobald ich die Pillen mit einem Glas Wasser heruntergespült hatte, kam Kane – ohne Hemd – herein und trug meinen Schreibtisch. Ich hatte ihn auf dem zweiten Treppenabsatz stehen gelassen, nachdem ich gestolpert und mich fast k.o. geschlagen hätte. Ich räusperte mich. „Danke!", krächzte ich.

„Kein Problem."

Ich verlagerte das Eis, um besser sehen zu können, und beobachtete Kane. Ich konnte meine Augen einfach nicht von dieser Brust losreißen. Die Aussicht war mehr als genug, um den Schmerz in meinem pochenden Schädel zu vergessen. Meine Hand zuckte und sehnte sich danach, ihn zu berühren, und ich schrie vor Schmerz auf. „Oh Scheiße! Das tut weh."

Ein Schatten blockierte die Sonne, die durch das Fenster schien. Ich blickte zu Kanes besorgtem Gesicht auf. Er legte ein Kissen an das Ende des Sofas. „Hier, leg dich zurück."

Ich gehorchte, wieder sprachlos von der unglaublichen Aussicht.

Er nahm mir den Eisbeutel ab und legte ihn sanft auf meinen Kopf. „Entspann dich. Wir kümmern uns um den Rest."

Ich schenkte ihm ein schwaches Lächeln und traute meiner Stimme nicht.

In der nächsten Stunde amüsierte ich mich, indem ich Kane, immer noch ohne Hemd, und Jeff, einem Türsteher des Clubs, dabei zusah, wie sie meine Möbel in die Wohnung brachten und mein Bett zusammenbauten. Alle Arten von Fantasien mit Kane erwachten vor meinem inneren Auge zum Leben, als sich seine Muskeln unter dem Gewicht des Kopfteils anspannten. Dieses Bett hatte ernsthaftes Potenzial, und ich hatte viel Material, mit dem ich arbeiten konnte. In den letzten vier Nächten hatte ich jede Nacht lebhafte Sexträume gehabt. Meine Libido war definitiv sehr aktiv. Meine Fantasie hatte ein besonders faszinierendes Szenario mit Karamell geschaffen, als Kane sich aufrichtete und verkündete, dass sie fertig waren.

„So schnell?" Ich setzte mich auf.

Kane warf einen Blick auf seine Uhr. „Schnell? Wir haben zwei Stunden gebraucht."

„Oh, richtig. Was schulde ich dir?" Ich griff nach meiner Handtasche.

„Wofür?"

„Die Möbel und deine Zeit. Jeff auch."

„Hat Pyper dir nicht schon gesagt, dass das Zeug kostenlos ist?" Zu meiner Enttäuschung zog er sein Hemd wieder an.

„Ja. Aber das sind so schöne Sachen. Ich sollte dir was dafür bezahlen."

Kane stand mit verschränkten Armen da und schüttelte den Kopf.

„Na, dann wenigstens für deine Zeit." Ich zog meinen Geldbeutel aus der Tasche, in der Absicht, mich nicht abwimmeln zu lassen.

„Ich kassiere später." sagte Kane mit einem schiefen Grinsen. „Was Jeff angeht, freut er sich über ein Trinkgeld. Das ist schon seine Arbeitszeit für den Club."

„Das geht nicht! Er hat für mich gearbeitet, nicht für dich. Lass mich wenigstens seinen Stundenlohn bezahlen."

Kane schüttelte wieder den Kopf. „Nein. Ich wollte ihn sowieso einteilen, den Lagerraum aufzuräumen. Spielt keine Rolle, ob es hier hoch kommt oder ob zur Wohlfahrt."

Ich starrte ihn an. Meinte er das ernst? „Lass mich dich wenigstens als Dankeschön zum Essen einladen."

„Darauf zähle ich." Kane ging und bedeutete Jeff, dass es Zeit war zu gehen.

„Warte!" Ich zog vierzig Dollar aus meinem Geldbeutel und drückte sie Jeff in die Hand. „Danke euch beiden!"

Jeff sah das Geld an, dann mich, dann Kane.

„Nimm es", sagte Kane, als er die Tür öffnete.

Jeff lächelte und nickte, dann folgte er Kane.

„Danke nochmal!", rief ich, als sie gingen.

Sofort holte ich frische Laken hervor und machte mich daran, mein neues Bett zu machen. Als ich fertig war, bezog ich meine Lieblingsdaunendecke mit meinem Lieblingsbezug und legte mohnrote und korallenrote Kissen als Farbakzent darauf. Als ich zurücktrat, fühlte ich die Verlockung, in mein neues Allerheiligstes zu kriechen, doch mein Magen knurrte. Laut. Ich hatte seit meiner Kaffeepause nichts mehr gegessen und konnte es nicht mehr aufschieben. Ich zog mein Handy heraus und bestellte eine kleine vegetarische Pizza.

Da sie erst in zwanzig Minuten geliefert werden würde, duschte ich und hüllte mich in einen Kimono, als ich das Klopfen hörte.

Ich nahm meinen Geldbeutel und rannte zur Tür. Als ich öffnete, blieb mir der Mund offenstehen, und instinktiv zog ich meinen Kimono fester um mich.

„Das Abendessen ist fertig", sagte Kane und fegte mit der Pizzaschachtel und einer Papiertüte an mir vorbei.

„Äh …"

Er reichte mir die Schachtel und zog mich auf das Sofa. „Setz dich."

„Wie –"

„Hast du einen Flaschenöffner?"

„An meinem Schlüsselbund." Ich zeigte auf meine Schlüssel auf dem Küchentresen.

Er lachte und holte zwei Bier aus der Papiertüte. Er öffnete sie und fragte: „Immer vorbereitet, was?"

„Schweizer Armeemesser."

Er reichte mir ein Guinness. Ich lächelte. Ich könnte mich an einen Mann gewöhnen, der sich an mein Lieblingsbier erinnerte. „Ich habe den Lieferboten draußen getroffen. Hat verloren ausgesehen", sagte Kane, als er sich neben mich setzte.

„Danke!"

„Kein Problem. Hau rein!"

Ich verschwendete keine Zeit und seufzte zufrieden beim ersten Bissen.

„Mhhh." Ich hielt ihm die Schachtel hin und bot ihm ein Stück an.

Er spähte hinein. „Wo ist das Fleisch?"

„Ich mag kein Schweinefleisch."

„Ich habe gehört, dass es andere Fleischoptionen gibt."

Ich schluckte meinen nächsten Bissen herunter. „Ich mag eben Gemüse auf meiner Pizza. Find dich damit ab. Es ist nicht so, als hätte ich gewusst, dass ich Gesellschaft haben würde."

Seine Augen schweiften über mich. „Das sehe ich."

„Solltest du nicht arbeiten?" Hatte er nicht nackte Angestellte, die seine Aufmerksamkeit brauchten?

„Sollte?" Er spitzte die Lippen. „Wenn du es so ausdrückst, vielleicht. Aber Pyper hat alles im Griff. Außerdem ist gerade nicht viel los."

„Mann. Sie arbeitet die ganze Zeit. Wann schläft sie eigentlich?"

„Ich glaube nicht, dass sie schläft." Kane nahm das letzte Stück Pizza, und wir aßen schweigend.

Als ich fertig war, fragte ich: „Wieviel hat die Pizza gekostet?"

Er schüttelte den Kopf.

„Ich kann dich nicht auch noch mein Abendessen bezahlen lassen. Ich kann einfach anrufen und die Pizzeria fragen."

„Natürlich kannst du. Ich habe sowieso das meiste

gegessen." Er knüllte seine Serviette zusammen und warf sie in die leere Schachtel.

„Du hast nur die Hälfte gegessen und das Bier mitgebracht." Ich öffnete meinen Geldbeutel und schob ihm einen Zwanziger entgegen.

„So viel war es nicht."

„Mir egal. Nimm es einfach", sagte ich frustriert. Ich war es nicht gewohnt, dass sich jemand um mich kümmerte, und ich war auch kein Nassauer. „Schau, danke für deine Hilfe, aber ich kann für mein Essen bezahlen."

„Das weiß ich." Mit funkelnden Augen stand er auf und ging zur Tür.

Ich folgte ihm und hielt ihm erneut den Zwanziger entgegen. „Nimm ihn, oder ich stecke ihn in deine Tasche."

„Wirklich?" Ein verschmitztes Grinsen breitete sich auf seinem Gesicht aus. Seine Vorfreude prickelte auf meiner Haut.

Ich stöhnte innerlich. Nicht der klügste Kommentar, den ich je gemacht habe. Um mein Gesicht zu wahren, atmete ich tief durch und trat auf ihn zu. Sein Arm legte sich um mich, als ich den Zwanziger in seine Gesäßtasche steckte. Er drückte meine Brüste an seine Brust, und das dünne Material meines Seidenkimonos verbarg meine erigierten Nippel kaum.

Kane senkte den Kopf. Mein Atem stockte, kurz bevor er einen sanften Kuss auf den blauen Fleck über meinem Auge drückte.

Er lächelte auf mich herab. „Du kannst jetzt meinen Arsch loslassen."

Als hätte ich mich verbrannt sprang ich zurück und verschränkte die Arme vor meiner Brust.

Lachend öffnete er die Tür. „Bis dann, Jade. Danke fürs Abendessen."

Ich schloss die Tür und stand da und fragte mich, was zum

Teufel gerade passiert war. Ein plötzlicher Temperatursturz im Raum riss mich aus meiner Trance. Ich drehte mich zum Fenster um und sah die Umrisse eines blonden Mannes von mittlerer Statur. Die Erscheinung wurde fast undurchsichtig, machte zwei Schritte und verschwand.

Der Schock ließ mich wie angewurzelt stehenbleiben.

# KAPITEL FÜNF

*as zum Teufel war das?*
Mein Herz hämmerte gegen meine Brust, und gleichzeitig hörte ich auf zu atmen. Davon wurde mir schwindelig. Ich zwang mich, tief durchzuatmen. Mein linker Arm schmerzte nicht, also wusste ich, dass ich keinen Herzinfarkt erlitten hatte. Obwohl ich einen Moment lang nicht so sicher war. Als sich mein Herz auf einen relativ normalen Rhythmus verlangsamte, bewegte ich mich vorsichtig durch die Wohnung und scannte die emotionale Energie.

Als ich ohne Zwischenfälle einmal im Kreis gegangen war, entspannten sich meine Schultern. Hatte ich mir die Erscheinung eingebildet? Ich glaubte nicht. Vielleicht war es nicht nur meine Wohnung, in der es spukte. Vielleicht spukte der Geist im ganzen Gebäude herum, und er war für die Nacht weggegangen. Ich konnte nur hoffen. Dankbar, dass ich zur Arbeit musste, verschwendete ich keine Zeit damit, mich fertig zu machen.

Nachdem ich meinen Kleiderschrank durchsucht hatte, zog

ich einen Bleistiftrock und ein Wickeltop an, das vorne tief ausgeschnitten war. Ich schlüpfte in meine einzigen Highheels – süße, schwarze Riemchensandalen – und begutachtete mich im Badezimmerspiegel. Perfekt, wenn ich zu einem Date gegangen wäre. Vielleicht ein bisschen overdressed für die Arbeit an der Bar in einem Stripclub, doch ich hatte nichts Passenderes. Es würde reichen müssen.

Ich nahm meine Schlüssel und warf einen letzten Blick in meine Wohnung. Zufrieden, dass der Geist immer noch abwesend war, schloss ich die Tür hinter mir ab und ging die Treppe hinunter zum Club.

Ein paar Minuten später hielt ich inne und erlaubte meinen Augen, sich anzupassen, als ich das *Wicked* betrat. Die Lichter waren wie immer gedimmt, doch es waren bisher noch keine Gäste da. Halb neun war früh für einen Stripclub. Eine süße, winzige Blondine, die auf der Bühne tanzte, fiel mir ins Auge. Ich runzelte die Stirn und fragte mich, warum sich irgendjemand ausziehen und jede Nacht Gefahr laufen wollte, von irgendwelchen Typen begrabscht zu werden. Es ließ meine Haut prickeln, wenn ich nur daran dachte.

Ich schloss meine Augen und konzentrierte mich darauf, meine emotionale Barriere aufzubauen. Als mein Zylinder an seinem Platz war, ging ich zu Pyper und Charlie hinüber an die Bar. „Hey, ich bin ein bisschen früher gekommen."

„Gut, das gibt Charlie mehr Zeit, dich einzuweisen." Pyper trat näher. „Das ist ein ganz schönes Veilchen, das du über deinem Auge hast."

„Danke." Ich hob die Hand und versuchte, es mit einer Haarsträhne zu verstecken.

Pyper lachte. „Das nutzt nichts."

„Ah, gib meinem Mädchen eine Pause. Es braucht Talent, mit einer halb blau-violetten Stirn so heiß auszusehen", sagte

Charlie und deutete auf einen Hocker. „Setz dich. Ich hole dir was zu trinken."

Als ich Pyper nicken sah, nahm ich die Einladung an.

Charlie stellte ein großes, schlankes Glas mit Eiswürfeln und eine Diät-Cola auf den Tresen und hielt fragend eine Flasche Rum hoch.

„Nein danke. Ich habe vorhin Schmerztabletten genommen. Ich glaube nicht, dass das eine gute Kombination wäre." Anscheinend war das Trinken bei der Arbeit erlaubt. Warum auch nicht? Es war ein Stripclub.

„Du bist so ein braves Mädchen", sagte Charlie und zwinkerte mir zu.

Ich schnaubte. „Ich brauche Unterricht darin, mich danebenzubenehmen." Ich hatte vergessen, wie es sich anfühlte, ab und zu aus mir herauszugehen. Seit ich in New Orleans gelandet war, war ich Miss Verantwortungsbewusst gewesen. Mit mir stimmte ernsthaft etwas nicht. Seit ich hier war, hatte ich nichts anderes getan als zu arbeiten. Ich beobachtete Pyper, und nahm mir vor, einen Abend auszugehen. Zweifellos würde sie mich zu etwas überreden, das nicht jugendfrei war.

„Was du heute kannst besorgen ...", sagte Charlie und kippte einen Schuss Captain Morgan in meinen Drink.

„Oh Mist. Ich werde jemanden brauchen, der auf mich aufpasst, wenn die Nacht vorbei ist." Ich runzelte die Stirn, hob aber mein Glas und trank einen großen Schluck. „Ahhh."

Beide lachten.

„Ich brauche zwei Hurricanes", sagte jemand hinter mir.

Ich drehte mich um und fand Holly, die stellvertretende Managerin des Cafés, im Outfit einer Kellnerin.

„Hey, ich wusste nicht, dass du auch hier arbeitest", sagte ich.

Sie zuckte mit den Schultern. „Pyper hat Hilfe gebraucht."

„Kommt mir bekannt vor."

„Du arbeitest hier?" Sie musterte mich von oben bis unten und konzentrierte sich dann auf den Hocker.

„Ja, wenn Charlie mich ertragen will." Ich runzelte die Stirn, als sich Feindseligkeit in mein Bewusstsein einschlich.

Sie nickte kurz, nahm das Tablett mit den Cocktails und ging.

Das war seltsam. Was hatte ich getan, um sie zu verärgern? Ich sah zu, wie sie einem ahnungslosen Paar die Getränke servierte, das sich jetzt einen Sessel teilte. Das intensive Verlangen und die Erregung, die sie umgab, ließ mich rot werden. Da wurde mir klar, dass der Alkohol meine emotionale Barriere schwächte. Ich schob das Glas weg.

„Ziemliche Show, die die beiden abziehen." Pyper setzte sich neben mich.

„Vielleicht solltest du ihnen ein Zimmer zur Miete anbieten."

Pyper grinste. „Zimmer stundenweise. Das gibt dem Laden so richtig Klasse." Sie beugte sich vor und reichte Charlie ein Glas. „Kannst du bitte nachschenken?" Ihre Lider waren schwer vor Müdigkeit.

„Schläfst du eigentlich jemals?", fragte ich.

Ihr Lächeln verschwand, und Angst überflutete mich in Wellen.

„Nicht in letzter Zeit. Schlafstörungen, denke ich." Sie schüttelte den Kopf und zauberte ein Lächeln auf ihr Gesicht. „Nochmal danke für deine Hilfe. Ich weiß es wirklich zu schätzen."

„Kein Problem."

Pyper legte ihre Hand auf meinen Arm. „Ich will nur nicht, dass du dich ausgenutzt fühlst. Du fängst an, uns ans Herz zu wachsen, und wir wollen dich gerne behalten." Sie zwinkerte Charlie zu.

„Oh ja", bestätigte Charlie. „Das Beste, was hier passiert ist, seit Roy rausgeschmissen worden ist."

„Roy?", fragte ich.

„Der Vorbesitzer, bevor Kane das Haus gekauft hat. Ein echtes Arschloch", erklärte Pyper. „Wie auch immer, ich muss mich um ein paar Sachen kümmern. Bis später." Sie winkte und ging zu den Büros.

Eine Stunde später wischte ich die Bar ab und wünschte, ich könnte ein Sandwich essen. Der Rum in Kombination mit den Schmerztabletten war nicht die beste Idee gewesen. Meine emotionale Barriere existierte nicht mehr, und ich konnte die schnell wachsende Energie im Club nicht blocken.

Während ich mich durch die Schlange von Gästen arbeitete, tauchte Mr. Evil, der Mann, den ich beim ersten Betreten des Clubs bemerkt hatte, am Tisch, der der Bar am nächsten stand, auf. Wie zuvor hielt er eine nicht angezündete Zigarette in der Hand, doch diesmal war seine Wut gedämpft. Vielleicht kam er von einer Therapiesitzung. Er starrte Pyper aufmerksam an, ohne sie aus den Augen zu lassen. Ich konnte es ihm nicht verdenken. Sie trug einen silbernen Push-up-BH und einen winzigen schwarzen Lederrock, kaum länger als 20 Zentimeter. Gerade genug, um die Illusion zu erwecken, dass er ihren Po bedeckte.

„Ich dachte, du hättest die Nacht vom Strippen frei?", fragte ich, als sie zu uns kam.

„Ich auch, aber eines der Mädchen ist nicht aufgetaucht. Stripperinnen." Sie verdrehte die Augen und lachte. „Niemand sonst war erreichbar, also muss ich ran." Sie suchte die Menge ab, bis sie Kane entdeckte. Mein Herz pochte ein wenig in meiner Brust, bis ich sah, wie er Holly seine Hand auf den Rücken legte, als er mit ihr ging. Er winkte Pyper zu. „Das ist mein Stichwort", sagte sie und trat auf die Bühne zu.

Genau in diesem Moment flackerten die Lichter, und die

Musik wurde ohrenbetäubend laut. Ich zuckte zusammen, mein Trommelfell reagierte mit heftigem Protest, und ich blinzelte verwirrt zum DJ-Pult. Was zum ...?

Ein Prickeln der Freude flutete mich, und die Haare in meinem Nacken stellten sich auf. Ich wandte mich dem mentalen Eindringen zu, gerade als die Tequilaflasche, die ich in der Hand gehalten hatte, aus meiner Hand gerissen wurde. Schmerz explodierte durch meinen Schädel.

Dann wurde alles schwarz.

~

STÖHNEND VOM SONNENLICHT, das durch meine Augenlider schien, rollte ich mich herum und vergrub mein Gesicht tief in das Kissen. Ein brennender Schmerz ließ mich auffahren.

„Ah! Scheiße!", keuchte ich, als meine Hände an meinen Kopf schossen, um den Schaden zu untersuchen. Als ich die gänseigroße Beule betastete, drehte sich mein Magen um. Mit geschlossenen Augen atmete ich ein paarmal tief und beruhigend durch, bevor ich spürte, wie sich die Matratze neben mir bewegte. Ich spähte durch meine Finger und sah einen verschlafenen Kane. Sein zerzaustes dunkles Haar und der Blick auf seine nackte Brust ließen mich für einen Moment meinen schmerzenden Kopf vergessen. Ich durchsuchte mein verwirrtes Gehirn, um mich daran zu erinnern, wie ich in diese Lage geraten war, aber da war nichts.

„Morgen", murmelte mein Bettpartner, als er sich aufsetzte. „Lass mich das sehen." Er zog meine Hände weg und berührte behutsam meine Stirn.

Ich schloss meine Augen, um seine reine Männlichkeit auszublenden, in der Hoffnung, dass meine Hormone einen Gang herunterschalten würden. Seine Berührung und die Sorge, Zärtlichkeit und der Beschützerinstinkt, der von ihm ausging, hüllten mich ein wie eine Decke. Ich ließ meinen Kopf wieder auf das Kissen sinken, zu erschöpft, um die Situation zu analysieren.

„Wie bin ich hier gelandet?", fragte ich, während ich den schönen Walnussschrank und das Himmelbett bewunderte, in dem ich lag. „Erinnerst du dich an irgendetwas von letzter Nacht?", fragte er.

Ich brauchte einen Moment zum Nachdenken. „Nicht viel. Das Letzte, woran ich mich erinnere, ist, dass Pyper die Bar verlassen hat, um auf die Bühne zu gehen, und plötzlich war alles schwarz." Ich blickte zu ihm auf. „Ich denke, jemand hat mich k.o. geschlagen."

Er nickte.

„Womit?", fragte ich.

„Tequila-Flasche."

„Himmel! K.o. geschlagen mit Cabo Wabo. Die Flasche war voll. Ist sie kaputt?"

Eine starke Mischung aus Amüsement und Verzweiflung überwog seine Sorge. Kane schnaubte. „Wenn man bedenkt, was als Nächstes passiert ist, würde ich kaum sagen, dass das eine große Rolle spielt."

Ich stützte mich auf die Ellbogen und sah ihn fragend an.

„Erinnerst du dich an das Flackern der Lichter und die Musik, diese furchtbare Musik?"

Ich nickte. Die Musik hatte plötzlich schneller gespielt und sich wie eine Chipmunks-Version eines Prince-Songs angehört. „Das ist das Letzte, woran ich mich erinnere."

„Das liegt daran, dass, als Pyper die Bar verlassen hat und zur Bühne gegangen ist, alle Flaschen in den Regalen in die Höhe geschossen sind und sie wie ein Tornado umkreist haben. Die, die du gehalten hast, ist dir aus der Hand geschossen und auf dem Weg zu den anderen gegen deine Stirn gekracht."

„Klar. Fliegende Schnapsflaschen." Ich lachte. „Komm schon, erzähl mir, was wirklich passiert ist. Ich bin wieder gegen irgendwas gestolpert, oder?"

Kane starrte mich kopfschüttelnd an. Seine Verzweiflung löschte schnell jede Spur von Amüsement aus.

Ich starrte zurück und erinnerte mich schließlich daran, dass die Tequilaflasche aus meinem Griff gerissen worden war.

Scheiße. Ein Tornado. Genau wie mit dem Honigpuder. Eine volle Minute verging, während ich die Informationen verdaute. Ich ertappte mich dabei, wie ich mich auf seine hemdlose Brust und seinen gebräunten Sixpack konzentrierte. Meine Augen wurden glasig, als ich mir vorstellte, den Rest der Decke von ihm zu ziehen, um ihn weiter zu erkunden. Blinzelnd begegnete ich seinem Blick und wurde rot. Er nahm ein T-Shirt und zog es an.

„Tut mir leid", murmelte ich, und meine Ohren wurden heiß.

Er saß einfach nur da und lächelte mich mit seinem sexy, großspurigen Lächeln an.

Ich räusperte mich und sagte: „Okay, das ist also wirklich passiert. Erzähl mir von den Details."

Kane lehnte sich gegen das Kopfteil zurück und reichte mir sein Kissen. Ich kuschelte mich darauf und nahm eine schwache Note seines frischen, erdigen Eau de Cologne wahr.

„Ich war auf dem Weg zur Bar, als Holly mich gebraucht hat. Wir waren gerade in Richtung meines Büro gegangen, als Prince zu Alvin wurde."

Ein privater Moment mit Holly in seinem Büro? Ein abscheuliches Bild von den beiden, küssend, blitzte in meinem Kopf auf. Irrational? Ja, aber da war es.

Er fuhr fort. „Dann hörte die Musik auf, und alle Flaschen aus der Bar fingen an zu fliegen, auch die, die du in der Hand gehalten hast. Ich habe gesehen, wie du zu Boden gegangen bist, und bin zu dir gerannt, um zu helfen."

„Mein Held", sagte ich mit einem kleinen Lächeln.

Er verzog das Gesicht und sah mich gequält an. „Ich habe einen Moment gebraucht, um zu begreifen, dass die Flaschen Pyper umkreist haben. Gott sei Dank, hat, was auch immer es war, aufgehört, denn ich glaube nicht, dass ich durchgekommen wäre, um zu ihr zu gelangen."

„Es hat einfach aufgehört?"

„Ja, und alle Flaschen sind am Boden zerschmettert. Wir haben Glück, dass alle geflohen sind. Jemand hätte ernsthaft verletzt werden können."

Selbst durch mein wachsendes Entsetzen konnte ich nicht umhin, mich zu fragen, was die Gäste von den durch die Luft fliegenden Flaschen gehalten hatten. Plötzlich war ich sehr froh, dass ich bewusstlos gewesen war und das Ganze verpasst hatte.

Kane streckte die Hand aus und strich mir wieder sanft über die Stirn. „Du hast uns Sorgen bereitet."

Die Zärtlichkeit in seiner Stimme wärmte mich und machte mir gleichzeitig Angst. Es erregte mich, mir sexy Szenarien vorzustellen, doch intim zu werden war eine ganz andere Sache. „Pyper ist nichts passiert?"

Er schüttelte den Kopf. „Nur ein bisschen erschrocken."

Ich atmete erleichtert auf und setzte mich. Zum ersten Mal bemerkte ich, dass ich meine eigene Nick und Nora Eulen-Pyjamahose und Top trug. Wer hatte mich umgezogen? Ich zog die Decke hoch und fühlte mich exponiert.

„Pyper hat dir beim Anziehen deines Pyjamas geholfen", sagte Kane, als hätte er meine Gedanken gelesen. „Sie hat auch deine Toilettenartikel mitgebracht. Sie sind in meinem Bad."

Meine Sachen mit seinen vermischt in seinem Bad. Huch!

„Okay, danke. Aber wie bin ich hierhergekommen?"

„Ich habe dich getragen."

Schade, dass ich *das* verpasst hatte.

„Dann bin ich zurückgegangen, um nach Pyper zu sehen. Ich hatte sie in Charlies Obhut gelassen, und als ich zurückgekommen bin, hatte sie sich genug beruhigt, um darauf zu bestehen, dass wir deine Sachen holen, damit du dich beim Aufwachen wohlfühlst. Sie schläft in ihrem Zimmer –" er zeigte auf die Wand zu unserer Rechten, „– und ich bin hier bei dir geblieben, um sicherzugehen, dass es dir gut geht."

Moment, was? „Du und Pyper, ihr lebt zusammen?" Hatte Charlie mir nicht gesagt, dass sie kein Paar waren? Vielleicht war sie falsch informiert.

„Nein. Das ist ihre Wohnung, aber ich habe ein paar Sachen hier, wenn ich hier übernachte. Ich denke, man könnte sagen, das ist sozusagen mein Zimmer."

„Oh." Ich wusste nicht, was ich davon halten sollte. Freunde mit gewissen Vorzügen?

Fältchen tanzten um seine Augen, als sich seine Lippen zu einem Lächeln verzogen. „Wir sind kein Paar, nur Geschäftspartner und beste Freunde. Manchmal arbeite ich so lange, dass ich zu erledigt bin, um nach Hause zu fahren."

„Ich habe nicht gefragt." Sein Ego schwoll an und drängte gegen meine mentalen Barrieren.

*Scheiße.*

„Doch, hast du. Du hast es einfach nicht ausgesprochen."

Ich verdrehte die Augen und wandte mich ab, um einen Blick auf die Uhr zu werfen. „Mist, ich muss zur Arbeit." Ich sprang auf, doch mir wurde schwindelig, und ich wäre fast zurück aufs Bett gefallen. Ich legte eine Hand an meinen pochenden Schädel und die andere an den Bettpfosten, um mich zu stützen.

Kane rutschte herüber und zog mich vorsichtig aufs Bett. „Nein, musst du nicht. Pyper hat gesagt, ich soll dir ausrichten, dass du heute nicht reinkommen sollst. Sie kümmert sich um alles."

„Aber –"

„Nein, das Letzte, was wir brauchen, ist, dass du im Café umkippst. Sie ruft mich an, wenn sie Hilfe braucht." Er stand auf. „Ich mache dir Frühstück. Bleib liegen und ruh dich aus, oder geh duschen, wenn du willst. Alle deine Sachen sind im Badezimmer."

Ich nickte und beobachtete, wie er hinausging. Kane war überhaupt nicht so, wie ich es von ihm erwartet hatte. Ich hatte ihn nach der Tatsache beurteilt, dass er einen Stripclub besaß, und obwohl ich noch nie einen Stripclubbesitzer getroffen hatte, hatte ich ihn für eine Kreuzung zwischen Hugh Hefner und Larry Flint gehalten. Mit anderen Worten, einen Weiberhelden, der an Sex, Frauen und noch mehr Sex dachte. Warum sonst sollte ein Mann in das Stripclub-Geschäft einsteigen? Ich vermutete, dass er einige dieser Eigenschaften besaß, wie die meisten Männer, doch da war eindeutig viel mehr. Er hatte sich wirklich Sorgen um mich gemacht, sich um mich gekümmert und tat es heute Morgen immer noch. Ich lächelte vor mich hin, als ein warmes Gefühl der Freude in meiner Brust aufstieg.

Da ich nicht im Schlafanzug frühstücken wollte, stand ich auf und ging ins Bad. Die überdimensionierte Badewanne nahm das halbe Badezimmer ein. Ich fühlte mich köstlich verwöhnt und konnte nicht widerstehen, die Jets einzuschalten. Ich wäre dort geblieben, bis mein ganzer Körper zu einer Rosine geschrumpelt wäre, doch der Duft von Kaffee und Kanes Rufen, dass das Frühstück fertig sei, lockten mich heraus.

Mein Rucksack stand auf der Ablage, gefüllt mit meiner Kosmetiktasche, Zahnbürste, Deo und zu meiner Überraschung *Honey Dust*. Warum Pyper dachte, ich würde es für eine Nacht brauchen, in der ich von einer fliegenden Flasche bewusstlos geschlagen worden war, wusste ich nicht. Doch wenn man bedachte, was in der Nacht zuvor passiert war, konnte ich nicht fassen, dass sie es eingepackt hatte. War sie besessen? Ich hatte das Glas seit meinem Einzug nicht einmal angerührt. Vielleicht war es ein Akt des Trotzes gegen den Geist. Ich straffte meine Schultern und entschied, wenn sie mutig genug war, dann war ich es auch. Was ist ein bisschen Honigpuder im Vergleich zu fliegenden Flaschen?

„Wenn du hier bist, Geist, bleib bitte weg. Du bist nicht in meine Nähe eingeladen." Hoffentlich würde ihn das fernhalten. Ich sah mich um, um mich zu versichern, dass ich allein war, und bestäubte mich mit dem süßen Duft. Die Luft regte sich nicht, und nichts erschien. Ich triumphierte, stellte das Glas weg und zog die saubere Jeans und das Tanktop an, die Pyper für mich eingepackt hatte. Nachdem ich meine Haare zu einem Knoten zusammengebunden und etwas Make-up aufgetragen hatte, wagte ich mich zu Kane.

Staunend ging ich über die Pekanparkettböden mit ihrem satten Glanz. Ich war noch nie in einem beruhigenderen Wohnzimmer gewesen. Das einladende cremefarbene Loungesofa und der Zweisitzer wurden von pfirsichfarbenen Kissen aufgelockert, die die vanillefarbenen Wände perfekt ergänzten. Das Aroma von frischem Kaffee kam aus der Küche. Roch die Wohnung immer nach frisch gemahlenen Bohnen? Sie lag direkt über dem Café. Ich blieb im angrenzenden Esszimmer an den drei Meter hohen Fenstern stehen, und ließ die warme Sonne auf mein Gesicht scheinen.

Kane kam aus der Küche, trat hinter mich und reichte mir einen dampfenden Humpen.

„Danke", sagte ich und warf einen Blick über meine Schulter.

Er zögerte, dann strich er mit den Lippen über meinen

Nacken und küsste mich zärtlich. Das Necken seiner weichen Zunge schmolz jeden Widerstand, den ich vielleicht hätte aufbringen können.

Mein Atem stockte lautlos.

„Hmm", seufzte er. „*Honey Dust* schmeckt besser an dir als ich gedacht hätte."

# KAPITEL SECHS

*K*ane entfernte sich und zog sich in die Küche zurück. Ich packte den Fensterrahmen und hielt mich fest. Kane hatte mich gerade geküsst. Meinen Nacken. Danke, Pyper, und deinem albernen *Honey Dust*-Fetisch. Ich hob abwesend meine Tasse und spuckte dann, als der kochende Kaffee meine Zunge verbrühte. „Au! Mist!"

„Bist du okay?" Kane kam mit zwei Tellern um die Ecke.

„Oh ja. War nur heißer, als ich erwartet hatte." Ich hielt den Becher hoch und öffnete meinen Mund, um ihn zu fragen, ob er mich küssen und es besser machen wollte, schloss ihn jedoch wieder, als mein Verstand einsetzte. Wenn er mich küssen wollte – richtig auf-die-Lippen-mit-Zunge-und-allem – dann würde er es tun, doch ich würde nicht darum betteln.

Er lächelte mitfühlend und stellte die Teller auf den Tisch. „Frühstück. Hoffentlich magst du Waffeln." Er reichte mir eine silberne Karaffe Sirup, während ich mich setzte.

Die Waffeln waren perfekt, auf beiden Seite goldbraun und mit frischen Blaubeeren. Ich träufelte den Sirup darüber und seufzte vor Freude beim ersten Bissen. „Lecker."

Zufriedenheit ging von ihm aus, als er mich beobachtete.

„Was?", fragte ich.

„Ich freue mich, dass du Appetit hast. Wenn du eine Gehirnerschütterung hättest, wärst du jetzt wahrscheinlich nicht sehr hungrig."

Mein Inneres wurde zu Wackelpudding. Plötzlich wünschte ich, ich hätte die Nerven gehabt, um den Kuss zu bitten. Niemand außer Kat und Gwen hatte sich seit Jahren auch nur annähernd um mich gekümmert, und hier hatte ich diesen wunderschönen Adonis, der genau das tat. Natürlich könnte er nur darauf aus sein, dass ich ihn nicht verklage, aber angesichts meiner Insider-Informationen war ich mir sicher, dass dem nicht so war.

„Danke für … alles", sagte ich und meinte es ernst.

Er nickte. „Gern geschehen."

Nach dem Frühstück ging Kane, und ich räumte die Küche auf und kehrte dann zurück in sein Zimmer, um meine Sachen zu packen. Ich fand mein Outfit vom Vorabend zusammengefaltet auf der Kommode und packte es in meinen Rucksack über meine Toilettenartikel. Das Bett blieb ungemacht. Ich blieb stehen und strich mit der Hand über die Seite, auf der Kane geschlafen hatte. Seine anhaltende Sorge um mich berührte mein Herz. Überwältigt setzte ich mich auf das Bett. Es fühlte sich gut an, dass sich ein anständiger Mann dafür interessierte, wie es mir ging. Da ich das Gefühl nicht loslassen wollte, rollte ich mich auf seinem Kissen zusammen, schloss meine Augen und atmete langsam.

*Ein Mann, der von Schatten umhüllt war, bewegte sich auf mich zu. Eine wohltuende Ruhe drang in mein Bewusstsein. Das Mondlicht hätte ihn beleuchten sollen, doch seine Gesichtszüge blieben in seiner schattenhaften Gestalt nicht erkennbar. Es spielte keine Rolle. Mein Körper erkannte ihn. In der vergangenen Woche hatte er mich fast jede Nacht besucht.*

*Er blieb neben dem Bett stehen und wartete.*

*„Wie heißt du?", fragte ich.*

*Er stand still und schweigend da. Egal was ich fragte, er antwortete nie. Es war sein Körper, der sprach.*

*„Ich wünschte, ich wüsste deinen Namen."*

*Ein Strom von Zärtlichkeit, Sehnsucht und ein Hauch von Verzweiflung streichelte meine Seele. Die Empfindungen prickelten in meinem Bauch. Ich bewegte mich und klopfte auf das Bett, um ihn einzuladen.*

*Er setzte sich, und mein Arm streifte seinen festen Oberschenkel, was Hitze in mein Innerstes schickte. Ich wollte berührt werden und hob mein Gesicht zu seiner offenen Hand. Er legte sie an meine Wange und streichelte mit seinen Fingerspitzen über meinen Hals. Momente vergingen, als ich das vertraute Gefühl genoss.*

*Ich streckte die Hand aus und erkundete die solide, aber immer noch mysteriöse Gestalt. Meine Finger tanzten über seine heiße Haut und spürten, was meine Augen nicht sehen konnten. Seine Finger spannten sich an und schlossen sich in meinem Haar. Sehnsucht bahnte sich den Weg in mein Bewusstsein. Ohne nachzudenken zog ich ihn zu mir, damit er sich neben mich legte. Verzweifelt, meinen Geliebten zu sehen, strich ich mit meinen Fingern über seine Wangen, Augen und schließlich seinen Mund.*

*Es fiel mir schwer, seine Gesichtszüge zu erkennen, und es gelang mir nur, einen groben Umriss zu erkennen. Ich konzentrierte mich auf seine Lippen, neigte meinen Kopf und gab ihm die Antwort, auf die er gewartet hatte. Unsere Lippen trafen sich, und alle Hemmungen waren verschwunden.*

Es dauerte eine Weile, bis mein Verstand das nervige Zirpen in meinem Ohr einordnen konnte. Ein Auge öffnete sich, und ich setzte mich auf, während mein Körper noch von meinem wiederkehrenden Traum pulsierte. Wieder fand ich mich in Kanes Schlafzimmer. Nur, dass er nicht hier war und das Zirpen mein Klingelton war.

Ich stöhnte und nahm mein Handy vom Nachttisch. „Ja?"

„Jade? Ich bin's, Pyper. Ian ist hier, um weitere Messungen durchzuführen. Kannst du runterkommen?"

„Klar", antwortete ich heiser. „Gib mir nur ein paar Minuten."

Da ich dringend eine kalte Dusche brauchte, ging ich ins Badezimmer.

Zehn Minuten später, erfrischt und nach Regenwald duftend, ging ich ins Erdgeschoss des Gebäudes und fand die Hintertür des Clubs offen. Das war ungewöhnlich. Doch wenn Ian mehrere Leute interviewte, hatte er es vielleicht satt, dauernd aufmachen zu müssen. Ein paar Wandlampen waren eingeschaltet und gaben mir gerade genug Licht, um zu sehen, wohin ich ging. Ich versuchte, nichts zu berühren, was Ian vielleicht inspizieren wollte, und blieb in der Nähe der Wände, doch es wurde schnell klar, dass der Club bereits makellos sauber und vollständig aufgeräumt war. Und leer. Wo waren alle?

Ich setzte mich, starrte auf die Bühne und versuchte, die Geisteraktivität zu verstehen. Abgesehen von dem Energiediebstahl, nachdem Pyper den Geist gerufen hatte, waren meine Erfahrungen mit ihm ungefährlich gewesen. Ein Honigpuderwirbel und eine Erscheinung waren kaum bedrohlich. Doch Flaschen, die in einem überfüllten Club herumflogen? Beim Gedanken daran lief mir ein Schauer über den Rücken. Zumindest mein Verdacht hatte sich bestätigt. Er spukte im ganzen Gebäude, nicht nur in meiner Wohnung.

Es sei denn, er verfolgte *mich*.

Nein, er hatte Pyper in der Nacht zuvor angegriffen. Hatte sie ihn an diesem Tag in meiner Wohnung verärgert?

Ich atmete tief durch und ging zur Bühne. Vielleicht hatte er eine emotionale Spur hinterlassen. Die Ereignisse der Nacht zuvor spielten sich in meinem Kopf wie ein Film ab. Ich sah

Charlie und mich hinter der Bar, wie wir beide herumeilten und eifrig Getränke mixten. Ich sah Kane und bemerkte überrascht, dass er mich im Auge behielt. Pyper machte ihre ersten Schritte auf die Bühne. Dann flogen die Flaschen. Dunkle Gefühle – Wut, Eifersucht, Ekel und intensive Sehnsucht – legten sich um mich. Ich konnte Pyper durch den Strudel der Flaschen kaum sehen, doch eine schwache Spur ihres Entsetzens erreichte mich. Die Emotionen wurden stärker, als würden sie von ihrer Angst genährt. Mein Körper verkrampfte sich, unfähig, alles zu filtern. Ich konnte nicht atmen. Blitze von Synapsen zuckten durch mein Gehirn, bevor ich nur noch weißes Rauschen sah.

Ich erwachte auf der Bühne liegend, während Pyper meine Hand hielt.

„Was ist passiert?", fragte ich desorientiert.

„Das wollte ich dich gerade fragen", sagte sie. „Ich war gerade auf dem Weg ins Büro, um zu telefonieren, als ich dich auf der Bühne stehen sah. Du sahst aus wie in einer Art Trance. Dann wurde dein Gesicht blass, deine Augen groß, und du bist umgekippt. Als hätte dir etwas Angst gemacht."

„Nein, genau genommen war es keine Angst." Die Wahrheit war, ich war mir nicht sicher, was gerade passiert war. Ich hatte keine Angst gespürt. Meine eigenen Gefühle waren unter dem Ansturm der Dunkelheit begraben worden, die ich gerade erlebt hatte, während sich die Szene für mich wiederholt hatte. Sogar die Teile, deren Zeuge ich nicht bewusst gewesen war. Habe ich mir eingebildet, was ich glaubte, dass passiert war? Meine Gabe sagte etwas anderes.

„Was dann?" Pyper sah mich erwartungsvoll an.

Ja was? „Vielleicht bin ich erschrocken?"

„Das war kein erschreckter Blick", sagte sie.

Wie konnte ich ihr sagen, was passiert war, ohne meine Fähigkeiten zu offenbaren? Panik ballte sich zu einer kleinen bleiernen Kugel in meiner Magengrube. „Vielleicht war es nach der letzten Nacht einfach ein bisschen viel." Ich stand auf und zitterte ein wenig.

Sie starrte mich an. „Ja, vielleicht. Ich denke, du solltest dich hinsetzen."

Sie hatte Recht, aber so lange wollte ich nicht bleiben. „Wo sind alle?"

„Nebenan. Sie warten auf dich."

„Oh. Ich dachte, wir treffen uns hier. Lass uns gehen." Ich ging, und mir war egal, ob sie mir folgte. Ich musste aus dem Club raus. Alles fühlte sich einfach … falsch an.

Ich betrat das Hinterzimmer des Cafés vom angrenzenden Flur aus und fand Kane.

„Ich dachte schon, du bist wieder eingeschlafen", sagte er.

„Nein, ich dachte, wir treffen uns nebenan. Ist Ian draußen?" Ich spähte durch das kleine Fenster hinaus in den Gastraum des Cafés. Ian saß an einem der Tische mit einer Frau mit knallroten Locken.

Ich biss mir auf die Lippe. Warum war Kat hier? Sie hatte einige Tage nach dem Vorfall im Club angerufen. Ich bin nicht rangegangen, und sie hatte eine Nachricht hinterlassen, in der sie gefragt hatte, ob es uns gut ging. Ich hatte sie nicht zurückgerufen. Es schmerzte immer noch, dass sie nicht einmal in Erwägung gezogen hatte, dass ich die Wahrheit gesagt hatte. Bevor das ganze Drama passiert war, hätte ich es auch nicht geglaubt. Doch wenn Kat die Betroffene gewesen wäre, hätte ich ihr zumindest zugehört.

Während ich wartete und versuchte, den Mut aufzubringen, meiner Freundin gegenüberzutreten, betrat Dan das Café und schlenderte mit einem Strauß Sonnenblumen in der Hand zu ihrem Tisch.

Mein Atem stockte und vergrabene Erinnerungen drängten an die Oberfläche. Dan und ich standen an einem heißen Sommertag auf dem Sonnenblumenfeld seiner Eltern, als er mit einer starken Welle von Zärtlichkeit, die aus seiner Essenz kam, auf mich herabblickte. Ich streckte die Hand aus, streichelte seinen Kiefer mit meinem Daumen, und er küsste mich zum ersten Mal. Ein romantischer, emotionaler Kuss, der damit endete, dass er seine Arme fest um mich geschlungen hatte, als ob er nie wieder loslassen wollte. Das war der Sommer, in dem wir uns verliebt hatten – bevor ich sein Vertrauen verloren hatte und er meins.

Dan bückte sich und küsste Kats Wange. Ihr Lächeln war süß, als er ihr den Strauß reichte. Er schenkte immer Sonnenblumen. Als Hommage daran, womit seine Eltern ihren Lebensunterhalt verdienten, vermutete ich. Doch es tat immer noch weh, die vertraute Geste zu sehen.

Traurigkeit setzte sich in meiner Brust fest. Dan hatte sich erst vor kurzem in einen massiven Idioten verwandelt. Einst war er ein freundlicher, aufmerksamer Partner gewesen, mit dem ich mein Leben hatte verbringen wollen. Und hier war er und zeigte ein kleines Stück von dem Mann, den ich einst gekannt hatte. Kein Wunder, dass Kat nicht sehen konnte, was ich sah.

War ich genauso blind gewesen? Nein. Ich hatte den zusätzlichen Vorteil, zu wissen, was er fühlte. Er hatte mich geliebt. Ich hatte nie daran gezweifelt. Jetzt trug er emotionales Gift in sich – zumindest, wenn er in meiner Nähe war. Irgendwo tief drinnen fragte ich mich, ob ich daran schuld war.

Kat stand auf, umarmte Dan fest und setzte sich, als er wieder davonschlenderte und in der Bourbon Street verschwand.

„Das ist deine Freundin, oder?", fragte Kane und folgte meinem Blick.

Ich neigte meinen Kopf und warf einen Blick auf seinen nachdenklichen Gesichtsausdruck. Er erinnerte sich. „Ja."

„Worauf wartest du?" Kane stieß mich an, und ich hatte keine andere Wahl, als durch die Tür zu gehen.

Ich blieb hinter Kat stehen und räusperte mich. „Lass uns draußen sitzen." Ich wusste nicht, wohin dieses Gespräch führen würde, aber wir brauchten kein Publikum.

„Wo in aller Welt warst du?" Kat drehte sich um und runzelte die Stirn.

„Hier", ich gestikulierte vage durch den Laden und warf Ian einen Blick zu. „Hi."

„Hey. Ich bin gleich wieder da." Er stand auf und ging zum Tresen.

„Ich habe dich seit gestern Abend angerufen. Hast du keine meiner Nachrichten bekommen?"

Kopfschüttelnd suchte ich in meiner Handtasche nach meinem Handy. Ich hatte nicht nachgesehen, ob jemand angerufen hatte. Zweifellos hatte Gwen auch versucht, mich zu erreichen. „Oh, ich muss es in Kanes Zimmer gelassen haben."

„Du hast mit Kane geschlafen?", flüsterte sie und sah über meine Schulter.

Ich blickte zurück und sah, dass Kane uns beobachtete. Ich winkte, und er nickte. „Nein, na ja …" Sie riss geschockt die Augen auf. Ich versuchte, nicht zu lachen. „Ich habe in seinem Bett geschlafen, aber nichts ist passiert."

„Warum verdammt nochmal nicht?"

„Hör auf zu glotzen. Lass uns draußen darüber reden."

Sie nahm ihre Blumen und folgte mir. Ich sah sie an, sagte aber nichts. Gespräche über Dan waren nie gut.

Als wir uns gesetzt hatten, blinzelte sie ein paarmal und schenkte mir dann widerwillig ihre volle Aufmerksamkeit. „Kane ist wandelnder Sex."

„Pass auf, du sabberst." Ich reichte ihr eine Serviette, und meine Schultern entspannten sich. Ich hätte wissen müssen, dass Mädchengespräche über einen heißen Typen jedes Unbehagen zerstreuen würden.

Kat ignorierte meine Serviette und wechselte das Thema. „Ian hat mir eine Nachricht hinterlassen, dass du letzte Nacht angegriffen worden bist. Seitdem habe ich versucht, dich zu erreichen. Meine Güte, Jade, ich war den ganzen Tag in Panik."

Ich spannte mich an. Jetzt machte sie sich Sorgen um mich? „Ich wurde nicht angegriffen. Mein Kopf war nur im Weg."

„Ich wünschte, du hättest angerufen", sagte sie leise. „Wen hast du sonst, der sich um dich kümmert?"

„Tut mir leid. Ich war nicht in der Verfassung, jemanden anzurufen. Außerdem habe ich hier Freunde. Pyper und Kane haben sich um mich gekümmert. Siehst du? Ich lebe noch." Ich öffnete meine Hände. „Mir geht's gut. Kein Grund zur Sorge."

„Außer der riesigen Beule auf deiner Stirn. Und ich würde diese Leute kaum deine Freunde nennen. Ich meine, sie arbeiten in einem Stripclub, um Himmels willen!"

„Und?" Meine Fäuste ballten sich entnervt. „Vor einer Minute hast du mich gefragt, warum ich mich nicht auf Kane geworfen habe, und jetzt verurteilst du ihn und Pyper? Du kennst sie nicht einmal. Pyper ist eine süße Frau, keine abgehalfterte Stripperin. Ihr gehört das Café, und sie hilft bei der Verwaltung des Clubs. Und Kane war ein perfekter Gentleman. Steig von deinem hohen Ross runter und lass deine vorgefassten Meinungen woanders, wenn du hierherkommst. Wenigstens waren sie für mich da, als ich sie gebraucht habe." Ich starrte auf meine Hände und versuchte zu vergessen, dass ich die gleichen Annahmen über Kane gemacht hatte, bis ich ihn näher kennengelernt hatte.

Kats Schmerz, gemischt mit frustrierter Wut, brandete über mich. Ich schloss meine Augen und konzentrierte mich schnell auf meinen Glaszylinder. Verdammt. Ich weigerte mich, mich schuldig zu fühlen. Pyper und Kane hatten sich in der kurzen Zeit, in der ich sie kannte, als bessere Freunde erwiesen als Kat in den letzten drei Monaten. Ich würde nicht zulassen, dass sie sie beleidigte.

„Was meinst du mit ‚Wenigstens waren sie für dich da, als du sie gebraucht hast'? Wann war ich jemals nicht für dich da?"

„Vergiss es." Ich schüttelte den Kopf. „Ist nicht wichtig."

Sie kniff die Augen zusammen. „Es geht wieder um Dan, nicht wahr? Gott, Jade, ich wünschte, ihr zwei würdet einfach darüber wegkommen."

„Und ich wünschte, du würdest aufwachen!"

„Ich will nicht da reingezogen werden." Sie schloss für einen Moment die Augen und sah mich dann flehend an. „Können wir uns einfach darauf einigen, nicht über ihn zu sprechen?"

„Wie du willst."

„Danke!"

„Entschuldigt mich." Ian räusperte sich. „Tut mir leid, euch zu stören, aber ich muss mit Jade reden."

„Du störst nicht", sagte ich. „Wir sind hier fertig."

Kat stand auf. „Ich muss sowieso nach Hause. Ich wollte nur sichergehen, dass es Jade gutgeht. Danke, dass du mich angerufen hast, Ian." Sie umarmte ihn schnell und ging, ohne ein weiteres Wort zu sagen.

Ich sackte zusammen und winkte Ian, sich zu setzen. „Tut mir leid. Wir haben … Probleme."

„Das vergeht schon wieder. Du weißt, wie Kat ist. Sie hat einen ausgeprägten Beschützerinstinkt." Ian stellte einen Pappbecher vor mich. „Pyper dachte, ein Chai könnte dir guttun."

„Kat beschützt den Falschen." Ich schloss meine Augen, trank einen großen Schluck Chai und seufzte. Ja, das hatte ich gebraucht. „Danke!"

Ian machte sich Notizen, während ich ihm detailliert über die Nacht zuvor berichtete und die Vision, die ich gerade im Club gehabt hatte, wenn auch ohne den seltsamen emotionalen Aufruhr.

„Ausgezeichnet." Er grinste.

„Freue mich, dass du so denkst", sagte ich trocken. „Ich will nur, dass es aufhört."

„Dafür habe ich einen Plan. Nachdem Kane angerufen hatte, habe ich meiner Tante eine Nachricht hinterlassen, die einige Tricks für uns hat, um deinen Geist loszuwerden. Ich sollte im Lauf des Tages von ihr hören."

Kane hatte Ian angerufen? Kannten sie sich? Seltsam. „Okay, wann können wir das hinter uns bringen?"

„So schnell wie möglich, aber ich muss zuerst Messungen im Club vornehmen." Er stand auf. „Bereit?"

Ich nickte und folgte ihm ins Café. Wir fanden Pyper und Kane, die zusammen an einem Tisch in der Ecke saßen.

„Wir sind wieder da." Ian winkte ihnen zu.

Pyper richtete sich auf und lächelte ihn an. „Oh gut. Wir haben gerade über dich gesprochen. Setz dich." Sie klopfte auf den Stuhl neben sich.

Er schenkte ihr sein sexy schiefes Lächeln und setzte sich neben sie.

Kane starrte mich an, und plötzlich wurde mir schwindelig. Ich packte die Tischkante und atmete ein paarmal tief durch, um mich zu fangen. Seine Hand ruhte auf meinem Rücken, als er sich vorbeugte und flüsterte: „Vielleicht solltest du zu Pyper gehen und dich wieder hinlegen."

„Wahrscheinlich." Aber ich machte keine Anstalten zu gehen. Ich wollte wissen, was wir mit dem Geist machen würden. „Okay, Ian, was ist der Plan?"

„Kane lässt uns hier unten ein paar Messungen machen,

also fange ich gleich damit an. Ich habe viel in einer Stunde zu erledigen."

„Eine Stunde? Aber du bist die halbe Nacht in meiner Wohnung geblieben."

Kane versteifte sich neben mir. Ich sah ihn verwirrt an.

„Kane hat zugestimmt, den Club ein bisschen später zu öffnen, aber er hat eine Veranstaltung geplant. Da wir die Aktivität in Gegenwart anderer Leute nicht messen können, nehme ich, was ich bekommen kann. Obwohl ich gerne ein paar Daten mit dir und Pyper dort aufzeichnen würde, um zu sehen, ob eine von euch irgendwas auslöst."

„Nur Pyper und ich?", fragte ich.

„Ja. Es scheint, dass ihr beide irgendeine Verbindung zu dem habt, was hier passiert. Ich werde einige grundlegende Messungen vornehmen und euch einzeln reinrufen, damit wir Aufzeichnungen machen können. Nachdem ich die Daten habe, kann ich die Ergebnisse vergleichen und sehen, ob es Ähnlichkeiten oder Abweichungen gibt", erklärte Ian.

„Nein", sagte Kane.

„Nein?", fragte ich, bevor jemand anders reagieren konnte. „Was meinst du mit nein?"

Kane sah mich ernst an. „Ich meine, ich will nicht, dass du und Pyper noch mehr involviert werdet. Du bist vorhin in eine Art Trance gefallen, und Pyper hätte letzte Nacht ernsthaft verletzt werden können. Ich werde nicht zulassen, dass das noch einmal passiert."

Das Blut schoss mir in den Kopf. In Kombination mit meiner Auseinandersetzung mit Kat und dem Gefühl, keine Kontrolle über das Geschehen zu haben, war mir das zu viel. „Wer bist du, mir zu sagen, was du willst und was nicht?"

„Dein Boss."

Ich schnaubte. „Richtig. *Boss.* Ich hatte keine Ahnung, dass in der Stellenbeschreibung irgendwas davon stand, dass ich in meiner Freizeit Befehle von dir zu befolgen habe. Außerdem bist du vielleicht der Besitzer des Clubs, aber technisch gesehen arbeite ich für Pyper, schon vergessen? Ich habe ihr nur einen Gefallen getan, als ich an der Bar ausgeholfen habe. Was denkst du, warum ich sonst in einem *Stripclub* arbeiten würde?"

„Des Geldes wegen", sagte er ruhig. „Wie alle anderen Mädchen."

„Du Arsch!" Ich starrte ihn finster an, wütend – hauptsächlich, weil er Recht hatte. Ich brauchte das Geld, aber das musste er nicht wissen. „Du weißt verdammt gut, dass ich nur Pyper einen Gefallen getan habe."

Er öffnete den Mund, um etwas zu sagen, doch Pyper unterbrach ihn. „Das ist wahr."

Kane drehte sich zu ihr um. „Welcher Teil, der mit dem Gefallen oder der mit dem Arsch?"

„Beides", sagte sie trocken. Sie wandte ihre Aufmerksamkeit Ian zu. „Natürlich helfen wir beide." Sie machte eine Geste in meine Richtung.

Ich musste über Kanes ungläubigen Gesichtsausdruck schmunzeln.

„Oh, hör auf, dich als Boss aufzuspielen", fuhr Pyper fort. „Wir sind beide große Mädchen. Wenn wir Ian helfen wollen herauszufinden, was hier passiert, werden wir es tun."

Kane starrte sie an, bis sie eine Augenbraue hob. Dann musterte er mich. Ich widerstand dem Drang, ihm meine Zunge herauszustrecken. *Ausgesprochen erwachsen*, sagte ich mir. Schließlich fragte er Ian: „Gibt es etwas, das du tun kannst, um die Sicherheit von Leuten in einer solchen Situation zu gewährleisten?"

Ian nickte. „Ja. Bisher hatten wir keine Pannen ... obwohl diese Situation etwas volatiler zu sein scheint als die meisten, zu denen wir bisher gerufen worden sind."

„Wirklich?", fragte ich. „Inwiefern?"

„Nun", Ian hielt inne und rieb sich das Kinn. „Die meisten unserer Kunden kommen zu uns, weil sie Bilder sehen, wie eine Vision, oder weil sie das Gefühl haben, dass irgendwas da ist. Selten begegnen wir Fällen, in denen die Geister auf einer so persönlichen Ebene interagieren, wie sie es in diesem Fall zu tun scheinen."

Kane schwieg, funkelte uns aber weiter an.

Ian sah ihn an und rutschte unbehaglich auf seinem Stuhl herum. „Aber keine Sorge, es gibt Dinge, die wir tun können, um Interaktionen zu verhindern. Sobald ich von meiner Tante höre, werden wir Schutzzauber einrichten, um den Geist inaktiv zu halten."

„Klingt gut." Pyper reichte ihm eine Karte. „Das ist meine Handynummer. Ruf an, wenn du so weit bist. Komm, Jade, lass uns was zum Mitnehmen holen und in meine Wohnung gehen."

Ohne mich umzudrehen, folgte ich Pyper.

Zurück bei Pyper fand ich mein Handy und verzog das Gesicht angesichts der vielen Anrufe von Kat und Gwen. Ich hätte daran denken sollen, meine Tante anzurufen. Die Chancen standen gut, dass sie die Leere gespürt hatte, als ich k.o. gegangen war, und sie hatte mit Sicherheit gespürt, wie sich meine Energie verändert hatte, als ich an diesem Nachmittag im Club war. Ich rief sie an, verbrachte volle zwanzig Minuten damit, ihr zu versichern, dass es mir gut ging, und versprach, mich öfter zu melden.

„Es ist gut, jemanden zu haben, der sich um dich sorgt." Pyper reichte mir eine Tasse Chai.

Ich nickte. „Danke!" Emotional erschöpft lehnte ich mich zurück und schloss die Augen.

Pünktlich um neun klingelte Pypers Handy. Sie meldete sich, und einen Moment später zog sie ihre Füße unter sich. „Ian will erst einmal nur dich. Dann tauschen wir."

„Also gut. Wird schon schiefgehen." Ich stand auf, winkte und rannte die beiden Treppen hinunter. Mein Herz hämmerte. Ich wollte nur zurück zu Pypers Wohnung gehen und einfach mit ihr abhängen.

Ian wartete an der Hintertür des *Wicked* auf mich. Wir beeilten uns, unseren Schutzzauber auszusprechen, und wiederholten die Prozedur von einer Woche zuvor in meiner Wohnung.

In der letzten Stunde hatte ich eine intensive interne Diskussion geführt und überlegt, ob ich mich dieses Mal öffnen und meine Gabe nutzen wollte. Einerseits würde es mir Einsicht verschaffen, aber andererseits konnte ich wieder überwältigt werden und ohnmächtig werden. Und ich war es wirklich leid, wie ein Invalide behandelt zu werden.

Als Ian mir durch den Raum folgte und anerkennende Geräusche über die Resultate seiner Messungen von sich gab, konnte ich meine Neugier nicht zurückhalten. Ich musste es wissen. Ich öffnete mich und nahm die Emotionen im Raum auf. Sie waren schal und erinnerten mich an den Geruch von warmem Bier, das nach einer Party über Nacht stehengeblieben war. Schmuddelige Lust, gemischt mit müder Vorfreude, schwirrte in meinem Kopf herum und wurde dann plötzlich von Ekel und Hass verjagt.

Ich erstarrte und sah mich um.

„Hast du was gesehen?" Ians Stimme und Energie strahlten vor Aufregung.

Ich schüttelte den Kopf und versuchte immer noch, die

Richtung des Eindringens zu bestimmen. Es gab keinen klaren Pfad, nur einen Wirbelwind toxischer Emotionen.

„Sag was", flüsterte Ian.

„Warum bist du hier?", fragte ich mit klarer Stimme. Der Ekel packte meine Sinne, bis ich nur noch einen roten Schleier sehen konnte. Ich keuchte, als ich dagegen ankämpfte. „Lass los! Du hast keine Erlaubnis, in meine Aura einzudringen." Das Rot verblasste und der toxische Müll, der mich gepackt hatte, verschwand. Eine reine weiße Energie, etwas, das Freude nahekam, erfüllte mein Wesen. „Danke!"

„Wem dankst du?", fragte Ian und trat neben mich.

„Ich weiß es nicht. Der Göttin vielleicht. Hast du bekommen, was du brauchst?"

„Mehr als genug. Ich kann es kaum erwarten, das zu analysieren." Ian hüpfte wie ein kleiner Junge im Zuckerrausch. Er richtete sich auf und untersuchte mich. „Was ist da gerade passiert?"

Ich zuckte mit den Schultern. Ich wollte nicht mit Ian über meine Gabe reden. Leider war ich zu müde, um mir eine andere großartige Erklärung einfallen zu lassen. „Können wir später darüber reden, nachdem du deine Analyse gemacht hast?"

Er sah enttäuscht aus, doch er erholte sich schnell. „Sicher. Es ist wahrscheinlich besser, darüber zu sprechen, nachdem das wissenschaftliche Zeug klar ist."

Ich drehte mich um, um zu gehen. „Ich schicke Pyper runter, wenn ich oben ankomme."

„Ich nehme an, wir müssen unser Date verschieben?", fragte Ian.

Hoppla. Das hatte ich fast vergessen. „Sicher." Ich lächelte. „Ich warte noch immer darauf, was du bei der ersten Untersuchung herausgefunden hast."

„Oh, richtig! Ich habe eine Reihe von Diagrammen und so

für dich, aber im Grunde läuft es auf einige EMF-Spitzen hinaus, die darauf hindeuten, dass was da war, aber nichts Definitives. Ich denke, wir können mit Sicherheit sagen, dass irgendetwas Chaos anrichtet. Wir haben einfach keine soliden Beweise. Noch nicht."

Ich presste meine Lippen aufeinander. „Okay, aber du weißt, dass mir Beweise egal sind. Ich will nur, dass was immer es ist uns in Ruhe lässt."

Ians Lächeln verschwand. „Natürlich. Ich arbeite dran."

„Ich weiß." Ich nahm seine Hand und drückte sie. „Danke! Ich weiß das wirklich zu schätzen."

Er zog mich zu sich und küsste meine Wange. „Gern geschehen. Jederzeit. Ich rufe dich wegen des Abendessens an."

Ich nickte und versuchte, nicht zu viel in den Kuss hineinzulesen, und ging, um Pyper zu holen. Auf halbem Weg die Treppe hinauf sah ich sie auf mich zukommen.

„Ian hat schon angerufen", sagte sie.

„Okay. Ist die Tür offen? Ich muss meine Sachen holen."

„Ja, Kane ist oben." Sie zwinkerte. „Geh ruhig zu ihm. Er ist es nicht gewohnt, dass jemand außer mir ihn in seine Schranken weist."

Ich lachte.

„Bis dann." Sie schob sich an mir vorbei und verschwand die Treppe hinunter.

Einen Moment später betrat ich ihre Wohnung. „Kane?"

„Hier." Seine Stimme kam aus seinem Zimmer.

Ich blieb in der Tür stehen und sah ihm beim Bettmachen zu. Jetzt, wo meine Verärgerung nachgelassen hatte, tat es mir leid, dass ich ihn angeschnauzt hatte. Obwohl er es irgendwie verdient hatte. Ich mochte es wirklich nicht, wenn jemand versuchte, mir vorzuschreiben, was ich zu tun oder zu lassen habe. Trotzdem hatte er mich nur beschützen wollen. „Tut mir leid, dass ich dich vorhin so angeschnauzt habe. Es waren ein paar harte Tage."

Er drehte sich um und sah mich an. „Schon gut. Ich bewundere Frauen mit Temperament."

„Das kann ich sehen."

Seine Lippen verzogen sich. „So? Bei wem hast du es bemerkt?"

„Nur Pyper. Ihr zwei steht euch offensichtlich nahe, und sie hat mehr Temperament als jede andere Frau, die ich je getroffen habe."

„Ich weiß nicht. Charlie könnte da gut mit ihr mithalten. Dieses Mädchen kann eine Bar leiten, die Tänzerinnen in Schach halten und Unruhestiftern in den Arsch treten. Wenn ich mir die beiden ansehe, weiß ich nicht, warum sie mich brauchen."

Als Augenschmaus. Ich unterdrückte ein Lächeln. „Wenn Pyper die Clubmanagerin ist und Charlie die Bar leitet und ihr hilft, was genau machst du dann?"

„Ich soll von Pyper übernehmen, damit sie sich voll auf das Café konzentrieren kann, aber meine andere Arbeit hält mich zu beschäftigt. Ich sollte Charlie einfach befördern und alles in ihre fähigen Hände legen." Er setzte sich aufs Bett und zog seine Schuhe aus.

Ich lehnte mich gegen den Türrahmen und genoss es, mit ihm zu reden. „Deine andere Arbeit?"

„Ja, ich bin Finanzberater. Unabhängig, also lege ich meine Arbeitszeiten selbst fest."

„Das ist interessant. Das wusste ich nicht." So, so, so. Mr. Stripclubbesitzer hatte einen respektablen Job. Nicht, dass es wichtig wäre. Hatte ich nicht schon entschieden, dass es mir egal war, was er beruflich machte, als ich ihn Kat gegenüber verteidigt habe? Oder nicht? Ich konnte mir immer noch nicht vorstellen, jemanden zu daten, der im Sexgewerbe arbeitete.

Über ihn fantasieren? Ihn schätzen? Über ihn sabbern? Ja. Aber nicht daten.

Der Gedanke brachte mich zurück in die Realität, und ich nahm meinen Rucksack von der Kommode. „Ich sollte gehen. Nochmals danke, dass du dich um mich gekümmert hast!"

Sein Blick begegnete meinem. „Jederzeit, Jade. Jederzeit."

# KAPITEL SIEBEN

*I*ch runzelte die Stirn, als ich die Schlange sah, die sich durch die Eingangstür des *The Grind* nach draußen erstreckte. Was zum …? Normalerweise war der Laden sonntagmorgens um acht leer. Da ich nicht zum Arbeiten eingeteilt war und nur einen Chai holen wollte, schleppte ich mich ans Ende der Schlange und wartete.

Fünf Minuten später hatte sich die Schlange kaum bewegt. Ich reckte meinen Hals, um zu sehen, was im Laden vor sich ging. Ein Haufen Leute versperrte mir die Sicht. Ich wollte an der Menge vorbeigehen, als eine zierliche Blondine meinen Arm packte. „Hey, was denkst du, was du da tust?"

Ihre Verärgerung trug nichts zur Verbesserung meiner ohnehin schon mürrischen Stimmung bei. Ich starrte auf ihre Hand. „Lass los."

„Ich werde nicht zulassen, dass du dich vordrängelst. Wir waren zuerst hier."

Ein etwas dunklerer blonder Klon stand neben ihr und nickte zustimmend.

„Du hast genau zwei Sekunden, um loszulassen, bevor ich dich dazu zwinge."

In diesem Moment packte jemand anderes meine gegenüberliegende Schulter. Ich wirbelte herum, riss meinen Arm aus dem Griff des blonden Mädchens und stand Kane gegenüber.

„Alles gut?", fragte er.

Die Blondine fing an, über Vordrängler zu zetern, während meine Irritation auf ein erschreckendes Niveau wuchs. Wie kann er es wagen einzugreifen? Durch meinen wütenden Dunst hörte ich nicht, was Kane sagte, doch die Blondine zog sich auf ihren Platz in der Schlange zurück.

„Lass los!", sagte ich.

Er ließ meinen Arm los. „Tut mir leid, ich wollte dich nur von der Verrückten befreien."

„Ich kann auf mich selbst aufpassen", blaffte ich.

Die Verwirrung in seinen Augen ließ mich meinen Ton sofort bereuen. „Tut mir leid."

Verdammt, warum musste ich so launisch sein? Diese Sexträume mussten aufhören. Jeden Morgen wachte ich frustriert auf, und es half nicht, mit Kane rumzuhängen. Ich war mir ziemlich sicher, dass er der Grund war, warum ich sie überhaupt hatte.

„Kein guter Morgen?", fragte er.

„So was in der Art."

„Ein Chai könnte helfen."

Ich starrte ihn an, beeindruckt, dass er sich an mein Lieblingsgetränk erinnerte. Ihm entging nichts. „Ich kann nicht – keine Zeit, noch länger zu warten. Ich muss ins Glasstudio. Ich habe heute einen Kurs."

„Mach dir keine Sorgen. Ich mach dir einen." Er führte mich ins Café und ignorierte meine Proteste.

„Gott sei Dank", sagte Pyper, als sie uns sah. „Wir hatten

heute Morgen eine Reisegruppe nach der anderen. Jade, ich dachte, du hättest heute Morgen Unterricht."

„Hat sie", sagte Kane, als er sich hinter die Theke setzte. „Sie braucht einen Chai, bevor sie geht."

Pyper fing sofort an, meinen Chai zuzubereiten.

Ich protestierte, aber keiner von ihnen schenkte meinem Protest Beachtung oder ließ mich zahlen. „Danke! Das hättest du nicht tun müssen."

Pyper lächelte. „Dieser undankbare Job muss doch irgendwelche Vorteile haben."

Als ich ging, warf ich den blonden Klonen ein zuckersüßes Lächeln zu und prostete ihnen mit meinem Becher zu. Es war kleinkariert, aber aus irgendeinem Grund konnte ich meine schlechte Laune nicht loswerden, selbst, nachdem Pyper und Kane so nett gewesen waren. Ich ging schneller, in der Hoffnung, ein bisschen Spannung abzubauen. Sonst wäre der Unterricht eine Katastrophe.

Ich versuchte, einen klaren Kopf zu bekommen, und stellte mir vor, einen Glasstab in meinen Händen zu halten. Glas schmelzen war meine Leidenschaft. Als ich zum ersten Mal eine Fackel angezündet und das Glas in die Flamme gehalten habe, hatte alles andere in meinem Leben aufgehört zu existieren. Ich konzentrierte mich auf dieses Gefühl und ließ alles andere los. Meine Schultern entspannten sich, und die Anspannung ließ nach.

Jahrelang war die Glasperlenherstellung meine Zuflucht gewesen. Ich wusste nicht, ob es die Konzentration war, die beim Arbeiten mit geschmolzenem Glas nötig war, oder die hypnotisierende Flamme, doch wenn ich mich auf ein Stück konzentrierte, spürte ich niemandes Emotionen. Außer meinen eigenen. Es war ein Geschenk, das ich zu schätzen wusste.

Ich kam eine halbe Stunde vor Kursbeginn an und machte

mich an die Arbeit, um die Fackelstationen vorzubereiten. Der achtwöchige Einsteigerkurs sollte den Schülern beibringen, wie man ein Atelier einrichtet, die Grundlagen über die Arbeit mit Glas erklären und ihnen die Kunst beibringen, runde Perlen herzustellen. Wie fortgeschritten wir in der Technik wurden, hing von der Auffassungsgabe der Kursteilnehmer ab.

Um 08:40 Uhr läutete die Glocke, die einen Besucher ankündigte. Ich öffnete die Tür und sagte: „Sie sind ein bisschen früh dran, aber ..."

Vor mir stand die ältere Frau aus *The Herbal Connection*, lässig gekleidet in Jeans und einer langärmeligen Baumwollbluse. Wenn ihre strahlende Energie nicht in meine Sinne eingedrungen wäre, hätte ich sie nicht erkannt.

„Das tut mir leid, Liebes. Ich hoffe, es stört Sie nicht." Sie trug ein angenehmes Lächeln.

„Oh nein! Tut mir leid. Kommen Sie rein. Ich war nur überrascht. Sie sind Bea, richtig?"

Sie nickte und sah mich nachdenklich an, wie sie es bei unserer ersten Begegnung getan hatte. „Ich hatte gehofft, Sie noch einmal zu treffen."

Ich nicht. Hatte sie gewusst, dass ich hier die Lehrerin war? Ich verkniff mir das drohende Stirnrunzeln und lächelte. „Wollen Sie einen Kaffee, während Sie warten?" Ich deutete auf die Snacktheke. „Ich habe nur Koffeinfreien. Ich habe aufgehört, welchen mit Koffein anzubieten, nachdem die Schüler zu zittrig geworden sind. Zittrige Hände und heißes Glas sind nie eine gute Mischung."

Ihr Arm berührte meinen, als sie zur Kaffeekanne ging. Sie hielt inne. „Kein Grund, nervös zu sein. Ich beiße nicht."

Hatte sie mich gelesen oder war mein Geisteszustand so offensichtlich? Ich beschäftigte mich damit, Arbeitsplätze einzurichten, bis es wieder klingelte. Ich rannte praktisch zur Tür, um die anderen Schüler hereinzulassen.

Die erste Stunde des Kurses verbrachte ich damit, einen Vortrag über die richtigen Sicherheitsvorkehrungen bei Brennern, Propanleitungen und Schutzbrillen zu halten. Nachdem ich all ihre Fragen zur Einrichtung eines Heimstudios beantwortet hatte, ging es los. Die Gruppe lernte die Techniken schneller als jeder andere meiner Kurse. In der dritten Stunde war ich entspannt und amüsierte mich. Bea erwies sich als der Star der Klasse und meisterte alle neuen Techniken als Erste.

„Fertig!", rief sie und hielt stolz ihre Perle hoch.

Ich nahm vorsichtig das kühle Ende des Metallstifts, auf den sie ihre Perle gewickelt hatte, und bewunderte sie. „Wow, die ist Ihnen super gelungen. Perfekt rund, mit gleichmäßigen Punkten, die sich spiralförmig darum drehen. Okay, kann jemand bitte den Ofen öffnen, damit wir diese Schönheit da reinlegen können?"

Ein Mädchen, gerade mal achtzehn, sprang auf und hielt mir die Tür auf. Ich schob den Dorn hinein und strahlte Bea an. „Okay, machen Sie noch eine. Dann haben Sie ein Paar."

Bea setzte sich wieder auf ihren Stuhl und konzentrierte sich auf ihre Aufgabe. Ich ließ den Blick über den Rest der Klasse schweifen und stellte fest, dass auch sie fast fertig waren und sich ziemlich gut machten. Ich fragte mich, ob Beas Energie etwas damit zu tun hatte. Reine weiße Essenz gemischt mit einer Ruhe und Freude, die von ihr ausstrahlte, umgab jeden im Raum, mich eingeschlossen. Es ist typisch, dass sich die Stimmungen der Menschen gegenseitig beeinflussen, sowohl zum Guten als auch zum Schlechten. Ich bin in der einzigartigen Position, es aus erster Hand mitzuerleben. Trotz meines Impulses, mich von Bea fernzuhalten, fühlte ich mich unleugbar zu ihr hingezogen.

„Bea! Schau, ich habe es geschafft!", rief Sandy, die

Achtzehnjährige. Sie hielt ihren Dorn hoch. „Sie ist nicht so schön wie deine, aber immerhin ist sie rund."

„Sie ist wunderschön, Sandy", sagte Bea vom Platz neben ihr. Sie rollte ihren Stuhl zurück und hielt die Ofentür auf. „Leg sie neben meine und mach dann noch eine. Nächste Woche zeigt uns Jade, wie man Ohrringe macht."

Sandy strahlte und machte sich an die Arbeit.

Ich nickte Bea anerkennend zu, dankbar für ihre Hilfe, während ich eine andere Schülerin anwies, geschmolzenes Glas zu ihrer Perle hinzuzufügen.

Es dauerte nicht lange, bis ich vor den Arbeitsplätzen stand und die Klasse verabschiedete. „Ausgezeichneter erster Tag!" Stolz strahlte von ihnen aus. „Wenn ihr nächste Woche reinkommt, habe ich die ersten Perlen für euch, die ihr je gemacht habt. Macht euch keine Sorgen, sie sind alle ausgezeichnet." Ich wusste bereits, dass sie viel besser waren als jeder andere Kurs vor ihnen. „Doch ganz gleich, wie sie aussehen, wir machen ein Schmuckstück ganz allein für euch daraus. Stellt euch vor, wie cool es sein wird, wenn jemand euch fragt, woher ihr diesen fantastischen Schmuck habt – und ihr könnt sagen: *Den habe ich gemacht, sogar die Perlen.*"

Jubel erhob sich, und die Kursteilnehmer gingen.

„Danke für Ihre Hilfe", sagte ich zu Bea.

„Meine Hilfe? Ich habe doch nichts getan." Doch ihr Lächeln verriet sie.

„Okay, aber trotzdem danke."

„Gern geschehen. Da Sie denken, ich hätte Ihnen einen Gefallen getan, frage ich mich, ob Sie im Gegenzug was für mich tun könnten?"

Ich wartete.

„Kommen Sie irgendwann nach dem Unterricht zum Tee zu mir, wenn Sie Zeit haben. Ich möchte Ihnen etwas zeigen."

Ihr Gesicht verriet nichts, und plötzlich verschwand ihre Energie.

„Geheimnisvoll." Ich sah sie an. Sehr ungewöhnlich. Bea verbarg ihre Gefühle vor mir, dabei hatte ich den ganzen Tag gesehen, wie ihre Energie die Kursteilnehmer beruhigt hatte. Es konnte eine gefährliche Kombination sein, wenn sie wirklich die Kontrolle darüber hatte, was sie tat, und ich war mir sicher, dass dem so war. Ich hatte jedoch nichts als reines weißes Licht von ihr gespürt, ein Zeichen von Güte. Ich musste zugeben, dass ich fasziniert war. Was machte es schon, wenn sie eine praktizierende Hexe war? Es war nicht so, als hätte sie mich gebeten, einem Zirkel beizutreten. Und wenn sie es täte, würde ich nein sagen.

Außerdem schien sie zu rein, um eine Hexe zu sein. Ich hatte keine Ahnung, was sie war. „Okay."

Ihr weißes Leuchten kehrte mit meiner Zustimmung zurück. „Wunderbar! Ich kann es kaum erwarten." Sie winkte zum Abschied, als sie zur Tür ging.

Ich setzte mich erschöpft hin und überlegte, nach Hause zu gehen, um ein Nickerchen zu machen. Die Idee ließ mein Herz höherschlagen. Ian war noch nicht mit den Schutzzaubern aufgetaucht, und ich wollte wirklich keine Nacht mit weiteren Geistersichtungen erleben. Ich hatte in der Nacht zuvor nichts gesehen oder gespürt, doch ich hatte geschlafen wie eine Tote, wenn Tote von heißen Typen träumen konnten. Der ganze Raum hätte voller Geister sein können, und ich hätte es nicht bemerkt.

Ich setzte meine Schutzbrille auf und zündete meinen Brenner an. Die vertraute orangefarbene Flamme beruhigte meinen Puls, als ich einen Glasstab nahm und in die heiße Flamme hielt. Ich war vollkommen konzentriert, als das Glas eine weiche, geschmolzene Kugel bildete. Bald verließen alle anderen Gedanken meinen Kopf, als ich dünne Glasfäden zog, um sie später als Dekoration zu verwenden. Als ich alles an meiner Arbeitsstation vorbereitet hatte, nahm ich einen Stahldorn und begann, eine komplizierte Fokusperle herzustellen.

Stunden später, nachdem ich meinen Ofen voller Perlen gepackt hatte, organisierte ich meinen Arbeitsplatz und räumte Glasreste auf, bis alles blitzsauber war. Ein echter Beweis dafür, wie ungern ich nach Hause gehen wollte. Organisation war keine meiner Stärken. Mit einem Seufzer schaltete ich das Licht aus und ging nach Hause.

Ich ging an der Schlange vorbei, die sich vor dem *Wicked* gebildet hatte, winkte einer der Tänzerinnen zu, die davorstand, und ging durch die Seitentür ins Haus. Mit einer nervösen Energie, von der mir übel wurde, zwang ich mich die drei Treppen hinauf. *Bitte lass den Geist die Nacht freinehmen.*

Als ich meinen Schlüssel ins Schloss steckte, bemerkte ich eine Notiz an der Tür.

*Jade, wenn du aus irgendeinem Grund das Bedürfnis hast, komm rüber in Pypers Wohnung. Ich werde dort sein. Kane.*

Ein albernes Grinsen breitete sich auf meinem Gesicht aus. Aus irgendeinem Grund? Das würde ich im Hinterkopf behalten. Ich hatte das Gefühl, dass mir eine Last von den Schultern genommen wurde, betrat meine Wohnung und schaltete das Licht ein. Ich spähte im Zimmer herum. Alles sah ruhig aus. Immer noch zögernd trat ich ein, öffnete mich und suchte nach emotionaler Energie. Nichts Ungewöhnliches. Um sicher zu sein, ging ich dreimal durch meine Wohnung. Schwache Wellen vertrauter Behaglichkeit hüllten mich ein, und ich wusste, dass nichts hier war außer Spuren meiner eigenen Essenz. Ich seufzte erleichtert und machte mich bettfertig.

Nicht lange, nachdem ich mich ins Bett gekuschelt hatte, begann der Traum.

Meine Augen flackerten bei einer Bewegung, und ich setzte mich erschrocken auf. Auf der anderen Seite des Zimmers lehnte ein Mann am Fensterrahmen und knöpfte sein Hemd auf, während seine hellblauen Augen meine suchten.

Automatisch bedeckte ich meine nackte Brust und fühlte mich gleichzeitig exponiert und erregt. Seine vertraute Energie umfing mich, und mein Atem stockte. Endlich hatte mein Traumliebhaber ein Gesicht.

Ein leises Lachen entfleuchte seinen Lippen, als er sich mit einer Hand durch sein zerzaustes, sandblondes Haar fuhr und auf mich zukam. Er streckte die Hand aus und streichelte mein Gesicht.

Prickelnd von der Liebkosung legte ich meine Hand auf seine und lehnte mich zurück.

„Komm her", bat ich.

Als ich ihm zusah, wie er seine Jeans auszog, atmete ich beim Anblick seiner wohldefinierten Schenkel scharf ein. Seine Daumen hakten sich in den Gummizug seiner Boxershorts und zogen sie langsam über seine Hüfte. Meine Augen waren auf seine Silhouette fixiert, als er völlig entblößt dastand und Verehrung von ihm ausging.

Seine offensichtliche Liebe erfüllte mich mit einer herzzerreißenden Zärtlichkeit, als seine Augen langsam meinen Körper hinunter und wieder hinauf wanderten. Wie er es tat, erinnerte mich an jemanden, der sich jedes Detail sorgfältig einprägte. Mit einem langsamen, verführerischen Lächeln ließ er sich nieder und streichelte mein Haar, wobei er es hinter mir auf dem Kissen ausbreitete. Ich genoss das seidenweiche Gefühl und verlor mich darin. Als seine Hand aufhörte, beugte er sich zu mir herunter, sein warmer Mund schwebte über meinem. Zu ungeduldig, um länger zu warten, schoss meine Hand hervor, zog seinen Kopf die letzten paar Zentimeter herunter, und ich schmeckte die süße Wärme seiner Lippen.

Ein leiser Seufzer wurde zu einem Keuchen, als er zurückzuckte, *seine Überraschung und Wut erfüllten meine Sinne. Intensive Eifersucht blockierte seine Emotionen und erschreckte mich. Meine Sinne folgten dem Strom, und ich fand Kane mit erhobenen Fäusten direkt hinter meinem Geliebten. Dann begriff ich. Kane hatte den Mann von mir gerissen.*

Mit klopfendem Herzen riss ich die Augen auf. Mondlicht drang durch die Dunkelheit meiner leeren Wohnung.

AM NÄCHSTEN TAG kam Ian mit getrockneten Kräutern. Er montierte sie in der Nähe meiner Wohnungs- und Balkontür und ging dann, um dasselbe im Club zu tun. Er sagte, seine Tante habe sie zusammengestellt und sie beschworen, um das Böse abzuwehren. Ich hoffte, seine Tante wusste, was sie tat. Nicht jeder konnte einen Zauber beschwören.

Nach zwei geisterfreien Tagen entschied ich, dass der Geisterabwehrzauber funktionierte und nahm mir einen Nachmittag vom Glasstudio frei, um an meiner Etsy-Website zu arbeiten. Es war viel zu lange her, seit ich sie aktualisiert hatte. Ich stellte meinen Laptop auf dem Balkon auf und machte mich daran, Fotos zu bearbeiten. Nach ein paar Dutzend Bildern begannen meine Gedanken zu wandern.

Ein leises Lächeln umspielte meine Lippen, als ich mich an meine nicht jugendfreien Träume erinnerte, die ich weiterhin hatte. Sie fingen jedes Mal gleich an, wenn der rothaarige, blauäugige Mann, den ich jetzt Mr. Sexy nannte, an meinem Bett erschien. Seine federleichte Berührung versetzte meine Sinne in Hyperdrive, entspannte mich gleichzeitig und schickte elektrische Schockwellen durch meine Adern. Doch jedes Mal, wenn Mr. Sexy sich vorbeugte, um seine Finger durch seine Lippen zu ersetzen, tauchte Kane auf.

In diesem Moment löste sich Mr. Sexy auf, und Kane

ersetzte ihn. Seine wandernden Hände und gierigen Lippen brachten meinen bereits erregten Körper zu einer Leidenschaft, die so wild und einprägsam war, dass alle meine früheren Erfahrungen aus dem wirklichen Leben im Vergleich dazu verblassten. Doch um ehrlich zu sein, hatte ich nicht viel, um es zu vergleichen. Dan war einer von nur zwei Männern, mit denen ich intim gewesen war.

Hitze stieg mir ins Gesicht, als ich mich an die intimen Details meines Traums erinnerte. Wer hätte gedacht, dass mein Unterbewusstsein so einfallsreich sein konnte? Und mit zwei Männern. Zu abgelenkt, um zu arbeiten, brachte ich meinen Laptop nach drinnen und ging in die Küche, um nach einer Flasche Wein zu suchen. Ich wusste, dass ich ein paar Flaschen aus Kats Haus mitgebracht hatte. Ich hatte eine geleert, doch wo hatte ich die anderen hingeräumt? Ach ja, in dem Koffer, den ich noch nicht ausgeräumt hatte. Es reichte, ihn in der Nähe des Schranks stehenzulassen, oder?

Im Koffer fand ich einen ungeöffneten cremefarbenen Umschlag. Ich nahm ihn heraus, griff nach der Weinflasche, die in der Mitte des Koffers lag, und ging zurück in meine Küche.

Nachdem ich die Flasche entkorkt hatte, goss ich mir ein Glas ein, setzte mich auf mein Sofa und strich über meinen Namen in Kats Handschrift. Ich trank einen Schluck des vollmundigen Cabernets und zog die Karte heraus. Zwei Frauen kuschelten sich auf der Vorderseite aneinander, ein einziges Wort darüber. *Freundinnen.*

Ein Umschlag in Geschenkkartengröße fiel heraus, als ich sie öffnete. Kats handgeschriebene Nachricht lautete:

*Jade,*

*Ich weiß, dass die „Situation" schwierig war, aber ich möchte, dass du weißt, dass du meine beste Freundin bist, und kein Mann wird das jemals ändern.*

*Ich hab dich lieb, Kat.*

*PS Bring den Aufkleber an deiner Badezimmertür an. Jedes Mädchen braucht Privatsphäre.*

Als ich den Umschlag durchsuchte, fand ich den schwarz-weißen Aufkleber. *Keine Geister erlaubt.*

Ich lachte, als ich mich an unsere Geisterspekulationen in der Nacht vor meinem Auszug erinnerte. Kane hatte gesagt, dass es im Haus spukte, doch keine von uns hatte ihn ernst genommen.

Der Gedanke wischte mir das Grinsen aus dem Gesicht. Ich riss den kleinen Umschlag auf und fand eine großzügige Geschenkkarte für ein Einrichtungsgeschäft in der Nähe. Tränen stiegen mir in die Augen. Ich hatte meine Gefühle für (oder gegen) Dan unserer Freundschaft im Weg stehen lassen. Ich hatte weder von ihr gehört noch mit ihr gesprochen, seit wir uns an diesem Tag im Café gestritten hatten. Ich war zwar nicht mehr wütend, aber tief enttäuscht. In ihrem Bestreben, zwischen Dan und mir die neutrale Schweiz zu bleiben, hatte sie mich fast ausgesperrt.

Ich las ihre Karte noch einmal, ließ die Worte auf mich wirken und griff dann zum Handy. Beim dritten Klingeln wurde der Anruf auf ihre Mobilbox umgeleitet.

„Kat, ich habe gerade deine Karte gefunden und rufe an, um mich zu bedanken. Tut mir leid, dass wir uns gestritten haben. Es ist nicht fair, dass du in dem Bullshit zwischen mir und Dan steckst. Ruf mich an, damit wir Pläne machen können, die Geschenkkarte so schnell wie möglich in Möbel einzutauschen. Ich hab dich auch lieb." Ich legte das Handy weg, wischte mir die frischen Tränen aus den Augen und kehrte zurück zu meinem Wein. Auf dem Weg hob ich den Aufkleber *Keine Geister erlaubt* auf. Kichernd klebte ich ihn auf Augenhöhe an meine Badezimmertür.

„Siehst du das, Geist? Du bist im Badezimmer nicht erlaubt.

Manche Dinge sind privat." Ich zog mich auf das Sofa zurück, und eine Bewegung neben dem Fenster ließ mich herumwirbeln. Ich keuchte. Ein undeutlicher, schattenhafter Umriss wurde stärker, bis ein Mann, den ich wiedererkannte, neben meinem Fenster stand. Mr. Sexy.

Oh. Mein. Gott. Meine Träume wurden von einem Geist heimgesucht. Ich stand wie gelähmt, wie gebannt da und wartete. Unsere Blicke trafen sich, und Mr. Sexys Lippen verzogen sich zu einem Lächeln. Dann löste er sich auf.

Ich rannte zum Handy und wählte, während ich immer noch auf die Stelle starrte, von der er gerade verschwunden war.

„Er ist zurück", sagte ich in den Hörer.

„Der Geist?" Ians Stimme war eine Oktave höher.

„Ja. Ich habe ihn gerade gesehen." Ich leerte mein Glas und fragte mich, was ich sagen sollte. Ich hatte Traumsex mit meinem Geist? Ich griff nach der Weinflasche.

„Was hat er getan?"

„Nichts. Er ist einfach aufgetaucht und dann wieder verschwunden."

„Bist du okay?"

„Ja. Ich denke schon. Nur ein bisschen erschrocken." Ich setzte mich, aus Angst, ich könnte umfallen.

„Verständlich, aber er klingt harmlos. Diese Art von Erscheinung ist ziemlich zahm. Was ist kurz vor seinem Erscheinen passiert?"

„Äh, ich habe mit ihm gesprochen. Ich habe ihm gesagt, er solle sich aus dem Badezimmer fernhalten. Privatsphäre, weißt du?"

Ian lachte. „Das hast du davon, wenn du mit ihm redest. Wenn ich ein Geist wäre, würde ich dir auch da rein folgen."

„Perversling." Ich räusperte mich. „Glaubst du wirklich, es gibt nichts, worüber ich mir Sorgen machen muss?"

„Wahrscheinlich nicht. Er ist vermutlich aufgetaucht, weil du mit ihm gesprochen hast. Solange nichts Unangenehmes passiert und du dich nicht bedroht fühlst, sollte es okay sein."

Bedroht? Nicht wirklich. Doch er war eingedrungen. „Okay, aber bist du später da, falls ich dich brauche?"

„Sicher. Soll ich rüberkommen?"

Ich dachte eine Minute darüber nach. Ich wollte mich wirklich entspannen und an meinem Online-Shop arbeiten, doch gleichzeitig wusste ich, dass ich jetzt jede Hoffnung auf Konzentration vergessen konnte. „Hast du Lust, einen Film anzuschauen?"

„Klar. Gib mir eine Dreiviertelstunde, dann komme ich rüber. Soll ich eine DVD mitbringen?"

„Ja, überrasch mich." Es war mir egal, was wir uns ansehen würden. Ich wollte einfach nicht allein sein. „Und wenn du noch andere Geisterabwehrmittel hast, bring die auch mit."

„Wird gemacht."

Ich saß starr auf dem Sofa. Ein Geist war in meine Träume eingedrungen. Wie war das möglich? Ich hatte in meiner Wohnung schon einmal einen Umriss von ihm gesehen, aber er war nicht klar gewesen. Es konnte nicht nur mein Unterbewusstsein sein. Ich hatte diesen Mann noch nie gesehen.

Kopfschüttelnd erinnerte ich mich an die sehr realen Gefühle von Mr. Sexy. Jeden Tag öffnete ich mich in meiner Wohnung und spürte seine intensiven Emotionen im Wachzustand nicht. Nur in meinen Träumen. Ich schauderte. Wenn er mich in meinen Träumen besuchte, war er dann geblieben, um meine intensiven und sehr privaten Szenen mit Kane zu beobachten? Ich dachte nicht. In diesen Szenen waren die einzigen Emotionen, an die ich mich erinnerte, die von Kane, die sich genauso real angefühlt hatten.

Ich ließ meinen Kopf in die Hände sinken und rieb mir die

Schläfen. Kane war sicherlich kein Geist, und ich träumte auch von *seinen* Gefühlen. Im Traum Emotionen zu lesen war etwas, das ich noch nie erlebt hatte. Ich hatte nur gedacht, es wäre eine neue Dimension in meiner Traumwelt. Jetzt wusste ich nicht, was ich davon halten sollte. Ich vermutete, dass es möglich war, dass Mr. Sexy mich in meinen Träumen besuchte, und dann übernahm mein Unterbewusstsein, drängte ihn heraus und ersetzte ihn durch Kane – den, mit dem ich eigentlich zusammen sein wollte.

Soll ich Ian von den Traumbesuchen erzählen? Was würde ich sagen – dass ich meine Nächte damit verbracht hatte, mit meinem Geist intim zu sein, bis Kane aufgetaucht ist und es noch interessanter wurde? O Gott, nein! Ich konnte kaum an meine Träume denken, ohne dass ich rot wurde. Sie waren wie nichts, was ich je zuvor erlebt hatte, und viel intimer als alles, was ich je mit jemandem geteilt hatte, einschließlich meiner beiden Ex-Freunde.

Vielleicht konnte ich ihm einfach sagen, dass Mr. Sexy in meinen Träumen aufgetaucht ist, und Kane außen vor lassen. Ich seufzte schwer. Ich wollte nicht darüber reden, aber wenn ich seine Hilfe wollte, musste ich es tun.

DER WECKER KLINGELTE um halb vier, und die Federn knarrten, als Ian sich umdrehte. Ich stand auf und starrte die Kaffeemaschine an. Ich ging daran vorbei und schlich auf Zehenspitzen ins Bad. Ich konnte im Café Kaffee holen, doch ich funktionierte einfach nicht gut, solange ich nicht meine erste Tasse getrunken hatte.

Nach dem Duschen verbrachte ich zehn Minuten damit, mich zu schminken und meine nassen Haare zu einem Knoten zu arrangieren. Als ich aus dem Bad kam, fand ich Ian mit zerzausten Haaren an den Küchentresen gelehnt, wo er einen frisch gebrühten Kaffee trank.

„Oh, du bist ein Gott!", quietschte ich und drehte mich um, um mir meine eigene Tasse des herrlichen schwarzen Gebräus einzuschenken.

„Nicht die Reaktion, die ich erwartet hatte, aber auch gut." Er lächelte.

Ich grinste und betrachtete seinen sehr süßen zerzausten Anblick. „Tut mir leid, dass ich dich so früh wecken musste."

„Kein Problem. Ich muss sowieso nach Hause und mich für die Arbeit fertig machen." Er tastete herum und suchte nach seinen Schuhen.

„Die sind hier drüben." Ich zeigte auf das Ende des Bettes. „Hast du gut geschlafen?"

Er schlüpfte mit den Füßen in die ungeschnürten Vans. „Ja, wie ein Baby. Du?"

„Beste Nachtruhe seit meinem Einzug." Zu meiner großen Erleichterung hatte ich nicht von Mr. Sexy oder Kane geträumt. Ich wäre vor Verlegenheit gestorben, wenn Ian mich im Schlaf den Namen eines anderen Mannes stöhnen hören würde – falls ich das im Schlaf tat. Nach der Intensität der Träume zu urteilen, wäre ich nicht überrascht.

„Gut, freut mich, dass ich helfen konnte." Er hob den Film auf, den wir nie angesehen hatten. Wir waren zu beschäftigt damit gewesen, über meinen Geist und – nachdem ich meine schreckliche Verlegenheit überwunden hatte – über die Träume zu sprechen. Er war amüsiert und sehr neugierig gewesen, was diese Neuigkeit anging. Er hatte schon früher von Traumheimsuchungen gehört, doch nichts von sexueller Natur. Er versprach zu recherchieren.

„Vielleicht nächstes Mal."

„Ja, nächstes Mal", stimmte er zu.

„Wenn du soweit bist, bringe ich dich runter. Vielleicht holst du dir einen Muffin aus dem Café?"

„Gute Idee." Er folgte mir zur Tür.

Ich blieb kurz vor der Tür stehen. „Danke, Ian. Das war ein schöner Abend."

„Finde ich auch."

Ich beugte mich vor und küsste seine Wange. Er zwinkerte mir zu und folgte mir die Treppe hinunter.

„Hey, ich habe vergessen zu fragen, hast du die Ergebnisse der Messungen von neulich Abend?"

„Ich wollte die Auswertung gestern Abend fertig machen, doch ich wurde abgelenkt." Er grinste. „Ich sag dir was, ich kann das heute erledigen und dir morgen eine Kopie bringen. Vielleicht können wir endlich unser Dinner-Date versuchen?"

„Das wäre großartig." Ich lächelte ihn an.

„Aber in der Zwischenzeit kannst du auch ein bisschen recherchieren. Schau, ob du etwas über die früheren Bewohner des Gebäudes herausfinden kannst. Vielleicht kannst du in Erfahrung bringen, ob jemand hier gestorben ist. Vor allem, wenn es kein natürlicher Tod war. Selbstmord, Unfall, Mord ... so etwas."

„Warum?" Auf der unteren Stufe blieb ich stehen.

„Wenn wir herausfinden, wer dieser Geist ist, bekommen wir vielleicht eine bessere Vorstellung davon, was er hier treibt und wie wir ihn am besten loswerden."

Plötzlich war ich vom Gedanken an einen möglichen gewaltsamen Tod meines Geistes verunsichert. Ich bemerkte Kane erst, als seine Verärgerung in mein Energiefeld drang. Ich versteifte mich und drehte mich um. „Kane?" Ich sah ihn an.

„Jade, Ian." Er sah Ian mit zusammengekniffenen Augen an. Eifersucht wirbelte um uns herum, und ich musste ein Lächeln verbergen.

„Du bist früh auf", sagte ich.

„Eher spät noch auf." Kane schloss die Tür zum Club ab. Er wandte sich Ian zu und sagte: „Du scheinst auch eine lange Nacht gehabt zu haben."

Ian zuckte mit den Schultern.

Kanes Gesicht blieb neutral, doch seine Gefühle gerieten außer Kontrolle. Wut, Eifersucht und vielleicht sogar ein bisschen Schmerz flirrten.

Der Schmerz ließ mich innehalten. Ich legte eine Hand auf seinen Arm. „Alles okay?" Die Berührung jagte mir einen Schauer durch den ganzen Körper, und ich spürte, wie er zusammenzuckte.

„Alles okay, nur müde. Ich gehe schlafen. Bis später." Er drehte sich ohne ein weiteres Wort um und ging die Treppe hinauf, die zu Pypers Wohnung führte.

„Was war das denn?", fragte Ian.

„Keine Ahnung. Komm, holen wir dir deinen Muffin."

Wir kamen im Café an, als Pyper das Licht einschaltete.

„Guten Morgen", begrüßte ich sie.

„Dir auch guten Morgen. Neuer Mitarbeiter?" Sie deutete auf Ian.

Ian lachte. „Nein, heute jedenfalls nicht. Mir wurde ein Muffin versprochen."

„In dem Fall – such dir einen aus." Sie winkte ihn zu den Blechen auf einem Rollgestell.

Ian nahm sich einen Schokoladenmuffin und holte ein paar Dollarnoten aus der Tasche.

„Nein, nein. Ich mach das schon. Nochmal danke, Ian. Ich weiß das wirklich alles zu schätzen." Ich beugte mich vor und umarmte ihn fest. „Ich ruf dich später an."

Er bückte sich und küsste meine Wange. „Ich rechne fest damit." Er winkte Pyper zu und ging hinaus.

„Oh mein Gott!" rief Pyper aus.

„Was?"

„Der Schuljunge hat bei dir übernachtet? Kane wird ausflippen." Schalk tanzte in ihren Augen.

„Was? Warum wird Kane ausflippen?", fragte ich und trat ein.

„Oh Dummerchen! Weil er derjenige ist, der bei dir übernachten will."

„Seit wann?" Es war nicht so, als hätte er mich um ein Date gebeten oder sowas.

„Seit dem Tag, an dem er dich das erste Mal gesehen hat. Wie war's?" Neugier und Vorfreude dominierten Pypers Energie.

„Wie war was?"

„Wie war was?", äffte sie mich nach. „Deine Nacht mit Ian. Komm schon, erzähl!"

„Es war keine solche Übernachtung. Mein Geist hat mir gestern einen kurzen Besuch abgestattet, und ich habe Ian deswegen angerufen. Er kam vorbei und ist geblieben, damit ich keine Panik schiebe. Wir haben nur geredet und geschlafen. Alles in Allem ziemlich langweilig."

Sie sah mich enttäuscht an. „Der Geist?"

„Keine Sorge, es ist nichts passiert. Nur eine Erscheinung."

„Das *ist* langweilig. Zumindest muss sich Kane keine Sorgen machen."

Ich lachte. „Na ja … er hat gesehen, wie Ian heute Morgen mit mir runtergekommen ist."

Pyper lachte mit mir. „Oh ja, das dürfte interessant werden."

# KAPITEL ACHT

$\mathcal{U}$m neun Uhr nahm ich mir einen Muffin und machte mich auf den Weg nach hinten für eine kurze Pause. Gerade als ich hineinbiss, quietschte die Hintertür.

Kane kam herein, mit einer ruhigen, fast zenartigen Energie.

„Guten Morgen nochmal. Ich dachte, du würdest noch schlafen", sagte ich.

Er zuckte mit den Schultern.

„Du bist nicht stoned, oder?", fragte ich, bevor ich es verhindern konnte.

Sein Gesichtsausdruck implizierte, dass er glaubte, dass ich den Verstand verloren hatte. „Natürlich nicht. Würde gern mal sehen, wie du nach drei Stunden Schlaf aussiehst."

Ich starrte ihn an und betrachtete sein dunkles, welliges, frisch gewaschenes Haar. Er sah aus, als hätte er gerade eine ganze Nacht geschlafen. „Du siehst super aus. Ich meinte deine Stimmung."

Freude und eine große Portion Verlangen gingen von ihm

aus, als seine Lippen sich zu einem schiefen Grinsen verzogen. „Super, was?"

Ich nickte. Da ich mir der Anziehung, die ich auf ihn ausübte, voll bewusst war, wurde ich mutig. „Der Traum jeder Frau."

Er hielt inne und musterte mich. „Deiner auch?"

„Vielleicht." Ich begegnete seinem Blick. Seine Energie blieb konstant wie ein kühler Bach.

Er kam näher und blieb direkt vor mir stehen. „Von wem träumst du sonst noch, Jade?"

Mein Atem stockte, als mein Puls schneller wurde. Ich war so nicht seine Liga und nicht erfahren genug für dieses Spiel. Doch das hielt mich nicht auf. Lächelnd zog ich eine Augenbraue hoch. „Unfaire Frage, Kane."

„Vielleicht, aber du bist dieser Tage der Star meiner Träume. Ich frage mich nur, ob Ian eine Rolle in deinen spielt oder nur eine Ablenkung ist?"

Seine mokkabraunen Augen starrten in meine. Der Atem verließ meine Lungen, während ich wie gebannt dasaß.

„Der Star?", fragte ich, als ich wieder atmete. „Wer sind die Nebenrollen?"

„Unfaire Frage."

„Dann musst du nicht wissen, wer sonst noch Rollen in meinen hat." Ich grinste.

Er kniff die Augen zusammen, und ein raubtierhaftes Grinsen breitete sich auf seinem Gesicht aus. Er beugte sich zu mir vor und flüsterte: „Ich werde es herausfinden." Bevor ich antworten konnte, verschwand er wieder durch die Hintertür.

„Wow."

ICH GING LANGSAMER, als ich den Club betrat, unsicher, ob ich Kane sehen wollte oder nicht. Okay, ich wollte ihn sehen. Wer würde ihn nicht sehen wollen? Doch nach dieser Episode heute Morgen wusste ich nicht, was ich sagen sollte. Ich holte tief Luft und klopfte.

Ein gedämpftes „Komm rein" folgte.

Ich machte mich auf den Weg hinein.

„Jade, was kann ich heute für dich tun?", fragte Charlie hinter dem Schreibtisch, als ich mich ihr gegenüber auf einen Klappstuhl fallen ließ.

„Ich bin auf der Suche nach Pyper." Oder Kane, doch mein Magen wurde nervös, wenn ich nur an seinen Namen dachte. „Hast du sie gesehen?"

Sie schüttelte den Kopf. „Nein, ich glaube, sie ist endlich schlafen gegangen."

„Wirklich? Ich dachte nicht, dass sie jemals schläft." Ich spielte mit dem Notizbuch auf meinem Schoß. „Freut mich, das zu hören. Ich wollte ein bisschen in den Unterlagen zum Haus recherchieren, aber da sie nicht hier ist, kann ich später wiederkommen." Ich stand auf, doch Charlie hob ihre Hand, um mich aufzuhalten.

„Warte. Ich habe Zugriff darauf. Was brauchst du?"

„Wäre es okay, wenn ich mir ansehe, wer meine Wohnung in der Vergangenheit gemietet haben könnte? Hast du solche Aufzeichnungen?" Ich erzählte ihr von Ians Vorschlag, den Geist zu identifizieren.

„Das ist ja wie ein Krimi." Charlie stand auf und ging zur Tür. „Komm, die alten Akten sind im Lager."

Ich folgte ihr in den Flur. Sie blieb vor dem Raum stehen, aus dem meine gebrauchten Möbel stammten, und suchte den Schlüssel an ihrem Schlüsselbund.

„Da sind auch Akten drin?" Ich konnte mich nicht erinnern, welche gesehen zu haben.

Charlie nickte. „Jetzt schon. Pyper hatte sie in einem ihrer Schränke gelagert, bis du ein paar dieser alten Möbel geholt und Platz geschaffen hast."

Wir gingen hinein, schalteten das Licht ein und fanden neben der Tür einen Haufen Aktenkartons, die den Weg in den Rest des Raumes versperrten.

„Ich schätze, sie hatte es eilig", sagte ich und hustete wegen des aufgewirbelten Staubes. „Danke Charlie, dann schaue ich mir das jetzt mal an."

Sie setzte sich in einen alten, abgewetzten Sessel neben dem Eingang und griff nach der Kiste, die ihr am nächsten stand. „Ich kann dir helfen." Sie öffnete sie und zog einen Stapel Papiere heraus.

„Du hast keine andere Arbeit, die du erledigen musst?" Ich wollte sie nicht in Schwierigkeiten bringen.

Sie zuckte mit den Schultern. „Klar, aber dir zu helfen ist viel unterhaltsamer, und wenn jemand anruft, höre ich es auch von hier."

„Okay, danke!", sagte ich und freute mich, etwas Gesellschaft zu haben. Ich kam nicht um den großen Stapel Kisten herum, um einen weiteren Stuhl auszugraben, also setzte ich mich auf den Boden. Charlie grinste. Ich zuckte mit den Schultern und zog die erste Kiste zu mir. Als ich die Stapel durchsuchte, sagte ich: „Ich wusste nicht, dass du auch im Büro arbeitest. Bist du befördert worden?"

„Nein. Ich helfe Pyper manchmal nur aus. Sie arbeitet viel zu viel, wie du sicher schon gemerkt hast. Ich habe nichts dagegen, und ich komme mit den Mädchen gut aus. Mit den meisten zumindest", sagte sie verlegen.

Ich zog meine Augenbrauen hoch.

„Ein paar sind Ex-Freundinnen." Sie kicherte und verdrehte die Augen. „Verabrede dich nie mit einer Kollegin."

„Okay, ich werde dich nicht daten." Ich lächelte unschuldig.

„Verdammt!"

„Das ist deine Regel."

„Ich bin bereit, sie zu brechen." Charlie beugte sich vor und grinste, bevor sie lachte.

„Ich werde daran denken." Ich kicherte. Die Mädchen hier konnten wirklich weniger angenehme Partnerinnen finden als Charlie. Mit einem Blick auf das Papier in meiner Hand fragte ich: „Gibt es noch ältere Akten, die weiter zurückgehen? Die sind alle von diesem Jahr."

Charlie schüttelte den Kopf. „Ich weiß nicht, ob Kane sowas hat."

„Wirklich?", sagte ich überrascht. „Sieht so aus, als würde er alles aufheben." Ich wedelte mit der Hand in Richtung der Kisten vor uns.

„Das tut er. Das ist alles aus diesem Jahr."

„Wo sind die anderen?"

Charlie blickte auf und wischte sich die Hände ab. „Das ist alles. Wusstest du das nicht? Kane hat das Haus erst letztes Jahr gekauft."

Ich hörte auf, die Papiere anzusehen, und widmete ihr meine volle Aufmerksamkeit. „Nein. Aus irgendeinem Grund habe ich einfach angenommen, dass er und Pyper dieses Haus schon seit einiger Zeit haben. Arbeitest du schon länger hier?"

„Wow, Jade, du kennst die Geschichte wirklich nicht, oder?"

Ich schüttelte den Kopf. „Scheinbar nicht."

„Wusstest du, dass Pyper den Laden seit ungefähr fünf Jahren leitet?"

Ich nickte.

„Pyper steht den Mädchen sehr nah, und letztes Jahr hat der alte Besitzer angefangen, einige neue „Dienstleistungen" zu verlangen, wenn du weißt, was ich meine."

Ich wusste es nicht, aber ich konnte es erraten. Also nickte ich wieder und wurde wirklich neugierig.

„Wie du dir vorstellen kannst, hat Pyper diesen Vorschlag nicht gut aufgenommen, also hat sie ihm im Grunde gesagt, er könne sich ihn du-weißt-schon-wohin schieben. Das hat ihm nicht gefallen, und eines Nachts haben sich die beiden gestritten. Pyper hat ihm ordentlich die Meinung gesagt. Roy, der ehemalige Besitzer, wurde gewalttätig. Kane war hier und hat den Typen flachgelegt."

„Im Ernst?" Meine Gedanken schossen zurück zu der Nacht, als Kane Dan aus dem Club geworfen hatte. Ich genoss den Gedanken daran und lächelte in mich hinein.

„Oh, so ist das also?" Charlie lächelte mich wehmütig an.

Ich kicherte nervös und spürte, wie mein Gesicht rot wurde. „Was ist passiert, nachdem Kane den Typen k.o. geschlagen hat?"

„Roy hat Kane Hausverbot erteilt und gedroht, ihn anzuzeigen. Ist zur Polizei gegangen und alles. Pyper war am Boden und hat sich jeden Tag mit Roy angelegt. Kannst du sie dir vorstellen, dieses winzige Persönchen, wie sie in der Bürotür steht und dem großen alten Roy erzählt, wie sie ihn mit bloßen Händen entmannen würde? Er stand da, eins neunzig groß, immer mit einer Kippe im Mund. Sie hat mit ihren Augen Dolche auf ihn abgeschossen, und er hat sie angeknurrt. Aber sie hat nie nachgegeben. Wir haben immer Witze gemacht, dass Pyper die Hauptverdächtige wäre, wenn Roy jemals verschwinden sollte." Ihr Grinsen wurde breiter. „Um ehrlich zu sein, haben wir täglich dafür gebetet."

„Warum hat sie nicht einfach gekündigt?" Ich konnte mir nicht vorstellen, in einer so toxischen Arbeitsumgebung zu bleiben.

Sie zuckte mit den Schultern. „Er war entschlossen, den Laden in ein Bordell zu verwandeln. Pyper war entschlossen, die Mädchen zu beschützen."

Ich starrte sie an, blinzelte und stellte die Frage, die ich unbedingt wissen wollte. „Dieser Laden war noch nie mehr als das, was er an der Oberfläche zu sein scheint?"

Charlie neigte den Kopf. „Es hängt davon ab, was du mit ‚was er zu sein scheint' meinst."

Ich zuckte mit den Schultern. „Nur eine Stripbar."

Sie lächelte ein verschmitztes Grinsen. „Du hast keine Ahnung, was in einer normalen Stripbar vorgeht, oder?"

Hitze kroch meinen Hals empor. Ich wandte meinen Blick zur Rückseite des Lagerraums. „Nein, nicht wirklich. Aber ich kann es mir vorstellen", sagte ich, während sie vor Lachen prustete.

„Gott, du bist wirklich eine. Wie bist du jemals dazu gekommen, hier zu arbeiten?"

Wahrheitsgemäß sagte ich: „Pyper hat mich darum gebeten."

Sie nickte nachdenklich. „Mich auch."

Meine Augen weiteten sich. „Du hast nicht, ich meine, äh, du arbeitest hier nicht wegen der Zusatzleistungen …?" Scheiße. Ich hatte sie wahrscheinlich beleidigt. Überzeugt, dass mein Kopf vor Verlegenheit in Flammen aufgehen würde, starrte ich auf die Akte in meiner Hand.

Ein paar Sekunden lang herrschte Stille. Als ich in Charlies Richtung blickte, warf sie den Kopf in den Nacken und lachte, bis ihr die Tränen übers Gesicht liefen. Nach Luft ringend keuchte sie: „Himmel!"

Ich hob meinen Kopf und stieß den Atem aus, den ich angehalten hatte. „Ich freue mich, dass du mich so lustig findest."

Schließlich riss Charlie sich zusammen und wischte sich mit einem Taschentuch, das ich ihr aus meiner Handtasche reichte, die Augen ab. Immer noch grinsend streckte sie die Hand aus und ergriff meine Hand. „Ich bin so froh, dass Pyper dich gefunden hat." Ihre Berührung war sanft und freundschaftlich.

„Und nein, ich habe den Job nicht wegen der Zusatzleistungen angenommen", sie sagte das Wort *„Zusatzleistungen"* gedehnt, um es zu betonen. „Aber die sind ein netter Vorteil." Ein Grinsen wie das der Grinsekatze breitete sich auf ihrem Gesicht aus, und ihre hellgrünen Augen funkelten.

Ich schenkte ihr ein zaghaftes Lächeln und drückte ihre Hand, bevor ich sie losließ. „Tut mir leid. Manchmal kann ich ein bisschen direkt sein."

„Ein bisschen? Das ist eine Untertreibung, wenn ich jemals eine gehört habe. Mach dir keine Sorgen", fügte sie hinzu, als sie mein Stirnrunzeln sah. „Wenn man sein ganzes Leben von Frauen umgeben verbringt, ist ein bisschen Direktheit erfrischend."

„Äh, danke." Wir schwiegen und wandten uns wieder den Stapeln vor uns zu. Dann erinnerte ich mich. „Du wolltest mir erzählen, wie Kane zu diesem Laden gekommen ist?"

„Ach ja, du hattest mich abgelenkt." Sie legte die Unterlagen beiseite. „Aber ich muss erst was zu trinken holen. Willst du auch was?"

Nickend gab ich ihr meine übliche Chai-Bestellung und griff nach der nächsten Kiste, als sie hinausging. Ich verbrachte zehn Minuten damit, Mitarbeiterakten durchzugehen. Ich kannte alle im Stapel außer dem letzten. *Charlene Keller; Service*

„Hm, ich frage mich, wer das ist. Charlene, Charlene." Ich dachte an alle vier Cocktailkellnerinnen, die an der Bar arbeiteten. Meine Gedanken blieben an Charlie hängen, die am Tresen lehnte und ihnen Anweisungen gab, und ich fing an zu lachen. Etwas verkrampft, aber amüsiert, legte ich die Akte beiseite und entdeckte ein paar Meter entfernt eine weitere Kiste.

Ich stand auf, entstaubte meinen Hintern und setzte mich auf Charlies Sessel. Aus dem Nichts strömte Unruhe durch meine Adern. Woher kam die? Mit zusammengebissenen Zähnen versuchte ich vergeblich, meine Abwehr wieder aufzubauen. Das Gift übernahm vollständig die Kontrolle und hinterließ eine brennende Spur, während es meine Seele mit herzzerreißendem Hass erfüllte. Ich krümmte mich und fiel aus dem Sessel. Als ich zitternd auf dem Boden lag, begannen die giftigen Emotionen zu verblassen.

Psychisch angeschlagen zwang ich mich auf die Beine, warf einen Blick auf die letzte verbliebene Kiste und floh. Die Lagertür schlug hinter mir zu. Ich sank gegen die Wand im Flur und atmete tief durch, um mich zu sammeln. *Whoa.* Das war gruselig. Ich habe noch nie ein Möbelstück erlebt, das so emotional aufgeladen war wie dieses. Ich hatte danach das Bedürfnis, mich mit Salbei zu reinigen. Schaudernd ging ich ins Café auf der Suche nach aufmunternder emotionaler Energie.

Charlie stand an der Theke und sprach mit Pyper, als ich *The Grind* betrat. Charlie reichte mir meinen Chai und nach einem langen Schluck seufzte ich.

„Oh. Ich muss länger weggewesen sein, als ich dachte", sagte Charlie.

„Nein, nicht so lange. Ich habe nur eine Pause gebraucht." Ich wandte mich Pyper zu. „Wie ist's mit dir? Ich könnte hier aushelfen, wenn du mich brauchst."

Ihr Lächeln erreichte ihre dunklen, müden Augen nicht. „Nein, du hast heute genug gearbeitet. Ich mach das schon."

„Ist Holly hier?", fragte ich und streckte den Hals, um nach hinten zu spähen.

„Ja." Pyper warf einen Blick zu den Tischen vorne. „Sie interviewt jemanden."

Ich sah sie bei einer hübschen Brünetten sitzen.

„Studentin?"

Charlie nickte und drehte sich zu ihnen um. „Frisches Potenzial." Ihr Begriff für eine mögliche Lesbe.

Pyper lachte, und ich verdrehte die Augen.

„Komm schon, Charlene." Ich zog an ihrem Arm. „Du hast mir bei einem Projekt geholfen, wenn ich dich erinnern darf."

Pyper kicherte, als sich Charlies Augen überrascht weiteten.

„Du hättest mich nicht so lange mit den Akten allein lassen sollen, wenn du nicht wolltest, dass ich deinen richtigen Namen herausfinde", sagte ich.

„Scheiße. Verlier bloß nie ein Wort darüber." Sie trat neben mich.

Ich lachte und nickte dann Pyper zu, als wir zurück in den Club gingen. „Ich dachte, sie schläft."

„Ich auch. Ich habe ihr gesagt, wir würden uns um das Café kümmern und sie soll wieder nach oben gehen, aber sie meinte, sie konnte nicht schlafen, also wollte sie nützlich sein." Charlie hob die Hände. „Ich weiß nicht, was ich sonst tun soll, aber sie sieht aus, als ob sie dringend ein bisschen Ruhe braucht. Wenn ich es nicht besser wüsste, würde ich sagen, dass sie Speed genommen hat. Aber das ist nicht ihr Stil."

„Wenn ich Pyper wäre, müsste ich Speed nehmen, um all das zu schaffen, was sie tut. Ich weiß nicht, wie sie das alles schafft, ohne zusammenzubrechen."

„Ich auch nicht."

„Ich bin für den Moment mit den Akten fertig", sagte ich zu Charlie, als ich mich auf den Klappstuhl vor ihrem Schreibtisch fallen ließ.

„Hast du was Nützliches gefunden?" Sie nahm das Handy vom Schreibtisch.

Ich schüttelte den Kopf und wartete darauf, dass sie ihre Nachrichten abhörte.

Nachdem sie aufgelegt hatte, sagte ich: „Aber ich will

immer noch die Geschichte hören. Wie genau ist Kane in den Besitz dieses Hauses gekommen?"

„Mehr als nur Neugier?" Sie musterte mich mit hochgezogenen Augenbrauen.

Ich schüttelte unverbindlich den Kopf.

„Du hättest dir schlechtere Typen angeln können."

„Da läuft nichts mit Kane."

„Noch nicht", sagte sie.

Als ich nicht antwortete, zuckte sie mit den Schultern und erzählte mir die Geschichte. Die Polizei war mit Fragen vor Kanes Tür aufgetaucht. Er hat kooperiert, und der Staatsanwalt entschied, dass die Anzeige lächerlich und seine Zeit nicht wert war. Roy reichte eine Zivilklage ein und sagte Kane dann, dass er bereit wäre, sich außergerichtlich zu einigen und die ganze Sache zu vergessen, wenn der Preis stimmte. Wenn man bedenkt, dass es mehr als eine Handvoll Zeugen gab, die Kane den ersten Schlag landen gesehen hatten, wäre eine Zivilklage eher nicht zu Kanes Gunsten entschieden worden. Niemand hatte gesehen, wie Roy Pyper bedrohte und geschlagen hatte – das war im Büro passiert. Nachdem Kane Pyper und die blauen Flecken gesehen hatte, ist er ihm nachgegangen. Also bot Kane ihm einen sehr großzügigen Betrag an. Die einzige Bedingung von Kanes Seite war, dass Roy das Haus im Rahmen des Deals an ihn verkaufen musste.

„Hatte Kane vorher versucht, das Haus zu kaufen?", fragte ich.

Charlie schüttelte den Kopf. „Ich glaube nicht. Zu der Zeit hat er noch für ein Finanzunternehmen gearbeitet. Er hat einfach alle Zügel an Pyper übergeben. Es ist das Beste, was hier jemals passiert ist. Sie ist eine großartige Chefin."

Ich nickte.

„Doch dann, ein paar Monate später, hat sie *The Grind*

eröffnet. Ich wusste es damals noch nicht, aber das Gebäude nebenan war Teil des Deals."

Ich hatte mich auf die Informationen konzentriert, die Kane betrafen, und dass er nicht der Stripclubbetreiber war, den ich mir vorgestellt hatte. Ich fühlte mich, als ob eine Last von meinem Herzen genommen worden war, und lächelte.

„Was?" Charlie fragte

„Nichts. Ich bin einfach froh, dass es gut ausgegangen ist."

DAS GEFÜHL von Kanes Küssen blieb auf meinen geschwollenen, wunden Lippen. Ich streckte mich und genoss den süßen Schmerz gut beanspruchter Muskeln. Meine Güte. Was für ein realistischer Traum. Ich musste mich im Schlaf zu meinem Traum bewegt haben. Meine Temperatur schoss in die Höhe, als ich an ein paar besonders denkwürdige Szenen dachte. Gott sei Dank hatte ich keinen Mitbewohner. Zumindest keinen lebenden.

Ich suchte den Raum nach ungeladenen Geistern ab. Alles war ruhig und frei von Erscheinungen.

Ich lehnte mich wieder zurück und strich mit meinen Händen über meinen nackten Körper, der immer noch von winzigen Nachbeben von Kanes Berührungen prickelte. Ja. Definitiv der beste und realistischste Traum aller Zeiten.

So intensiv die Träume von Kane geworden waren, umso überraschender fand ich, wie ich mich am Anfang meiner Träume fühlte, wenn ich mit Mr. Sexy zusammen war. Ich fühlte mich sicher, sogar geliebt. Ich wusste, dass es angesichts der Tatsache, dass er ein Geist war, gruselig hätte sein sollen, doch das war es nicht. Es war ... beruhigend, bis er verschwand und Kane übernahm. Träume von Kane waren alles andere als tröstlich. Leidenschaftlich. Heiß. Sündig. Das mentale Bild von

Kane, der vollkommen nackt war, jagte neue Hitze an die richtigen Stellen.

Es gab nur eine Sache, die ich dagegen tun konnte. Nochmal kalt duschen. Der Gedanke ließ mich frösteln, und ich entschied mich stattdessen für Kaffee.

Während ich meinen Kaffee trank und E-Mails checkte, klingelte mein Handy. So früh rief mich nie jemand an. Nicht einmal Gwen, wenn sie irgendwie wusste, dass ich wach war. Mist, das konnten nur schlechte Nachrichten sein.

„Hallo", meldete ich mich vorsichtig, nachdem ich die Nummer vom *The Grind* erkannte.

„Gott sei Dank. Jade, ich bin's, Pyper. Holly ist gerade krank geworden, und ich musste sie nach Hause schicken. Könntest du mir vielleicht durch die Mittagsschicht helfen?"

Schlechte Nachrichten, definitiv. Wenn ich heute arbeiten würde, wären das sechs Tage hintereinander im Café.

„Jade? Bist du da?", fragte Pyper.

„Ja", seufzte ich. „Ich komme so schnell wie möglich runter."

Der Vormittag verging wie im Flug, mit langen Schlangen koffeinbedürftiger Touristen und Einheimischer. Pyper und ich arbeiteten den ganzen Vormittag durch, und als sie mir endlich sagte, ich solle eine Pause machen, hätte ich sie fast vor Erleichterung geküsst.

Mit schmerzenden Waden flüchtete ich schnell ins Hinterzimmer. Leider stapelten sich Akten und Rechnungen auf dem einen Stuhl. Ich stöhnte und entschied mich, auf der viel weniger überladenen Arbeitsplatte zu sitzen. Pyper brauchte wirklich jemanden, der ihr Büro organisierte.

Ich biss in meinen täglichen Muffin, spülte ihn mit einem Frappé herunter und lehnte mich mit geschlossenen Augen an die Schränke. Mein Rücken schmerzte. Ich freute mich jetzt schon auf meine Badewanne.

Die Schwingtür zum Gastraum des Cafés knarzte. „Nur noch ein paar Minuten, versprochen", sagte ich.

„Nimm dir so lange, wie du brauchst", antwortete eine tiefe, heisere Stimme.

Ich riss die Augen auf und sah, dass Kane auf mich zukam. Wo war er hergekommen? Ich straffte meine Haltung, bereit, vom Tisch zu springen, doch Kane hinderte mich daran. Seine Augen wanderten über meinen Körper, als ob er eine Bestandsaufnahme machte. Mein Magen flatterte, und ich bedankte mich stumm, dass ich saß, da meine Knie zu Gelee wurden. Verdammt.

„Kann ich dir helfen?", fragte ich mit steifer Stimme.

„Sicher, jederzeit." Er kam näher.

„Äh, ich meine, brauchst du irgendwas? Jetzt?"

„Ja." Er beugte sich vor und stützte sich mit dem rechten Arm auf dem Regal über meinem Kopf ab.

Ich versuchte, das Wort „was" zu bilden, doch als sein Gesicht näherkam, entglitten mir jegliche rationalen Gedanken. Ich wollte ihn schmecken, seine Lippen auf meinen spüren, also beugte ich mich vor und wurde mit einem sanften Kuss belohnt. Kanes warme Lippen verweilten auf meinen, während seine freie Hand meinen Nacken streichelte und mir einen Schauer über den Rücken jagte. Der Kuss wurde schnell heiß, als sich unsere Lippen öffneten. Er schmeckte nach Mokka und Zimt. Ich drängte mich an ihn, gierig auf mehr.

Mein Verstand hörte ganz auf zu arbeiten, und ich erlaubte mir, mich in der köstlichen Intensität seines fachkundigen Mundes zu verlieren. Ohne zu wissen, wie es passiert war, schlangen sich meine Arme und Beine irgendwie um seine Taille. Er drehte sich um und presste mich gegen die Schränke.

Seine Erregung zeigte sich nicht nur in der Beule, die gegen meine Jeans drückte. Ein starkes Verlangen, genau wie ich es in der Nacht zuvor geträumt hatte, drang in meine Sinne ein.

Mein Blut kochte, und ich sehnte mich danach, ihn zu spüren, ganz. Verzweifelt, die Kontrolle wiederzuerlangen, zog ich mich zurück.

Er trat einen Schritt zurück und zeigte ein sündiges Grinsen. „Das war nicht genau das, was ich meinte, aber trotzdem danke." In der rechten Hand hielt er eine Packung Kaffeebecher. „Ich bin nur kurz vorbeigekommen, und Pyper hat mich gebeten, die hier zu holen."

Ich neigte den Kopf und entdeckte die Becher im Regal.

Scheiße.

Geschockt von meiner Reaktion auf ihn saß ich schweigend da, während er mich ansah.

„Kane! Was treibst du da hinten?", rief Pyper aus dem Gastraum.

Er blickte zur Tür und dann wieder zu mir. „Wir werden daran anknüpfen."

Mein Atem stockte, als ich zu zittern begann. Genau das befürchtete ich.

„Autsch! Verdammt", fluchte ich.

„Jade, geht's dir gut?", rief Casey, der Studiomanager, vor meiner Tür.

„Alles okay. Hab mir nur gerade den Arm verbrannt. Hab nicht aufgepasst." Ich hatte diesen Kuss in Gedanken noch einmal erlebt. Zum wiederholten Mal.

Seufzend warf ich das Glasstück, an dem ich gearbeitet hatte, in eine Schüssel mit Wasser, brach ein Blatt der Aloe-Pflanze ab und zischte, als ich meinen Arm damit abtupfte.

„Vorsicht", sagte Casey und ging dann wieder nach vorne.

Ich starrte auf die drei Dorne in meinem Wassereimer. Resigniert stellte ich den Ofen ab. Ich kam heute nicht weiter.

Ich hatte vorgehabt, den größten Teil des Nachmittags im Studio zu verbringen, um an ein paar Aufträgen zu arbeiten. Außerdem war das Perlenmachen normalerweise eine angenehme Ablenkung. Allerdings nicht heute. Ich konnte Kane, diesen Kuss und die Träume einfach nicht aus meinem Kopf bekommen.

Ich gab auf, beschloss, stattdessen Besorgungen zu machen, und ging auf den Markt.

Eine Stunde später stellte ich die Einkaufstüten auf meinen Küchentresen. Meine Hose fing an zu singen, und ich erschrak. Während ich verderbliche Lebensmittel in den Kühlschrank lud, nahm ich mein Handy und ließ die Tüte Orangen auf den Boden fallen. „Hallo?"

„Hey, Fremde", sagte eine männliche Stimme, als ich mich beeilte, die rollenden Früchte aufzusammeln.

„Ian?"

„Ja. Bereit für heute Abend?"

Ich hielt die Orangen in meinem Hemd, stand auf und starrte auf den Kalender an der Wand. Ich hatte keine Pläne notiert. „Heute Abend?"

„Abendessen? Die Auswertung meiner Messungen?", erinnerte er mich.

„Natürlich!" *Idiot!* Wie konnte ich das vergessen? Gedanken an Kane, seine Lippen und seinen harten Körper hatten mein Gehirn wirklich durcheinandergebracht.

„Großartig." Er klang erleichtert. „Ich habe nur angerufen, weil ich hören wollte, ob sieben okay ist?"

„Klar, hört sich gut an. Bis dann."

# KAPITEL NEUN

Nachdem ich mich geduscht und frisch geschminkt und meine Haare gründlich geföhnt hatte, lächelte ich zufrieden. Mein rotblondes Haar hatte genau die richtige Menge an Wellen, wodurch es edel wirkte, anstatt meines üblichen chaotisch-lässigen Looks. Es war lange her, dass ich ein richtiges Date gehabt hatte.

Ich warf einen Blick auf meine Uhr. Noch eine halbe Stunde, bis Ian kommen würde. Da ich also Zeit totzuschlagen hatte, machte ich es mir an meinem Schreibtisch bequem und machte mich an die Arbeit, um neue Perlen für meinen Etsy-Shop zu listen.

Ich hatte zwei neue Produkte hochgeladen, als das Klopfen begann. „Komm rein; es ist offen." Die Tür knarrte. „Ist es schon sieben?"

„Nein. Was passiert um sieben?"

Erschrocken wirbelte ich herum, stieß mit dem Ellbogen gegen den Rand meines Perlentabletts und warf all meine Glaskreationen auf den Boden. „Oh Mist!" Als sie über den

Parkettboden rollten, ging ich auf die Knie und sammelte so viele wie möglich ein, bevor sie unter dem Sofa verschwanden.

„Tut mir leid, ich wollte dich nicht erschrecken." Kane ging in die Hocke, sein Gesicht war jetzt auf Augenhöhe, als er mir half. Eine schwache Spur von Stoppeln warf einen Schatten über sein Kinn.

Ich ballte eine Hand zu einer Faust und widerstand dem plötzlichen Drang, die Rauheit zu streicheln. „Was machst du hier?" Ich stand auf und legte die Perlen zurück auf das Tablett.

„Was passiert um sieben?"

„Hm?" Ein Bild von unserer letzten Begegnung im *The Grind* schloss mein Gehirn kurz.

„Du erwartest um sieben jemanden?" Er erhob sich und reichte mir die letzte der Perlen.

Richtig. „Ja, Ian kommt mit den Ergebnissen." Ich ging zu meinem Kühlschrank und suchte nach etwas zu tun. „Willst du was zu trinken?"

„Gern. Guinness?" Er setzte sich und machte es sich bequem. „Du wolltest mich nicht anrufen?"

„Warum?" Ich reichte ihm das Bier, nahm mir selbst eines und setzte mich ans andere Ende des Sofas.

Er warf einen Blick auf meine hochhackigen Schuhe und dann an die Decke. „Um uns mit Ian zu treffen."

Ich zuckte mit den Schultern. „Ich wusste nicht, dass du an dem Treffen teilnehmen wolltest."

„Es ist mein Haus."

„Okay, okay. Du bist jetzt hier. Bleib in der Nähe, und du kannst die Ergebnisse sehen. Übrigens, warum *bist* du hier?"

„Nur um ein guter Nachbar zu sein", sagte er mit einem schiefen Lächeln.

„So?" Ich wischte meine klamme Hand am alten Stoff der Armlehne ab. „Bist du heute Abend mein Nachbar?"

Er nickte, sein Lächeln verwandelte sich in ein Grinsen. „Sieht so aus."

Mein Herz schlug schneller, als ich ihn mir ohne Hemd im Bett vorstellte. Der Traum der letzten Nacht blitzte in meinem Kopf auf. Ich schluckte und starrte auf mein Bier.

„Ich bleibe ein paar Nächte in der Woche, wenn ich lange arbeite." Sein Blick fiel auf meine Lippen. Sehnsucht und Vorfreude wirbelten in dichtem Nebel um mich herum und zogen mich wie mit einem Lasso an ihn heran.

Meine Kehle wurde trocken. „Ich weiß, du hast es mir gesagt."

Ich begann zu schwitzen, als er sich über die Lippen leckte, sich vorbeugte und „Jade" flüsterte.

Ein schnelles Klopfen an der Tür brach den Bann. Ich sprang auf, machte vier Schritte und öffnete die Tür. Ian stand gegen den Türrahmen gelehnt und hielt eine rosa, langstielige Rose in der Hand. Er hielt sie mir entgegen. „Guten Abend."

„Äh, hallo, Ian. Danke!" Ich nahm die Rose, trat einen Schritt zurück und gab den Blick auf meinen Hausgast frei. Ich biss mir auf die Lippe und winkte ihn herein. „Du kennst Kane."

Ian nickte. „Hallo!"

Kane beäugte die Rose, zog eine Augenbraue hoch und lehnte sich auf dem Sofa zurück. „Jemand hat dich ins Haus gelassen?"

Eine gute Frage, da ich kein Klingeln gehört hatte.

„Ich bin draußen auf Pyper gestoßen", sagte Ian.

„Kane ist gerade vorbeigekommen", erklärte ich, während ich nach einer Vase suchte. Als ich keine fand, goss ich mein Bier aus und benutzte stattdessen die Flasche. Ich stellte die Rose neben meinen Computer, senkte meine Nase an die Blüte und atmete ihr süßes Aroma ein. „Danke! Sie ist wunderschön."

Er lächelte. „Gern geschehen."

Kane stand auf und starrte mich lange an. Dann ging er zur Tür. „Sorry, wollte nicht stören." Er war weg, bevor ich etwas sagen konnte.

„Was war das denn?", fragte Ian.

Ich zuckte mit den Schultern. „Keine Ahnung." Abgesehen davon, dass Kane bemerkt hatte, dass Ian und ich ein Date hatten. Ich unterdrückte einen Seufzer.

„Also", Ian hielt inne. „Gibt es was Neues über deinen Geist zu berichten?"

„Nein."

Er musterte mich und sah mich fragend an. „Keine neuen Träume?"

„Mehr Träume – gleicher Inhalt." Ich hatte ihm bereits gesagt, dass sie sexueller Natur waren. Mehr musste er nicht wissen. „Die Träume sind sowieso harmlos, daher denke ich, dass es nicht so wichtig ist." Abgesehen davon, dass es gruselig war, daran zu denken, dass der Geist in meine Träume eindrang, zumal ich, während ich sie hatte, es überhaupt nicht gruselig fand. Das Ganze war verdreht.

„Sie könnten ein wichtiger Hinweis darauf sein, warum er hier ist. Wäre es zu unangenehm, mir davon zu erzählen?"

Ich runzelte die Stirn. Wie könnten Sexträume anders interpretiert werden, als Sex haben zu wollen? „Können wir später darüber reden?" Verzögerungstaktik, ganz klar. „Ich brenne darauf, deine Ergebnisse zu sehen."

„Sicher." Ians Gesicht hellte sich auf, als er sich auf den Boden setzte und Unterlagen um sich herum ausbreitete.

Ich lachte. „Sehr professionell."

Er grinste. „Schau dir das an." Er reichte mir ein Foto meiner Wohnung.

„Was sehe ich?" Ich spähte darauf und fand nichts Ungewöhnliches.

„Jetzt schau dir das hier an."

Ich keuchte. „Oh, ist er das?" Es war derselbe Bildausschnitt, nur war ich dieses Mal auf dem Foto mit einem silbernen Umriss einer Person, die neben mir stand.

„Das würde ich sagen. Hier ist der Rest." Er reichte mir einen kleinen Stapel. „Erinnerst du dich, dass ich dir gesagt habe, dass wir nur einige EMF-Messwerte hier in deiner Wohnung bekommen haben?"

Ich nickte.

„Ich hatte die Fotos zum Entwickeln geschickt und vergessen, sie abzuholen. Die Digitalkamera hat nicht erfasst, was die Spiegelreflexkamera aufgenommen hat, also dachten wir, wir hätten kein Schattenbild. Aber jetzt haben wir den Beweis. Ist das nicht großartig?"

Alle Fotos ohne mich waren ohne etwas darauf, und alle mit mir hatten ein silbriges Umrissbild. „Ist wohl so." Ich runzelte die Stirn. „Heißt das, er folgt mir?"

„Kann sein." Ian reichte mir eine Zahlentabelle. „Auf den Fotos sieht es so aus, als ob er es könnte, aber wir haben keine Möglichkeit zu sagen, ob er die Wohnung verlässt oder nicht. Es ist möglich, dass er mehr Energie hat, wenn du in der Nähe bist, was den Umriss sichtbar macht." Dieses Szenario half mir nicht, mich besser fühlen lassen.

Er zog ein Diagramm hervor. „Siehst du das?"

Zwei Zahlenkolonnen waren nebeneinander aufgereiht. „Äh, ja?"

„Schau dir an, wie sich die Zahlen nicht viel zu ändern scheinen."

„Okay?" Ich hatte keine Ahnung, worauf er damit hinauswollte.

„Die Zahlen sind Messwerte eines EMF-Detektors. Er liest das elektromagnetische Feld. Wir verwenden es, um paranormale Aktivitäten aufzunehmen. Soweit klar?" Ian sah auf.

„Ich glaube schon. Diese Zahlen sagen dir, dass es paranormale Aktivitäten gibt?"

„Ja. Das ist jedenfalls die Theorie. Diese Zahlen hier" – er zeigte mit dem Finger darauf – „liegen im Bereich von vier bis sechs. Das ist der Bereich, den wir suchen. Diese Diagramme sind die Messwerte vor dem Betreten des Raums und danach. Siehst du, dass sie sich nicht viel ändern?"

„Sie haben sich also nicht viel verändert, was bedeutet, dass er wahrscheinlich hier war, aber stärker präsent, als ich den Raum betreten habe?"

„Genau." Ian strahlte, zweifellos erfreut, dass ich es verstanden hatte.

„Das ist besser als die Alternative. Der Gedanke, von einem Geist gestalkt zu werden, wäre nicht so angenehm."

Ian zuckte mit den Schultern. „Es ist möglich, dass er dir manchmal folgt. Das sind nur die Messwerte, die wir an diesem Tag aufgenommen haben."

„Nicht, was ich hören wollte. Ich gehe davon aus, dass er hier im Gebäude bleibt." Es ist das, was ich glauben wollte, und seien wir ehrlich; die wissenschaftlichen Auswertungen schienen kaum, nun ja, wissenschaftlich zu sein. „Hast du im Club interessante Messwerte bekommen?"

Ian begann vor Aufregung zu vibrieren. „Oh ja. Schau dir das an."

Mehr Fotos. Wieder Bilder vom leeren Club, dann Bilder von meinem silbernen Schatten und mir.

„Jetzt schau dir die an." Er reichte mir einen dritten Stapel.

„Wow, das ist seltsam. Pyper hat auch einen Schatten, aber ihrer ist ein dunkleres Grau. Ist das ein anderer Geist?"

Ian zuckte mit den Schultern. „Ich wette, es ist derselbe."

„Auch, wenn der Umriss eine andere Farbe hat?"

„Ja, Geister beziehen ihre Energie von denen um sie herum, also würde er anders aussehen, je nachdem, von wem er die Energie bezieht."

Ich nickte. Da ich in der Lage war, die Energie von Menschen zu spüren und manchmal zu sehen, verstand ich seine Erklärung. „Okay, aber warum sollte er uns beiden folgen?"

Ian schüttelte den Kopf. „Gute Frage. Vielleicht findet er euch sexy."

Ein plötzlicher Anflug von Eifersucht überkam mich. Ich hatte angefangen, ihn als meinen Geist zu betrachten. Er drang mit Liebe und Hingabe in meine Träume ein. Jede Nacht. Warum verfolgte er also Pyper? Ich wusste, es klang verrückt, aber seine Gefühle waren nicht ohne Wirkung auf mich.

*Lass den Unsinn, Jade. Das ist ein Geist, an den du da denkst. Ein Liebhaber in einem Traum. Ein sehr sexy Liebhaber in einem Traum.*

Kanes Gesicht blitzte in meinem Kopf auf, und plötzlich fühlte ich mich wie ein Idiot. Hier saß ich mit Ian, meinem Date, und war eifersüchtig auf Pyper wegen eines Geistes und dachte an Kane.

Ich verdrängte all das aus meinem Kopf. „Okay, das ist jetzt genug Gerede von Geistern. Abendessen?", fragte ich.

Ian sah auf seine Uhr. „Ja, unsere Reservierung ist in zwanzig Minuten." Er stand auf und streckte mir eine Hand entgegen.

„Du hast mich hierher gebracht, weil es hier spukt?" Ich nippte an meinem Wein und sah mich im Muriel's um, dem bekannten Restaurant, in das Ian mich gebracht hatte.

„Du hast die Geschichte nicht gehört?"

„Nein." Ich warf einen Blick über die Schulter, als erwartete ich, dass ein Geist auftaucht.

Ian lachte. „In vielen Restaurants spukt es angeblich. Bei der ... bunten ... Geschichte von New Orleans ist das unvermeidlich."

„Wohl wahr", sagte ich. „Hast du in einem dieser Restaurants Messungen durchgeführt?"

„Das würde ich gerne, aber nein, ich hatte noch keine Gelegenheit." Er senkte seine Stimme zu einem Flüstern und beugte sich vor. „Wenn ich ein Restaurant auswähle, wähle ich immer eines aus, von dem es heißt, dass es dort spukt, in der Hoffnung, etwas zu sehen."

Ein Schauer lief mir über den Rücken. Das war das Letzte, was ich nach meinen jüngsten Erfahrungen wollte. „Hast du jemals was gesehen?"

„Nichts Definitives, aber es gab ein paar Gelegenheiten, bei denen ich mich gefragt habe, ob etwas an den Gerüchten dran sein könnte." Ians Augen wurden groß und funkelten vor Aufregung.

„Hast du hier schon mal was gesehen?" Ich biss mir auf die Lippe und sah mich wieder um.

„Nein, aber ich komme gerne hierher. Es heißt, der Typ, der dieses Haus gebaut hat, hat es bei einem Pokerspiel verloren. Bevor der Gewinner es beanspruchen konnte, hat er sich hier erhängt. Die Leute sagen, er spukt immer noch hier. Ich würde ihn gerne mal sehen." Ian reckte den Hals und betrachtete den offenen Innenhof.

„Siehst du was?"

„Nein. Noch nicht." Er drehte sich um, um in den Eingangsbereich hinter sich zu blicken.

Ich stellte mein fast leeres Weinglas ab und gab dem Kellner ein Zeichen, dass ich noch eines wollte. Großartig. *Genau, was ich brauche. Eine abendliche Geisterjagd.* Ein kleiner Seufzer entkam meinen Lippen.

Als der Kellner zurückkam, bat ich ihn, die Flasche dazulassen.

Ian verbrachte die ganze Mahlzeit damit, mir von den vermeintlichen Spukhäusern im French Quarter zu erzählen. Als der Kellner Dessert anbot, hatte ich genug. Es war ein seltener Abend, an dem mich Käsekuchen nicht in Versuchung führte. Doch ich wollte nicht weiter zusehen, wie Ian sich den Hals verdrehte und darauf wartete, dass etwas Ungewöhnliches geschah. Die Leute hatten schon angefangen, uns anzustarren.

„Dann möchtest du gehen?", fragte er und unterschrieb den Kreditkartenbeleg.

„Sicher. Wohin?"

„Frenchmen Street. Lass uns zu Fuß gehen." Er streckte seine Hand aus.

Ich nahm sie und unterdrückte ein Stöhnen. Es machte mir nichts aus, zu Fuß zu gehen, wirklich nicht. Tatsächlich mochte ich es, nur nicht, wenn ich meine sexy Date-Highheels anhatte.

Nach sieben Blocks hatte sich an meinem linken großen Zeh eine Blase gebildet, die ein leichtes Hinken verursachte.

„Bist du okay?", fragte Ian.

„Ja, das sind nur nicht die besten Wanderschuhe." Ich verzog das Gesicht. Es war meine eigene Schuld. Niemand fährt im French Quarter. Ich nahm mir vor, bequemere Schuhe zu kaufen. *Ja, klar.*

Er war spürbar verlegen. „Tut mir leid, Jade. Daran habe ich nicht gedacht. Wir nehmen ein Taxi zurück."

„Hört sich gut an."

„Du wirst diesen Ort lieben", sagte Ian, als wir endlich vor einem Club stehenblieben. „Es ist einer der besten Läden, um Musik zu hören und vielleicht einen Geist zu sehen."

*Ganz toll, genau, was ich hören wollte.* „Noch mehr Geister?"

„Kann man nie wissen." Ian nahm meinen Arm und führte mich zu einem Tisch in einer Ecke. Nachdem wir unsere Getränkebestellung aufgegeben hatten, rückte er mit seinem Stuhl näher und beugte sich vor. „Das ist schön, oder?"

„Klar." Die Musik war langsam und gefühlvoll und brachte die Emotionen der Menschen erfolgreich an die Oberfläche. Die meisten waren vergnüglich, aber Traurigkeit spürte ich auch. Ich verschloss mich, weil ich vermeiden wollte, dass mich all diese Gefühle erschöpften.

Ian legte seinen Arm um meine Schulter und ließ seine Fingerspitzen meinen Arm streicheln. Ich schloss meine Augen und genoss die Musik und das Gefühl. Dieses Date konnte vielleicht doch noch zu retten sein.

„Habe ich dir gesagt, wie schön du heute Abend aussiehst?"

Ich öffnete meine Augen und lächelte. „Danke! Du siehst selbst ziemlich gut aus." Ian war ganz schwarz gekleidet. Schwarze Hose, schwarzes Hemd und schwarze Chucks. Es passte zu ihm, betonte sein blondes Haar und seine klaren blauen Augen, die jetzt aufmerksam in meine blickten.

„Du bist die erste Frau, mit der ich ausgegangen bin, die mich wirklich versteht", flüsterte Ian mir ins Ohr.

„Ach ja?"

„Mh-hm. Die meisten verstehen die Sache mit den Geistern nicht."

„Du meinst, sie glauben nicht daran? Vielleicht haben sie einfach keine Erfahrung damit?"

Ian neigte den Kopf. „Wahrscheinlich. Aber es ist mehr als das. Du akzeptierst mich, wie ich bin. Das ist selten, weißt du?"

Ich wusste das. Mehr als ich es ihm erklären könnte. Ich nickte.

„Die meisten Frauen, die ich treffe, können nicht akzeptieren, dass meine Leidenschaft die Geisterjagd ist, und nicht, so schnell wie möglich die Karriereleiter hochzuklettern. Es muss daran liegen, dass du eine Künstlerin bist. Dein Leben ist auch nicht gerade konventionell."

Ich lachte. „Nein, ist es nicht. Aber das kann in New Orleans nichts Seltenes sein, oder?"

Ian strich mir eine Haarsträhne aus dem Gesicht. „Nein. Nicht wirklich. Bei dir ist aber irgendwas anders. Ich bin mir noch nicht sicher, was es ist. Aber ich mag es. Ich mag es sehr."

Hitze stieg mir in die Wangen und machte mich dankbar für das gedämpfte Licht.

Ian strich mit seinen Fingern über mein Kinn und neigte dann mein Gesicht zu seinem. Als er sich vorbeugte, flackerten seine Augen in Richtung Bühne. „Oh Gott!"

Ich folgte seinem Blick. „Was?"

„Siehst du sie?"

„Wen?"

„Die beiden Leute links? Die Frau und den Mann? Da ist ein schwacher Umriss von ihnen."

Ich blinzelte und suchte die Bühne ab. Doch ich sah nichts. „Ich sehe nur Nebel."

Ian runzelte die Stirn, als er mich ansah.

„Tut mir leid", sagte ich. Obwohl es mir nicht leidtat. Ich verstand zwar Ians Aufregung, doch Geister standen nicht auf meiner Liste der Dinge, die ich erleben wollte. Genug war genug.

„Schon gut. Vielleicht tauchen sie wieder auf."

In den nächsten zwei Stunden starrte Ian auf die Bühne und sprach nur über frühere Geistersichtungen in diesem Club. Nachdem er mich dabei ertappt hatte, wie ich ein Gähnen unterdrückte, zahlte Ian widerstrebend unsere Rechnung und ließ uns vom Kellner ein Taxi rufen.

Die Fahrt dauerte nicht lange, und innerhalb weniger Minuten hielten wir an der Ecke der Bourbon Street an, die dem *Wicked* am nächsten lag. Wie üblich war die Bourbon Street voller Leute, und die Straßenparty war in vollem Gange.

„Sieht aus, als wäre heute viel los", sagte Ian und half mir aus dem Taxi.

„Sieht so aus."

„Ich begleite dich zu deinem Gebäude." Er legte seinen Arm um meine Taille und führte mich, während ich auf meinen von Blasen schmerzenden Füßen humpelte.

Als wir den Gebäudeeingang erreichten, blieb ich stehen. „Ich glaube, ich bin hier sicher."

„Oh, dann gut." Seine Enttäuschung durchdrang meine Abwehr.

„Danke für den schönen Abend. Das Abendessen war sehr gut." Zumindest das Essen und der Wein.

Ian lächelte. „Gern geschehen. Vielleicht können wir das irgendwann wiederholen."

„Sicher." Ich öffnete die Tür. „Gute Nacht, Ian."

Er beugte sich vor, und ich drehte meinen Kopf automatisch ein wenig nach links. Der Kuss landete auf meiner rechten Wange.

„Nacht", sagte ich noch einmal. „Wir hören uns bald." Bevor er noch ein Wort sagen konnte, verschwand ich durch die Eingangstür und zog sie hinter mir zu. Gott sei Dank war das vorbei.

„Hattest du ein schönes Date?"

Ich zuckte zusammen. „Was zur Hölle machst du? Mich ausspionieren?" Ich funkelte Kane an.

„Warum sollte ich das tun?" Er wich zur Treppe zurück und hinderte mich effektiv daran, in meine Wohnung zu gehen.

„Keine Ahnung. Aber warum solltest du sonst im Flur lauern?"

„Ich lauere nicht." Kane verschränkte die Arme, eine Mischung aus Ärger und Belustigung umgab ihn.

Ich verdrehte die Augen.

„Wie lange datest du Ian schon?"

„Ich date Ian nicht." Was zum …? Für wen hielt er sich? Ich versuchte, an ihm vorbeizukommen, doch er streckte seinen Arm aus und versperrte mir den Weg.

„Du hattest gerade ein Date mit ihm. Wo ich herkomme, nennt man das daten."

„Wie du willst, ich date Ian." Genervt streckte ich eine Hand aus und deutete auf das Treppenhaus. „Darf ich jetzt in meine Wohnung gehen?"

„Ich habe dich mir nicht mit so einem Typen vorgestellt." Kanes Augen blieben auf gleicher Höhe mit meinen.

„Du stellst dir mich mit Männern vor?" Ich lächelte, und meine Verärgerung machte einer selbstgefälligen Zufriedenheit Platz.

„Nein."

„Okay dann." Mein Lächeln wurde zu einem Grinsen. „Entschuldige, aber meine Füße wollen ein bisschen verwöhnt werden, also wenn du dich freundlicherweise –"

„Das war was, das zweite Date?", fragte Kane, der immer noch die Treppe blockierte.

„Was? Nein. Das erste", sagte ich überrascht.

„Hm, dann muss ich mich geirrt haben."

Ich schmunzelte und erinnerte mich an die Nacht, in der Ian hier übernachtet hatte. „Warum interessiert dich das so?"

„Ich frage mich nur warum." Er zuckte mit den Schultern.

„Warum was?"

„Warum du *ihn* datest?"

„Weil er mich um ein Date gebeten hat." Ich schob mich an ihm vorbei und hielt kurz inne. „Nicht, dass dich das was angeht."

# KAPITEL ZEHN

$\mathscr{I}$ch saß an meinem Computer und schob einen großen Bissen meines frisch zubereiteten Omeletts in den Mund. Meine Kater-Spezialität. Mir war nicht übel, also wusste ich, dass es nicht wirklich ein Kater war, aber ich war mit Kopfschmerzen aufgewacht. Vielleicht war es der Rauch im Jazzclub gewesen. Wahrscheinlicher waren es Ian und sein ununterbrochenes Gerede von Geisterjagden. Oder vielleicht der letzte Traum, den ich gehabt hatte – aber ich wollte nicht darüber nachdenken.

Ich ging mir eine zweite Tasse Kaffee holen und ließ mein Frühstück auf dem Schreibtisch stehen. Als ich den Kaffee eingoss, klopfte es laut an der Tür.

Ich spähte durch das Guckloch, biss mir auf die Lippe, holte tief Luft und öffnete die Tür. „Guten Morgen, Kane."

„Morgen."

„Was hast du da?" Ich beäugte zwei Pappkaffeebecher und eine Tüte mit Gebäck.

Er hielt mir einen Becher entgegen.

Ich inhalierte die süße Honigwürze von Chai. „Du bist mein Held!"

„Mission erfüllt." Er stellte die Tüte auf den Küchentresen.

„Frühstück auch?"

Er nickte.

Ich nahm die Tüte und spähte hinein. „Schokoladenmuffins? Das ist kein Frühstück, das ist Dessert. Du bist süß, aber mein Frühstück steht da drüben." Ich zeigte auf den Schreibtisch und versuchte, mich zu benehmen.

Kane blickte zu meinem Omelett und dann wieder zu mir. „Willst du nicht mit mir teilen, nachdem ich dir einen Chai gebracht habe?"

Mein Blick wanderte vom Teller zu den Muffins, und ich zuckte die Achseln. „Sicher." Wenn ich höflich sein und den Muffin essen wollte, den er mir mitgebracht hatte, musste ich ein bisschen Platz dafür lassen.

Ich holte eine weitere Gabel, kehrte zu meinem Schreibtisch zurück und schnitt das Omelett in der Mitte durch. „Diese Hälfte gehört dir."

„Vertraust du mir nicht?", fragte er mit gespielter Überraschung.

Nachdem ich mich aufs Sofa gesetzt hatte, lud ich ihn ein, sich mir anzuschließen. „Nein."

Kane kniff die Augen zusammen, als er lachte. Verdammt, das war sexy. Mein Herz schmolz.

In Gedanken versunken verpasste ich, was er sagte. „Hm?"

„Du hast deinen Chai vergessen."

„Oh ja, danke." Ich nahm mir den Becher und einen Muffin und setzte mich wieder. „Was bringt dich heute Morgen hierher?"

„Der Geisterbericht."

Verdammt. Warum musste sich in meinem Leben nur alles um diesen Geist drehen? Ich kostete den Schokoladenmuffin und gab dann die Informationen weiter, die ich von Ian gehört hatte.

„Der Geist hängt auch an Pyper?"

„Ich weiß es nicht. Er mag sie anscheinend, nachdem er auf ihren Fotos ist."

„Ich sollte sie das besser wissen lassen." Kane stand auf und brachte den Teller zu meiner Spüle.

„Mach das. Bis später." Ich winkte ihm vom Sofa aus zu.

Er hob eine Augenbraue. „Versuchst du, mich loszuwerden? Und nachdem ich dir Frühstück gebracht habe?"

„Äh, nein ... ich dachte nur, du hättest gesagt, du wolltest ... egal."

„Mache ich dich nervös, Jade?" Kane kam auf mich zu.

„Nein." Ich stand auf und konzentrierte mich auf die Zimtflocken in seinen Augen.

„Bist du dir sicher?"

„Ja."

„In diesem Fall iss heute mit mir zu Abend." In seiner Stimme lag eine Herausforderung.

„Wie kommst du darauf, dass ich nicht schon was vorhabe?"

„Wenn man bedenkt, dass du dein Date letzte Nacht verabschiedet hast, ohne ihn nach oben einzuladen, mache ich mir keine allzu großen Sorgen." Allerdings strahlte nervöse Energie wie statisches Rauschen von ihm aus. Wenn ich nicht meine besondere Fähigkeit gehabt hätte, hätte ich ihn jetzt für einen selbstgefälligen Bastard gehalten.

Meine Lippen verzogen sich zu einem kleinen Lächeln.

„Ist das ein Ja?"

„Ich denke darüber nach", sagte ich amüsiert.

„Hm, lass mich dich überzeugen." Die nervöse Energie verschwand, ersetzt durch Entschlossenheit und Zuversicht. Er beugte sich vor, die Augen auf meine gerichtet. Ich stand regungslos da, als er einen Arm um meine Taille legte und mich an sich zog. Er neigte seinen Kopf und bewegte seine Lippen zu meinen. Ich bin mir ziemlich sicher, dass ich aufgehört hatte, zu atmen.

Seine Lippen strichen über meine, während seine freie Hand über meinen nackten Hals strich. Mein Körper erschauerte an seinem, und er lachte leise.

Ich schloss meine Augen und konzentrierte mich auf die Nervenenden, die Elektroschocks durch meinen Körper schickten.

„Heute Abend um acht", flüsterte er.

„Okay."

Seine Lippen schlossen sich über meiner Unterlippe und saugten fast schmerzhaft, bis ein leises Stöhnen aus meiner Kehle kam. Bei dem Geräusch presste er mich an sich und erkundete meinen Mund mit der Zunge. Ich schmiegte mich an seinen harten Körper und wollte ihm unbedingt näher sein. Die Leidenschaft meiner nächtlichen Träume entfachte eine heftige Intensität und trieb ein schmerzendes Verlangen tief in mein Zentrum.

Er zog sich zurück. „Heute Abend um acht."

„Hm?" Ich sah auf, benommen und atemlos.

„Ich hole dich um acht zum Abendessen ab."

„Oh ja. Abendessen."

Kane beugte sich vor und küsste meine Wange sanft. „Danke fürs Frühstück." Dann ging er.

„Himmel." Ich starrte die Tür an. Ein Lichtblitz zu meiner Rechten erschreckte mich. Die Erscheinung nahm die Gestalt einer Person an, glühte in einem hellen Gold, wurde rot und verschmolz dann zu einem Klecks auf dem Boden, bevor sie sich schließlich auflöste.

Ich lehnte mich zurück und legte eine Hand über meine Augen. „Das ist zu seltsam."

Ich fühlte mich beobachtet, ging ins Badezimmer, putzte mir die Zähne und machte mich auf den Weg ins Studio.

~

SCHWEIß LIEF mir den Rücken hinunter, als ich versuchte, die Tür aufzuschließen. „Verdammt! Komm schon!" Als ich auf meine Uhr blickte, stöhnte ich. Nur noch fünfundzwanzig Minuten, bis Kane mich abholen sollte.

Ich war dankbar für die Ablenkung durch den wöchentlichen Perlenmacherkurs am Vormittag gewesen. Gott sei Dank war Bea dort gewesen. Ihre Energie hatte mich gerade genug beruhigt, um den Kurs erfolgreich unterrichten zu können. Ich wollte unbedingt wissen, wie sie das machte. Vielleicht hätte ich ihre Einladung annehmen sollen, doch als sie mich nach dem Unterricht gebeten hatte, mit ihr zu Mittag zu essen, hatte ich abgelehnt. Ich hatte bereits zugesagt, einem anderen Glasarbeiter in der heißen Werkstatt bei der Herstellung von Briefbeschwerern und Gläsern zu helfen. Es war perfekt gewesen, um mich von meinem Geist und meinem bevorstehenden Date abzulenken. Leider hatte ich das Zeitgefühl komplett verloren. Ich würde auf keinen Fall um acht fertig sein. Kane würde sich gedulden müssen.

Bei dem Gedanken an ihn wurde mir schwindelig. Es war verdammt gut, dass ich den ganzen Tag beschäftigt war. Wenn das nicht gewesen wäre, würde ich jetzt kurz vor dem Explodieren stehen. Wem versuchte ich was vorzumachen? Ich war eine wandelnde Zeitbombe, und allein der Gedanke an ihn ließ meine Zündschnur schwelen.

Doch zuerst brauchte ich eine Dusche. Vielleicht eine kalte. Ich klebte einen Zettel an die Tür, auf dem ich Kane sagte, er solle hereinkommen und warten, falls ich ihn nicht klopfen hörte.

Ich nahm meinen grünen Lieblings-Baumwollrock und ein schwarzes Tank-Top zusammen mit meinem Lieblings-BH und dem passenden Tanga, ging in mein Badezimmer und dachte, ich könnte schnell machen. Es erwies sich jedoch als wichtiger, die Haare von meinen Beinen zu entfernen. Mein schnelles Frischmachen wurde zu einer längeren Pflegesitzung als normal.

Als ich aus der Dusche kam, sah ich den Honigpuder. Ich konnte nicht widerstehen und puderte mich mit einem albernen Grinsen im Gesicht ein. Nachdem ich mich angezogen hatte, steckte ich meinen Kopf aus dem Badezimmer und entdeckte Kane, der sich auf meinem Sofa entspannte.

Ich lächelte. „Hey."

„Auch hey. Es ist sehr riskant, mich reinzubitten, während du unter der Dusche stehst, findest du nicht?" Seine Lippen verzogen sich zu einem verschlagenen Lächeln.

„Hatte nicht wirklich eine Wahl. Tut mir leid, dass ich spät dran bin. Hol dir etwas zu trinken aus dem Kühlschrank. Ich bin in zehn Minuten fertig." Ich zwinkerte ihm zu und schloss die Tür. Zwanzig Minuten später, als ich endlich meine Haare und mein Make-up fertig hatte, kam ich aus dem Badezimmer.

Kane stand auf, warf mir einen anerkennenden Blick zu und küsste meine Wange. „Hübsch. Bereit zum Abendessen?"

„Definitiv." Ich nahm seine Hand, und wir gingen zur Tür. Als ich sie schließen wollte, erfasste ein Windstoß sie und schlug sie hart zu. „Oh!", keuchte ich erschrocken. „Muss das Fenster offen gelassen haben." Ich schloss ab. „Lass uns gehen."

Kane folgte mir. „Nein, hast du nicht."

„Ich habe was nicht?"

„Das Fenster offengelassen. Ich habe es geschlossen, während du dich fertiggemacht hast. Hat so ausgesehen, als könnte es ein Gewitter geben, und ich wollte nicht, dass du es vergisst." Er öffnete mir die Tür zur Straße.

Ich blieb in der Tür stehen. „Hast du? Verdammt. Das ist dann schon das zweite Mal heute."

„Deine Tür ist heute zweimal so zugeschlagen?"

„Nein." Ich drehte mich um, um ihn anzusehen. „Mein Geist hat sich zweimal gemeldet. Ich glaube, er mag dich nicht besonders."

„Ach so?"

„Er ist heute Morgen aufgetaucht, nachdem du gegangen bist, und hat anscheinend gerade die Tür hinter uns zugeschlagen."

„Hast du Ian angerufen?" Kane runzelte die Stirn, und Missmut strömte von ihm aus.

„Nein. Ich war beschäftigt und habe es vergessen." Sein Missmut löste sich auf und wurde durch Erleichterung ersetzt. Ich sah ihn verwirrt an. „Du willst nicht, dass ich Ian anrufe?"

„Nein, im Moment nicht, aber wenn du ihm davon erzählen willst, kann ich warten."

„Nein, nein. Ich rufe ihn morgen an." Und werde ihn fragen, wie ich meinen Geist dazu bringen könnte, weniger aktiv zu sein. Bisher schien es Ian eher um *mehr* Geistersichtungen zu gehen. Ich war es leid.

„Gut." Er nahm meine Hand und führte mich durch die Menge der Touristen auf dem Bürgersteig. Die Straßen waren überfüllt, und wir redeten nicht mehr, bis wir das Seafood House auf der Bourbon Street erreichten. Er sprach mit der Platzanweiserin, die ihn strahlend anlächelte. Einen Moment später saßen wir.

„Das war beeindruckend", sagte ich und betrachtete die lange Schlange hungriger Gäste, die auf einen Tisch warteten. „Hast du eine Dauerreservierung oder sowas?"

Er lachte. „Nicht wirklich. Doch ich kenne ein paar Leute

hier, und je nachdem, wer gerade arbeitet, bekomme ich manchmal schneller einen Tisch."

Ich warf einen Blick über seine Schulter zu der attraktiven Brünetten, die sich um eine andere Gruppe Gäste kümmerte. „Woher kennst du sie?" Ich bemerkte ihr enges, schwarzes Kleid und hasste sie sofort für ihre schlanke, kurvige Figur, die es betonte. Ich runzelte die Stirn und studierte die Speisekarte vor mir.

„Wen?" Er folgte meinem Blick, als ich aufsah. Als er die fragliche Frau entdeckte, sagte er: „Nur eine alte Freundin. Ich kenne sie seit Jahren."

Ich nickte und versuchte, unbekümmert zu wirken. Doch ich fragte mich, wie eng diese Freundschaft war und wie viel er von ihr kannte. Dann schüttelte ich mich innerlich. Erstens hatte ich keinen Anspruch auf diesen Mann, obwohl mir klar geworden war, dass ich einen haben wollte, auch wenn mein Kopf schrie, dass es eine schlechte Idee war. Zweitens hatte er nichts getan, um meine irrationale Eifersucht zu rechtfertigen.

„Austern?", fragte er.

Meine Lippen zuckten. „Ich habe Gutes über Austern gehört."

Er grinste zurück. „Nie selbst probiert?"

„Es gibt für alles ein erstes Mal."

Wir saßen ein paar Minuten schweigend da, und dann fragte ich ihn nach seiner College-Zeit. Er erzählte, dass er zur LSU gegangen war, wo er Pyper kennengelernt hatte. Er unterhielt mich mit wilden Geschichten über ihre gemeinsamen College-Abenteuer. Oder meistens über die von Pyper. Sie wechselte ihre Fassaden so oft, wie sie ihre Freunde gewechselt hatte oder Freundinnen. In ihrem zweiten Jahr hatte sich Pyper geoutet. In ihrem Junior-Jahr entschied sie sich wieder für Männer und gab schließlich in ihrem Senior-

Jahr bekannt, dass sie keine Vorlieben hatte, und ging sowohl mit Männern als auch mit Frauen aus.

„Und ihr beiden wart die ganze Zeit beste Freunde?", fragte ich, von meiner Neugier überwältigt.

„So ziemlich."

Ich zog meine Augenbrauen hoch, und er zuckte mit den Schultern. Ich nahm an, das war alles, was ich bekommen würde. „Wie habt ihr euch kennengelernt?", fragte ich.

„Sie war meine Nachbarin im Studentenwohnheim in unserem ersten Jahr. Sie hat sich damals mit meiner Freundin angefreundet. Irgendwann waren sie dann zusammen, und ich wurde sitzengelassen – von den beiden schönsten Frauen des Jahrgangs", sagte er in einem nüchternen Ton.

„Nein!"

„Ja. War aber okay. Ich hatte sowieso jemand anderen im Auge."

Eineinhalb Stunden später bezahlte Kane Austern, gegrillten Rotbarsch, Krabben und eine gemeinsame Flasche Wein und führte mich zurück auf die Bourbon Street. Aus den Nachtclubs dröhnte Musik und übertönte die Unterhaltungen der Menschenmassen, die die Straße hinauf und hinunter strömten. Kane nahm meine Hand und führte mich eine Seitenstraße entlang, weg von den Menschenmassen. „Macht es dir was aus, spazieren zu gehen?"

Der Wein hatte mich entspannt, und meine Hand prickelte in seiner. Selbst die Blase an meinem großen Zeh tat nicht weh. „Das wäre schön."

Er führte mich die Iberville Street hinunter und bog links auf die Royal Street ein. Wir gingen die Straße hinunter, betrachteten die Architektur und machten einen Schaufensterbummel die Kunstgalerien und Antiquitätenläden entlang, die für die Nacht geschlossen waren.

Ich blieb stehen und studierte ein Gebäude. „Hast du dich

jemals gefragt, wie die Balkone an Ort und Stelle bleiben?" Ich zeigte auf den vor uns. „Schau dir das an. Der Balkon ist krumm und schief und wird nur von diesen Winkeln gehalten."

Er lachte leise und legte seinen Arm um meine Taille. „Ich versuche, nicht daran zu denken."

„Gute Idee." Wir gingen ein paar Meter weiter, sein Arm immer noch um mich. Ich fragte mich, wie es diesen Gebäuden selbst gelang, nicht einzustürzen. Viele davon stammten aus dem achtzehnten Jahrhundert, und wenn man genau hinsah, konnte man die Gebäude sich leicht in die eine oder andere Richtung oder in einigen Fällen *drastisch* in eine Richtung neigen sehen. Ich nahm an, die Gebäude selbst stützten sich gegenseitig, da fast alle durch gemeinsame Wände verbunden waren.

Meine Aufmerksamkeit wanderte zu Kanes Hand, die auf meinen Rücken geglitten war. Er blieb neben mir stehen, und ich tat es ihm nach und schloss für einen Moment die Augen, um das beruhigende Gefühl in mich aufzusaugen. Kane drehte sich um und zog mich neunzig Grad mit, sodass mein Absatz im rissigen Gehweg steckenblieb.

„Autsch", klagte ich, als ich umknickte.

Kanes schnelle Hände hielten mich fest und verhinderten, dass ich fiel. „Tut mir leid. Geht's dir gut?"

„Ich denke schon." Ich setzte meinen Fuß wieder ab und testete das Gewicht auf meinem Knöchel. Ich verzog das Gesicht und hob meinen Fuß, um nur die Zehen zu belasten. „Ich fürchte, ich kann nicht mehr laufen." Zumindest nicht in Highheels.

Sorge drang in mein Bewusstsein, bevor ich mich umdrehte und sah, dass sie sich in sein Gesicht eingraviert hatte. „Verstaucht?"

„Wahrscheinlich. Muss nur ein bisschen Eis draufpacken. Könntest du bitte ein Taxi rufen?" Ich lehnte mich an ihn.

Er ging in die Knie und hob mich behutsam hoch. Ich legte meine Arme um seinen Hals und fühlte mich schwerelos und sehr feminin, so an seine Brust gedrückt.

„Äh, okay, aber du denkst nicht wirklich, dass du mich den ganzen Weg zurück zu meiner Wohnung tragen kannst, oder?" So romantisch es auch war, nicht einmal er konnte mich so weit tragen.

Er lächelte mich an. „Nein, nur einen Block." Er ging leichten Schrittes los.

„Wo bringst du mich hin?"

„Du wirst schon sehen."

Er blieb vor einem wunderschönen, tiefgoldenen viktorianischen Haus stehen, das mit Ziegelrot abgesetzt war. Ich seufzte wehmütig. „Wer wohnt hier?"

Er setzte mich sanft ab. Ich stand auf der obersten Stufe, meine Hände an seiner Brust. Hitze strahlte von ihm aus. Als ich mich zu ihm vorbeugte, gab mein Knöchel nach, und seine Arme legten sich um mich und hielten mich wieder fest. „Vorsicht", flüsterte er, sein Atem wärmte mein Ohr. Meine Augen waren unfokussiert, als seine Lippen über meine Wange strichen.

„Komm schon." Er holte einen Schlüssel aus der Tasche.

Als ich meine Sinne wieder im Griff hatte, fragte ich: „Wohnst du hier?"

Nickend öffnete er die Tür und schob mich hinein. „Du musst dein Bein hochlegen."

Ich hatte meinen Knöchel ganz vergessen.

Das Haus war ein Shotgun-Doppelhaus, das offensichtlich zusammengelegt worden war. Ich ging im Kopf die Kosten eines solchen Hauses im French Quarter durch. Als ich die Nullen aufaddierte, zog sich meine Brust zusammen. Ich bemerkte, dass ich den Atem angehalten hatte, und atmete langsam aus. Ich wusste, dass Kane Geld hatte, wenn man bedachte, dass er einen Club mitsamt dem Haus auf der Bourbon Street besaß. Aber aus irgendeinem Grund fühlte ich mich minderwertig, als ich sein schönes Zuhause sah. Ich hatte nie mehr als gerade genug, um meine bescheidene Miete zu bezahlen.

Ich schüttelte das lächerliche Gefühl ab und sah mich um. Typische Shotgun-Doppelhäuser waren die ursprünglichen Doppelhäuser. Die Vorderseite hatte zwei Türen, doch hier war die eine mit Fensterläden bedeckt verschlossen, sodass man nur durch die linke Tür ins Haus kam. Es war zu einem einzigen umgebaut worden. Die Geschichte besagt, dass diese Häuser Shotgun Houses genannt werden, weil jemand die Haustür öffnen und eine Schrotflinte abfeuern könnte und die Ladung durch die Hintertür hinausfliegen würde, ohne jemals gegen eine Wand zu stoßen. Mein erster Blick sagte mir, dass dem so war. Ich konnte direkt durch das Wohnzimmer, das Esszimmer und die Küche hindurch blicken, bis in den Garten im Hintergrund. Die Räume waren durch Torbogen voneinander getrennt. Auf der rechten Seite befanden sich, wie ich vermutete, Schlafzimmer.

„Hier entlang." Kane führte mich in die blassgelbe Küche und zeigte auf die Insel in der Mitte. „Setz dich."

Ich setzte mich, öffnete meine Riemchensandale und begutachtete den Schaden. Der Knöchel war nicht zu stark geschwollen, doch genug, dass er für ein paar Tage wehtun würde.

Kane reichte mir in ein Handtuch gewickelte Eiswürfel. „Hier, ich hole dir was zu trinken."

Ich wartete, während er zwei Gläser Wein einschenkte. „Versuchst du, mich betrunken zu machen?"

Er grinste. „Nein, aber da niemand fahren muss ..."

„Kein Autofahren, aber auf diesem Fuß zu gehen, besonders wenn ich betrunken bin, würde mich wahrscheinlich dauerhaft verkrüppeln." Ich nahm das Glas trotzdem.

„Ich hatte nicht geplant, dass du so bald gehst."

„Oh, und was hast du geplant?" Ich sah ihn durch gesenkte Wimpern an.

„Dessert."

„Dessert?"

„Ja, Käsekuchen." Er zog einen Kuchen aus dem Kühlschrank und stellte ihn auf die Theke.

„Oh mein Gott. Ich glaube, ich bin verliebt." Käsekuchen, Wein und Kane im selben Raum. Ich hoffte, dass ich nicht sabberte.

Kane hielt mitten im Schnitt inne und sah mir in die Augen.

Panik erfasste mich. „In den Käsekuchen ... und den Wein. Ich meine, ich liebe beides. Ich bin nicht verliebt. Offensichtlich." Ich räusperte mich. Irgendjemand hatte die Kontrolle über meinen Mund übernommen. „Das ist ein Ausdruck."

Kanes hob die Augenbrauen, dann verzogen sich seine Lippen, offensichtlich amüsiert von meinem Gestammel, als er den Kuchen auf zwei Teller lud. *Scheiße.* Das bin ich, die großartige Gesprächspartnerin. Meine Augen blieben an dem Dessert hängen, auch als er mir eine Gabel reichte und sich auf den Hocker neben mir setzte.

„Zum Wohl." Kane hob sein Glas.

„Zum Wohl." Ich riskierte einen Blick, bevor ich einen Schluck trank, und griff dann nach dem Käsekuchen. „Oh wow, der ist wunderbar."

Kane beobachtete mich und ließ seinen Teller unberührt.

„Willst du nicht essen?", fragte ich.

„Später. Es macht mehr Spaß, dir zuzusehen."

Ich lächelte und begann, das Dessert von meiner Gabelspitze zu lecken. Sein Blick fiel auf meinen Mund.

Langsam schloss ich meine Lippen um den Bissen, darauf bedacht, auch das letzte bisschen der cremigen Köstlichkeit zu bekommen. Zufrieden, dass ich seine volle Aufmerksamkeit hatte, schob ich mir wieder eine Gabel voll in den Mund und hörte auf zu atmen, als er mit seiner Zunge meine Bewegungen nachahmte. Was hätte ich nicht darum gegeben, in diesem Moment das Stück Käsekuchen zu sein.

„Du hast Recht." Ich schluckte und versuchte, mich zu räuspern. „Das hat Spaß gemacht." Meine Haut prickelte, und eine Welle der Begierde strömte durch ihn hindurch. Plötzlich pulsierte mein ganzer Körper vor schmerzlichem Verlangen. Meinem und seinem.

„Jade", sagte er, seine Stimme um Einiges tiefer als normal, als er mich sanft vom Stuhl zog und Schockwellen an meine sensibelsten Stellen schickte. Seine starken muskulösen Arme legten sich um meine Taille und zogen mich fest an seinen erhitzten Körper.

Es war zu viel. Zu schnell. Alles pulsierte. Die zarte Haut an meinem Hals. Meine harten Nippel. Zwischen meinen Oberschenkeln. Und er hatte mich kaum berührt. Ich schloss meine Augen und holte tief Luft, in der Absicht, ein wenig Ruhe zu finden, scheiterte aber kläglich, als sein frischer Regenduft mich überwältigte. Ein exquisiter Schauer lief durch meine Glieder, und ein leises Stöhnen entkam meiner Kehle, als es mein Innerstes erreichte.

„Gott, Jade, davon träume ich seit Tagen." Kane schob mich gegen die Theke, seine Lippen hungrig und forschend, als sie meine trafen.

Irgendwo in den Tiefen meiner Gedanken hallte ein trockenes Lachen wider. *Wenn er es nur wüsste.* Die aufgestaute Leidenschaft explodierte, und alle zusammenhängenden Gedanken verschwanden, als ich mit meinen gierigen Händen über seine definierten Bauchmuskeln und die schmalen Hüften strich.

Er zog sich gerade weit genug zurück, um den Kuss zu unterbrechen. Leidenschaft schwelte in seinen satten Schokoladenaugen, als wir einen intensiven, qualvollen Blick hielten. Seine unverhohlene rohe Emotion war mit nichts zu vergleichen, was ich zuvor erlebt hatte. Verzweifelte Sehnsucht und Hunger rangen etwas Verwundbareres nieder; ein brennendes Verlangen, mich zu kennen, mich *ganz* zu kennen und selbst gekannt zu werden. Lieben und geliebt zu werden. Es änderte alles. Mein Herz schwoll und brach zugleich, als ich den vertrauten Schmerz erkannte. Einen Schmerz, den ich vor langer Zeit begraben hatte.

Ich hob meine Hand und strich über die glatten Kanten seines frisch rasierten Kinns. Ein winziger Schauer lief über seine Haut und ging auf mich über, als er sanft eine Spur von Küssen über meinen nackten Hals und mein Schlüsselbein verteilte. Ich neigte meinen Kopf und genoss den zärtlichen Moment, bis seine Hände meine Hüften fanden und er mich fest gegen seine harte Länge riss. Verzweifelt, ihm näher zu sein, mehr zu fühlen, mehr zu wissen, schlang ich mein verletztes Bein um seine Hüfte und presste mich an ihn.

Kane packte meinen Oberschenkel, zog ihn höher und strich mit seiner Hand über meine seidige Haut. Sein Mund wand sich meinem Hals zu, knabberte und saugte, während seine gnadenlosen Finger den empfindlichen Bereich meiner Hüfte und meines Oberschenkels neckten. Ich wand mich zwischen ihm und dem Tresen und vergrub meine Hände in seinem dicken, welligen Haar, hielt mich fest, während sein Daumen zwischen uns in Richtung meiner Hitze glitt.

Kanes Küsse wurden federleicht und wanderten meinen Hals hinauf. Er hielt inne und flüsterte: „Ich will dich sehen. Alles von dir."

Ein neuer Schock der Begierde erschütterte mein Innerstes. Ich konnte nur nicken.

Mit einer schnellen Bewegung hob er mich hoch und presste mich an seine breite Brust, während er von der Küche zu einem nahegelegenen Schlafzimmer ging. Er achtete auf meinen Fuß, als er mich sanft absetzte, trat zurück und starrte mich mit brennender Intensität an.

Ich benetzte meine Lippen und kämpfte darum, inmitten unkontrollierter Anspannung das Gleichgewicht zu halten.

„Ich will dich sehen", sagte er noch einmal.

Köstlicher Schmerz wütete in seiner Psyche, als er sich zurückhielt. Er genoss diesen Moment. Das machte ihn noch viel süßer. Ich hatte nicht viel an, nur einen Rock und ein Tanktop über meinem BH und einem Tanga, doch ich ließ mir Zeit, den Reißverschluss zu öffnen, bis der Rock herunterfiel.

Sein brennender Blick fiel direkt unter den Saum meines Tanktops. Es fiel mir schwer, einen Schein von Ruhe zu bewahren. Überhitzt und feucht wollte ich ihn am liebsten ins Bett ziehen und mich um ihn wickeln, bis sich alles berührte und er sich in mir vergrub.

Stattdessen tanzten meine Finger um die Ränder des Baumwolltops, bis er seinen Blick hob und mich lautlos anflehte, weiterzumachen. Langsam sammelte ich den Stoff mit meinen Daumen, während sie sich über meinen flachen Bauch bewegten. Ich hielt inne, ließ meine Hände auf meinen vollen Brüsten ruhen und beobachtete ihn, während er mich beobachtete.

Er kniff die Augen zusammen, als ich in eine Brustwarze kniff, bis sie unter dem dünnen Stoff meines BHs aufrecht stand.

Seine Kontrolle, die bereits an ihre Grenzen gestoßen war, schwankte und drängte gegen mein Bewusstsein. Eine Sekunde später verlor er sie. Ich zog mir schnell das Top über den Kopf und befreite meine Arme, um sie um ihn zu schlingen, während sein Mund sich um meine Brust schloss, schmerzhaft und köstlich durch die dünne Spitze saugte, bis ich aufschrie.

„Ich bin dran", keuchte ich, öffnete den Knopf seiner Jeans und beeilte mich, sie über seine Hüften zu schieben. Er riss seine Aufmerksamkeit lange genug von meiner Brustwarze los, um sich seines Hemdes zu entledigen und die Jeans beiseite zu kicken.

„Das ist nicht fair", flüsterte ich, als seine Zähne an meiner anderen Brust kratzten.

„Hm?", schnurrte er gegen meine Haut.

„Ich durfte dich gar nicht – oh!" Seine Hand war zwischen meine Schenkel geglitten und schob sich am Stoff meines Tangas vorbei. Ein langer Finger massierte die feuchten Falten und glitt in meine Öffnung. Meine Knie gaben nach.

Er fing mich auf, als aus seinem zufriedenen halben Lächeln ein Lachen drang. Er brauchte nur einen Moment, um uns beide von unseren restlichen Kleidungsstücken zu befreien, und als er mich aufs Bett legte, verschmolzen unsere Körper im Inferno miteinander, drängten, brauchten, verflochten sich. Verzweifelt, sein seidiges Fleisch in mir zu spüren, öffnete ich mich ihm und bettelte mit meinem Körper darum, verzehrt zu werden.

„Noch nicht." Er zog sich zurück, sein Körper zitterte vor Anstrengung. „Noch nicht."

Er verlangsamte das Tempo und bahnte sich seinen Weg meinen Körper hinunter, die Lippen liebkosten und knabberten, bis er schließlich meinen Hügel erreichte. Seine Zunge, heiß und gierig, jagte Wellen der Lust durch mich. Ich wimmerte und spürte, wie sich seine Freude um mich legte. Jede Empfindung, Berührung und Emotion verstärkte sich. Sekunden später tauchten seine Finger in mich ein. Ich keuchte, krallte meine Hände in die kühlen Laken, verlor mich in der Flut, bis die Wellen explodierten und jeden Zentimeter meines Seins elektrisierten.

Es vergingen lange Minuten, in denen ich mich im lustvollen Dunst meines Orgasmus verlor. Dann plötzlich wurde ich vom Schock von Kanes brennender Leidenschaft, mich zu nehmen, abrupt zurückgeholt. Jetzt. Über mir abgestützt, griffen seine Hände meine, unsere Augen begegneten sich. Als Antwort hob ich mein Becken.

Unsere Körper bewegten sich im Rhythmus, nahmen an Tempo auf, schneller, höher, tiefer. Die Spannung baute sich in heißen, drängenden Wellen auf, die sich bis in meine Gliedmaßen ausbreiteten. Ich schrie bei jedem Stoß auf, bis sich mein Körper plötzlich verkrampfte. Mit einem erstickten Stöhnen vergrub er sich in mir. Ich schlang mich fest um ihn und erlaubte der Explosion, uns zu verschmelzen.

Einige Zeit später, in Kanes Armbeuge geschmiegt, mein Körper wie Wachs und ganz ruhig, küsste ich sanft seine Brust. Ein Zittern durchlief seinen Körper, und plötzlich war meine Seele in Zärtlichkeit und eine heftige Emotion gehüllt, die ich nur als Liebe bezeichnen konnte. Die emotionale Energie stammte von Kane. Ich fühlte mich plötzlich wie ein Eindringling und unsicher und blickte auf, um zu sehen, dass er mich aufmerksam und nachdenklich ansah.

„Was?", flüsterte ich.

„Du spürst es, nicht wahr?"

Ein Frösteln, das nichts mit der Klimaanlage zu tun hatte, lief durch mich. Hatte er meine Fähigkeit gespürt? Traurigkeit breitete sich in meiner Brust aus. Ich war nicht bereit, ihn zu verlieren. Ich hatte zu viel entblößt.

Ich bemühte mich, unbeschwert zu wirken, knabberte an seiner Unterlippe und antwortete: „Die Magie?"

„Ja, da ist Magie." Er küsste meine Schläfe und streichelte

mit seiner Hand über meinen Arm. „Das weiß ich, seit ich dich kennengelernt habe, aber ich glaube nicht, dass du es weißt."

Erleichterung ersetzte meine Ängste, und ich lächelte. „Ich habe es vielleicht nicht gewusst, aber ich habe es auf jeden Fall gespürt." Ich zeigte meine Gefühle, indem ich mich an ihn schmiegte, während meine Hand tiefer wanderte und sich um seinen seidigen Schaft legte, der schon bei meiner Berührung härter wurde. Er stieß ein leises, ersticktes Stöhnen aus und zog mich auf sich.

„Wenn du so weitermachst, wirst du mich wahrscheinlich umbringen", sagte er, rollte geschickt ein neues Kondom über und drang dann in mich ein.

„Wenn du so weitermachst, werde ich vielleicht nie gehen."

Seine Hände fanden meine Hüften und hielten mich fest, während er seine Lippen zu meinen hob. „Deal."

Als wir uns ausgiebig aneinander gelabt hatten, lagen wir zufrieden und regungslos in den Armen des anderen. Ich schloss meine Augen und lauschte, wie Kanes Atem immer ruhiger wurde, während er mühelos einschlief. Leise seufzend schmiegte ich mich an ihn und ließ mich von der Nacht einhüllen.

# KAPITEL ELF

*Aufdringliche Wut traf mich. Ein intensives Gefühl des Verrats jagte mir einen Schmerzpfeil direkt durch mein Herz. Ich keuchte und rang nach Luft. Eifersucht erfüllte mein Wesen, begleitet von Unglauben und Schock. Mr. Sexy stand vor mir, bebend vor Wut, mit Tränen der Enttäuschung in den Augen. Ein Schrei entfuhr meiner Kehle, als weißglühende Feuersplitter durch meinen Bauch schossen und meine Seele erschütterten.*

„Jade! Jade, wach auf! Komm schon Baby, wach auf!"

Die Stimme war weit weg und gedämpft. Durch schlaftrunkene Augen registrierte mein Verstand, dass jemand über mir gebeugt war. Ich blinzelte und rollte mich zusammen.

„Da bist du ja", sagte er mit angespannter Stimme.

„Kane", sagte ich leise.

„Alles ist gut, war nur ein Traum. Es war nur ein Traum." Er zog mich an sich.

Immer noch voller Schmerzen flossen die Tränen heiß und stetig und verwandelten sich in gequältes Schluchzen. Kane hielt mich lange fest und murmelte: „Ich bin hier. Du bist in Sicherheit."

Ich konzentrierte mich auf die starken Arme, die mich hielten, und klammerte mich an ihn, bis die Tränen nachließen und der rohe, stechende Schmerz in meiner Seele zu einem dumpfen Pochen wurde. Ich kuschelte mich fester an ihn, drückte meine Wange an seine Brust und flüsterte: „Danke!" Schniefend fügte ich hinzu: „Es tut mir leid."

Kane reichte mir ein Taschentuch aus der Schachtel auf dem Nachttisch, während er mir über den Rücken streichelte. „Was denn?"

„Das." Ich wedelte mit einer Hand vor meinem Gesicht. „Keine schöne Art, die Nacht zu beenden." Ich zog mich zurück, plötzlich unsicher, und wickelte mich in das Laken.

„Den Morgen, meinst du." Er nickte dem Morgenlicht zu, das durch das offene Fenster fiel.

„Oh."

Kane beugte sich vor und hob mein Kinn. Er fing meinen Blick ein und schenkte mir ein sanftes Lächeln. „So beenden wir den Morgen nicht. Geh dich duschen. Ich mache uns Frühstück." Er küsste zärtlich meine Nase, zog seine Jeans an und ging aus dem Zimmer.

Ich ließ den Atem heraus, den ich angehalten hatte, und sank zurück aufs Bett. Was für eine Frau wurde von einem Traum so in Angst versetzt, dass sie weinte? Gott, ich war ein Idiot. Emotional leer und körperlich angeschlagen schwang ich meine Beine über die Bettkante und hinkte ins Badezimmer, wobei ich auf meinen immer noch schmerzenden Knöchel achtete.

Gewaschen und gerötet von der heißen Dusche machte ich mich auf den Weg vom Schlafzimmer in die Küche. Ich sah Kane in der Frühstücksecke im hinteren Teil des Hauses sitzen. Eine ganze Front aus raumhohen Fenstern und Glastüren führte in einen üppigen Garten. Ich blieb an den offenen Türen stehen und genoss die sanfte Morgenbrise und die leuchtenden Farben. Orangefarbenes Geißblatt bedeckte eine Wand, und die großen roten Blüten eines Hibiskusstrauchs blühten direkt vor der Tür.

Kane trat hinter mich und legte mir eine Hand auf die Schulter. Ich lehnte mich an ihn, als er seine Arme um meine Taille legte. Von seiner Berührung getröstet leerte ich meinen Geist und zwang meine Seele, seine Energie aufzunehmen. Er strahlte eine stetige Ruhe aus, doch ich konnte spüren, dass er Nervosität und vielleicht ein bisschen Müdigkeit verbarg. Nun, wer konnte es ihm verdenken? Mein Verstand schalt meinen emotionalen Radar. Ich drang in seine Privatsphäre ein und wollte nicht wissen, was er sonst noch fühlte.

„Du solltest essen, bevor es kalt wird. Ich habe Omeletts gemacht." Kane trat zurück und zog mir einen Stuhl heran.

„Oh wow?" Ich blickte zum ersten Mal auf den Tisch. Er war mit einer blassgelben Tischdecke und einer schlanken Vase in der Mitte eingedeckt, in der pinkfarbene und weiße Lilien standen. „Sind die aus deinem Garten?"

Er nickte und setzte sich neben mich auf den Stuhl.

„Die sind wunderschön. Dein Haus ist wunderschön." Und ich meinte es so.

Die Decken waren mindestens drei Meter hoch mit Stuckleisten. Alle Zimmer außer dem Bad und der Küche hatten originale Kieferndielenböden, die erst kürzlich aufgearbeitet worden sein mussten und in der Morgensonne glänzten. Die Frühstücksecke sah aus wie ein Bild, das ich einmal in einer Architekturzeitschrift gesehen hatte. An der linken Außenwand war ein Erker, komplett mit einem Fensterplatz. Auf der rechten Seite war ein angrenzender Wintergarten, der durch einen doppelten Torbogen abgetrennt war, mit weißen Korbmöbeln, vielen Grünpflanzen und einem lebhaften Gemälde des French Quarter. Ich hätte dieses eine Zimmer glücklich zu meinem Zuhause machen können.

„Das ist köstlich", murmelte ich nach dem ersten Bissen. Mein Omelett war voll mit frischen Tomaten, Champignons, Schnittlauch, Avocado und Schweizer Käse – so wie ich es mag. „Du hast dich daran erinnert."

Kane zwinkerte mir zu und schenkte mir eine Tasse Kaffee aus der Kanne auf dem Tisch ein.

„Danke", sagte ich nach einem Schluck. „Das ist alles wunderbar."

„Gern geschehen." Als er mich ansah, verschwand sein Lächeln, und er war plötzlich sehr daran interessiert, die Eier auf seinem Teller herumzuschieben.

Was war passiert? Hatte er Zweifel? Wer hätte keine nach meinem emotionalen Ausbruch? Ich unterdrückte einen Seufzer und schob mir eine Gabel mit einem Stück meines Omeletts in den Mund.

„Jade." Kane legte beide Arme auf den Tisch und wandte sich mir zu, um mir in die Augen zu blicken. Sein entschlossener Gesichtsausdruck ließ mich mitten in der Bewegung innehalten. „Wer ist der Mann in deinen Träumen?"

Ich keuchte. „Was?"

„Der, von dem du letzte Nacht geträumt hast. Normalerweise hat man solche starken Träume von Menschen, die man kennt."

„Wie kommst du darauf, dass ich von einem Mann geträumt habe?"

Unruhe strahlte von ihm aus und riss Löcher in meine emotionale Rüstung. „Lass uns dieses Spiel nicht spielen. Ich weiß es, weil ich ihn gesehen habe."

„Was? Du hast meinen Geist gesehen?"

Seine Augen weiteten sich überrascht, und er richtete sich auf. „Den Geist? Das, was Ian jagt? Der Geist ist derjenige, von dem du geträumt hast?"

Ich stellte die Kaffeetasse ab, runzelte die Stirn und fragte:

„Woher weißt du von meinen Träumen?" Hatte er mit Ian gesprochen?

Er sagte nichts, sein Gesicht war hart, als er mich anstarrte.

„Ian hat es dir erzählt?"

Er schüttelte den Kopf und runzelte die Stirn. „Du hast es Ian erzählt?"

„Er ist der Geisterjäger. Natürlich habe ich es ihm erzählt. Wenn es nicht Ian war, wer hat es dir dann erzählt?" Niemand sonst wusste davon.

Er seufzte und schob sein ungegessenes Frühstück beiseite. „Du."

„Was! Nein, habe ich nicht." Ich wusste ohne Zweifel, dass wir dieses Gespräch nicht geführt hatten. „Ich würde mich bestimmt erinnern –"

Kane hob eine Hand. „Du hast es mir in deinen Träumen erzählt."

Ich starrte ihn an, zu fassungslos, um zu reden.

„Ich muss dir etwas sagen", fuhr er fort und konzentrierte sich auf etwas über meiner Schulter.

„Offensichtlich." Meine Stimme war ein wenig kühl.

Er hob seine entschlossenen Augen zu meinen und hielt sie für einen langen Moment fest. Ich war mir sicher, dass er nach meiner Seele suchte. „Hast du schon von Traumwandeln gehört?"

„Ja, das ist, wenn du in deinen Träumen reist, oder?" Gwens beste Freundin Annabelle in Idaho schwor, dass sie in ihren Träumen um die ganze Welt gereist war. Ihre Beschreibungen und Geschichten waren so anschaulich und unterhaltsam, dass es leicht zu glauben war, dass es möglich war.

„Ja, für manche Leute. Mein Traumwandeln ist ein bisschen anders."

Hin- und hergerissen zwischen Neugier und Ärger schob

ich das Essen auf meinem Teller herum, bis schließlich die Neugier siegte. „Okay, erzähl mir von *deinem* Traumwandeln."

„Als ich ein Kind war, hatte ich sehr lebhafte Träume von Leuten, die ich kannte." Er schüttelte den Kopf, erhob sich vom Stuhl und begann, in der Küche auf und ab zu gehen. „Nicht wirklich von Menschen, es war eher wie Träume aus ihrer Sicht. Es waren immer Menschen, die mir nahestanden, also dachte ich, dass es natürlich war, von ihnen und ihren Emotionen zu träumen." Er hielt inne. „Als ich älter wurde, veränderten sich die Träume, wurden intensiver, und ich konnte aus der Perspektive der Person zuschauen. Oder ich konnte im Traum interagieren, wie eine Figur in einem Film."

Ein langsames Unbehagen wuchs in meiner Magengrube. Ich lehnte mich im Stuhl zurück, nahm die Kaffeetasse, stellte sie wieder ab und fragte dann flüsternd: „Du warst in meinen Träumen?"

Er holte tief Luft und nickte.

„Oh Gott." Ich stand auf, drehte mich um und ging in den Garten hinaus. Ich ging bis zum anderen Ende und hielt an einem Springbrunnen mit einer steinernen bourbonischen Lilie an, aus der Wasser in einem stetigen Strom sprudelte. Ich hörte Kanes Schritte auf dem Ziegelweg hinter mir, doch er sagte nichts.

Mein Gesicht brannte, zweifellos hochrot. Ich wollte ihm nicht in die Augen sehen und starrte weiterhin in das klare Becken des Brunnens und wünschte mir, der Boden würde sich öffnen und mich verschlingen.

„Es tut mir leid, Jade", sagte er leise. „Ich weiß, dass es ein Eindringen ist, und es tut mir leid. Aber ich–"

Mein Geduldsfaden riss, und ich fuhr zu ihm herum. „Stopp! Hör einfach auf! Wie konntest du das tun? Hast du eine Ahnung, wie verletzt ich mich gerade fühle?"

Er kniff die Augen zusammen und runzelte die Stirn. „Das kann ich mir vorstellen. Aber ich dachte, du hättest es gespürt."

„Ich hätte es gespürt? Natürlich habe ich es gespürt. Du hast in meinen Träumen Liebe mit mir gemacht. Das habe ich nicht nur geträumt. Du warst *da*? Und hast mitgemacht?" Die letzten meiner Worte waren kaum hörbar, als meine Stimme brach. Meine eigene Wut und das Gefühl der Demütigung drückten wie eine schwere Last auf mein Herz.

Seine Augen wurden traurig und ein Anflug von Schmerz erreichte mich. „So ähnlich."

Ich schob mich an ihm vorbei, nahm meine Handtasche von der Theke, rannte durch das Haus und aus der Haustür hinaus.

Die Tränen kamen schnell. Blinzelnd versuchte ich, sie zurückzuhalten, und verschwand um die nächste Ecke. Ich betete, dass er mir nicht folgen möge. Als ich die Straße entlang eilte, wurde mir klar, dass er mich finden würde, wenn ich nicht zu Kats Wohnung ging. Doch ich konnte dort nicht hingehen. „Verdammt!"

Ich konnte nirgendwo hingehen, außer nach Hause. Vielleicht konnte ich einfach die Tür abschließen und so tun, als würde ich nicht existieren.

ZEHN MINUTEN später humpelte ich an Pypers rotem VW-Käfer vorbei und blieb vor dem Eingang meines Gebäudes stehen. Ich hoffte, sie wäre im Café und nicht nur drinnen. Vorsichtig, um so wenig Lärm wie möglich zu machen, zog ich langsam die schwere Tür auf und spähte hinein.

„An wen schleichst du dich ran?", flüsterte eine Stimme hinter mir.

Ich erschrak und ließ die Tür los. Sie fiel mit einem lauten

Knall zu. „Heilige Scheiße!" Ich drehte mich um und sah Pyper mit einem Lächeln hinter mir stehen.

„Tut mir leid, ich wollte dich nicht erschrecken." Ihr Lächeln wurde breiter und verblasste dann, als sie besorgt ihre Stirn runzelte. „Was ist passiert?"

„Nur ein Streit", murmelte ich und wedelte mit der Hand, um Unwichtigkeit zu signalisieren.

„Oh-oh, was hat er jetzt angestellt? Du redest von Kane, oder? Das große Date war gestern Abend?" Als ich nickte, verdrehte sie die Augen. „Männer können so unglaublich dämlich sein." Sie zog ihren Schlüssel aus der Tasche und öffnete die Tür wieder. „Es kann aber nicht alles schlecht gewesen sein, wenn du gerade erst nach Hause kommst." Ihr Blick wanderte an meinem Körper entlang bis zu meinen Füßen. Ihre Lippen wurden zu einem neckenden Lächeln. „Schuhe wieder vergessen?"

Ich schnitt eine Grimasse, ging an ihr vorbei und die Treppe hinauf. Als mein Knöchel zu pochen begann, packte ich das Geländer und bemühte mich, nicht daran zu denken, was an meinen Fußsohlen kleben musste, nachdem ich barfuß durch das French Quarter gelaufen war.

„Hey!", rief Pyper, als sie die Stufen hochsprang. „Im Ernst, geht's dir gut?"

Ich nickte, schloss meine Tür auf und drehte mich um. „Wusstest du von Kanes Traumwandeln?"

Pypers Augen weiteten sich und verengten sich dann. „Ist er in deinen Träumen gewesen?"

Ich nickte und spielte mit meinen Schlüsseln herum.

„Verdammt."

„Du wusstest von seiner Gabe?"

„Ja." Sie musterte mich, suchte nach etwas, doch ich wusste nicht was.

„Wenn es dir nichts ausmacht, würde ich gerne eine Weile

allein sein." Ich versuchte, die Tür zu schließen, doch ihre Hand hielt mich auf. Wir starrten uns ein paar Augenblicke lang an, bis ich die Geduld verlor. „Was?"

Sie spitzte die Lippen. „Hör zu, ich weiß, dass du wütend bist, und glaub mir, normalerweise würde ich nie meine Nase in die Beziehung eines anderen stecken, aber ich denke, du musst etwas wissen." Sie hielt inne.

Ich wartete.

„Wenn Kane in deinen Träumen wandelt, ist es ernst."

Ich stieß ein spöttisches Lachen aus. „Ernst? Kein Scherz, wenn du von der Verletzung meiner Privatsphäre sprichst." Eine schwere Dosis Schuldgefühle erschütterte mich. Verletzung von Privatsphäre. Das war dasselbe, was *ich* Kane angetan hatte – als ich seine Gefühle ausspioniert hatte. Dasselbe, was ich Dan jahrelang angetan und ihm nie erzählt hatte. Kein Wunder, dass er sich so betrogen und verletzt gefühlt hatte, als ich ihm endlich von meiner Gabe erzählt hatte. Ich stolperte rückwärts in die Wohnung und setzte mich schwerfällig auf mein abgenutztes Sofa.

Pyper folgte mir. Sie setzte sich neben mich und nahm meine Hand. „Nein, Jade. Ich meinte, seine Gefühle sind ernst. Soweit ich weiß, passiert Kanes Traumwandeln nicht absichtlich, zumindest nicht mehr. Wenn er also in deinen Träumen war, liegt das an einer tiefen Verbindung zwischen euch."

„Hat er es mit dir auch gemacht?"

Sie brach den Blickkontakt ab und verzog das Gesicht, dann nickte sie. „Aber das ist schon lange her."

„Ich verstehe", sagte ich mit einem Hauch von Eis in meiner Stimme. „Dann weißt du, wie es sich anfühlt." Sie öffnete den Mund, um zu sprechen, doch aus irrationaler Eifersucht und innerem Aufruhr unterbrach ich sie. „Es wäre wirklich nett, wenn du mich jetzt alleinlassen würdest."

Ich spürte, wie der Stich meiner Worte ihre harte Schale durchdrang. Sie stand auf und ging zur Tür. „Wenn du reden willst, weißt du, wo du mich findest."

„Pyper?"

Die Hand auf dem Türknauf sah sie mich an.

„Es tut mir leid. Ich muss das nur erstmal verarbeiten."

„Schon gut. Ich verstehe." Dann schloss sie leise die Tür hinter sich.

Irgendwo tief im Inneren sagte mir eine nörgelnde Stimme, dass ich überreagierte. Nichts, was Kane getan hatte, war schlimmer als das, was ich ihm angetan hatte. Ich hatte seine Gefühle ausspioniert. Er war ein aktiver Teilnehmer in meinen Träumen. Beides war ein riesiger Eingriff in die Privatsphäre des anderen.

Aber verdammt, meine Träume waren so persönlich!

*Als ob seine Gefühle das nicht sind.* Ich schnaubte laut und ballte frustriert die Fäuste.

Das Schlimmste war, dass ich nicht wusste, wie sehr mein Verlangen nach Kane auf meinen eigenen Gefühlen beruhte oder auf dem, was wir getan hatten, während er mit mir geträumt hatte. Ich hatte Kane immer begehrt. Ich hatte es seit dem ersten Tag getan, an dem wir uns kennengelernt hatten. Doch in den Träumen hatte ich eine Leidenschaft erlebt, die ich nie gekannt hatte, und dieses Verlangen war zu etwas eskaliert, dem ich nicht widerstehen konnte. Jetzt wusste ich, dass Kane zumindest einiges davon beeinflusst hatte, ohne dass ich davon wusste.

Dadurch fühlte ich mich benutzt und manipuliert.

Hatte Dan sich so gefühlt, nachdem ich ihm gesagt hatte, dass ich seine Gefühle spüren konnte?

Ich hatte meine Kindheit damit verbracht, von meinen Altersgenossen gemieden zu werden, weil ich Dinge wusste, die ich nicht wissen sollte. Es ist nicht leicht, Freunde zu finden, wenn die Lehrer einen zwangen, andere Schüler zu verraten, indem man las, wer ein schlechtes Gewissen hatte. Mein einziger Schutz bestand darin, meine Gabe für mich zu behalten und zu versuchen, so unsichtbar wie möglich zu sein. Doch der Schaden war angerichtet. Ich war im Ort als Freak verschrien gewesen.

Das änderte sich, als ich kurz nach dem Verlust meiner Mutter nach Boise gezogen war. Ich hatte diesen Teil meines Lebens komplett ausgeblendet und mir geschworen, niemandem von meiner Gabe zu erzählen. Nur eine wusste es: Kat. Sie hatte kurze Zeit in der kleinen Stadt, aus der ich kam, gelebt, und hatte mich kennengelernt, bevor ich meine Mutter verloren hatte. Sie hatte gesagt, dass sie meine Gabe irgendwie cool fand, und wir waren auf der Stelle beste Freundinnen geworden.

Als Dan dazugekommen war, hatte ich meinen Schwur gehalten, besonders nachdem er Kat und mich vor den Schrecken im Haus der Pflegefamilie gerettet hatte. Ich hatte nicht gewollt, dass er wusste, dass ich alles miterlebt hatte, was er in dieser Nacht empfunden hatte. Damals hatte ich es nicht ertragen können.

Aber als er mir Jahre später einen Heiratsantrag gemacht hatte, konnte ich ihn nicht annehmen, bis er die Wahrheit wusste. Ich hatte gewusst, dass er wütend reagieren würde. Ich hatte ihn belogen – jahrelang – zu sehr in meinen eigenen Ängsten gefangen, um ihm zu vertrauen.

Zuerst hatte er mich nicht ernst genommen, unfähig zu glauben, dass ich so eine Gabe hatte. Dann hatte er drei Tage damit verbracht, mich nach dem Status seiner emotionalen Energie zu fragen. Schließlich war ich explodiert und hatte ausführlich beschrieben, was er an dem Tag empfunden hatte, an dem er mir den Antrag gemacht hatte. Das hatte ihn bis ins Mark erschüttert.

Er war definitiv verletzt gewesen, doch was mich geschockt hatte, war tiefsitzenden Ekel und Entsetzen zu spüren. Die ganze Ablehnung meiner Kindheit war zurückgekehrt. Und als er eine Woche später mit einer anderen Frau geschlafen hatte, hatte ich es sofort gespürt. Seine intensive Befriedigung, mich verletzt zu haben, hatte das zwischen uns auf der Stelle beendet.

Ich hatte ihn dafür gehasst. Aber jetzt musste ich innehalten und mich fragen, was ich ihm angetan hatte. Er hatte immer gesagt, dass er mich liebte, weil ich ihn auf eine Weise verstand, auf die er sich selbst nicht einmal verstehen konnte. Er hatte an Seelenverwandtschaft geglaubt und oft gesagt, wie glücklich er war, mich gefunden zu haben. Hatte er gedacht, ich hätte etwas getan, um seine Gefühle zu manipulieren? Ich konnte seine Gefühle nicht ändern, doch ich konnte sie lesen und zu meinem Vorteil nutzen.

Hatte er sich benutzt gefühlt? Verraten? Genauso wie ich mich bei dem fühlte, was Kane getan hatte?

Die Schuld lastete schwer auf meiner Seele. Plötzlich musste ich aus meiner Wohnung raus.

Zehn Minuten später ließ die Spannung in meinen Schultern etwas nach, als ich im Studio an meiner Werkbank saß. Es war genau das, was ich brauchte, und ich war vor jeder unerwünschten Gesellschaft sicher. Bereit, mich in die Arbeit zu stürzen, drehte ich die Musik auf meinem iPod laut und zündete dann meinen Brenner an.

Es musste später Nachmittag gewesen sein, als ich die letzte Perle des Tages fertiggestellt hatte. Die Klimaanlage war der Junihitze nicht gewachsen. Ich war schweißgebadet, doch ich war ruhiger. Genau, was ich mir erhofft hatte. Nachdem ich aufgeräumt hatte, rief ich mir ein Taxi – ein Luxus. Mein Knöchel brauchte eine Pause.

# KAPITEL ZWÖLF

 ch kam in alten, verwaschenen Jeans und einem T-Shirt aus dem Bad und ging durch den Raum, um die Balkontür zu schließen. Ich schob den Riegel vor und erschrak bei einer plötzlichen Bewegung. Kane stand vor mir.

„Fühlst du dich besser?", fragte er durch das Glas.

„Himmel, Kane. Was in aller Welt machst du hier?"

„Tut mir leid. Ich wollte dich nicht erschrecken." Eine schwache Spur von Anerkennung erreichte mich.

Ich runzelte die Stirn. Was meinte er? Meinen Frisch-aus-der-Dusche-Look? Meine Hände ballten sich zu Fäusten. Es war eine verdammt gute Sache, dass Glas uns trennte. Für ihn jedenfalls. „Wie lange bist du schon hier?"

„Schon länger."

Ich kniff die Augen zusammen.

„Kannst du bitte das Fenster aufmachen?"

Ich verspürte den Drang, ihm einen rechten Haken zu versetzen, und ignorierte die Bitte. Wie konnte er es wagen, in meine Privatsphäre einzudringen? „Bist du reingekommen, während ich unter der Dusche war?"

Er schüttelte langsam den Kopf. „Du warst nicht hier. Ich habe gewartet."

Ich lachte humorlos. „Ach nein. Was? Hast du deinen Vermieterschlüssel benutzt?" Das bedeutete, dass er die ganze Zeit, als ich zu Hause war, auf meinem Balkon gewesen war. Ich fühlte mich schon wieder verletzt.

Er nickte.

„Bastard", spie ich.

„Das leugne ich nicht."

Wut kochte in meinem Bauch, als ich ihn anstarrte.

„Jade, komm schon. Es fängt an zu regnen. Kannst du mich reinlassen, damit wir das besprechen können?"

Ein paar fette Regentropfen spritzten gegen die Scheibe. Dann öffnete der Himmel die Schleusen für einen typischen Nachmittagsregen in New Orleans. Ein gehässiges Gefühl der Zufriedenheit wuchs aus meiner Verärgerung, als ich zusah, wie das Wasser über sein Gesicht lief. Mit der vollen Absicht, ihn draußen stehenzulassen, begann ich, den Vorhang zuzuziehen.

Dann begann der Donner zu grollen.

„Oh, schon gut!" Ich konnte nicht dafür verantwortlich sein, wenn er vom Blitz getroffen wurde, oder? „Warte da." Ich zeigte auf die Wand, die der Balkontür am nächsten war. „Tropf bloß nicht auf meinen Computer." Nachdem er sich abgetrocknet hatte, schob ich ihm einen Klappstuhl zu. „Du kannst hier sitzen."

Er ging auf mich zu.

„Nein. Du darfst nur da sitzen, sonst kannst du gehen."

Er trat zurück und setzte sich.

„Was genau machst du hier?"

„Ich dachte, du brauchst einen Sicherheitsriegel an deiner Tür. Um die Schattenseite der Bourbon Street draußen zu halten."

Ich drehte mich überrascht von seinem Kommentar um. „Bist du die Schattenseite?"

Er zuckte mit den Schultern. „Stripclubbesitzer. Ich verdiene mein Geld mit nackten Frauen. Die meisten Leute würden mich als Teil der Schattenseite bezeichnen. Also ja, ich denke schon. Kombiniere das mit dem Eindringen in die privaten Träume der Frauen um mich herum, und ich denke, die Jury würde zu einem einstimmigen Ergebnis kommen."

Ich zog misstrauisch eine Augenbraue hoch. „*Frauen?*" Meine Stimme wurde höher als sonst, als meine Wut wuchs. „Dringst du heutzutage auch die Träume anderer Frauen ein?"

„Nein, in letzter Zeit nur deine."

„In letzter Zeit. Ich Glückspilz." Ich schnaubte. „Wer hat sonst schon dieses Vergnügen gehabt?"

„Du weißt, dass Pyper und ich alte Freunde sind." Es war eine Feststellung, keine Frage, aber ich nickte. „Sie ist meine engste Freundin. Die Sache ist die, je näher ich jemandem bin, desto wahrscheinlicher ist es, dass ich unbewusst in seine Träume eindringe. Ich habe im Laufe der Jahre gelernt, wie man es aufhält oder den Traum wieder verlässt, wenn es passiert. Und ich bin seit einigen Jahren nicht mehr in einem von Pypers Träumen gewesen."

„Seit ein paar Jahren?" Ein unwillkommenes Bild von ihm und Pyper zusammen, intim, in einem Traum schoss durch meinen Kopf. Ich runzelte die Stirn und verdrängte es. Er hatte gerade gesagt, sie seien Freunde. Es hätte ein Traum sein können, in dem sie zusammen zum Mond flogen.

Er nickte.

„Warte", sagte ich, als mein Verstand wieder anfing zu arbeiten. „Du hast gesagt, du hast gelernt, wie man Träume verlässt. Warum genau hast du meinen nicht verlassen? Dachtest du nicht, dass das, was du mit mir getan hast, eine grobe Verletzung meiner Privatsphäre ist?"

Er sah mich mit gequälter Miene an.

„Nicht nur das, du hast mich auch in meinen Träumen verführt und mich glauben lassen, es sei mein eigenes Unterbewusstsein. Gott! Du hast mich denken lassen, dass ich Gefühle für dich habe. Ich komme mir wie ein Idiot vor, weil ich mit dir ins Bett gesprungen bin."

„Du hast Gefühle für mich", sagte Kane leise. Ich öffnete meinen Mund, eine Reihe von Kraftausdrücken auf meinen Lippen, doch seine unverhohlenen Emotionen brachten mich zum Schweigen. Bedauern, Scham und Einsamkeit durchbohrten meine Abwehrmaßnahmen. „Das tust du, und ich habe Gefühle für dich." Seine Stimme war leise und rau. Seine Verletzlichkeit umhüllte meine Seele, und plötzlich verpuffte der Funke meiner Wut. Ich hasste immer noch, was er getan hatte, doch ich wusste ohne Zweifel, dass es aus Leidenschaft und Liebe passiert war. Auch wenn es falsch war.

Überwältigt starrte ich ihm in die Augen, und ausnahmsweise war mir nicht zum Schmelzen zumute. „Ich dachte, die hätte ich, aber ... ich brauche Zeit, um es zu verarbeiten."

„Ich weiß." Kane stand auf und ging zur Tür.

„Wo gehst du hin?"

„Nach Hause. Ich dachte, ich sollte dir Raum geben."

„Später. Im Moment habe ich noch Fragen zu deinen Fähigkeiten." Er würde hier nicht rauskommen, bis ich Antworten hatte.

Kane räusperte sich und setzte sich wieder auf den Stuhl. „Okay."

Ich setzte mich auf mein Sofa, ihm gegenüber. „Sag mir, wie es funktioniert. Du hast gesagt, du findest dich in den Träumen anderer Menschen wieder und kannst sie wieder verlassen. Wie?"

Er brauchte einen Moment, um meine Frage zu

verarbeiten, dann beugte er sich vor. „Es ist einfacher, wenn mir klar wird, dass es passieren wird. Dann kann ich meinen Kopf leeren und mich bewusst dazu zwingen, in meinem eigenen Kopf zu Hause zu bleiben, wenn du verstehst, was ich meine."

Ich tat es nicht, nickte aber trotzdem und ermutigte ihn, fortzufahren.

„Es braucht viel mehr Anstrengung, um einen Traum zu verlassen. Ich muss erkennen, dass ich da bin und gehen. Es ist so, als ob du träumst und dir bewusst wirst, dass es ein Traum ist und du aufwachst. Natürlich ist es genau das Gegenteil, wenn ich traumwandeln will. Ich stelle mich im Traum eines Menschen vor und wünsche mich dorthin."

„Machst du das oft?", sagte ich in einem vorwurfsvolleren Ton, als ich es beabsichtigt hatte.

Ein schwaches Lächeln umspielte seine Lippen. „Nein. Ich habe es seit dem College nicht mehr aktiv getan."

Ich verkniff mir eine bissige Antwort und fuhr mit meinem Verhör fort. „Du hast gesagt, du bist aus Versehen sowohl in Pypers als auch in meinen Träumen gewesen."

Er nickte.

„Sonst noch jemandes Träume?"

Er sagte zunächst nichts. Ich wurde nervös. Es ging mich nicht wirklich etwas an, und ich hatte kein Recht zu fragen, doch ich tat es trotzdem.

„Eine Ex-Freundin", sagte er schließlich.

„Holly?"

Er zuckte zurück und schüttelte den Kopf. „Nein. Holly und ich waren nie zusammen. Wie kommst du darauf?"

Ein wenig Anspannung löste sich von meinen Schultern. Ich zuckte mit den Achseln. „Ich habe euch beide einmal reden gesehen, und sie ist mir eben eingefallen. Tut mir leid, das geht mich nichts an."

Er zog die Augenbrauen hoch. „Wirklich nicht?"

Mein Herz zog sich bei seiner Frage zusammen, doch ich ignorierte sie. „Was haben Pyper und deine Ex-Freundin gemacht, als sie herausgefunden haben, dass du in ihre Träume eindringst?"

Er zuckte bei meinem Ton zusammen. „Ich habe es ja nicht mit Absicht getan."

Ich wurde weicher und rückte auf dem Sofa näher zu ihm. „Nein, ich weiß es nicht. Erklär's mir."

Er stand auf und ging auf und ab und sammelte seine Gedanken. Schließlich blieb er stehen. „Pyper wusste, wie es sich anfühlte, wenn ich in ihren Träumen war. Wenn ich raten müsste, würde ich sagen, dass du eine Vorstellung davon hast, was das bedeutet, auch wenn du es nicht wusstest, als es passiert ist."

Ich dachte darüber nach. Ja, ich wusste es. Es gab Zeiten, in denen ich von Mr. Sexy geträumt habe, und plötzlich war Kane da, in meinen Träumen genauso real wie im Leben. Hitze stieg meinen Nacken hinauf und erreichte mein Gesicht, als ich an die intimen Szenen dachte. Dann die Emotionen. Die Auswirkungen dessen, was er für mich empfand, bedeuteten, dass ich viel zu verarbeiten hatte. Ich beschloss, überhaupt nicht darüber nachzudenken, bis ich Zeit hatte, zu ergründen, was es bedeutete. Ich räusperte mich. „Ja, ich habe dich gespürt." Meine Stimme schien weit weg, ein wenig distanziert.

Er nickte. „Dachte ich mir. Pyper hat es auf ähnliche Art und Weise gewusst."

Ich wurde blass.

Er bemerkte meinen Blick und lachte. „So ist es nicht. War es nie." Mit zwei Schritten war er an meiner Seite und nahm meine Hand. „Ich weiß, dass ich dein Vertrauen verletzt habe, aber bitte glaub mir, wenn ich sage, dass es sonst niemanden gibt."

Tränen traten mir in die Augen, und ich bemühte mich, sie zurückzublinzeln. Ich wusste nicht, was ich sagen sollte. Gestern hätte ich mich gefreut, Kane sagen zu hören, dass ich seine Einzige war. Jetzt wusste ich nicht, was ich wollte.

Ich zog meine Hand aus seiner zurück. Die Liebe, die ich in der Nacht zuvor gespürt hatte, war jetzt von Schmerz überschattet. Meine Zurückweisung tat ihm genauso weh, wie er mir wehgetan hatte. Überwältigt lenkte ich das Gespräch zurück auf die Träume. „Also, was hat Pyper getan, um dich davon abzuhalten, in ihre Träume einzudringen?"

Kane setzte sich auf die Fersen und fuhr sich mit der Hand durchs Haar. „Es gibt ein paar Vorsichtsmaßnahmen, die man treffen kann, um andere aus seinem Kopf herauszuhalten, doch das war für sie nicht notwendig. Ich habe einfach härter daran gearbeitet, Abstand zu halten. Es passiert normalerweise nur, wenn etwas Intensives passiert oder ich mich jemandem gegenüber öffne. Als wir angefangen haben so eng zusammenzuarbeiten, hat das Traumwandeln angefangen. Ich habe nur an meiner Abwehr gearbeitet, und es hat aufgehört." Er seufzte und sagte mit heiserer Stimme: „Dieses Mal habe ich keine Abwehr. Sie ist wie weggeblasen. Alles, was ich getan habe, um das Traumwandeln mit dir zu beenden, ist gescheitert. Es tut mir leid, Jade." Mit hochgezogenen Schultern sah er elend aus.

Ich kämpfte gegen den Drang an, ihn zu berühren, und fragte: „Wie lange?"

Als er sein Gesicht hob, stellte ich klar: „Wie lange kämpfst du schon dagegen an?"

Er verzog das Gesicht und sagte dann ein wenig verlegen: „Ein paar Tage."

Die Träume gingen schon ein ganzes Stück länger.

„Ich weiß, es bedeutet nicht viel, aber es tut mir wirklich leid. Ich weiß, dass es unangebracht und schrecklich ist. Ich habe nur ..." Sein Gesicht wurde tiefrot. „Es ist nur, ich habe deine Träume genossen ... es sei denn, *er* hat die Hauptrolle gespielt."

„Himmel, Kane", sagte ich. Irritiert und beschämt stand ich auf und starrte in den Regen.

„Es hat mich verrückt gemacht." Er folgte mir.

„Ich habe dir gesagt, du sollst dich auf den Stuhl setzen oder gehen."

Er ignorierte meine Bemerkung, trat vor mich und sah mir in die Augen. Goldene Schimmer funkelten in seinen warmen Schokoladeniriden.

Er streckte die Hand aus und streichelte meine Wange. Ich legte meine Hand auf seine, wollte die Bewegung aufhalten, doch Kane nahm es als Einladung und beugte sich vor. Gerade als seine Lippen meine berührten, zuckte ein Blitz vom Himmel, und ein lautes Krachen riss uns auseinander. Ein weiterer Blitz schlug ein und erhellte einen dunklen Schatten, der die Wände emporschoss. Es umkreiste uns und schwebte dann über meinem Computer.

Er wurde größer, glühte rot und flog auf mich zu, als wollte er mich angreifen. Ich schrie vor Angst auf, als mein Innerstes vor Schmerzen zerriss, genau wie in meinem Traum in der Nacht zuvor. Ich fiel auf meine Knie, umklammerte meinen Bauch und rang nach Luft.

Die Erscheinung verschwand als das Tablett mit meinen Glasperlen in die Luft stieg. „Nein!" schrie ich, als ich zusah, wie sie herausfielen und zur Decke emporstiegen und hoch über unseren Köpfen schwebten. Kane kniete sich neben mich, seine Arme schützend um meine Schultern und meinen Kopf gelegt.

„Lass mich los", schnaubte ich und stieß ihn weg. Ich sprang auf, atmete tief ein und sagte mit meiner autoritärsten Stimme: „Du wirst die Perlen sofort wieder hinlegen. Diese Einschüchterungstaktik lasse ich mir nicht gefallen. Wie kannst du es wagen, mich so zu behandeln!" Meine Stimme hallte von den Wänden wider, gedämpft durch den tosenden Sturm. Die Perlen drehten sich, stiegen höher und fielen dann.

„Langsam!", schrie ich. Kurz bevor sie am Boden aufschlugen, kamen alle plötzlich in der Luft zum Stehen und landeten sanft auf dem Boden. Ich stand schwer atmend in der Mitte des Raumes. Im nächsten Moment spürte ich, dass Kane meine Hand packte und mich aus der Tür zog.

„Wohin gehen wir?", keuchte ich und versuchte, meinen Kopf freizubekommen.

„Raus hier", sagte Kane mit leise.

Er war direkt vor mir, doch ich konnte mich nicht konzentrieren. Seine Lippen bewegten sich, aber ich hatte Mühe, ihn zu hören. „Was hast du gesagt?"

„Ich sagte, du musst an einen sicheren Ort. Lass uns gehen."

Zu müde, um zu protestieren, murmelte ich schwach etwas über Kleidung.

Kane lehnte mich vor der Tür an die Wand. Durch verzerrtes, verschwommenes Bewusstsein beobachtete ich, wie er meine Schubladen öffnete und ein paar Kleidungsstücke in eine Tasche warf. Sekunden später war er zurück und nahm mich wieder bei der Hand. Das ist das Letzte, woran ich mich erinnern kann.

STIMMENGEWIRR RISS mich aus meinem Schlaf. Desorientiert setzte ich mich auf und sah durch verschwommene Augen luxuriöse, schwere Samtvorhänge. Pypers Wohnung. Schon wieder. Das wurde langsam zur Gewohnheit. Die silberne

Mondsichel schien durch das Fenster. Wie lange war ich schon hier?

„Nein, sie geht heute Abend nicht wieder da hoch", sagte Kane.

„Sollte sie das nicht selbst entscheiden?", sagte Ian.

„Nicht, wenn sie bewusstlos ist."

„Ich bin wach", sagte ich von der Tür aus und lehnte mich gegen den Rahmen, um mich zu stützen.

„Honey, geht's dir gut?" Pyper stürzte auf mich zu, führte mich zum Sofa und schob mich sanft darauf. „Ich bin sofort wieder da." Sie verschwand in der Küche.

Ian und Kane drehten sich beide zu mir um.

„Wohin soll ich gehen?", fragte ich

„Nirgendwohin", sagte Kane.

Ich ignorierte ihn und wandte mich Ian zu. „Wohin soll ich gehen?"

Ian runzelte die Stirn. „Ich weiß, dass du erschöpft bist, aber wenn du genug Kraft hast, wäre es am besten – wenn wir mehr Hinweise wollen – zurück in deine Wohnung zu gehen. Ich brauche eine weitere Messung mit dir." Er warf einen Blick in Kanes Richtung. Sein Zögern drang in mein Bewusstsein, als er hinzufügte: „Und Kane auch."

„Nein", sagte Kane.

Pyper erschien mit einer Tasse frisch gebrühtem Tee und ein paar Keksen. „Hier, Honey, das sollte helfen."

„Danke!" Ich nahm einen Bissen, nippte an meinem Tee und sah zu Kane hinüber. „Ich kann für mich selbst sprechen."

„Natürlich kannst du", sagte er. „Aber ich lasse dich trotzdem nicht wieder da hochgehen." Seine Stimme war jetzt zärtlich und verlor etwas von der autoritären Schärfe, die er bei Ian verwendet hatte.

Mit einem schwachen Lächeln fragte ich: „Du lässt mich nicht?"

Er zuckte mit den Schultern, als er seine Hände hob, die Handflächen nach oben. Er warf Pyper einen Blick zu, fand keine Hilfe und setzte sich dann auf das Sofa.

„Kann mir irgendjemand sagen, was ich verpasst habe?" Ich sah alle drei nacheinander an.

Kane antwortete. „Du hast nicht viel verpasst. Du bist ohnmächtig geworden. Ich habe dich hierher gebracht und Pyper angerufen, die wiederum Ian angerufen hat. Ian ist seit ungefähr einer Stunde hier. Wir haben darüber gesprochen, wie wir dich von deinem Geist befreien können."

„Eine Stunde?" Wie lange hatte ich geschlafen?

„Du bist seit ungefähr drei Stunden hier." Pyper tätschelte meine Hand. „Wir dachten, dass du körperlich unverletzt bist, nach dem, was Kane erzählt hat, also haben wir dich schlafen lassen. Hast du irgendwo Schmerzen?" Sie sah mich an und suchte nach nicht vorhandenen blauen Flecken, vermutete ich.

Ich lächelte darüber, wie mütterlich sie mit mir umging. „Mir geht's gut. Ich hatte nur das Gefühl, dass mein Innerstes in Stücke gerissen wurde, das ist alles."

„Wirklich?" Ians Augen weiteten sich. „Ist das da oben passiert?"

Ich nickte.

„Kannst du mir genau sagen, was passiert ist?" Er wühlte in seiner Segeltuchtasche herum und zog einen Notizblock heraus.

„Müssen wir das jetzt machen?" Kane klang ungeduldig. Er rutschte auf dem Sofa auf mich zu und strich mir die Haare aus den Augen. „Du musst das jetzt nicht tun, weißt du."

Ich erwischte Ian dabei, wie er mich beobachtete. Er unterdrückte auch die Eifersucht, die aufgewallt war, als Kane mich berührt hatte. Mit einem grimmigen Lächeln zu Kane sagte ich: „Ich weiß, aber irgendwie denke ich, dass ich das hinter mich bringen muss."

Er atmete tief aus und nahm das Gesagte mit einem Nicken zur Kenntnis.

„Kane hat dir erzählt, was wir gesehen haben?", fragte ich.

„Ja, aber ich würde es gerne aus deiner Perspektive hören." Ian machte mit seinem Kugelschreiber kleine, schnelle Kreise und versuchte, die Tinte zum Fließen zu bringen.

„Okay." Ich begann, meine Version der Ereignisse zu berichten. Ian schrieb aufmerksam mit, während ich von dem Spuk erzählte. Als ich zu der Stelle kam, an dem der Schatten verschwunden war, hielt ich inne. „Ich hatte das Gefühl, dass etwas in meinem Bauch zerrissen ist wie die rote Erscheinung. Nicht wie Bauchschmerzen oder sowas in der Art. Eher, als würde meine Seele in zahllose kleine Stücke zerrissen. Genauso ist es letzte Nacht auch in meinem Traum gewesen."

Ian holte scharf Luft.

Kane legte seine Hand auf meine. „Verdammt, Jade. Der Geist verfolgt dich in deine Träume. Du träumst nicht nur von ihm."

„Richtig, das habe ich dir heute Morgen gesagt."

„Nein, du hast gesagt, du träumst von ihm."

„Nein, du hast es so interpretiert."

„Jade –"

„Könnt ihr das später ausdiskutieren?", unterbrach Pyper.

Kane seufzte und lehnte sich zurück. „Okay."

Ian hatte sich noch ein paar Notizen gemacht, dann blickte er auf und konzentrierte sich für einen Moment auf meine Hand, die Kanes umklammerte. „Das ist sehr ungewöhnlich, insbesondere angesichts des sexuellen Inhalts."

„Ich dachte, du hast gesagt, dass Geister, die Leute in Träumen verfolgen, keine Seltenheit sind", sagte ich.

Ian beugte sich vor. „Das sind sie nicht, aber ich habe noch nie gehört, dass jemand in einem angegriffen wurde. Das und die Intimität der Träume macht mich nervös."

Ians besorgter Gesichtsausdruck verunsicherte mich mehr als seine Worte. „Also, was machen wir jetzt?"

„Ich habe ein paar Ideen, aber dazu müsstest du da wieder hoch –"

Kane stieß ein lautes Grunzen aus und unterbrach Ian.

„– wenn du denkst, dass sie dazu imstande ist", endete Ian und sah Kane an.

„Das ist nicht seine Entscheidung." Ich fühlte mich eingeengt und senkte meine Stimme. „Hör zu, Kane, ich weiß, dass du mich beschützen willst, aber damit muss ich fertig werden. Ich habe das Gefühl, je länger es andauert, desto schlimmer wird es. Ich muss tun, was ich kann, auch wenn ich noch mehr Begegnungen mit dem Geist ertragen muss. Außerdem ist er letzte Nacht bei dir zu Hause in meinen Traum eingedrungen. Ich glaube nicht, dass es wichtig ist, wo ich bin. Wenn Ian glaubt, dass er helfen kann, muss ich ihm vertrauen."

Kane sah mir einen Moment lang in die Augen, küsste meine Hand und sagte dann: „Okay."

Ein kleines Gewicht wurde von meinem Herzen genommen. Ich drückte seine Hand, bevor ich sie losließ.

„Also gut. Ich habe meine Ausrüstung schon eingerichtet, und John überwacht die Messwerte. Lass uns gehen." Ian nickte mir zu, als er zur Tür ging. „Ich werde sie so schnell wie möglich zurückbringen. Ich weiß, dass sie sich ausruhen muss, aber ich will mir die Chance nicht entgehen lassen, so kurz nach einer Erscheinung eine Messung zu bekommen."

Ich stand auf, versuchte, das Schwindelgefühl abzuschütteln, und folgte ihm. Als ich zurückblickte, sah ich Kane hinter mir.

„Ich komme mit."

„Ich glaube nicht …" Ian hielt inne, doch Kanes Miene wurde finster.

„Du glaubst was nicht?", fragte ich.

„Ich würde lieber eine Messung nur mit dir machen. Das ist wissenschaftlicher", sagte Ian. Kanes Verärgerung stach mich, als Ian fortfuhr. „Nach allem, was ich gehört habe, interagiert der Geist wirklich nur mit Jade. Ich will keine anderen Elemente einführen, bis ich eine saubere Messung mit ihr habe."

„Aber du hast vorhin gesagt, dass du eine Messung mit uns beiden willst", konterte Kane.

„Ja, aber zuerst Jade, dann du", sagte Ian.

Kane sah immer noch nicht überzeugt aus.

Ich seufzte und winkte Pyper zu. „Könntest du mir bitte kurz helfen?"

„Komm schon, Kane, ich werde dich unterhalten, solange sie da oben sind." Pyper packte seinen Arm und führte ihn zum Sofa.

Ich ging hinaus, dicht gefolgt von Ian. Als ich das Treppenhaus zu meiner Wohnung erreichte, blieb ich wie angewurzelt stehen und stolperte vorwärts, als Ian gegen mich stieß. Er streckte einen Arm aus und packte mich um die Mitte, kurz bevor mein Kopf gegen das Geländer stoßen konnte.

„Oh, tut mir leid, Jade!" Ian drehte mich zu ihm um. „Warum bist du stehengeblieben?"

Ich schenkte ihm ein schwaches Lächeln. „Nur nervös." Nervös war eine Untertreibung. Meine Knie begannen zu zittern, und mein Herz fühlte sich an, als wollte es aus meiner Brust springen. Ich atmete ein paarmal tief durch und hielt mich am Geländer fest.

Ian nahm meinen Arm und tätschelte meine Hand. „Schon gut. Wirklich, ich habe eine ganze Reihe von seltsamen paranormalen Ereignissen gesehen. Ich weiß, was zu tun ist, wenn was passiert." Er hob mein Kinn und sah mir direkt in die Augen. „Ich werde nicht zulassen, dass dir etwas passiert. Alles wird gut. Versprochen."

Ich nickte und ließ mich von ihm die Treppe hinaufziehen. Wir blieben direkt vor meiner Tür stehen.

„Wenn wir jetzt reingehen, sag nichts, bis ich dich darum bitte. Ich werde dich durch den Raum und dann auf den Balkon führen, während ich Messungen vornehme. Okay?"

Ich nickte und folgte ihm hinein.

Die Geräte waren ähnlich aufgebaut wie beim ersten Mal. Kerzen, die im Kreis aufgestellt waren, brannten bereits im Raum. Rechts neben der Tür stand eine Videokamera auf einem Stativ, zusammen mit einem altmodischen Tonbandgerät. John hatte zwei Kameras um den Hals, eine analoge Spiegelreflex- und eine Digitalkamera. Er hatte mir gesagt, dass digitale Geräte zwar bessere Bildqualität boten, doch es war bekannt, dass Geister die Elektronik durcheinanderbrachten und sie oft versagten. Genau wie letztes Mal. Die Spiegelreflexkamera war die, die meine ersten Geisterbilder aufgenommen hatte.

Ian schob mich in die Mitte des Raumes, hielt meinen Arm fest und blieb in meiner Nähe. Er räusperte sich und begann zu sprechen. „Herr im Himmel, bitte beschütze uns, deine Kinder, vor Schaden und Besessenheit. Wir suchen nur Wissen und nicht Zerstörung. Amen." Er lächelte. „Bereit?"

Ich nickte ihm kurz zu.

„Lieber erdverbundener Geist der Wohnung 3-A. Wir suchen hier nur Informationen und wollen dir keinen Schaden zufügen. Wenn du es wünschst, erlaube uns bitte, mit dir zu kommunizieren."

John reichte Ian ein kleines elektronisches Gerät. Er hielt es unter Kerzenlicht und schrieb eine Messung in ein Notizbuch. Er nahm meine Hand und führte mich langsam durch den Raum, konzentrierte sich auf die elektronischen Messwerte.

Das ununterbrochene Klicken der Kamera durchbrach die Stille, als John Foto um Foto schoss. Die Bedingungen mit dem Kerzenlicht waren trüb. Ich fragte mich, wie er ohne Blitz an anständig ausgeleuchtete Bilder kommen wollte.

Nachdem wir das dritte Mal im Kreis gegangen waren, wurde mir schwindlig, und ich war erleichtert, als Ian mich auf den Balkon führte. „Bleib einen Moment hier draußen. Ich will noch ein paar Messungen machen, dann hole ich dich wieder rein."

Ich setzte mich auf den Stuhl, um zu warten.

Ian ging wieder hinein und stieß einen lauten Schrei aus. Ich rappelte mich auf und steckte meinen Kopf in die Wohnung.

Ian packte meine Schulter. „Komm rein!"

Ein mulmiges Gefühl ging mir durch den Magen, als ich mich umsah, doch ich sah nichts Außergewöhnliches. Es sah genauso aus wie zuvor, abgesehen von den Mienen der beiden Männer.

Verwirrt ging ich hinein. Ian hob eine Hand und bedeutete mir zu warten. John stand mit der Spiegelreflexkamera in der Ecke und knipste immer und immer wieder in schneller Folge. Er hielt inne, um einen neuen Film einzulegen, und nickte dann Ian zu.

Ian, der direkt zu meiner Linken stand, legte eine Hand auf meinen Arm und flüsterte: „Rede mit ihm."

Ich atmete zittrig ein und langsam aus und öffnete meinen Mund, doch es kamen keine Worte heraus.

Als Ian meinen Kampf sah, fragte er: „Hast du schon einmal mit ihm gesprochen?"

„Ja."

„Wenn du ihm einen Namen oder Titel gegeben hast, solltest du ihn jetzt verwenden."

„Gott, wirklich?", murmelte ich leise. „Okay. Hi, Mr. Sexy."

John lachte leise von der anderen Seite des Raumes. Ich warf ihm einen bösen Blick zu, doch er schien es nicht zu bemerken. Er war immer noch damit beschäftigt, zu fotografieren. *Klick, klick. Klick, klick.*

Ich konzentrierte mich darauf, mit meinem Geist zu sprechen. „Es war ein ereignisreicher Tag, nicht wahr? Du musst viel Energie aufgewendet haben, um all meine Perlen schweben zu lassen. Danke übrigens, dass du sie behutsam abgesetzt hast." Die Kerzen flackerten ein paarmal und brannten dann wieder hell.

Ich warf Ian einen Blick zu. Er nickte begeistert mit dem Kopf und ermutigte mich, weiterzumachen.

„Danke, dass du reagierst. Ich nehme an, das Flackern der Kerzen warst du?" Die Kerzen flackerten wieder, einige erloschen ganz. „Okay. Ich weiß, dass du da bist. Ich wünschte, ich wüsste deinen richtigen Namen." Die Flamme der Kerze, die meinem Bett am nächsten war, erlosch.

„Ja, ich weiß, dass du das in meinen Träumen bist." Ich blieb stehen, sprachlos. Meine Haut wurde warm, und etwas Weiches legte sich um meine Schultern. Obwohl ich mir sicher war, dass die Geste liebevoll gemeint war, standen mir die Nackenhaare zu Berge. „Bist du das? Hast du mir eine Decke um die Schultern gelegt?" Meine Knie begannen zu zittern, und ich glaubte, nicht viel länger stehen zu können, und setzte mich auf mein Sofa.

„Mach weiter", sagte Ian leise.

Ich schloss meine Augen und konzentrierte mich. „Ich wünschte, ich wüsste, wer du bist und warum du hier bist. Ich habe das Gefühl, du weißt nicht, dass du ein Geist bist." Die Wärme glitt von meinen Schultern. Ich fröstelte. Ich wollte nicht aufgeben und fragte: „Was ist mit dir passiert? Kannst du uns das sagen? Neben der Tür steht ein Aufnahmegerät. Wenn du in der Nähe stehst, hören wir dich vielleicht. Bitte, wir wollen dir helfen."

„Himmel!" John sprang plötzlich von seinem Platz neben dem Rekorder auf und kam näher zu Ian.

„Was zum –", begann Ian, wurde aber unterbrochen, als Kane plötzlich die Tür öffnete und hereinkam.

„Du musst sofort runter in Pypers Wohnung", verkündete Kane und packte Ians Arm.

„Was? Nein. Wir fangen hier gerade erst an." Ian warf Kane einen bösen Blick zu. „Es wäre am besten, wenn du jetzt gehen würdest."

Ians Gesicht verzerrte sich vor Schmerz, als Kane fester zupackte. „Nein. Pyper ist in Schwierigkeiten. Du musst da runter. Sofort."

„In Schwierigkeiten? Was ist passiert?", fragte ich. Ohne auf eine Antwort zu warten, rannte ich aus der Tür, nahm zwei Stufen auf einmal und war im Erdgeschoss, als ich merkte, dass mir niemand folgte.

# KAPITEL DREIZEHN

Sekunden später stürmte ich durch die Wohnungstür und fand Pyper am Boden liegend. Ich ging neben ihr auf die Knie und legte meine Hand auf ihre Brust. Meine Hand hob sich, als sie einatmete. Die Angst in meinem Bauch ließ etwas nach.

„Gott sei Dank. Pyper? Kannst du mich hören?" Sie rührte sich nicht, als ich ihr Haar aus ihren geschlossenen Augen strich. Ihre Haut glühte. Ich eilte ins Bad, um ein kaltes nasses Tuch zu holen. Als ich anfing, ihr die Stirn zu wischen, öffnete sie flatternd ihre Augen.

„Da bist du ja", sagte ich. „Willkommen zurück."

„Jade." Ihre Augen füllten sich mit Tränen. „Ist er noch hier?"

„Wer? Kane?" Meine Stimme war leise und, wie ich hoffte, beruhigend, obwohl mein Herz so heftig pochte, dass es aus meiner Brust springen wollte.

Sie schüttelte den Kopf, Tränen liefen über ihr Gesicht.

„Jetzt ist alles gut. Schhh. Alles ist gut." Ich zog ihren Kopf auf meinen Schoß und strich ihr übers Haar.

Pypers Atem stockte mit leisem Schluchzen. Sie drehte ihr Gesicht zu meinem Bauch und hielt mich fest, während sie am ganzen Leib zitterte. Ich redete weiter beruhigend auf sie ein, bis sie schließlich aufhörte und still war. Ein gedämpfter Laut kam aus ihrem vergrabenen Gesicht.

„Hmmm?", fragte ich.

„Danke", sagte sie mit heiserer Stimme. Sie setzte sich mir gegenüber auf.

Ich reichte ihr das Tuch und schenkte ihr ein Lächeln. „Du musst dich nicht bedanken. Freunde machen sowas."

Sie versuchte, das Lächeln zu erwidern, scheiterte aber und wandte ihren Kopf zum Fenster.

Ich stand auf und ging in die Küche. Ich bemerkte mein Zittern nicht, bis ich den Teekessel hochhob. Nachdem ich ihn gefüllt und auf den Herd gestellt hatte, rieb ich mit meinen immer noch zitternden Händen meine Arme. Pyper war nicht der Typ, der einfach so zusammenbrach. Ich glaubte nicht, dass mich irgendetwas anderes mehr verunsichern könnte. Als ich die Schränke durchsuchte, fand ich eine neue Packung Minz-Milano-Kekse. Nachdem ich die Kekse auf einem Teller angerichtet hatte, stellte ich sie zusammen mit dem Tee auf ein Tablett und ging zurück ins Wohnzimmer. Pyper kauerte zusammengerollt am Ende des Sofas.

Ich stellte das Tablett ab und reichte ihr eine Tasse. „Hier, trink das."

Sie nahm die Tasse, trank jedoch nicht und starrte nur hinein. Ein paar Augenblicke später hielt ich einen Keks hin. „Das könnte auch helfen."

Sie blickte auf, blieb aber regungslos sitzen.

„Wenn du ihn nicht willst, esse ich ihn. Das ist nicht die Zeit, Schokolade abzulehnen."

Sie griff nach dem Keks, doch ich biss hinein, bevor sie ihn greifen konnte.

„Miststück", sagte sie, aber ohne jegliche Energie.

Ich lächelte süß und reichte ihr einen Keks vom Tablett. Sie nahm ihn, bevor ich ihn wegziehen konnte, und wir knabberten ein paar Minuten schweigend an den Keksen. Schließlich fragte ich: „Wenn du nicht nach Kane gefragt hast, nach wem dann?"

Sie fuhr mit den Fingern über den Rand ihrer Tasse, dann sah sie auf und begegnete meinem Blick. „Der Mann, von dem ich geträumt habe."

Mein Kopf zuckte hoch, was dazu führte, dass ich meinen Tee verschüttete. „Shit!" Ich versuchte, es mit einer Serviette aufzuwischen, aber auf dem cremefarbenen Sofa war ein dunkler Fleck.

„Mach dir keine Sorgen." Pyper wedelte mit der Hand. „Ich kenne die Besitzerin." Sie versuchte zu lächeln, doch es war eher eine Grimasse.

Ich schüttelte den Kopf und sagte was von Reinigung. Nachdem ich die Teetasse abgestellt hatte, um eine weitere Katastrophe zu vermeiden, wandte ich mich ihr zu, um ihr meine volle Aufmerksamkeit zu schenken. „Du träumst auch von jemandem?"

Sie nickte, und Angst blitzte in ihren Augen auf. Sie schlang sich um meine Brust und ließ mich keuchen. Ich atmete flach ein und versuchte, so viel Ruhe wie möglich heraufzubeschwören, um gegen ihre Energie anzukommen. Als ich wieder atmen konnte, fragte ich: „Kennst du ihn?"

Ihre Verwirrung, Angst und Wut sickerten durch meine schützende Ruhe. Ich klammerte mich an meine Barrieren, schob ihre Emotionen und meine eigene wachsende Wut von mir und konzentrierte mich.

Pyper schüttelte den Kopf. „Ich kann ihn nicht wirklich sehen. Es gibt keine Details, nur eine Gestalt, also weiß ich nicht, wer es ist."

„Kannst du mir sagen, was in deinen Träumen passiert?"
Mein Magen überschlug sich. War es derselbe Geist wie Mr.
Sexy? Meine Hände begannen wieder zu zittern. Ich wollte
nicht wirklich wissen, was passiert war, was ihren
Zusammenbruch verursacht hatte, doch ich wusste, dass ich es
hören musste.

Pyper konzentrierte sich wieder auf ihre Teetasse. „Er quält
mich fast jede Nacht oder jeden Tag. Immer, wenn ich
versuche zu schlafen."

Meine Hände ballten sich zu Fäusten. „Was tut er?"

„Ich weiß nicht, wie ich es erklären soll." Ihre Stimme
zitterte ein wenig, und ich nahm ihre Hand und drückte sie
sanft. „Es ist wie ... als würde ich körperlich geschlagen, doch
dem ist nicht so."

Ich nickte und wartete, bis sie fortfuhr.

Sie verzog konzentriert das Gesicht. „In meinen Träumen
kann ich spüren, wie ich am ganzen Körper geschlagen werde,
doch die Hauptlast trifft meinen Bauch und mein Gesicht.
Meine Arme fühlen sich wie festgenagelt an, sodass ich mich
nicht wehren kann. Ich *spüre* den Schmerz. Ich spüre ihn so
intensiv, dass ich mir fast sicher bin, dass ich im Schlaf schreie."

Ich schauderte, und die Haare an meinen Armen stellten
sich auf.

„Wenn es vorbei ist, fühle ich mich leer. Und mir tut alles
weh. Nur wenn ich aufwache, habe ich keine blauen Flecken.
Dann denke ich, es ist nur alles in meinem Kopf, der Schmerz,
verstehst du?"

„Ich glaube schon." Ihre Erfahrung war meinen eigenen
Träumen von Mr. Sexy sehr ähnlich, nur dass er mir die meiste
Zeit Freude bereitete. Erst vor kurzem hatte er körperliche
Schmerzen verursacht, und es hörte sich anders an. Meiner
war eher ein emotionaler Schmerz, er schlug mich nicht.

Ich dachte einen Moment darüber nach, was sie sagte. „Was ist vorhin passiert, dass Kane gekommen ist, um uns zu holen?"

„Hey, wo ist er?" Pyper sah sich um.

„Keine Ahnung", sagte ich. „Er ist reingekommen, ganz aufgeregt, und hat gesagt, dass wir dir helfen müssen. Ich bin sofort runtergekommen, und der Rest ist in meiner Wohnung geblieben."

Pyper runzelte die Stirn. „Das ist seltsam." Dachte ich auch, sagte es aber nicht. „Also", fuhr sie fort, „Kane und ich haben nur hier gesessen und geredet, und ich habe mich so sicher in seiner Gegenwart gefühlt, dass ich mich zusammengerollt habe und eingeschlafen bin. Ich habe in letzter Zeit nicht gut geschlafen."

„Kann ich mir vorstellen." Ich fühlte mich schuldig, wenn ich daran dachte, wie sehr ich Mr. Sexy in meinen Träumen genoss.

„Ich dachte einfach, mit Kane hier neben mir könnte ich sicher sein." Ihr Gesicht wurde blass. „Aber ich habe mich getäuscht. Es war der bisher schlimmste Angriff. Ich bin schreiend aufgewacht und wollte wegrennen."

Sie zupfte an dem Sofakissen. „Ich glaube, ich war desorientiert und hatte Panik. Kane fing an, mich anzuschreien, ich solle aufhören, damit er mir helfen kann. Ich bin erstarrt. Als er zu mir kam und seine Arme um mich gelegt hat, ist ein Licht aufgeblitzt. Ein Blitz wahrscheinlich." Sie kniff die Augen zusammen und schauderte. „Dann fing ich plötzlich an, von innen nach außen zu brennen. Ich glaube, da bin ich ohnmächtig geworden." Ihre Augen flatterten auf und fanden meine. „Dann bin ich aufgewacht, und du hast neben mir gesessen."

„Oh mein Gott, Pyper." Ich drückte ihre Hand fester und

sagte mit sehr leiser Stimme: „Das ist meine Schuld. Es tut mir leid."

„Was? Deine Schuld?" Ihr Schock durchdrang meine Abwehrkräfte.

„Ich weiß nicht, ob es genau meine Schuld ist, aber ich habe ähnliche Träume. Wenn ich darüber gesprochen hätte, hätten wir vielleicht eine Lösung finden können, damit dir das nicht immer wieder passiert."

„Wenn ich das richtig verstehe, hast du Sexträume. Die sind nicht wie meine."

Ihr direkter, kühler Blick ließ mich zusammenzucken. „Nein, der Inhalt ist nicht derselbe. Du hast Recht." Ich hielt inne und rieb mir die Augen. „Was ich meine, ist, meine scheinen so echt zu sein. Sie fühlen sich genauso echt an wie deine. Wenn ich aufwache, kann ich immer noch die Auswirkungen des Liebesspiels spüren." Mein Gesicht brannte heiß, und ich wandte mich verlegen ab.

„Okay, vielleicht, aber was bedeutet das?"

„Ich weiß oder glaube zumindest zu wissen, dass der Mann in meinen Träumen der Geist in meiner Wohnung ist. Was ist, wenn derselbe Geist auch in deine Träume eindringt?"

„Wenn das wahr ist, warum sollte er mich dann foltern und Sex mit dir haben?" Sie kniff die Augen zusammen und durchbohrte mich mit ihrem Blick.

„Ich weiß es nicht!" Ich warf meine Hände in die Höhe. „Woher soll ich das wissen? Er tut mir neuerdings auch weh. Und bei der Ähnlichkeit könnte es eine Verbindung geben." Ich hielt inne, als mir ein Gedanke kam. „Du hast gesagt, dieser Angriff war der bisher schlimmste, oder?"

„Ja. Warum?"

„Kane war bei dir. Die beiden Male, als ich angegriffen wurde, war Kane auch bei mir."

Wir starrten uns an, bis Pyper sich zurücklehnte und mit

leiser, kontrollierter Stimme fragte: „Glaubst du, Kane hat etwas damit zu tun?"

Eine Spur von Ärger, verbunden mit Beschützerinstinkt, drang in mein Bewusstsein ein. Ich beeilte mich, sie zu beruhigen. „Nein. Glaube ich nicht. Aber vielleicht ist er ein Trigger für den Geist."

„Sorry." Sie setzte sich neben mich. „Du hast Recht, er könnte ein Trigger sein, aber der Geist tut mir auch weh, wenn Kane nicht da ist."

„Ich weiß. Es schien einfach zu viel des Zufalls zu sein."

Sie nickte zustimmend und sprang dann auf. „Ich habe es satt, das Opfer zu sein. Ich wünschte, wir könnten etwas tun. Wie diesen Bastard konfrontieren."

„Das können wir", sagte ich und überraschte mich selbst. „Wir können ihn anrufen wie am ersten Tag in meiner Wohnung."

„Jetzt?"

„Ja", sagte ich mit fester Stimme und fühlte mich überhaupt nicht so sicher, wie ich klang.

Sie musterte mich lange und nickte kurz.

Ich trat in die Mitte des Wohnzimmers. Pyper folgte mir und hielt meine Hand.

„Ich denke, wir sollten ihn beide gleichzeitig rufen. Hast du einen Namen für ihn?", fragte ich.

„Mr. Evil", sagte sie sachlich.

Ich konnte nicht anders. Ich musste lachen.

„Was?" Sie runzelte die Stirn.

„Du wirst sehen", sagte ich und versuchte, mich zu beherrschen. „Dann auf drei." Mit einem Nicken von Pyper zählte ich von drei rückwärts.

Auf eins rief ich: „Mr. Sexy!", und Pyper: „Mr. Evil!"

Pyper sah mich an und grinste kurz. Ein weiterer Blitz zuckte vor dem offenen Fenster. Pyper erschrak und schloss ihre Hand fester um meine. Ihr Gesicht wurde kreidebleich. Ihre Angst durchflutete mich, als wäre es meine eigene. „Nein, bitte nicht", flüsterte sie.

Ich drehte meinen Kopf hektisch von einer Seite zur anderen und sah nichts.

Sie zitterte heftig.

In Panik schrie ich: „Mr. Sexy! Hör sofort damit auf. Hörst du mich? Du musst damit aufhören!" Ich konzentrierte mich darauf, so viel Energie wie möglich aus meinem Wesen zu schöpfen. In meinem Bauch bildete sich ein fester Ball. Er wuchs schnell wie ein Ballon, der aufgeblasen wurde. Als ich mental die Macht von mir stieß, begann das Licht zu flackern. Auf dem Sofatisch vibrierte das Teetablett, und direkt vor uns tauchte ein dunkler Schatten auf. Eine Brise kitzelte meine Haut und zerzauste meine Haare.

Und plötzlich stand Mr. Sexy direkt vor uns. Er sah mich an, drehte sich um und streckte die Arme weit aus. Das Flackern und Zittern hörte auf, und es blieb nur noch eine sanfte, kitzelnde Brise.

Zitternd drehte ich mich zu Pyper um. Ich spürte, wie die Spannung aus ihr wich und ihr Todesgriff sich lockerte. Doch sie ließ nicht los. Farbe kehrte in ihr Gesicht zurück, und ein Anflug von Dankbarkeit und Erleichterung strömte von ihr in mein Bewusstsein.

„Jetzt ist alles in Ordnung." Ich starrte meinen Geist an und streckte meine Hand aus, langsam und zögernd. Die Luft fühlte sich heiß und dick an, obwohl ich die Klimaanlage direkt über unseren Köpfen hören konnte.

Der Geist senkte die Arme, wandte sich mir zu, und gerade als meine Hand seine ausgestreckte erreichen wollte, flog die Tür mit einem Knall auf. Er huschte in den Schatten und verschwand. „Verdammt!"

Kane, Ian und John stürmten in den Raum, Ausrüstung in den Armen und an Riemen um ihre Hälse.

Kane warf mir einen müden Blick zu, als er auf Pyper zuging.

„Wo warst du die ganze Zeit?", fragte ich.

„Haben uns mit deinem Geist befasst." Er blieb vor Pyper stehen. „Bist du okay?"

„Ich glaube schon." Sie drehte sich zu mir um. „Danke, Jade." Sie umarmte mich fest und flüsterte: „Ich bin gleich wieder da." Sie ging in ihr Schlafzimmer. Ich glaubte, eine einzelne Träne über ihre Wange rollen gesehen zu haben.

Ich sah zu, wie sie durch die Tür verschwand, und wandte mich dann Kane zu. „Wovon in aller Welt redest du? Der Geist war hier."

Kane zog seine Augenbrauen hoch, und Ians Augen weiteten sich. „Zumindest für eine Weile jedenfalls."

Ian sagte etwas leise zu John, und die beiden machten sich daran, Geräte im Raum aufzustellen.

Ich packte Kanes Arm. „Was meinst du damit? Was ist passiert, nachdem ich gegangen bin?"

„Was ist hier passiert?", fragte er gleichzeitig.

„Du zuerst", sagte ich und knuffte ihm in die Rippen. „Es muss etwas Zwingendes gewesen sein, dass du wegbleibst, wenn Pyper bewusstlos auf dem Boden gelegen hat."

„Bewusstlos?" Seine Stimme wurde lauter, und er wandte sich in Richtung Pypers Zimmer. „Sie hat genauso geschrien wie du letzte Nacht. Ich konnte sie nicht aufwecken. Ich dachte –"

„Ihr geht's gut." Mein Herz drückte von seinem Schmerz. „Was ist passiert?"

Kane führte mich zum Sofa und zog mich neben sich. „Als du gegangen bist, bin ich dir gefolgt."

„Nein —"

„Doch. Bin ich. Zumindest habe ich es versucht."

Ich runzelte die Stirn und musste eine Falte direkt über eine Nase gezogen haben.

Er streckte seine Hand aus, um sie zu glätten. „Tu das nicht. Du bekommst so nur Kopfschmerzen."

Ich runzelte die Stirn, nicht in der Stimmung für Neckereien. „Erzähl weiter."

„Ich war direkt hinter dir, als du gegangen bist. Du bist aus der Tür gerannt. Ich habe mich umgedreht, um dir zu folgen, doch Ian hat mir zugerufen, ich soll warten, und ich habe gezögert. Beide, Ian und John, haben fotografiert wie besessen." Er schüttelte den Kopf. „Ich dachte, sie wären verrückt geworden. Ich konnte nichts sehen, also habe ich mich umgedreht, um dir zu folgen. Nur … na ja, als ich versuchte, durch die offene Tür zu gehen, konnte ich nicht. Der Durchgang war irgendwie blockiert."

„Blockiert? Womit?"

Er zuckte mit den Schultern. „Keine Ahnung. Ich konnte nichts sehen, nur, dass du am Ende der Treppe um die Ecke gerannt bist. Ich habe dich gerufen. Hast du mich nicht gehört?"

„Nein, habe ich nicht. Wie konnte der Durchgang durch nichts blockiert sein?"

„Weiß ich auch nicht. Ian sagte, es war die Energie des Geistes, die uns im Raum gefangen gehalten hat. Es war heiß, als würde es brennen. Ich konnte direkt vor dem Durchgang stehen und nichts spüren, aber sobald ich versucht habe, durchzugehen, war es, als würde ich brennen."

Ich keuchte. „Wie bist du rausgekommen?"

„Unmittelbar nachdem der Blitz eingeschlagen ist, wurde der Durchgang leuchtend orange und ist dann in Tausende winziger Partikel zerstoben und die Treppe hinuntergeflogen."

Mein Herz fing wieder an zu hämmern. „Was hast du dann gemacht?"

„Ich bin sofort hierhergekommen." Er nahm meine Hand und hielt sie sanft in seiner.

„Hier." Meine Stimme war schwach und mir wurde schwindelig. „Du hast gesagt, diese Blockade hat sich gleich nach dem Blitz aufgelöst?"

Er nickte.

„Scheiße." Mir wurde kalt, und die Gänsehaut kehrte zurück. „Ich habe ihn gerufen. Deshalb ist er gegangen." Meine Stimme zitterte. „Genauer gesagt haben wir beide ihn gerufen." Ich nickte in Richtung von Pypers Zimmer.

Kanes Gesicht wurde rot. Ich konnte sehen, wie er versuchte, seinen Ärger und seine Angst zu kontrollieren. „Warum habt ihr das allein getan? Ihr hättet ernsthaft verletzt werden können."

Ich warf frustriert die Hände hoch. „Weil wir beide es satthaben, keine Kontrolle zu haben. Ich glaube, ich habe mir gedacht, wenn wir ihn rufen, könnten wir die Oberhand haben."

„Und hattet ihr?" Er sah skeptisch aus.

„Am Ende, ja." Ich lächelte zufrieden und erzählte den dreien, was passiert war.

Als ich fertig war, legte Ian das Notizbuch, in dem er eifrig meinen Bericht notiert hatte, beiseite und sah mich nachdenklich an. „Was?", fragte ich.

„Ich habe nur über den zeitlichen Ablauf der Ereignisse nachgedacht. Es scheint, als wären wir in deiner Wohnung auf etwas gestoßen, als Kane uns geholt hat, während unten was mit Pyper passiert ist.

„Kann ein Geist an zwei Orten gleichzeitig sein?" Es schien mir unwahrscheinlich.

Ian kratzte sich am Kinn, presste die Lippen aufeinander

und sagte: „Nicht, dass ich wüsste. Zumindest habe ich sowas noch nie gehört. Aber wenn es derselbe Geist ist ..."

Ich fiel ihm ins Wort. „Er ist es. Ich habe gesehen, wie er sich vor mir materialisiert hat. Ich habe ihn erkannt."

„Ich weiß, das hast du ja schon gesagt. Was ich sagen wollte ist, wenn sich derselbe Geist mit euch beiden verbunden hat, frage ich mich, ob er in den Gedanken einer Person sein kann, während er physisch woanders ist. Wie in Pypers Kopf, während er mit dir in deiner Wohnung interagiert. Das würde viel Energie kosten. Mehr als ich je gesehen habe."

Kane und ich begannen gleichzeitig, Fragen zu stellen. Dann fiel mir eine Bewegung ins Auge. Ich blickte auf und sah Pyper, die aus ihrem Zimmer kam. Sie hatte winzige schwarze Hotpants und ein weites graues Sweatshirt angezogen.

„Was in aller Welt trägst du da?", fragte ich ungläubig. „Du wirst nach all dem nicht im Club arbeiten, oder?"

Sie verdrehte die Augen. „Was soll ich tun? Hier rumsitzen und mein Leben damit verschwenden, auf weitere Gewalt zu warten?"

„Lass sie nicht gehen", verlangte ich und wandte mich Kane zu. „Sie ist nicht in der Verfassung, im Club zu sein. Nimm sie mit nach Hause oder zum Essen oder so, aber lass sie nicht arbeiten."

Er tätschelte meine Hand wie ein Vater seine Tochter. „Natürlich lasse ich sie nicht arbeiten. Pyper, bist du wahnsinnig?"

„Das scheint zur Diskussion zu stehen." Sie warf ihr rosa Haar über ihre Schulter und ging zur Tür.

Kane sprang vom Sofa auf und stellte sich ihr in den Weg. Er verschränkte die Arme vor der Brust und starrte sie an. „Charlie ist da. Sie kommt schon klar."

Pyper kniff die Augen zusammen, zeigte mit dem Finger auf ihn und ging direkt auf ihn zu. „Du kannst nicht dauernd alles Charlie aufs Auge drücken, Kane. Das ist nicht richtig." Sie stieß ihm den Finger in die Brust. „Das Mädchen verdient eine Gehaltserhöhung und eine Beförderung, so, wie du sie ausnutzt."

„Schon erledigt", sagte er.

Pyper trat einen Schritt zurück, offensichtlich überrascht. „Du hast ihr eine Gehaltserhöhung und eine Beförderung gegeben?"

„Noch nicht. Aber ich habe es vor."

„Oh." Pyper zog sich zurück. „Aber du gibst ihr besser einen Bonus oder sowas für die bereits geleistete Arbeit."

Kane blickte an die Decke, als wollte er Gott um Hilfe oder Geduld bitten. „Okay. Aber bleib du einfach hier, bis wir bereit sind zu gehen." Er ging in Richtung seines Teilzeitzimmers davon.

„Gehen? Wohin?" Sie drehte sich in seine Richtung und ertappte John, der auf ihren Po starrte, die Kamera im Anschlag und bereit. „Meine Güte, mach einfach schon das verdammte Foto." Sie zog ihr Sweatshirt aus und enthüllte einen schwarzen Spitzen-Push-up-BH, posierte und schob John ihren Po geradezu ins Gesicht.

Ich hielt mir den Mund zu, um das Lachen zu unterdrücken. Johns Gesicht wurde rot, als er aufstand und sie anstarrte.

„Mach schnell. Mir ist kalt." Pyper drehte sich um und schnippte ein paarmal mit den Fingern vor seinem Gesicht.

John machte schnell das Foto, dann zog er sich zu Ian zurück, der sich auf der anderen Seite des Raumes keine Mühe machte, sein Lachen zu verbergen.

Kane räusperte sich und deutete auf Pyper. „Wenn du dir noch was anziehen willst, sollten wir drei" – er nickte und deutete auf mich – „was zu essen besorgen." Sein Tonfall war eher ein Befehl als eine Bitte.

„Was stimmt nicht mit meinem Outfit?", gurrte sie vom Sessel aus.

Kane verdrehte die Augen, und ich zuckte die Achseln.

„Oh, schon gut." Sie hüpfte in ihr Schlafzimmer und fühlte sich eindeutig wieder mehr wie sie selbst.

„Würde es dir was ausmachen, wenn wir bleiben würden, um weitere Messungen zu machen?", fragte Ian.

„Macht nur", antwortete Kane. „Bleib, solange du willst. Die Mädchen können bei mir übernachten."

Kane sah mich fragend an. Trotz meiner früheren Bedenken, er könnte der Grund für die Schmerzen sein, die der Geist verursachte, nickte ich. Ich war nicht in Stimmung zu streiten und wollte auch nicht allein sein.

# KAPITEL VIERZEHN

*M*it Ians Versprechen, dass er irgendwann am nächsten Tag anrufen würde, machten wir uns auf die Suche nach etwas zu essen. Eine Stunde später saßen wir an Kanes Tisch mit Essen aus dem nahegelegenen Gumbo Shop. Wir sprachen nicht, da wir drei dasaßen und so taten, als wären wir in unsere Mahlzeiten vertieft. Pyper stieß einen kaum hörbaren Seufzer aus, nahm ihren Teller und trug ihn ins Wohnzimmer, wo sie sich auf einem Sessel zusammenrollte. Ich wollte dasselbe tun, entschied aber, dass sie vielleicht ein bisschen Zeit für sich brauchte.

Ich blickte auf und stellte fest, dass Kane mich aufmerksam beobachtete. Ich schenkte ihm ein schwaches Lächeln und fragte: „Wein?"

Ohne ein Wort zu sagen, stand er auf und holte eine Flasche Rotwein und zwei Gläser. Als er den Korken mit einem leisen Plopp öffnete, blickte Pyper in unsere Richtung. Kane hielt die Flasche fragend hoch, doch sie schüttelte den Kopf und fuhr fort, ihr Étouffée auf dem Teller herumzuschieben. Nachdem er mir ein volles Glas gegeben hatte, stellte Kane die Flasche auf den Tisch, setzte sich neben mich und konzentrierte sich auf mein Gesicht, während er trank.

„Danke!" Ich prostete ihm mit meinem Glas zu.

Er nickte mir zu und starrte mich immer noch an.

Hitze stieg mir ins Gesicht, als ich den Schwertfisch auf meinem Teller untersuchte. Es war eines meiner Lieblingsessen, doch es blieb unberührt. „Hör auf", sagte ich mit leiser Stimme.

„Womit?"

Ich hob meinen Kopf und sah ihm direkt in die Augen. „Du weißt verdammt gut was. Hör auf, mich so anzustarren."

„Mache ich dich nervös?"

„Nein."

„Wenn du meinst."

Ich funkelte ihn an.

Kane rutschte näher, und sein Gesicht war nur wenige Zentimeter von meinem entfernt. „Ich wollte deine Aufmerksamkeit erregen."

„Es gibt einfachere Wege."

Er zuckte mit den Schultern. „Das war ziemlich leicht für mich."

Ich kniff die Augen zusammen. „Jetzt, wo du meine Aufmerksamkeit hast …"

„Ich will nur, dass du etwas weißt. Was wir gestern Abend und heute Morgen angefangen haben ist noch nicht vorbei." Er beugte sich so weit zu mir vor, dass ich fast seine seidigen Lippen spüren konnte.

Ich zuckte zurück. „Nein? Ich glaube nicht, dass du viel dazu zu sagen hast."

„Habe ich. Denn ich weiß, dass bei dir etwas anders ist. Ich weiß nur noch nicht was."

Ein Schauer lief mir über den Rücken. „Du meinst abgesehen von der Anziehung, die ich auf Geister ausübe?"

Er ließ sich Zeit, bevor er sprach. „Nein, Jade. Hier geht es nicht um deinen Geist. Ich kann deine Energie spüren. Ich weiß nicht, wie ich es erklären soll, aber selbst, wenn ich dich nicht sehen kann, weiß ich immer, wann du in der Nähe bist."

Er hätte mich nicht mehr überraschen können als mit dieser Bemerkung. Sie traf mich hart, als hätte er mir in die Magengrube geschlagen. „Du spürst mich? Wie?" Beschämt kaute ich auf meiner Unterlippe, plötzlich sehr interessiert an meinen Händen, die jetzt auf meinem Schoß lagen.

Ich riskierte einen Blick und begegnete seinem.

Er zuckte mit den Schultern. „Ich weiß nicht. Ich spüre es einfach. Wahrscheinlich genauso, wie du mich beim Traumwandeln spürst."

„Passiert dir das auch bei anderen? Kannst du Pyper spüren?"

„Nein. Das habe ich noch nie erlebt. Es ist etwas Besonderes an dir."

Ich stand auf und trug mein Geschirr zur Spüle. Wie konnte ich ihm von meinen eigenen Fähigkeiten erzählen? Ich wusste, dass meine Verletzung seiner Privatsphäre genauso schlimm war wie sein Traumwandeln, aber ich sagte mir, dass ich es nicht absichtlich tat. Natürlich hatte er gesagt, dass er es auch nicht absichtlich tat, doch er tat nichts, um es aufzuhalten. Nun, ich auch nicht. Schlimmer noch, ich hatte es nicht einmal gewollt, bis es heute Morgen zu intensiv geworden war. Mein Magen verkrampfte sich, was mich froh machte, nicht viel gegessen zu haben.

Von Emotionen überwältigt, stiegen mir Tränen in meine Augen. Ich blinzelte schnell und versuchte, die Tränen unter Kontrolle zu halten.

Kane trat hinter mich. „Jade, wirst du mir davon erzählen?"

„Es tut mir leid", sagte ich, so leise, dass selbst ich es kaum hören konnte. Ich drehte mich um und wusste, dass er eine ehrliche Antwort verdient hatte. Doch ich konnte es ihm einfach nicht sagen. Der Letzte, dem ich davon erzählt hatte, war Dan, und das hatte in einer Katastrophe geendet. In meinem Herzen wusste ich, dass Kane anders war. Er würde mich wahrscheinlich nicht fallen lassen wie eine heiße Kartoffel. Ich war einfach nicht bereit, mich dem zu stellen, was ich getan hatte, besonders nachdem ich so auf *sein* Geständnis reagiert hatte. „Es tut mir wirklich leid. Ich kann gerade nicht darüber sprechen", sagte ich und konnte nicht verhindern, dass eine Träne über meine Wange lief.

Er nahm mein Gesicht in seine Hände und fing die Träne mit seinem Daumen auf. „Es gibt keinen Grund, sich zu entschuldigen", sagte er leise. „Wir reden später. Alles ist gut."

Seine Zärtlichkeit ließ die Tränen schnell und heiß fließen. Er legte seine Arme um mich und zog mich an sich. Zum ersten Mal den ganzen Tag fühlte ich mich sicher. Meine Welt beschränkte sich in diesem Moment auf alles, was mit Kane zu tun hatte. Sein frischer Duft. Seine Hand, die sanft mein Haar streichelte. Die Art, wie er mich hielt und geduldig wartete, bis meine Tränen vergossen waren.

Schließlich löste ich mich von ihm und machte mich auf den Weg in sein Bad. Nach einer langen, heißen Dusche zog ich ein T-Shirt und Boxershorts an, die Kane mir gebracht hatte, und kehrte ins Wohnzimmer zurück.

Kane und Pyper saßen zusammen und unterhielten sich leise. Das Bild versetzte mir einen kleinen Stich und erinnerte mich daran, wie nah sie einander standen. Ich war in Gefahr hier und wusste nicht, wie ich meine wachsenden Emotionen aufhalten sollte. Beide hatten beteuert, dass sie nur Freunde waren, und ich hatte keinen Grund, daran zu zweifeln, doch mein rationaler Verstand konnte die eifersüchtige Frau in mir nicht überzeugen.

Da ich nicht stören wollte, versuchte ich leise an ihnen vorbei ins Gästezimmer zu gehen.

„Wo willst du hin?", fragte Kane, als ich gerade die Schlafzimmertür öffnen wollte. Erwischt. *Verdammt*.

Ich zwang ein Lächeln auf mein Gesicht, bevor ich mich umdrehte und sagte: „Ins Bett. Ich könnte wirklich ein bisschen Schlaf gebrauchen."

„Da drin?", fragten die beiden wie aus einem Mund.

„Ähm, ja? Ist das ein Problem?"

Kane sah mich mit einem intensiven Blick an, während Pyper zwischen uns beiden hin und her blickte.

Kane wandte sich Pyper zu. „Und wo schläfst du?"

„Hier, schätze ich." Sie klopfte auf die Sofakissen und scheiterte in ihrem Versuch, zu lächeln, was zu einem schiefen Grinsen führte.

„Nein", sagte ich schnell. „Du kannst hier drin schlafen." Ich zeigte durch die jetzt geöffnete Tür auf das französische Bett. „Ich habe nichts dagegen zu teilen. Solange du nicht schnarchst", feixte ich.

Pyper zog die Augenbrauen hoch und sah Kane fragend an.

Er starrte an die Decke. „Es ist wieder wie im College."

„Was?", fragte ich.

Pyper kicherte und schlug ihm auf den Arm. „Oh, das schon wieder?" Sie wandte sich mir zu. „Ich war am College mit einer seiner Ex-Freundin zusammen."

„Zusammen? Sie hat sie mir gestohlen", sagte Kane.

„Du kannst niemandem jemanden stehlen, Kane", antwortete Pyper.

„Da bin ich anderer Meinung."

„Ähm ..." Ich wusste nicht, was ich sagen sollte.

„Mach dir keine Sorgen. Ich habe seit Ewigkeiten kein

Mädchen mehr gedatet, und ich werde nicht mit Jade anfangen." Pyper drehte sich zu mir um. „Es macht mir nichts aus, zu teilen, wenn es dich nicht stört."

„Überhaupt nicht." Ich winkte und wandte mich zum Gehen.

„Ich bin gleich da!", rief Pyper.

„Lass dir Zeit. Wenn ich erst einmal eingeschlafen bin, weckst du mich nicht mehr so schnell auf." Ich schloss die Tür hinter mir und kroch ins Bett.

Der Traum begann in einer pulsierenden Kaskade aus weichem weißem Licht. Mein Bewusstsein schwebte irgendwo in der Nähe der Decke und gab mir einen klaren Blick auf den Raum. Da lag ich, eingekuschelt in eine Daunendecke, Pyper neben mir zusammengerollt. Schönes Licht erhellte unsere beiden Gesichter. Wir sahen so friedlich aus. Das Licht war wie eine schützende Schicht aus Wärme und Liebe. Als mein Bewusstsein wieder in meinen Körper zurückkehrte, entdeckte ich Mr. Sexy am Fußende des Bettes, der uns zu bewachen schien. Das Letzte, was ich sah, bevor ich wieder einschlief, war ein sanftes, beruhigendes Lächeln von ihm.

Als ich erwachte, fühlte ich mich groggy und benommen. Die Sonne bemühte sich, durch die Fensterläden zu scheinen. Schlaftrunken stolperte ich ins Bad, um mein Morgenritual zu beginnen.

Als ich fertig war, sah ich Pyper in einem Sessel in der Ecke sitzen.

„Morgen. Das Badezimmer gehört ganz dir." Ich schlurfte zu meiner Tasche, die Kane am Tag zuvor für mich gepackt hatte, und fand einen blauen Baumwollrock und ein figurbetontes weißes T-Shirt. Er hätte es nicht besser machen können, wenn ich ihm eine Liste gegeben hätte.

„Ich hatte einen Traum", sagte Pyper, die immer noch auf dem Sessel saß.

Ihre Worte lösten die Erinnerung an meinen eigenen Traum aus. Ich hörte auf, in meiner Tasche zu wühlen und setzte mich ihr gegenüber auf das Bett. „Und?"

„Ich habe letzte Nacht besser geschlafen als seit Wochen. Der Traum war voller Wärme und Licht. Ich habe mich sicher gefühlt, sogar beschützt." Sie schenkte mir ein kleines Lächeln.

Ich runzelte die Stirn. Es ergab keinen Sinn. Das war der Geist, der uns beide verletzt hatte. „Ich hatte den gleichen Traum. Hast du jemanden gesehen?"

„Nein. Warum, war Kane da?"

Ich schüttelte den Kopf. „Nein. Jemand anderes." Sie verspannte sich. Sollte ich es ihr sagen? Ich biss mir auf die Lippe und entschied dann, dass sie ein Recht darauf hatte, es zu erfahren. „Unser Geist war da, aber ich habe nur gespürt, dass er uns beschützt." Ihr Gesicht wurde weiß. „Uns beide", fügte ich beruhigend hinzu.

„Warum?"

„Ich weiß es nicht. Wirklich nicht, aber du hast es genauso empfunden wie ich. Es hat sich nicht bedrohlich angefühlt, oder?"

Sie schüttelte den Kopf.

„Es ist definitiv seltsam, aber besser als andersherum, oder?"

Sie zupfte an der Decke. „Wohl war."

„Dann betrachten wir es als Fortschritt." Ich stand auf, da ich nicht länger darüber nachdenken wollte. „Hat Kane was zu essen gemacht?"

Ihre Lippen verzogen sich. „Ja. Ich weiß nicht, was du mit ihm angestellt hast, aber er hat mir noch nie Frühstück gemacht."

„Na ja, ich habe nie seine Freundin gestohlen." Ich zwinkerte ihr zu und ging zur Tür. Als ich zurückblickte, streckte sie mir die Zunge heraus. Ich kicherte immer noch, als ich Kane fand.

„Hast du gut geschlafen?", fragte er und gab mir einen zärtlichen Kuss.

Ich nickte. „Du?"

„Nein."

„Wirklich? Nach allem, was gestern passiert ist, hätte ich gedacht, dass du schlafen würdest, wie ein Murmeltier."

„Nicht wissend, dass ihr beide ein Bett teilt." Er schenkte mir ein wehmütiges Lächeln, und ich verdrehte die Augen.

„Männer."

Später an diesem Tag, nachdem Pyper und ich lange gearbeitet hatten, schlossen wir das Café. Ich vertrat Holly, die extra gearbeitet hatte, während wir Geisterjäger gespielt hatten.

„Er kommt um fünf?", fragte Pyper und meinte Ian damit.

„Ja. Als er angerufen hat, hat er gesagt, dass er noch nicht fertig mit der Analyse war, will uns aber schon sagen, was er hat."

„Hast du es Kane erzählt?"

„Nein." Das wäre kontraproduktiv, da ich ihm aus dem Weg gehen wollte. Ich hatte immer noch nicht den Mut gefunden, ehrlich zu ihm zu sein. Und mit jeder Stunde, die verging, wuchs meine Angst davor.

„Okay, ich schreibe ihm und lasse es ihn wissen."

Großartig. „Ich geh mich nur kurz frischmachen und treffe dich in einer Viertelstunde wieder hier."

„Klingt gut."

Ich hörte das Handy klingeln, als ich meine Tür aufschloss. „Komme!", rief ich, als könnte mich wirklich jemand hören. Als ich es vom Tisch nahm, hatte ich den Anruf verpasst. „Verdammt."

Die Nachricht war von Kat, die hören wollte, wann wir uns treffen könnten. Seit ich ihren Zettel und den Gutschein gefunden hatte, hatten wir immer wieder versucht, einander anzurufen, und uns immer wieder verpasst. Ich hatte ihr mit einem gewissen Abstand verziehen und wollte sie sehen, doch ich dachte nicht, dass ich genug Zeit für ein richtiges Gespräch haben würde, da wir uns seit ein paar Wochen nicht wirklich gesprochen hatten. Ich nahm mir vor, sie später zurückzurufen.

Ich zog mich um und nahm mir ein bisschen Zeit, um mein Make-up aufzufrischen. Nur weil ich Kane aus dem Weg gehen wollte, musste ich nicht wie gerade aus dem Bett gekrochen aussehen. Auf dem Rückweg nahm ich einen Sixpack Bier und einen Flaschenöffner mit. Etwas sagte mir, dass es eine schlechte Idee war, die Ergebnisse nüchtern anzuhören.

Im Café angekommen, setzte ich mich zwischen Ian und Pyper und öffnete eine Flasche Guinness. „Sonst jemand?"

Pyper nahm sich eine Flasche. Kane stand auf und goss sich einen Humpen Kaffee ein.

„Noch nicht." Ian verteilte an jeden von uns einen Stapel Grafiken und Diagramme. „Lass mich das zuerst durchgehen. Haben alle dieses Blatt?" Er hielt einen bunten Ausdruck hoch.

Wir nickten alle.

„Gut. Diese Grafik hier zeigt das Ausmaß der angenommenen paranormalen Aktivität, als Jade in ihrer Wohnung war. Seht ihr, wie sie in die Höhe schießt, wenn sie spricht?"

Die Grafik hatte an mehreren Stellen extreme Ausschläge. „Das ist immer, wenn ich gesprochen habe?", fragte ich.

„Ja. Außer hier am Ende des Charts – der Ausschlag ist

höher als alle anderen. Das ist passiert, gleich, nachdem du den Raum verlassen hast, um zu Pyper zu gehen."

„Als wir in deiner Wohnung gefangen waren", sagte Kane.

„Richtig", sagte Ian.

„Das bestätigt nur, dass mein Geist in meiner Wohnung war und dortgeblieben ist, als ich gegangen bin." Ich zuckte mit den Schultern. Das ist nichts, was wir nicht schon vermutet hatten.

„Das tut es. Aber was noch interessanter ist, ist das hier." Er zog eine zweite Grafik hervor. „Das sind die Messwerte direkt, nachdem wir euch beide in Pypers Wohnung gefunden haben."

Der Graph war dem ersten ähnlich, hatte aber etwa doppelt so viele Spitzen wie der erste.

„Jede Spitze ist, wenn entweder Pyper oder Jade gesprochen haben, aber sonst niemand." Ian beäugte mein Bier.

Ich hielt es hoch und bot es ihm an, doch er schüttelte den Kopf.

„Also, der Geist tut … was? Er gibt Energie ab, wenn entweder Jade oder ich sprechen?", fragte Pyper.

„Ja. Er reagiert auf eure Stimmen oder Energie. Das einzige andere Mal, dass wir einen Ausschlag sehen, war, als er uns in der Wohnung eingesperrt hat."

Ian hielt eine weitere Grafik hoch. „Jetzt schaut euch das an. Das ist, nachdem ihr beide für die Nacht gegangen seid. Es gibt nicht nur keine Spitzen, sondern auch überhaupt keine paranormale Aktivität."

„Das war aus Pypers Wohnung?", fragte ich und sah es mir an.

„Nein, beide Wohnungen. Deine auch."

„Du sagst, er ist nur da, wenn Pyper oder ich auch da sind?"

„Dem, was wir hier haben, nach zu urteilen, ja. Aber wir können uns nicht ganz sicher sein. Ich wünschte, wir hätten daran gedacht, eine Messung mit Pyper zu machen, als wir

SPUK AUF DER BOURBON STREET

diese erste Messung mit dir gemacht haben. Es könnte einige Fragen beantworten."

„Welche Fragen?", fragte Kane.

„Ich würde gerne gleichzeitig Messungen mit Pyper und Jade machen, aber in verschiedenen Bereichen des Gebäudes. Wir haben keine klare Vorstellung davon, wie Pyper in ihren Träumen verfolgt werden könnte, während Jade gleichzeitig mit dem Geist interagiert. Wenn ich noch ein paar Messwerte bekommen könnte …"

„Was würde bei diesen Messungen passieren?", fragte Pyper und unterbrach ihn.

„So ziemlich das Gleiche wie bei Jade. Wir würden Messungen vornehmen und euch beide bitten, mit ihm zu sprechen, um die Reaktion zu sehen."

„Was genau wird das bewirken?"

„Es wird uns helfen zu verstehen, was vor sich geht", sagte Ian.

„Und?", fragte Pyper.

Ian spitzte die Lippen. „Willst du nicht wissen, was hier vor sich geht?"

„Nein." Pyper stand auf. „Ich will, dass er mich in Ruhe lässt. Wird die Beantwortung deiner Fragen ihn dazu bringen, dass er sich von mir fernhält?"

„Äh Ian räusperte sich. „Das kann ich nicht wirklich sagen. Es könnte uns einen Einblick geben, wann und warum er dich angreift."

„Hast du nicht zugehört? Er greift mich jedes Mal an, wenn ich schlafe, mit Ausnahme von letzter Nacht. Wenn du keine Lösung hast, ihn dauerhaft loszuwerden, bin ich raus." Pyper nahm sich ihr Bier und ging ins Hinterzimmer.

„Ian", sagte ich. „Weißt du, wie man einen Geist exorziert?"

Er rollte mit den Schultern. „Um ehrlich zu sein, ich hatte noch nie einen so intensiven Fall. Normalerweise bitten wir den Geist einfach, sich zurückzuziehen, und er tut es. Meistens habe ich nur Informationen aufgezeichnet und versucht, sie zu verstehen." Er hielt inne. „Dieser Fall ist wirklich faszinierend, und ich habe nicht aufgehört, darüber nachzudenken, wie er euch beide betrifft."

Perfekt. Ich hatte die ganze Zeit auf ihn als erfahrenen Geisterjäger vertraut, und er wusste nicht besser als wir, was zu tun war. „Letzte Nacht habe ich verlangt, dass er aufhört, Pyper wehzutun, und er hat es getan. Glaubst du, das hat geholfen? Er hat sie letzte Nacht in Ruhe gelassen." Ich begegnete Kanes Blick, von dem eine Mischung aus Sorge und Dankbarkeit ausging.

„Kann sein. Aber letzten Endes wird nur die Zeit es zeigen." Ian stand auf und nahm seine Unterlagen. „In der Zwischenzeit werde ich ein paar meiner Kontakte befragen, was wir sonst noch tun können, wenn es nötig ist."

„Okay, danke!"

Er streckte die Hand aus, umarmte mich und ging.

Eifersucht strahlte von Kane aus, doch seine Miene änderte sich nicht. Ich verbarg ein Lächeln, als ich den Rest meines Biers trank.

„Ich würde es begrüßen, wenn du und Pyper eine Weile bei mir bleiben würdet", sagte Kane.

„Denkst du etwa an einen Dreier? Denn ich muss sagen, ich stehe nicht auf sowas."

„Nein." Er verdrehte die Augen. „Ich würde mich einfach besser fühlen, wenn ihr beide in der Nähe wärt, damit ich euch im Auge behalten kann."

„Die Wohnung hier ist nah genug." Als er den Mund wieder öffnete, um zu sprechen, unterbrach ich ihn. „Hör zu, Kane, ich weiß es zu schätzen. Wirklich. Aber ich habe keine Angst vor dem Geist. Nachdem Pyper gestern angegriffen wurde, haben wir gemerkt, dass er mich nur angegriffen hat, wenn ich in deiner Nähe war." Ich machte eine Pause. „Vielleicht ist es besser, wenn wir ein bisschen Abstand haben und sehen, was passiert."

Er öffnete den Mund, schloss ihn jedoch gleich wieder und nickte dann.

„Okay. Bier?" Ich hielt ihm eines entgegen.

„Nein, danke." Er stand auf und ging hinaus.

Mit einem gewaltigen Seufzer nahm ich die restlichen Flaschen und suchte Pyper.

„Hey. Willst du mit zu mir kommen und dich betrinken?"

Pyper richtete sich auf und lachte. „Das ist die beste Einladung, die ich den ganzen Monat hatte." Sie beäugte die Flaschen. „Aber wir brauchen mehr als das, was du da hast. Machen wir einen Zwischenstopp im Club auf dem Weg nach oben."

# KAPITEL FÜNFZEHN

*E*in rhythmisches Klopfen drang in mein Bewusstsein ein. Stöhnend drehte ich mich um. Was zum …? Ich hörte eine gedämpfte Stimme, richtete mich im Bett auf und zuckte zusammen, als ich mir beim Tasten nach dem Lichtschalter den Ellbogen anstieß. Als ich ganz wach war, bemerkte ich, dass jemand an meine Tür klopfte.

„Jade? Jade! Mach auf!"

„Moment. Nur eine Sekunde." Hastig wickelte ich meinen nackten Körper in einen kurzen Kimono, ging die vier Schritte zur Tür, und als ich sie aufriss, stand Pyper davor. Dunkle Ringe waren unter ihren rotgeränderten, geschwollenen Augen, und ihr Gesicht war kreidebleich. „Geht es dir gut?", fragte ich und zog sie in meine Wohnung.

Sie zog ihren dünnen Baumwollbademantel fester um sich und sagte mit leiser Stimme: „Er ist wieder da."

„Scheiße."

Sie nickte und rollte sich in Embryohaltung auf meinem Sofa zusammen. „Das letzte Mal, dass ich geschlafen habe, war hier."

Ich setzte mich neben sie auf die Sofalehne und erinnerte mich daran, wie wir den Schnaps aus dem Club geholt hatten und die halbe Nacht kichernd aufgeblieben waren. „Das ist vor vier Tagen gewesen."

Sie gab einen verzweifelten Laut von sich, bevor sie die Augen schloss. „Ist heiß hier drinnen."

„Die Klimaanlage funktioniert nicht."

„Das solltest du Kane sagen." Ihre Stimme war schwach, kaum ein Flüstern.

Pyper hatte natürlich Recht, aber da ich ihm aus dem Weg gehen wollte, ertrug ich lieber die Hitze. Dumm, ja. Aber ich war bereit, noch ein bisschen zu warten. Ich stand auf und richtete meinen Ventilator auf sie. Dann nahm ich ein Kissen, hob sanft ihren Kopf hoch und schob es unter sie. Sie kuschelte sich hinein und seufzte. Ich blieb neben ihr sitzen, bis sie tief und rhythmisch atmete. Sie war endlich eingeschlafen.

Ich stand neben meiner offenen Balkontür und blickte auf den mondbeschienenen Hof. Warum quälte er sie? Seit dem Tag, an dem ich mit ihm kommuniziert hatte, war Mr. Sexy nur in meinen Träumen aufgetaucht, um auf mich aufzupassen. Allerdings auf eine beruhigende Art und Weise, nicht auf gruselige Stalker-Art, als ob er mich beschützen würde. Ich denke, es hätte mich gruseln sollen, doch das tat es nicht. Ich fühlte mich tatsächlich wohl und sicher.

Ich sah noch einmal nach Pyper, zog dann ein Tanktop und eine Baumwollunterhose an und kroch wieder ins Bett. Zu heiß für Decken, deckte ich mich mit einem Laken zu und schloss die Augen.

Ich wachte vom Geruch von frischem Kaffee auf. „Ohhhh. Du kannst für immer bleiben."

„Wenn ich gewusst hätte, dass es so einfach ist, hätte ich dir schon vor Wochen Frühstück ans Bett gebracht."

Meine Augen flogen auf. Kane stand mit einer Kaffeetasse neben mir. Mit einem Blick stellte ich fest, dass mein Tanktop hochgerutscht war und meine Brüste gerade noch bedeckte. Mist. Ich sprang auf, hätte dabei Kane fast die Tasse aus den Händen geschlagen, und zog meinen Kimono an.

„Die andere Aussicht hat mir besser gefallen, aber das ist auch hübsch." Er hielt mir die Tasse hin.

„Hast du was von Frühstück gesagt?" Ich nahm den Kaffee und vermied Blickkontakt.

„Ich habe Bagels mitgebracht. Es ist zu heiß zum Kochen. Warum hast du mir nicht gesagt, dass die Klimaanlage nicht funktioniert?"

Ich zuckte mit den Schultern und ging zum Tresen. „Wo ist Pyper?"

„Sie ist ins Café gegangen. Als Dankeschön hat sie mich gebeten, dir Frühstück zu bringen."

Als ich zum ersten Mal die helle Sonne bemerkte, die durch das Fenster schien, wirbelte ich herum, um auf meinen Wecker zu schauen. Sieben Uhr. „Oh, Gott sei Dank. Ich habe noch eine Stunde Zeit."

„Bis was?"

„Ich habe einen Kurs zu unterrichten. Danke fürs Vorbeikommen und für das Frühstück, aber ich muss mich wirklich fertigmachen." Ich würde nicht lange brauchen, um zu duschen und mich anzuziehen, aber ich wollte nicht mit ihm allein sein. Ich brauchte noch Zeit, um die Gefühle zu sortieren, die in mir tobten.

Seine tobten auch, doch ich versuchte, sie auszublenden. Es war überwältigend. Während er äußerlich kühl und ruhig war, tobte in ihm die Begierde. Und es zu spüren hatte einen merklichen Einfluss auf meine Willenskraft.

Ich wartete nicht darauf, dass Kane ging, sondern schloss mich im Badezimmer ein und drehte die Dusche auf. Als das kalte Wasser auf meinen Körper traf, glaubte ich, dass tatsächlich Dampf von mir ausging.

Zehn Minuten später kam ich wieder heraus, eingehüllt in meinen kurzen Kimono. Ich hätte mich selbst treten können, weil ich nicht daran gedacht hatte, Klamotten ins Bad mitzunehmen. Es war einfach nicht genug Stoff, wenn man bedachte, wie viele Funken flogen. Als ich um die Ecke spähte, fand ich ein leeres Zimmer. Erleichtert wurde mir klar, dass Kane gegangen sein musste. Als ich mich auf mein Bett setzte, fiel mir eine Notiz auf dem Nachttisch auf.

*Jade, ich werde heute dafür sorgen, dass die Klimaanlage repariert oder ersetzt wird. Du hättest gleich anrufen sollen, als sie nicht mehr funktioniert hat.*

*K.*

Ich runzelte die Stirn, und es war mir ein bisschen peinlich. Ich *hätte* anrufen sollen. Ich hätte heute auch freundlicher zu ihm sein sollen. Ich schwor mir, mich besser zu benehmen, zog mich schnell an und nahm auf dem Weg zur Tür die Bagels mit.

Holly war damit beschäftigt, Bestellungen entgegenzunehmen, während Pyper drei verschiedene Kaffeebestellungen gleichzeitig erledigte. Die Schlange reichte bis weit hinter die Ladentür. Ich schnappte mir eine Schürze, um ihnen vor dem Kurs ein bisschen zu helfen, trat neben Pyper und packte so schnell ich konnte frisch gemahlenen Kaffee in die Espressomaschine.

„Ist es samstags immer so voll?", fragte ich.

„Ja." Sie schenkte mir ein dankbares Lächeln. Ich war froh zu sehen, dass die Ringe unter ihren Augen nicht mehr ganz so tief waren, wenn auch nicht verschwunden. Ein paar Stunden Schlaf konnten die verpassten Nächte nicht ausgleichen.

Ich lächelte zurück und füllte drei Becher mit Eis, um die Eismilchkaffees fertigzumachen, an denen ich gerade arbeitete.

Innerhalb von zwanzig Minuten hatten wir die Schlange auf eine überschaubare Länge abgearbeitet. Ich ging nach hinten, um meine Schürze aufzuhängen, und als ich zurückkam, hatte sich Hollys Haltung entspannt, und sie lächelte über etwas, das Pyper gesagt hatte.

„Was ist?", fragte ich.

„Pyper hat mir gerade erzählt, dass sie letzte Nacht mit dir verbracht hat." Sie schenkte mir ein wissendes Lächeln. „Ich wusste nicht, dass es *so* ist."

*Was?* Wovon sprach sie?

Pyper schlug ihr leicht auf den Hinterkopf. „Unsinn! Ich habe auf ihrem Sofa geschlafen, nachdem ich sie mitten in der Nacht geweckt hatte. Außerdem hat sie was mit Kane. Wo lebst du? Hinterm Mond?"

„Kane?" Sie drehte sich mit einem erschrockenen Gesichtsausdruck zu mir um. „Sorry", sagte sie. „Das wusste ich nicht." Sie machte auf dem Absatz kehrt und ging zielstrebig nach hinten.

„Was war das denn?", fragte ich Pyper.

Sie schüttelte den Kopf. „Keine Ahnung."

„Fühlst du dich heute Morgen besser?" Ich wollte mich nach den Ereignissen der letzten vier Nächte erkundigen, doch immer wieder kamen Kunden durch die Tür.

„Ja besser. Normalerweise brauche ich nicht viel Schlaf, aber gestern Nacht war es nötig." Sie packte ein paar Muffins ein und reichte sie einem wartenden Kunden.

„Äh, Pyper?" Ich ging näher zu ihr. Sie sah auf, und ich fragte: „Meinst du, du solltest Ian sagen, dass er dich nicht in Ruhe gelassen hat?" Ich glaubte nicht, dass er Antworten haben würde, doch ich wusste nicht, was ich sonst tun sollte.

Sie ließ die Schultern hängen. „Er wird nur noch mehr Messungen machen wollen." In diesem Moment kamen zwei

Paare durch die Tür. Sie ging zur Kasse zurück, bereit für die Bestellung.

Sie hatte Recht. Als ich das letzte Mal mit Ian gesprochen hatte, hatte er immer noch keinen Plan gehabt, uns zu helfen, den Geist zu exorzieren. Ich musste anrufen und ihm Feuer unterm Hintern machen. In der Zwischenzeit würde ich Bea fragen, ob sie irgendwelche Ideen hatte. Jede Hexe, die etwas auf sich hielt, musste etwas über Geister wissen.

Ich warf einen Blick auf meine Uhr. Acht Uhr. Zeit, ins Studio zu gehen. Ich griff nach meiner Handtasche und blieb kurz bei Pyper stehen, legte eine Hand auf ihren Arm. „Du bist jederzeit bei mir willkommen.“

Sie nickte und setzte ein strahlendes Lächeln für die Kunden auf. „Was darf ich euch heute machen?“

MEIN STOPP im Café ließ mir keine Zeit zur Vorbereitung. Ich kam gerade im Studio an, als Bea und zwei andere Teilnehmer um die Ecke bogen. Mein toller Plan, mit Bea über den Geist zu sprechen, musste warten.

Der Unterricht begann genauso lustig und entspannt wie die vorherigen Male, bis meine Gedanken wieder zu Pyper und dem Geist wanderten. Ich war schon immer eine gute Lehrerin gewesen, da ich Frustration, Enttäuschung, Zufriedenheit und dergleichen spüren konnte, was es mir ermöglichte, das Feedback zu geben, das ein Schüler brauchte, um zu lernen. Doch nur, wenn ich aufmerksam war.

„Verdammt!“

Ich konzentrierte mich auf Sandy, die fast vollständig in einer violetten Wolke verborgen war. Ich blinzelte. Was zum Teufel war das? Sie war von einer Art Blase von der Farbe einer Aubergine umgeben. Frustration pulsierte im Takt, und die Blase/Wolke bewegte sich wie ein schlagendes Herz. Als ich mich umsah, war klar, dass niemand außer mir und vielleicht Bea es sehen konnte.

Ich warf Bea einen Blick zu, die nur lächelte und mit dem Kopf in Sandys Richtung nickte. Ich verließ meinen Arbeitsplatz am anderen Ende des Tisches und ging näher an die Wolke heran. Sie öffnete sich und wirbelte wie feiner Nebel, als ich hineintrat. „Wie läuft's?"

„Argh! Schrecklich. Ich kann den Glasstreifen einfach nicht dazu bringen, das zu tun, was du uns gezeigt hast, und jetzt ist meine Perle ruiniert."

„Wir werden sehen." Ich nahm ihr den Metalldorn aus der Hand und begutachtete die Perle. Grüne Glasklumpen waren wahllos über ein Ende geschmiert. „Okay, das lässt sich retten. Deck diesen Teil einfach mit ein bisschen mehr Weiß ab."

Sie nahm den Dorn zurück und fing an, etwas Glas dort hinzuzufügen, wo ich es ihr gezeigt hatte.

Als sie den Abschnitt abgedeckt hatte, sagte ich: „Jetzt schmilz ihn schön glatt, und roll sie zu einer länglichen Perle aus."

Auf ihre Aufgabe konzentriert, tat Sandy, was ich sagte. Die violette Wolke verblasste, aber nicht ganz.

„Aber jetzt ist die Perle größer als die andere, die ich gemacht habe."

„Und? Mach die hier einfach fertig und dann machst du eine weitere kleinere, und du hast einen Anhänger und ein Ohrring-Paar."

„Oh! Cool." Sie lächelte und bearbeitete weiter die Perle in der Flamme.

Ich sah zu, wie sie das warme Glas auf einer Graphitoberfläche rollte. „Als Nächstes nimmst du den grünen Glasstreifen." Ich deutete auf einen extradünnen Glasstreifen. „Bring ihn so nah wie möglich an die Flamme, ohne ihn zu schmelzen. Denk daran, er ist so dünn, dass er schmilzt, bevor du ihn tatsächlich in die Flamme hältst."

Ich wartete, bis sie die richtige Stelle gefunden hatte. Als sie es tat, fügte ich hinzu: „Und jetzt mach deine Basisperle schön heiß. Heiß genug, dass sie orange leuchtet. So ist gut. Bring jetzt den Streifen an den magischen Ort, den du gerade gefunden hast. Gut so, und jetzt halt ihn an deine Basisperle. Jetzt bewegst du nur die Perle und hältst den Streifen an dieser Stelle. Siehst du, wie die Hitze der Perle in Kombination mit der Hitze des Brenners den Streifen schmilzt? Das gibt dir die Kontrolle. Ausgezeichnet! Gute Arbeit!"

Die anderen vier Kursteilnehmerinnen klatschten, als Sandy ihre Perle hochhielt, die jetzt mit perfekten grünen Ranken umwickelt war.

„Wunderbar, Sandy!", jubelte Bea.

Die Farbe um Sandy veränderte sich zu sehr blassem Lavendel und verflüchtigte sich dann.

„Schön", sagte ich. „Jetzt fügst du noch ein paar Punkte als Blumen hinzu, und du bist fertig."

„Danke, Jade." Sandy nahm rosa Glas, um ihre Perle zu vervollständigen.

Während der Rest der Klasse glücklich vor sich hin arbeitete, begegnete ich Beas Blick. Ihre weiße Lichtenergie hüllte mich ein, wärmte mich bis in die Zehenspitzen und hinterließ bei mir den Eindruck, sie hätte mich gerade in Gedanken umarmt. Motiviert ging ich auf eine der anderen Frauen zu, um weitere Anweisungen zu geben.

Um halb eins baten alle darum, noch ein paar Minuten bleiben zu dürfen. Zufrieden und glücklich mit ihrem Fortschritt kam ich der Bitte nach und setzte mich hin, um die Perlen von letzter Woche zu fassen.

Als ich fertig war, hüllte mich weißes Licht ein. Ich blickte auf. „Alles fertig, Bea?"

„Für heute sicher. Klasse Unterricht!"

„Ein bisschen ungewöhnlich, findest du nicht?"

„Wirklich? Sah für mich ziemlich normal aus." Bea sah zu, wie die letzten Teilnehmerinnen gingen.

„Willst du mir sagen, dass du die violette Wolke nicht gesehen hast?"

„Nein. Ich habe sie gesehen. Ich wollte nur, dass du sie siehst."

Ich stand auf. „Warum?"

„Ich wollte deine Aufmerksamkeit erregen." Bea holte ihre Schlüssel heraus. „Kommst du heute mit mir zum Mittagessen?"

„Ja." Ich nahm meine Handtasche und folgte ihr zu einem schnittigen Toyota Prius. „Schönes Auto."

„Danke!"

„War die violette Wolke von dir, oder …?"

Bea lächelte. „Nein, Liebes, ich habe nur dafür gesorgt, dass du sie sehen kannst. Es war kein Gas, es war ihre Aura."

„Und du hast etwas getan, damit ich sie sehe? Wie funktioniert das?" Ich kniff die Augen zusammen, als ihr weißes Licht heller wurde, und meine Augen tränten. „Vorsicht. Du blendest mich."

Das Licht verblasste zu einem sanfteren Leuchten. „Auren ernähren sich von Energie, und meine ist nach all den Jahren ziemlich stark. Ich kann sie verstärken. Nur Menschen mit Gaben wie unseren können sie sehen. Du hast nur ein bisschen Hilfe gebraucht."

Gaben wie unseren. Vielleicht war das Mittagessen keine so gute Idee.

Bea hielt vor einem großen Haus im Antebellum-Stil im Garden District, komplett mit einem schwarzen Eisentor. Sie drückte auf eine Fernbedienung, die an ihrer Sonnenblende befestigt war, und das Tor schwang auf.

„Du wohnst hier?", fragte ich staunend

Sie nickte und bog in die kreisförmige Auffahrt ein, passierte das Haupthaus und hielt vor dem Kutschenhaus. In einem früheren Leben hätte es Pferde und eine Kutsche beherbergt. Sie zeigte darauf. „Ich wohne hier. Das Anwesen ist in Familienbesitz, und meine Cousinen leben im Haupthaus. Ich bevorzuge ein wenig mehr Privatsphäre."

Ich folgte ihr den Gehweg hinauf und atmete den süßen Duft des üppigen Gartens ein. „Das ist ein Paradies."

„So nah wie ich dem Paradies kommen werde, denke ich." Sie schloss die Tür auf. „Komm rein."

Das Wandfresko eines Gartens zierte den zartgelben Raum, der mit Antiquitäten eingerichtet war. Auf der linken Seite stand ein Tisch vor einer kleinen, strahlend weißen Küche mit Glasfronten.

„Es ist wunderschön", sagte ich.

„Danke, ich habe es selbst gemalt." Sie nickte in Richtung des Freskos. „Hast du Hunger?"

„Bärenhunger. Lass mich dir helfen."

„Das ist nicht nötig. Ich habe schon einen Salat vorbereitet. Ich muss ihn nur auf Tellern anrichten. Warum gehst du nicht nach draußen und genießt diesen schönen Tag auf der Veranda?" Sie deutete auf eine Tür am anderen Ende der Küche. „Ich komme gleich raus."

Die Veranda war mit Fliegengittern geschützt und wurde von drei großen Deckenventilatoren gekühlt, ein Muss in der brütenden Sommerhitze. Ich setzte mich und bewunderte den Garten und lächelte, als ich einen wunderschönen Golden Retriever bemerkte, der sich an einem schattigen Fleckchen zusammengerollt hatte.

Wenig später kam Bea mit einem großen Tablett mit Salaten und frischer, selbstgemachter Limonade heraus.

„Das sieht wunderbar aus. Danke", sagte ich.

„Bitte. Danke für deinen Besuch. Ich wollte schon seit einiger Zeit mit dir reden." Sie nahm eine Scheibe Brot.

„Worüber?"

Sie zwang sich zu einem Lächeln. „Meinen Bruder."

Ich runzelte die Stirn. „Deinen Bruder?"

Sie nickte, das Lächeln noch immer auf ihrem Gesicht. „Ja. Ich wollte wissen, wie er dich behandelt."

Ich legte meine Gabel weg und starrte sie an. „Wer ist dein Bruder?"

„Robert Wilson. Oder Bobby, wie ich ihn genannt habe." Beas Lächeln machte einem traurigen, wehmütigen Ausdruck Platz.

„Tut mir leid. Ich kenne keinen Robert oder Bobby." Ich hatte keine Ahnung, worauf sie hinauswollte. Vielleicht war sie verwirrt.

„Du kennst ihn. Du wusstest nur nicht, dass er so heißt."

„Vom wem redest du?"

Sie nahm ihr Limonadenglas, trank einen großen Schluck und stellte es vorsichtig auf den Tisch. „Hast du schon einmal einen Geist gekannt, Jade?"

Ein Frösteln lief durch meinen Körper, als ich mir ihrer Worte bewusstwurde. „Gekannt? Nein, aber ich habe einen gesehen."

Bea nickte. Sie hob ihre Hand und bedeutete mir, dass ich warten sollte, und verschwand dann in ihrem Haus. Sie kam zurück und hielt einen silbernen Bilderrahmen in der Hand. „Erkennst du ihn?"

Ich keuchte. „Das ist mein Geist." Ich nahm ihr den Bilderrahmen ab und betrachtete ihn. Da war er. Mein Mr. Sexy, der neben einer viel jünger aussehenden Bea stand. „Wann ist das aufgenommen worden?"

„Vor mehr als dreißig Jahren." Ihre Augen blieben auf das Bild gerichtet. „Das war kurz vor seinem Tod."

„Vor dreißig Jahren", sagte ich mit sanfter Stimme. Ich blickte auf. „Woher wusstest du das?"

Sie sah mir in die Augen. „Bobby ist dir an dem Tag aus meinem Laden gefolgt, an dem du reingekommen bist."

Ich stellte den Rahmen auf den Tisch und lehnte mich zurück. „Er ist mir gefolgt?" Ich starrte sie ungläubig an.

„Ja. Ich wusste sofort, dass du eine Gabe hast. Ich war mir nur nicht sicher, was es war."

„Du denkst, Geister zu sehen ist meine Gabe?" Vielleicht wusste sie nichts von meinem anderen Talent.

„Oh, das ist eine von ihnen, aber nicht die Wichtigste." Ihr Lächeln kehrte zurück, nur dass es diesmal natürlich aussah.

„Und?"

Sie ignorierte meine Frage und hob das Foto auf. „Behandelt er dich gut?"

„Ähm, er war... interessant." Wie konnte ich ihr erzählen, was er mit Pyper gemacht hat? Oder mit mir.

„Interessant?"

Ich schüttelte den Kopf. „Nicht wichtig. Warum ist er mir gefolgt?"

„Natürlich wegen deiner Energie." Sie sagte es, als spräche sie mit einem Einfaltspinsel.

Als würde das alles erklären. „Hat er das schon mal gemacht?"

„Nein. Seit dreißig Jahren ist er als Geist in meinem Leben präsent. Meistens hängt er im Laden herum, da er den Umgang mit Menschen zu genießen scheint. An dem Tag, an dem du hereingekommen bist, wusste ich, dass du etwas Besonderes bist, doch als Bobby dir nach draußen gefolgt ist ... nun, da musste ich mehr über dich herausfinden."

„Und deshalb hast du dich für meinen Kurs angemeldet?", fragte ich und begriff erst jetzt die Verbindung.

„Ja."

„Ich dachte, es war Zufall." Ich sah mir das Foto noch einmal an. „Warum ich? Ich habe noch nie einen Geist angezogen."

„Nun", Bea hielt inne, „wie gesagt, deine Energie hat ihn wahrscheinlich angezogen."

„Aber –"

„Und wie du aussiehst."

„Wie ich aussehe?" Ich runzelte die Stirn.

Bea stand auf. „Ich bin gleich wieder da." Sie verschwand im Haus.

Ich legte meine Gabel auf den Tisch, schob den Teller weg und stand auf, um im Garten auf und ab zu gehen. Warum hat der Geist mich ausgewählt? Sicherlich war ich nicht die Einzige mit interessanter Energie, die jemals in Beas Laden gekommen ist. Gab es etwas an meiner Gabe, das ihn anzog? Als ich um eine Ecke bog, sah ich den großen Golden Retriever auf mich zukommen.

„Hallo, Süßer." Ich lächelte und bückte mich, um ihn zu streicheln. Kurz, bevor ich seinen Kopf berühren konnte, löste er sich in Luft aus. „Was in aller Welt?" Ich sprang auf und sah mich um.

„Was ist?" Bea kam um die Hecke herum.

„Wo ist der Hund hin verschwunden?"

„Welcher Hund?" Bea runzelte die Stirn.

„Der Golden Retriever", sagte ich und sah mich weiter um.

„Du hast einen Golden Retriever gesehen?"

Ich nickte.

„Oh wow." Bea strahlte.

„Wow was? Was in aller Welt geht hier vor sich?" Ich wurde unruhig.

Bea winkte mich zu sich. „Komm zurück an den Tisch. Ich möchte dir etwas zeigen."

Als ich meinen Platz wieder einnahm, reichte sie mir ein

weiteres altes Foto in einem silbernen Rahmen. „Sieh dir das an."

„Oh mein Gott! Wer ist das?" Ich zeigte auf die rothaarige Frau, die neben Bobby stand.

„Eine bemerkenswerte Ähnlichkeit, nicht wahr?"

Ich starrte das Foto mit offenem Mund an.

„Das war seine Frau", sagte Bea.

„War seine Frau? Ist sie –"

„Sie lebt noch, aber sie ist vor Jahren in den Norden gezogen. Nachdem Bobby gestorben war, konnte sie es nicht ertragen, hier zu sein, also ist sie weggezogen, um näher bei ihrer Familie zu leben. Ich habe seit Jahren nicht mehr mit ihr gesprochen. Aber du siehst genauso aus wie sie."

„Ich denke, das erklärt, warum er mir gefolgt ist." Jetzt war mir richtig gruselig zumute. Visionen unserer nächtlichen Begegnungen schossen durch meinen Kopf. Igitt. Er hatte mich für eine andere gehalten.

„Und jetzt sieh dir das an." Sie reichte mir ein weiteres Foto. Darauf war Bobby ein paar Jahre jünger mit einem Hund. Einem Golden Retriever.

„Oh Gott." Ich legte das Bild auf den Tisch.

„Ich würde sagen, dass er der Hund im Garten war. Er hieß Duke und hat Bobby gehört."

„Hast du ihn vorher hier gesehen?"

„Nein. Noch nie." Sie zuckte mit den Schultern. „Aber sie haben im Haupthaus gewohnt, nicht in meinem."

Ich stand auf und ging um die Hecke herum. Der Golden Retriever saß genau dort, wo ich ihn gesehen hatte, bevor er verschwunden war. „Hey, Duke." Als Antwort hob der große goldene Hund den Kopf. „Also ist es wahr." Wie seltsam! Dann fing meine Hose an zu vibrieren. Ich zuckte zusammen, denn ich hatte vergessen, dass ich mein Handy vor Beginn des Kurses auf Vibration gestellt hatte. „Oh Mist." Ich lachte und zog es aus meiner Tasche. „Entschuldige mich einen Moment, bitte."

Bea nickte.

Ich ging über die Wiese. „Hallo."

„Hey", sagte Kat. „Lange nicht gesehen."

„Auch hey. Das Hin- und Hertelefonieren wurde aber auch langsam langweilig. Wo bist du?"

„Whole Foods, wo bist du?"

„In Bea Keltons Haus im Garden District."

„Wessen Haus?", fragte sie.

„Eine Schülerin von mir. Ihr gehört *The Herbal Connection*, und sie hat mich zum Mittagessen eingeladen."

„Das ist cool. Ich rufe an, weil ich dich um deine Hilfe bitten wollte. Was machst du später?"

„Ich hatte ein schönes langes Bad in meiner Wanne geplant." Ich beobachtete Duke, als er auf mich zukam.

„Glaubst du, du kannst es aufschieben? Ich brauche etwas Besonderes für eine Bestellung und wollte deinen Perlenvorrat plündern." Kat war Silberschmiedin und kaufte regelmäßig Glasperlen für ihre Schmucklinie.

„Sicher. Ich weiß allerdings nicht, wann ich zu Hause sein werde. Ich muss mich von Bea fahren lassen."

„Der Garden District liegt auf dem Weg für mich. Ich kann dich abholen."

„Perfekt." Ich ging zu Bea zurück, gab Kat die Adresse durch und setzte mich an den Tisch. „Meine Freundin Kat ist auf dem Weg hierher. Ich hoffe, das ist okay."

„Natürlich."

Ich schob den Salat auf meinem Teller herum und merkte zum ersten Mal an diesem Nachmittag, dass ich ihre Gefühle nicht wahrnahm.

„Bea, was hat es mit diesem Ort auf sich? Er ist … anders." Ich war mir nicht sicher, wie ich es ausdrücken sollte. Ich sah

Geister und mein emotionaler Radar funktionierte nicht. Nicht, dass es mir etwas ausmachte. Es war irgendwie schön, nicht dauernd mit den Gefühlen anderer bombardiert zu werden.

„Der Garten ist geschützt. Ich mag die Stille."

*Ähm, okay.* Geschützt. Sie musste eine paranoide Hexe sein. Ich fing an, mich wirklich unwohl zu fühlen. Ich kannte viele Hexen, und ich hatte Todesangst vor ihnen. Und das aus gutem Grund. Sie waren der Grund, warum ich meine Mutter verloren hatte.

„Was ist los mit dir?" Bea starrte mich an.

„Nichts. Ich – warte, kannst du Duke sehen?" Der Retriever hatte sich gerade neben mir niedergelassen.

„Nein. Ist er hier?", fragte sie und sah sich um.

„Ja." Ich zeigte auf meine Füße, blickte dann auf und schluckte. „Und jetzt sitzt Bobby neben dir." Folgte er mir überall hin? Das war zu seltsam.

Sie drehte sich zu dem leeren Stuhl um und sang leise etwas, das ich nicht verstand. Die warme Luft kühlte ab, und Beas Aufregung drang zu mir herüber. Bobbys Umriss wurde deutlicher. Der Golden Retriever sprang mit wedelndem Schwanz auf ihn zu. Er bückte sich, um ihn mit einem Lächeln im Gesicht zu streicheln.

Ich zuckte wieder zusammen, als das Handy zu vibrieren begann.

„Kat?"

„Ich bin vor dem Haus. Bist du soweit?"

„Ja, ich bin gleich da." Ich klappte das Handy zu und wandte mich Bea zu. „Meine Freundin ist draußen."

Enttäuschung wirbelte um sie herum, aber ihr Lächeln wankte nicht. „Natürlich."

Ich holte tief Luft. „Bevor ich gehe, muss ich etwas fragen."

Sie sah mich an und nickte.

„Hat Bobby eine gewaltsame Vergangenheit?"

Sie runzelte die Stirn. Eine gewisse Abwehrhaltung schlich sich in ihre Stimme. „Nein. Niemals. Warum fragst du?"

Ich schloss meine Augen und zwang die Worte heraus. „Er hat meiner Freundin Pyper wehgetan. Es passiert im Schlaf, es sei denn, sie ist in meiner Nähe."

Heftiges Leugnen überflutete mich und stürzte auf mich ein, bis ich stotterte: „Bea, hör auf. Bitte."

Ihre Energie verschwand. Gänsehaut breitete sich auf meinen nackten Armen aus. „Es tut mir leid", sagte sie mit steifer Stimme. „Ich kann nur schwer glauben, dass Bobby jemals jemanden verletzen würde."

Ich stand mit zitternden Beinen auf. „Danke für die Einladung und dass du mir von ihm erzählt hast."

Sie starrte mit unfokussierten Augen in den Garten. Dann sprach sie in einem distanzierten, unheimlichen Ton. „Ich spüre die Wahrhaftigkeit deiner Worte, obwohl das, was du für wahr hältst, es nicht wahr macht." Sie drehte sich wieder zu mir um. Ihr Gesichtsausdruck wurde klar. „Bitte frag deine Freundin, ob wir uns treffen können. Ich werde sehen, was ich tun kann."

„Das werde ich. Ich rufe dich heute Abend an. Danke!" Ich winkte ihr zu, als ich durch den Garten ging und schnurstracks auf Kats Auto zusteuerte.

„Gott sei Dank bist du hier. Dieser Ort hat angefangen, mich zu gruseln", sagte ich, als ich auf der Beifahrerseite einstieg.

„Warum?" Kat legte den Gang ein und fuhr los.

„Sie ist eine Hexe."

„Wirklich? Hat sie dir das erzählt?" Kat warf mir einen Blick zu.

„Nicht mit so vielen Worten, doch sie hat einen Schutzzauber über dem Garten gesprochen. Ich weiß, dass sie besondere Kräfte hat, aber darüber haben wir nicht gesprochen." Ich klappte die Sonnenblende herunter. Mein Blick fiel auf etwas im Rückspiegel. Ich stöhnte.

„Was?", fragte Kat.

„Ich habe gerade einen Geisterhund geerbt." Duke saß auf dem Rücksitz und sah mich hechelnd an.

„Du SAGST ALSO, dass der tote Golden Retriever von Ms. Kelton dir nach Hause gefolgt ist?" Kat saß im Schneidersitz auf dem Boden und durchforstete meinen Perlenvorrat. Da ich keinen Esstisch hatte, hatte ich ein halbes Dutzend Tabletts auf dem Boden vor ihr ausgebreitet. Sie legte ein paar beiseite und zog eine Augenbraue hoch.

„Nicht ganz", sagte ich, als Duke es sich auf dem Sofa bequem machte.

„Nicht ganz? Meinst du, du hast ihn entführt?" Der ungläubige Ausdruck in ihrem Gesicht ließ vermuten, dass sie glaubte, ich machte einen Witz.

„Nein, er ist ins Auto gesprungen, und du hast ihn hierhergefahren. Dann ist er uns die Treppe hinauf gefolgt."

„Sind Haustiere hier überhaupt erlaubt?" Sie lachte.

„Haha. Sehr lustig." Stirnrunzelnd holte ich mir ein Bier und schlug die Kühlschranktür zu.

„Oh, komm schon, das ist schon ein bisschen komisch. Bekomme ich auch eins?"

Sie nickte zu meinem Guinness.

Ich zuckte die Achseln, ging auf den Balkon und setzte mich. Ich lehnte mich in meinem Stuhl zurück und seufzte schwer.

Kat erschien mit einem Bier in der Hand. „Was ist?" Sie zog einen Stuhl neben meinen.

Meine Augen füllten sich mit Tränen, die ich zurückzublinzeln versuchte. Ich holte tief Luft, doch die Atemzüge kamen in unregelmäßigen, kurzen Schüben. „Oh Kat", flüsterte ich, während Tränen unkontrolliert über mein Gesicht strömten.

Sie beugte sich vor, und ihre beruhigende Hand schloss sich um meine. „Schon okay, Süße", murmelte sie. „Alles wird gut."

„Es ist einfach so viel los. Ich glaube nicht, dass ich viel mehr bewältigen kann." Ich schniefte. „Und jetzt habe ich einen Geisterhund!"

Kat drückte meine Finger. „Alles wird gut. Bea hat gesagt, sie würde helfen. Zumindest weißt du jetzt, mit wem du es zu tun hast und warum er dich verfolgt. Und ein Geisterhund ist wirklich eine tolle Sache, so wie ich das sehe."

„Inwiefern?"

„Na ja, es ist ein Golden Retriever, und du liebst Golden Retriever. Einen Geisterhund musst du nicht füttern, nicht spazieren gehen, nicht seine Haufen aufsammeln oder all die Haare aufkehren. Du hast einen Begleiter und musst dir keine Sorgen machen, wie lange du ihn allein zu Hause lässt, ob er deine Lieblingsschuhe frisst, Schmutz ins Haus trägt, dich ansabbert oder krank wird. Du brauchst keinen Tierarzt und musst keine Hundesteuer zahlen. Außerdem könnte er immer noch ein Wachhund sein, denke ich. Er kann dich zumindest warnen, wenn was nicht stimmt."

Ich musste lächeln, als sie fortfuhr. „Glaubst du, er will Spielsachen, auch wenn er ein Geist ist? Was ist mit Leckereien? Du weißt, wie gerne Golden Retriever fressen. Vielleicht könntest du Hundeleckerlis aus Plastik besorgen. So könnte er so tun, als würde er essen, und die Leckerli werden nicht schlecht. Er wird auch ein Hundebett wollen, nehme ich an."

Ich kicherte. „Er hat es sich schon auf dem Sofa gemütlich gemacht."

„Das hat nicht lange gedauert, oder?" Sie drehte sich um und blickte ins Zimmer. „Ist er auf der rechten Seite?"

„Nein, links."

„Dann ist dein Sofa schief."

„Natürlich ist es das. Es ist gebraucht."

Sie lächelte. „Alles wird gut werden. Wir rufen Ian mit den neuen Informationen an. Er sagt immer wieder, wenn er wüsste, warum der Geist hier ist, würde ihm das helfen. Vielleicht ist das das Puzzleteil, das er braucht, um endlich etwas zu bewegen."

Ich nickte. „Ich denke, ich sollte es Kane auch sagen."

„Warum?"

Ich zuckte mit den Schultern. „Ich habe das Gefühl, dass er es wissen sollte."

Kat stand auf. „Ich werde dein Badezimmer benutzen, aber wenn ich zurückkomme, will ich alles über Kane wissen. Du hast mir nie alles über ihn erzählt."

Sie ging wieder hinein, während ich Ian anrief und eine detaillierte Nachricht über Bobby hinterließ und warum er mich verfolgte. Danach rief ich Pyper an und berichtete auch ihr die Neuigkeiten. Zu meiner Erleichterung bot sie an, die Informationen an Kane weiterzugeben.

Dann rief ich Beas Nummer an und war enttäuscht, als ich automatisch auf ihre Voicemail weitergeleitet wurde. „Hallo, Bea. Ich habe mit Pyper gesprochen, und wir beide wollen dich so schnell wie möglich treffen." Ich hinterließ meine Nummer, und als ich auflegte, tauchte Kat wieder auf.

„In Ordnung, erzähl", sagte sie.

Gehorsam wiederholte ich die Details meiner kurzen Affäre mit Kane.

„Okay, lass mich das klarstellen", sagte Kat. „Du bist wütend auf ihn, weil er in deine Träume eingedrungen ist?"

„Ja. Wärst du es nicht?"

„Bei den Träumen, die du beschrieben hast?" Sie lachte. „Nein."

Ich starrte sie irritiert an. „Es ist nicht so sehr der Inhalt der Träume, sondern das Eindringen."

„So wie du seine Gefühle liest und es ihm nicht erzählst?" Sie zog die Brauen hoch.

Sie hatte natürlich Recht. Hatte ich nicht schon dieselbe Debatte mit mir selbst gehabt? Als ich sie es laut sagen hörte, fühlte ich mich nur noch schlechter.

„Du wirst es ihm sagen, oder?" Sie starrte mich an.

Ich ließ niedergeschlagen die Schultern hängen. „Du weißt, warum ich es den Leuten nicht erzähle."

„Wahrscheinlich sind es die gleichen Gründe, warum Kane nicht bereit ist, über seine Gabe zu sprechen." Kat lehnte sich zurück und spielte mit dem Deckel ihrer Bierflasche. „Du musst es ihm sagen."

„Aber was, wenn –"

„Er ist nicht Dan. Lass also sofort das Was-wäre-wenn sein. Du kannst dein Leben nicht von Dans Reaktion bestimmen lassen. Kane ist ein eigenständiger, erwachsener Mann. Du solltest ihm eine Chance geben. Du könntest überrascht werden."

„Aber ich –"

„Kein Aber. Ich weiß, dass Dan dich verletzt hat. Aber du musst zumindest akzeptieren, dass ein Teil der Schuld bei dir liegt, weil du es ihm nicht früher gesagt hast."

„Er ist fremdgegangen!", sagte ich und hielt mich automatisch an meiner tief verwurzelten Empörung darüber, dass mir Unrecht getan worden war, fest, obwohl ich wusste, dass sie Recht hatte.

„Er war verletzt, Jade." Sie holte tief Luft. „Ich weiß, dass es falsch war. Natürlich war es das. Aber du hast ihm deine Gabe sieben Jahre lang vorenthalten, wenn du die Zeit mitzählst, die wir alle in der Highschool befreundet waren. Du kennst Kane seit, was, zwei Wochen? Was, wenn das schon seit Jahren passiert wäre und er es dir nie erzählt hätte? Wie würdest du dich dann fühlen?"

Das Bier schmeckte plötzlich schal. „Schrecklich. Verraten. Entsetzt."

Kat streckte ihre Hand aus und ergriff meine wieder. „Du hast einen Fehler gemacht. Angesichts deiner Vorgeschichte ist es verständlich, aber lass nicht zu, dass deine Ängste dir bei Kane in die Quere kommen. Wenn er so leicht zu verscheuchen ist, ist er nicht gut genug für dich."

Ich schenkte ihr ein trauriges Lächeln. „Ich mag ihn wirklich."

„Ich weiß, Honey. Darum musst du es ihm sagen." Wir saßen lange schweigend da, bis Kat sagte: „Du wirst einen Weg finden."

„Hoffentlich."

Sie packte meinen Arm und zog mich wieder hinein. „Genug davon. Lass uns reingehen, damit ich weiter durch deine Perlen stöbern kann."

Stunden später, nachdem Kat gegangen war, hatten weder Ian noch Bea zurückgerufen.

# KAPITEL SECHZEHN

*E*ine Auswahl an Voodoo-Puppen säumte die Fenster von *The Herbal Connection.* Ich blinzelte und warf einen Blick auf das Ladenschild.

„Ich dachte, du hättest gesagt, das sei ein New-Age-Laden?" Pyper stand neben mir, ein skeptisches Stirnrunzeln im Gesicht.

Ich hatte angeboten, ein Reinigungsritual an Pyper durchzuführen, um jegliche negative Energie zu neutralisieren. Es war ein Schuss ins Blaue, doch zwischenzeitlich waren wir bereit, alles zu versuchen. „War es, als ich das letzte Mal hier war."

„Sieht eher aus wie der Marie Leveau-Laden." Der nach der berühmten Voodoo-Priesterin benannte Laden war am anderen Ende der Bourbon Street.

Ich zuckte mit den Schultern. „Sie versucht wahrscheinlich, die Touristen anzusprechen."

Die Tür klingelte, als wir eintraten, und meine Haut prickelte vor Freude, als ich den frischen Regenduft einatmete. Kanes Duft. Doch er war wieder im Club, was nur eines bedeutete. Der „Happy Place"-Zauber des Ladens hatte ihn für mich heraufbeschworen. Verdammt, ich war in Schwierigkeiten.

„Glaubst du, dieser Zimt-Schokoladenduft ist eine Kerze oder irgendwas zum Räuchern?", fragte Pyper.

„Ich bin sicher, dass du hier beides bekommen kannst." Wenn Bea einen ganzen Laden verzaubern konnte, konnte sie sicherlich etwas so Simples wie eine Kerze verzaubern. Obwohl ich mir nicht sicher war, warum Pyper eine brauchen würde. Ihr glücklicher Duft war eindeutig das Café.

Eine Frau, die vielleicht halb so alt war wie Bea, gekleidet in eine schicke Bohème-Tunika und Leggings, begrüßte uns. Nun, das war die Art von Person, die ich in einem Kräuterladen erwartet hatte. Ihre Energie hatte dieselbe Leichtigkeit wie die von Bea, aber als ich versuchte, ihre Gefühle zu lesen, spürte ich nur eine kühle Leere. Seltsam. Das war mir noch nie passiert.

„Hallo", sagte ich. „Ist Bea da?"

„Tut mir leid, sie ist heute nicht reingekommen. Kann ich euch helfen?"

„Ja, wir brauchen Wüstensalbei-Räucherwerk." Ich zog einen Schein aus meinem Geldbeutel, doch Pyper legte ihre Hand auf meine.

„Ich mach das schon."

Ich lächelte und drehte mich zu der Angestellten um. „Ich hoffe, Bea ist nicht krank."

„Ich bin mir nicht sicher. Sie hat mir eine Nachricht hinterlassen, um mich wissen zu lassen, dass sie nicht hier sein würde, also war sie entweder gestern Abend oder heute Morgen hier. Ich kann ihr eine Nachricht hinterlassen, wenn du willst."

„Schon gut, ich habe ihre Nummer. Trotzdem danke!"

„Kann ich sonst noch etwas für euch tun?", fragte die Angestellte.

Ich schüttelte den Kopf.

Als sie kassierte, spürte ich einen kleinen Anflug von Neugier. Ich tastete tiefer, um ihre Gefühle zu finden, und wurde mit einem strahlend weißen Licht belohnt, das von den honigblonden Haaren auf ihrem Kopf ausging.

„Wow", sagte ich und trat einen Schritt zurück.

„Was?", fragte Pyper.

„Oh, sorry. Nichts." Ich biss mir auf die Lippe.

Die Energie der Angestellten schwankte von Weiß zu Violett und wieder zu Weiß, während sie mich musterte. Die Erkenntnis schien zu dämmern, und sie lächelte. „Eine Empathin. Das erklärt das leuchtende Violett, das um dich herum pulsiert. Ich kann Auren sehen und", sie wedelte mit der Hand, „andere Dinge".

Ich erstarrte. Wer *war* sie?

Sie beugte sich zu mir vor. „An deiner hängt etwas. Etwas Dunkles."

„Etwas Dunkles?", wiederholte ich. Folgte Bobby uns überall hin?

„Wirklich dunkel. Die schlimmste Art von Dunkel. Ich bin mir nicht sicher, ob das Reinigen funktionieren wird, aber du kannst es versuchen." Sie sah nicht überzeugt aus.

„Kannst du sagen, was es ist?" Pyper sah sich um.

„Ich weiß es nicht. Es ist nur schwarz, aber es ist nicht deine Aura. Die ist rot, mit einem Hauch von Gelb. Sehr dynamisch."

Pyper straffte ihre Haltung und lächelte. „Wirklich? Das ist so cool." Anscheinend war ihre Aura stärker als das dunkle Ding, das ihr folgte.

„Würdest du noch etwas vorschlagen, außer dem

Reinigen?" Ich sah mich im Laden um und hoffte, dass mir etwas ins Auge fallen würde.

„Da solltest du besser Bea fragen. Wenn ich sie sehe, lasse ich sie wissen, dass du ihren Rat brauchst."

„Danke!" Ich gab ihr eine Karte. „Ich bin Jade, und das ist Pyper."

„Freut mich, euch kennenzulernen. Ich bin Lailah. Besucht mich irgendwann wieder, und ich werde eure Auren eingehender lesen." Sie schob eine Visitenkarte in die Tüte und reichte sie Pyper.

Ich winkte zum Abschied und zerrte Pyper aus dem Laden.

PYPER NAHM sich ein Stück Käsepizza. „Auren, was? Glaubst du, die gibt es wirklich?"

„Natürlich, du nicht?" Ich nippte an meiner Limonade. Es war einfach falsch, Pizza zu essen und kein Bier dazu zu trinken, doch ich konnte nicht trinken und eine Reinigung durchführen und erwarten, dass sie effektiv war.

Sie zuckte mit den Schultern. „Ich denke, zwischenzeitlich sollte ich für alles aufgeschlossen sein. Traumwandeln, Geister und Reinigen mit Salbei. Warum also nicht auch Auren?"

„Macht dir das alles keine Angst?" Wenn ich in meiner Kindheit nicht allen möglichen seltsamen Dinge erlebt hätte, wäre ich jetzt sicher reif für die Psychiatrie. Pypers Fähigkeit, alles im Griff zu haben, beeindruckte mich.

„Nein. Nicht wirklich." Sie hielt inne. „Okay, der Geistermist schon, aber das andere Zeug, nein. Ich finde es irgendwie cool. Es bestätigt meine Überzeugung, dass wir alle verbunden sind. Manche von uns sehen es einfach besser als andere." Ihre ruhige Energie schwebte in beruhigenden Wellen auf mich zu.

„Wie kannst du so cool dabei sein, wenn das alles um dich herum passiert?"

„Ich weiß es nicht. Vielleicht tue ich nur so." Sie grinste.

„Ist es nicht. Ich kann sehen, dass es nicht so ist."

„Du kannst Leute so gut lesen?"

„Ja, das kann ich." Ich sah keinen Sinn darin, es zu leugnen.

„Interessant. Willst du mir was erzählen?" Sie sah mich eindringlich an.

„Was meinst du?" Ich tat so, als ob ich großes Interesse an meinem Stück vegetarischer Pizza hatte.

„Willst du mir vielleicht sagen, was ein Empath ist und was da im Laden passiert ist?" Ihre Augen strahlten.

Scheiße. Ich hatte bei der ganzen Aura-Sache gehofft, dass sie diese eine Bemerkung vergessen hatte. Lailah hatte mich mit durch das Lesen meiner Aura geoutet. Ich hatte meine Aura schon einmal lesen lassen und wusste bereits, dass sie violett war. Aber das bedeutete nur intuitiv. Es bedeutete nicht Empathie. Woher wusste sie es also?

„Komm schon, Jade." Pyper stellte ihr Essen ab und schenkte mir ihre ungeteilte Aufmerksamkeit.

Ich holte tief Luft. Der letzte Mensch, dem ich von meiner Gabe erzählt hatte, war Dan. Und wir alle wissen ja, wie gut das gelaufen ist. „Ich denke, Lailah kann wirklich Auren sehen."

„Den Teil habe ich schon verstanden."

„Sie hat auch gesagt, dass sie andere Dinge sieht, und anscheinend hat sie etwas Dunkles an dir hängen gesehen." Ich hielt inne.

„Richtig, ich habe einen dunklen Geist, der mir folgt. Das ist nichts Neues. Deshalb übernachte ich bei dir. Was ist so besonders an dir, das den Geist dazu bringt, sich zu benehmen?" Ihre Augen bohrten sich in meine.

„Es gibt nichts Besonderes an mir!" Verschroben vielleicht.

Oder fehlerhaft. Aber nicht besonders. Und schon gar nichts, was böse Geister fernhalten würde.

„Das ist Bullshit, und das weißt du. Verdammt, ich wusste es, als ich dich das erste Mal getroffen habe. Schau dir Kane an und wie er sich in dich verliebt hat. Und Charlie, sie ist freundlich und aufgeschlossen, aber sie hat nicht vor vielen Leuten Respekt. Und sie respektiert und bewundert dich, Jade Calhoun. Du hast etwas ganz Besonderes, auch wenn du es nicht siehst." Sie hielt inne, um durchzuatmen. „Also, was ist ein Empath, denn ich habe es nicht vergessen."

Fassungslos ließ ich ihre Worte auf mich wirken. Zum ersten Mal in meinem Leben hatte ich ein Netzwerk von Freunden und hatte es nicht einmal bemerkt. Etwas öffnete sich in meinem Herzen, und der letzte Rest meiner Entschlossenheit schmolz dahin. „Ein Empath ist jemand, der die Emotionen anderer Menschen so spürt, wie sie sie spüren."

„So wie es einen glücklich machen kann, mit einem glücklichen Menschen zusammen zu sein? Ansteckende Energie und sowas?"

„Ja." Ich lachte freudlos. „Nur normale Leute spüren einen kleinen Bruchteil dieser Energie. Empathen, Leute wie ich, bekommen alles mit, ob wir wollen oder nicht."

Pyper beugte sich vor und sah mich aufmerksam an. Neugier sprudelte hoch und wurde ersetzt durch Mitgefühl, das von ihr ausging und um mein Innerstes wirbelte. „Also, wenn Leute in deiner Nähe aufgewühlt sind, spürst du ihren Schmerz?"

Ich nickte. „Und bei Leuten, zu denen ich eine enge Beziehung habe, wie Tante Gwen, spüre ich manchmal ihre Gefühle, egal wo sie ist."

„Ach Jade. Du armes Ding. Gibt es etwas, was du tun kannst, um es zu auszublenden?"

Ihr Mitgefühl hüllte mich ein wie eine warme Decke, und

ich erlaubte mir, das Gefühl zu genießen. Nicht, dass ich *Mitleid* wollte, aber ich hatte noch nie erlebt, dass jemand diesen wenig angenehmen Teil meiner Existenz so schnell verstanden hatte. Ich räusperte mich und versuchte, den Kloß in meiner Kehle herunterzuschlucken. „Ja, ich kann mich dagegen verschließen, aber es ist anstrengend. Und manchmal, wenn mich eine Emotion zu stark trifft, kann ich sie nicht ausblenden."

Sie drückte meine Hand und ließ los. „Aber du spürst auch Freude und Glück, oder?"

„Sicher. Das ist großartig, wie ein natürliches High, aber es ist auch ermüdend. Zu viel emotionale Energie von außen ist anstrengend. Dann kann ich nichts blockieren, und das kann destruktiv sein." Ich starrte auf meine halb aufgegessene Pizza und schob sie weg, da ich keinen Hunger mehr hatte.

Pyper sagte nichts, und als ich einen Blick riskierte, sah sie mir in die Augen und sagte: „Es ist ein Geschenk, Jade. Aber das ist nicht das, was dich besonders macht."

Eine Träne lief lautlos über mein Gesicht.

Sie rückte ihren Stuhl neben meinen und fing sie mit einer Serviette auf. „Honey, ich weiß nicht, was in deiner Vergangenheit passiert ist, dass du denkst, dass das etwas ist, wofür man sich schämen oder was dir peinlich sein muss –"

„Ich schäme mich nicht."

„Okay, du bist zurückhaltend. Wie ist das?"

Ich nickte. „Zurückhaltend."

„Aber du bist jetzt ein Teil unserer Familie. Du musst wissen, dass wir dich so akzeptieren, wie du bist, egal was passiert. Du brauchst dich nicht vor uns zu verstecken. Kane, ich, Charlie, sogar Holly."

„Holly hasst mich", schniefte ich.

„Das tut sie nicht."

Ich zog eine Augenbraue hoch.

Pyper lächelte. „Hass ist ein sehr starkes Wort."

„Richtig, aber ich glaube nicht, dass sie mich als Teil der Familie sieht."

„Na ja, vielleicht nicht, aber sie mag dich mehr, als du denkst." Pyper stand auf. „Komm, lass uns gehen und das Reinigen erledigen. Ich bin meinen schwarzen Schatten leid."

~

ZWEI TAGE später stand ich an der Kasse des Cafés und unterdrückte ein Gähnen.

„Du siehst aus, als könntest du jeden Moment umfallen", sagte Pyper.

Ich nickte und wischte die Theke ab. Ich hatte mein Spiegelbild gesehen. Es war nicht schön. Das Reinigen hatte nicht funktioniert, und Pyper hatte sich auf meinem Sofa einquartiert. Sie war kein Problem, doch der Hund bellte sie ständig an – oder wahrscheinlicher ihren schwarzen Schatten. Ich hatte ein Ritual durchgeführt, um den Hund zu bitten, weiterzuziehen, doch es hatte nicht funktioniert. Mangels anderer Optionen hatte ich befürchtet, dass Pyper sich unter Druck gesetzt fühlen würde zu gehen. Also hatte ich ihr nichts davon erzählt.

„Halte ich dich wach?" Pyper trat dicht an mich heran.

„Nein, nein." Ein weiteres Gähnen machte sich bemerkbar und ließ meine Augen tränen.

„Ich glaube dir nicht. Ich sollte heute Nacht bei mir zu Hause übernachten."

„Nein! Das ist keine Option." Wir waren in einer Warteschleife gefangen. Bea und Ian waren immer noch verschwunden. Wir hatten beide Ian angerufen, doch keine Antwort bekommen. Ich hatte Bea angerufen und mehrere Nachrichten hinterlassen. Als sie nicht zurückgerufen hatte, war ich bei ihr vorbeigefahren, doch sie war nicht zu Hause gewesen. Dann hatte ich es nochmal in ihrem Laden versucht. Lailah wusste nicht viel. Sie hatte eine Nachricht bekommen, dass Bea ein paar Tage nicht erreichbar sein würde. In der Zwischenzeit würde ich Pyper nicht aus den Augen lassen.

„Es ist Kane, richtig? Das hält dich auf Trab. Ich weiß, er hat dich nicht angerufen oder vorbeigeschaut. So ein Arsch."

„Nein. Das ist es nicht. Ich habe ihn um ein bisschen Abstand gebeten." Es war wahr. Ich hatte ihn darum gebeten, und er gewährte ihn mir. Man sollte immer vorsichtig sein, was man sich wünschte. Er war nicht einmal in meinen Träumen aufgetaucht. Obwohl Bobby immer noch da war und mich beobachtete.

„Aber–"

„Es ist der Geisterhund", unterbrach ich sie, bevor sie sich weiter hineinsteigern konnte. „Duke, der Geisterhund. Er bellt die ganze Zeit, während du da bist. Er will einfach nicht aufhören."

„Oh." Dann kicherte sie ernüchtert. „Tut mir leid, das ist nicht lustig."

„Ist es irgendwie schon, nur dass ich kurz davor bin, vor Müdigkeit umzufallen."

Pyper sah nachdenklich aus. „Glaubst du, es würde helfen, wenn wir getrennte Schlafzimmer hätten? Ich meine, wenn wir in meiner Wohnung wären, meinst du, ich könnte immer noch schlafen? Vielleicht könnte der Hund bei dir im Zimmer schlafen. Schlafen Geister?"

„Ich weiß nichts über Geister, aber Duke sieht auf jeden Fall so aus, als würde er schlafen. Er liegt die meiste Zeit rum." Ich zuckte mit den Schultern. „Ich bin bereit, es zu versuchen, wenn du es bist. Du hast viel mehr zu verlieren als ich."

„Einen Versuch ist es wert."

Später an diesem Abend, während Pyper im *Wicked* arbeiten

ging, rollte ich mich in Kanes Bett zusammen und wurde mit dem schwachen Hauch seines Duftes belohnt. Ich hatte bis zu diesem Moment nicht gemerkt, wie sehr ich ihn vermisst hatte. Ein hohler Schmerz erwachte tief in meinem Herzen.

Ich schloss meine Augen und tat mein Bestes, um Kane aus meinem Kopf zu verbannen. Innerhalb weniger Augenblicke stand Bobbys beruhigendes Bild vor mir. Ich wusste nicht, wie lange ich geschlafen hatte, bis das Bellen anfing. Verdammter Hund. Ich stand auf und folgte dem Lärm ins Wohnzimmer.

„Hi, Pyper."

„Habe ich dich aufgeweckt?" Ihre Sorge sickerte in mein Bewusstsein.

„Nein. Es war der Hund. Ich bin gekommen, um ihn zu holen. Komm schon, Duke. Lass uns gehen." Er trottete zu mir und verschwand im Schlafzimmer. „Möchtest du, dass ich aufbleibe, bis du schlafen gehst, nur für den Fall?"

Sorgen wirbelten um sie herum, doch Sturheit übernahm schnell die Oberhand. „Nein. Ich werde schnell aufwachen, wenn es nicht funktioniert."

Zu müde, um zu streiten, nickte ich. „Okay. Dann mal gute Nacht."

„Nacht."

Ich schlief sofort wieder ein. Bobby wachte wie immer über mich, während Duke zu seinen Füßen lag. Die Glückseligkeit schien stundenlang zu dauern, bis das Licht um Bobby zu einem rötlichen Glühen wurde und die Ruhe angespannt wurde. Ich rollte mich unruhig herum und stieß mit dem Kopf gegen etwas Hartes.

„Autsch. Mist."

„Hey", sagte eine heisere Stimme. „Geht's dir gut?"

Kanes ausgeprägte Energie hüllte mich ein. „War das dein Kopf?", fragte ich.

„Ja." Er strich mit der Hand über meinen Kopf. „Keine Beulen. Ich denke, du wirst es überleben." Er legte seinen Arm um meine Schulter und zog mich fester an sich.

„Gut." Ich schloss meine Augen in der Hoffnung auf mehr Schlaf, doch sein erwachendes Verlangen weckte mich abrupt. „Warte, warum bist du hier?"

„Draußen tobt ein Sturm, und anstatt ein Taxi nach Hause zu nehmen, habe ich beschlossen, dass es viel angenehmer ist, hier zu übernachten."

„Aber du meidest mich."

„Ich habe dir Abstand gewährt."

„Und jetzt?" Ich setzte mich auf.

„Jetzt nicht." Er zog mich wieder in seine Arme und presste seine Lippen auf meine.

Geschockt bewegte ich mich nicht, doch als ich spürte, wie seine Zunge suchte, küsste ich ihn genauso leidenschaftlich zurück. Sein Herz hämmerte gegen meine Brust. Ich drängte mich an ihn, als sein Verlangen alle meine anderen Sinne überwältigte. Das allein war genug, um mein Blut in Wallung zu bringen.

Kane rollte mich herum, hielt mich unter sich fest, seine Hände überall. Meine Gedanken waren durcheinander, und ich wollte nur noch ihn.

„Gott, Jade, ich habe dich vermisst. Ich war–"

Ein schriller Schrei drang durch die Wand.

Kane erstarrte.

Ich stieß ihn von mir, sprang auf, rannte ins andere Zimmer und rief: „Pyper! Wach auf, Honey, wach auf!"

Ihre Schreie verstummten, und einen Augenblick später öffnete sie ihre Augen. „Da bist du ja."

„Jade. Was ist passiert?"

„Ich weiß nicht, Sweetie. Du hast eine Weile geschlafen,

aber dann hast du angefangen zu schreien. Erinnerst du dich an irgendwas?"

Kane strich mir über den Arm, als er sich neben Pyper setzte.

„Ich weiß nicht. Ich habe mich friedlich gefühlt, wie ich es immer tue, wenn ich bei dir schlafe, doch dann ist plötzlich die Ruhe verschwunden und die Hölle ausgebrochen." Sie presste ihr Laken an ihre Brust. Kane streckte die Hand aus und strich mit der Hand über ihr Bein.

Ich gesellte mich zu ihm auf die Bettkante. „Ich habe von Bobby und dem Hund geträumt und hatte dieselbe Ruhe. Dann, direkt, bevor ich aufgewacht bin, wurde es angespannt und unruhig."

„Gleich, nachdem ich zu dir ins Bett gekommen bin?", fragte Kane, und seine Augen blitzten vor Sorge.

„Wie lange warst du schon dort?", fragte ich.

„Ich hatte mich gerade hingelegt, als du gegen meinen Kopf gestoßen bist." Er sah Pyper an. „Das tut mir leid."

„Warum?" Pyper blickte von Kane zu mir.

Ich ließ die Schultern hängen. „Der Geist hat ein Problem mit mir und Kane, wenn wir uns … ähm … nahekommen."

„Oh." In ihren Augen dämmerte die Erkenntnis.

„Das muss aufhören!" Ich sprang auf und ging auf und ab. „Wir können nicht warten, bis Bea und/oder Ian auftauchen. Wir wissen nicht einmal, ob sie helfen können."

„Ich habe darüber nachgedacht", sagte Pyper. „Ich frage mich, ob Lailah vielleicht jemanden kennt oder selbst in der Lage ist, was zu tun."

„Ich weiß nicht. Als wir sie danach gefragt haben, sagte sie, dass wir am besten mit Bea reden sollten." Ich ließ mich wieder aufs Bett fallen.

„Einen Versuch ist es wert", sagte Pyper.

„Definitiv. Warum bleibt ihr beide in der Zwischenzeit

nicht hier? Ich nehme das andere Zimmer." Kane stand auf, um zu gehen.

„Das funktioniert nicht. Mein Geisterhund bellt Pyper dauernd an. Er tut es gerade. So komme ich nicht zum Schlafen." Ich starrte die Tür an, an der Duke stand.

„Dann werde ich wohl auf dem Sofa schlafen." Kane küsste mich auf die Stirn und ging.

Wieder in Kanes Zimmer brauchte ich lange, um wieder einzuschlafen.

AM NÄCHSTEN MORGEN gingen Pyper und ich die kurze Strecke zu *The Herbal Connection* zu Fuß.

„Hallo", sang Lailah aus dem hinteren Teil des Ladens. „Seid ihr hier, um eure Auren lesen zu lassen?"

„Danke, aber nicht heute. Wir sind wegen etwas anderem hier", sagte ich.

„Das schwarze Ding folgt immer noch deiner Freundin?" Lailah runzelte die Stirn und musterte Pyper.

„Ja", sagte Pyper.

„Wir konnten Bea nicht erreichen, und die Situation läuft aus dem Ruder. Wir hatten gehofft, dass du vielleicht Vorschläge hast, was wir tun können, oder dass du jemanden kennst, der uns möglicherweise helfen kann."

Lailah konzentrierte sich auf Pyper. Ihre weiße Lichtenergie nahm einen grauen Farbton an und leuchtete dann wieder strahlend weiß, als sie mich wieder ansah. Sie biss sich auf die Lippe. „Ich weiß nicht. Dieser Schatten ist wirklich stark, und es wird nicht einfach sein, ihn loszuwerden. Ich weiß einen Weg, aber ich würde mich viel sicherer fühlen, wenn Bea hier wäre, um mir zu helfen."

„Weißt du, wann sie zurückkommt?", fragte ich.

Lailah schüttelte den Kopf. „Nein. Ich habe überhaupt nichts von ihr gehört, was wirklich seltsam ist."

Pyper trat neben mich und legte ihre Hand auf Lailahs Arm. „Kannst du es bitte versuchen?" Ein kleiner Anflug von Verzweiflung sickerte von Pyper durch.

Dann geschah etwas Seltsames. Lailah schien es zu absorbieren, sich irgendwie zu verändern und einen Strom der Ruhe zurückzusenden. Sie hatte Pypers ausgeprägte Energie physisch verändert. Ich konnte Energie aufnehmen oder meine eigene als eine Art Vorschlag senden, aber ändern konnte ich sie nicht.

„Wie hast du das gemacht?", fragte ich.

„Das hast du gespürt, oder? Nur eine meiner Gaben. Ich kann's dir gerne mal zeigen. Im Moment muss ich mich darauf vorbereiten, diesen Arsch loszuwerden, der Pyper hier quält."

„Ja!" Pyper ballte die Faust in die Luft.

„Sei nicht zu begeistert. Es wird nicht angenehm. Also sei vorbereitet." Lailah drehte sich zu mir um. „Ich werde das Ritual durchführen, aber wir brauchen eine vierte Person. Eine Frau. Frauen haben bei sowas mehr Macht. Hast du jemanden, dem du vertraust?"

„Sicher." Ich wusste, dass Kat kommen würde, wenn ich sie darum bat. „Aber sie hat keine Gaben."

„Solange sie eine Frau ist, reicht es." Lailah nahm einen Notizblock und begann, darauf zu schreiben. „Wir müssen das so kurz vor Mitternacht wie möglich machen, und draußen. Habt ihr einen Ort, an dem wir uns dafür treffen können?"

„Ja", sagte Pyper. „Wir haben einen Innenhof zwischen dem *Wicked* und *The Grind*. Du weißt, wo die sind, oder?"

Lailah nickte und schrieb weiter.

Ich gab ihr meine Handynummer. „Ruf uns an, wenn du da bist, und eine von uns holt dich ab. Müssen wir irgendwas tun, um uns vorzubereiten?"

„Nein. Ich kümmere mich um alles."

Als wir in unserem Gebäude ankamen, ging Pyper zu ihrer Wohnung und ich zu meiner. Ich rief Kat an und lud sie zu einem Mädelsabend ein, wobei ich den Teil wegließ, dass wir sie für ein Ritual brauchten. Okay, ich fühlte mich ein bisschen schuldig, aber ich wollte ihre Gefühle spüren, während ich ihr persönlich davon erzählte. Wenn sie zögerte, wäre es für mich leichter, sie vor Ort zu überzeugen.

Ich fühlte mich furchtbar. Was für ein Heuchler ich doch war!

# KAPITEL SIEBZEHN

*K*at tauchte kurz vor neun auf. „Wo ist Pyper?"
„Arbeitet im Club. Sie kommt vor elf hoch."
Ich schenkte zwei Gläser Wein ein. „Hast du schon was gegessen?"

„Ja, aber Snacks werden bei einem Mädelsabend erwartet."
Sie nahm ein Glas. „Also schneid den Käse und hol die Oliven oder was auch immer du besorgt hast raus."

Lachend holte ich eine Käseplatte aus dem Kühlschrank. „Ich bin dir weit voraus."

„Gouda!" Sie steckte sich ein Stück in den Mund, schloss die Augen und stöhnte vor Ekstase. „Mann, der ist gut."

„Schön, dass du ihn magst. Und hier ist das Dessert." Ich stellte ein weiteres Tablett daneben.

„Oh mein Gott! Ich will mindestens einmal in der Woche einen Mädelsabend. Dunkle Schokolade, Erdbeeren, und was ist das?" Sie hielt eine kleine runde Schokoladenkugel hoch.

„Heidelbeeren mit Schokoladenüberzug."

„Verdammt, Jade. Jetzt wirst du mich nie mehr los." Kat füllte einen Teller und lehnte sich zurück.

„Gut, denn ich hatte einen Hintergedanken, als ich dich hierher eingeladen habe."

Die fröhliche Zufriedenheit, die sie umgab, verblasste zu Misstrauen. „Was? Wofür brauchst du mich?"

„Nicht ich. Lailah." Ich nahm mir mein Weinglas und erzählte ihr von dem Tag, an dem ich Lailah getroffen hatte, mein Geständnis gegenüber Pyper und den bevorstehenden Exorzismus.

Als ich meine Geschichte beendet hatte, warf Kat mir einen Seitenblick zu, als sie sich ein paar mit Schokolade überzogene Beeren in den Mund steckte. „Jetzt, wo Pyper weiß, dass du ein Empath bist, hast du es Kane erzählt?"

Nach allem, was ich ihr gerade gesagt hatte, konzentrierte sie sich darauf? „Nein."

Kat spülte ihre Schokolade mit einem Schluck Wein herunter. „Du solltest es besser bald tun, bevor es jemand anderes tut."

„Was? Willst du es ihm sagen?"

„Nein. Aber so was spricht sich rum. Du weißt das."

Ich runzelte die Stirn, da ich wusste, dass sie Recht hatte. „Gut, ich werde es ihm sagen. Zufrieden?"

„Ja. Also, auf was genau lasse ich mich da ein? Einen Exorzismus?" Ihr Gesichtsausdruck sagte mir, dass sie glaubte, ich hätte den Verstand verloren.

„Lailah sagte, sie könnte den Geist vielleicht loswerden. Sie braucht drei Frauen, die bei dem Ritual helfen." Als ich spürte, wie ihre Fragen aufstiegen, hob ich meine Hand. „Ich weiß nicht, was oder wie. Sie hat gesagt, es wäre nicht angenehm, also wenn du es nicht willst, musst du es mir sagen."

Ihr Misstrauen wurde weniger. „Ist sie eine Hexe?"

„Ich weiß es wirklich nicht. Was ich weiß, ist, dass Pyper bereit ist, alles zu versuchen, um den Geist loszuwerden. Kat, es ist schrecklich. Ich kann ihren Schmerz spüren, wenn sie angegriffen wird." Ich schauderte und flüsterte: „Es ist furchtbar."

Kat seufzte, immer noch nicht ganz überzeugt, aber sie sagte: „In Ordnung. Wenn es Pyper hilft, werde ich es tun."

Ich packte sie und umarmte sie. „Danke! Tut mir leid, dass ich es dir nicht am Handy gesagt habe."

„Mach dir keine Sorgen." Sie füllte ihr Weinglas nach. „Kommen wir zu den wirklich wichtigen Dingen. Zum Beispiel, wo ist groß, dunkel und lecker heute Abend?"

Ich lächelte. „Er arbeitet im Club. Wir können runtergehen, wenn du willst."

„Oh ja! Lass uns gehen."

Unten an der Treppe trafen wir Charlie. Als ich ihr sagte, dass wir ins *Wicked* unterwegs waren, ging sie uns voraus durch den Mitarbeitereingang und führte uns durch die Menge. Als wir die Bar erreichten, winkte sie ein paar Tänzerinnen von den Barhockern, um Platz für uns zu schaffen.

„Du musstest nicht aufstehen", sagte ich zu der großen, wunderschönen, kaum bekleideten Blondine vor mir.

Sie zwinkerte lächelnd. „Wenn die Chefin sagt, beweg dich, bewegt man sich. Viel Spaß!" Sie drehte sich um und setzte sich auf den Schoß eines Mannes, der an einem nahegelegenen Tisch saß.

„Du bist befördert worden!" Ich stand auf der untersten Sprosse des Hockers, beugte mich über die Theke und warf meine Arme um Charlie.

„Ja, und eine schöne Gehaltserhöhung gab's auch." Charlie umarmte mich und hielt mich ein wenig länger fest als nötig. Ihre Augen funkelten, als sie mich losließ, und ich lachte.

Kat streckte sich über den Tresen und umarmte Charlie kurz. „Glückwunsch!"

Während ich ihnen zusah, sprang ich vom Hocker, verlor

das Gleichgewicht, stolperte rückwärts und prallte mit jemandem zusammen. Peinlich berührt drehte ich mich um, um mich zu entschuldigen, und blieb mitten im Satz stecken. Hass kroch mein Rückgrat empor und zerschmetterte meine Abwehrkräfte. Ich wich einen Schritt zurück.

„Dan", sagte ich.

Kat wirbelte überrascht herum. „Hey! Ich dachte, du würdest heute Poker spielen." Sie legte ihren Arm um Dans Taille und küsste seine Wange.

Seine Augen weiteten sich vor Schock, und dann runzelte er die Stirn. „Was zum Teufel machst du hier? Ich habe dir gesagt, dass ich nicht will, dass du mit diesem Freak rumhängst."

„Dan", warnte Kat und wich zurück. „Sprich nicht so über Jade."

Dan ignorierte sie und funkelte mich an. „Warum hast du sie schon wieder in diesen Schlampenpalast gebracht?"

„Sie wollte herkommen", sagte ich.

„Sicher nicht. Du hast sie dazu überredet, du billige Schlampe."

Kat beugte sich vor und stieß Dan den Finger in die Brust. „Nenn sie nicht so. Und wage es nicht, mir zu sagen, mit wem ich abhängen kann und mit wem nicht, Dan Pearson." Sie trat ein paar Schritte vor und zwang ihn zurück. Ihre Wut, vermischt mit Verwirrung, übernahm die Oberhand und verdrängte Dans Hass aus meinem Bewusstsein. „Was in aller Welt ist mit dir los?"

Dan packte sie an den Handgelenken und zog sie beiseite. Als er auf mich zukam, fand Kat wieder Halt, sprang zwischen uns und hielt ihn auf.

„Ich warne dich, Kat, geh mir aus dem Weg", sagte er.

„Oder was?"

„Oder du bekommst, was du verdienst." Er packte ihre

Schulter und versuchte, sie zur Seite zu ziehen, aber Kat schwang ihren Unterarm hoch und stieß seinen Arm weg. Bevor er noch ein Wort sagen konnte, holte sie aus und versetzte ihm eine Ohrfeige. Eine schallende.

„Fass mich nie wieder so an", zischte sie.

„Entschuldigung. Gibt es hier ein Problem?" Kane tauchte plötzlich neben mir auf.

„Sieht so aus, als hätte Kat es im Griff", sagte ich.

Kane warf Kat einen Blick zu und konzentrierte sich dann auf Dan. „Das mag stimmen, aber ich erinnere mich, dass ich ein Hausverbot gegen diesen Mann ausgesprochen habe."

Er ging um Kat herum und wich dem Schlag aus, den Dan zu landen versuchte. „Sie sollten sich dringend beruhigen."

„Fick dich. Ich lass mir nicht von einem Zuhälter sagen, was ich zu tun oder zu lassen habe."

Dan schrie und stürzte sich auf Kane.

Kane wich ihm aus und versetzte Dan einen Tritt, der ihn auf ein paar Stühle fallen ließ. Dan stürzte zu Boden und stöhnte, als er sich auf die Seite rollte.

Kane gab einem der Türsteher ein Zeichen. Als seine Verstärkung auftauchte und Dan auf die Beine zog, beugte sich Kane vor und sagte: „Ich dachte, wir hätten dieses Gespräch schon gehabt, aber lassen Sie es mich Ihnen noch einmal sagen: Halten Sie sich von diesem Etablissement fern. Halten Sie sich von Jade fern, oder ich finde einen Weg, Sie verhaften zu lassen."

„Ich hab dich nie angefasst. Viel Glück dabei, dir eine Begründung einfallen zu lassen." Dan zuckte zusammen, als der Türsteher seine Arme zurückzog.

Kane zuckte mit den Schultern. „Stimmt, aber ich habe eine Bar voller Zeugen, die sagen, dass Sie eines meiner Mädchen angegriffen haben, und jetzt raus hier."

Kat drehte sich zu mir um und hielt ihr Handgelenk. Ihr

Gesicht war von Unglauben gezeichnet. „Was ist hier gerade passiert? Wer war das?"

Meine Wut auf Dan verwandelte sich in Mitgefühl für sie. Es war das erste Mal, dass sie diese Seite von ihm sah. Schlimmer noch, sie hatte nicht nur herausgefunden, dass ihr Lover ein erstklassiges Arschloch geworden war, er war auch einer ihrer ältesten Freunde. Ich wusste genau, wie sie sich fühlte.

„Ich weiß nicht", sagte ich traurig. „Aber beim letzten Mal, als er hier aufgetaucht ist, hat er sich ähnlich verhalten. Ich habe versucht, es dir zu sagen."

Sie runzelte die Stirn. „Verdammt, Jade. Das tut mir leid. Ich war in dieser Nacht ziemlich betrunken. Ich erinnere mich nicht an viel von dem, was passiert ist, nur, dass du und Dan gestritten habt, und dann hat er mir gesagt ... nun, es spielt keine Rolle, was er gesagt hat. Er hat offensichtlich gelogen."

„Tut mir leid", sagte ich. Aber danke, Gott! Endlich hatte sie Dan in seiner schlimmsten Form gesehen.

„Du hast keinen Grund, dich zu entschuldigen. Das ist Dans Problem. Und jetzt natürlich auch meines."

„Was wirst du tun?"

Sie blinzelte Tränen zurück. „Ihm sagen, dass er ausziehen soll, denke ich."

„Das tut mir so leid. Ich weiß, dass es hart ist." Ich nahm ihre Hand. „Und es tut mir leid, dass er zwischen uns gekommen ist."

Kat zog mich in eine Umarmung. „Ich weiß, Honey. Mir auch. Mach dir keine Sorgen. Du musst dich nicht mehr mit ihm auseinandersetzen." Sie wischte über ihre nassen Augen und zwang sich zu einem Lächeln. „Was muss ein Mädchen tun, um hier was zu trinken zu bekommen?"

Ich lächelte, umarmte sie noch einmal und drehte mich zu Charlie um. „Das Mädchen braucht einen Drink. Aber lass es eine Cola Light sein, ohne Rum." Ich warf Kat ein entschuldigendes Lächeln zu. „Wir dürfen nicht betrunken sein, wenn Lailah auftaucht."

„Alles für dieses toughe Mädchen. Ich will nicht am anderen Ende ihres stechenden Fingers und des Vortrags sein." Charlie zwinkerte Kat zu und füllte zwei Gläser mit Eis.

Gerade als ich einen Zehner aus der Tasche nahm, um ihn auf den Tresen zu legen, erschien Kane neben mir. „Weißt du", sagte er mit heiserer Stimme, „es hat Vorteile, die Freundin des Besitzers zu sein."

„Welche?" Ich hielt Charlie den Geldschein hin.

Zögernd warf sie Kane einen Blick zu.

„Zum Beispiel kostenlose Getränke." Er zog meinen Arm herunter.

Ich beugte mich zu ihm und senkte meine Stimme. „Mir war nicht bewusst, dass ich deine Freundin bin."

„Bist du, wenn du es sein willst." Er beobachtete mich und seine Haltung blieb locker. Niemand hätte ahnen können, wie viel nervöse Hoffnung unter seinem kühlen Äußeren brodelte.

Ich wollte mehr als alles andere ja sagen. „Können wir später darüber reden? Heute Nacht." Ich hatte Kat gesagt, dass ich es ihm sagen würde, und ich meinte es so. Ich musste die Karten auf den Tisch legen, bevor wir mit dieser Beziehung weitermachen konnten.

Er suchte in meinen Augen und lächelte über alles, was er dort sah. „Sicher. Komm und hol mich, wenn du bereit bist."

Ich steckte den Schein, den ich noch hielt, in das Trinkgeldglas. „Danke, dass du dich um Dan gekümmert hast. Zum zweiten Mal."

Er zwinkerte und verschwand in der Menge.

„Wow. Ist es hier plötzlich heiß, oder was?", sagte Kat und fächelte sich zu.

„Oh, halt die Klappe", lachte ich, als wir mit Getränken in der Hand zu einem leeren Tisch gingen.

Kat setzte sich und trank einen Schluck. „Verdammt, das wäre mit einer ordentlichen Dosis Bacardi viel besser."

„Tut mir leid. Wir hatten schon ein Glas Wein. Trinken und mit Zaubersprüchen herumspielen ist gar keine gute Idee." Ich schob meinen Stuhl neben sie und hielt mein Glas hoch. „Ein Toast darauf, Pyper von ihrem schwarzen Schatten zu befreien, und darauf, dass ich endlich bei Kane die Karten auf den Tisch lege."

„Amen." Wir stießen an. „Ich weiß nicht, ob es irgendeine Hoffnung für das Geisterzeug gibt, aber nach den Funken zwischen dir und diesem Mann zu urteilen, würde ich sagen, dass du dir keine großen Sorgen machen musst."

Ich betete, dass sie Recht hatte.

Kat richtete ihre Augen auf die Bühne. „Ist es zu fassen, wie fit diese Mädchen sind? Sieh dir an, wie sie mit bloßen Händen die Stange hochklettert."

Ich beobachtete die Nummer, bis Kat ihr Glas abstellte und anfing, ihre Handgelenke zu inspizieren.

„Du solltest Eis draufpacken. Das hilft wirklich", sagte ich.

„Ein oder zwei Margaritas würden den Schmerz schneller betäuben." Sie grinste.

„Säufer." Ich kicherte und sah mich im Raum um, suchte nach Kane. Stattdessen fand ich den unheimlichen wütenden Typen, der wieder allein in seiner Ecke saß, die nicht angezündete Zigarette in den Fingern. Tiefe Befriedigung und Vorfreude erreichten mich, als mein Blick seinem begegnete. Ein Schauder durchlief meinen Körper und ließ meine Hände zittern.

„Kat, ich denke, wir sollten jetzt Pyper holen."

„Jetzt schon?" Sie versuchte im halbdunklen Raum ihre Uhr zu entziffern.

„Ja jetzt." Ich stand auf, ließ mein halbvolles Glas Cola Light zurück und machte mich auf den Weg, um Pyper zu suchen, während ich Kat hinter mir her zog.

„Pyper?", rief ich an, als ich ins Büro ging.

„Sie ist nach oben gegangen, um sich umzuziehen." Kanes Stimme ließ mich zusammenzucken.

„Verdammt, Kane. Erschreck mich nicht so."

„Sorry, war nicht mein Ziel." Er trat hinter der offenen Tür hervor. „Habe nur ein paar Akten weggeräumt."

Ich drehte mich halb zu ihm um.

„Was ist los mit dir? Du bist ganz blass. Ist was passiert?"

Er ging zur Tür.

„Nein, nichts. Ich habe nur… einer der Typen da draußen hat mich erschreckt."

„Ist das alles?" Kane zuckte mit den Schultern. „Im Stripclub-Geschäft haben wir einen Haufen seltsamer Typen. Wie deinen Ex."

„Richtig. Na ja, ich hole besser Pyper. Lailah wird bald hier sein."

„Okay, mach das." Kane studierte mein Gesicht. „Pass auf dich auf. Wir sehen uns später." Er zog mich näher und flüsterte: „Ich habe dich ziemlich lieb gewonnen."

Ich holte Luft und räusperte mich. „Mache ich."

Er senkte den Kopf und seine Lippen strichen sanft über meine, bevor er mich losließ.

Ich stolperte aus dem Büro und blieb vor Kat stehen, die geduldig an der Wand lehnte.

„Heilige Scheiße, dieser Typ ist *heiß*. Du solltest besser Anspruch auf ihn anmelden, bevor es jemand anderes tut." Sie reckte den Hals und versuchte, einen Blick auf ihn im Büro zu erhaschen.

„Oh hör auf. Lass uns gehen." Gemeinsam machten wir uns auf den Weg zu Pypers Wohnung.

~

UM HALB ELF kam Pyper durch meine Wohnungstür.

„Wo ist sie?", fragte ich und suchte hinter ihr nach Lailah. Pyper war Minuten zuvor gegangen, um sie reinzulassen.

„Unten mit Kane reden."

„Kane? Kennen Sie sich?"

Pyper wich meinem Blick aus und starrte aus dem Fenster. „Ja. Ich hätte vorher darauf kommen sollen. Kane war eine Weile mit einem Mädchen namens Lailah zusammen, aber ich habe sie nie getroffen." Sie zuckte mit den Schultern. „Er hat gesagt, sie hätte besondere Talente, aber ich habe immer angenommen, er meinte im Schlafzimmer."

Kat kicherte, unterdrückte es aber, als sie meinen Blick bemerkte.

„Na toll." Ich ließ mich schwerfällig auf die Bettkante sinken.

Kat stand von meinem Schreibtisch auf und setzte sich neben mich. „Was ist los?"

„Bin einfach müde."

Sie legte ihren Arm um meine Schultern und drückte mich sanft. In diesem Moment kamen Kane und Lailah herein. Ihre gegenseitige Zuneigung erreichte mich und stach mir ins Herz. Sie sah lächelnd zu ihm auf, während Kane über etwas lachte, das sie gesagt hatte. Er wurde ernüchtert, als sein Blick auf mich fiel, sein Gesicht und seine Gefühle unlesbar. Wie machte er das? Ich hatte seine Gefühle immer lesen können.

Ich stand auf und ging zu Lailah. „Es ist ziemlich kurz vor Mitternacht. Müssen wir nicht anfangen?"

„Oh ja! Tut mir leid. Ich war abgelenkt." Sie lächelte Kane an. „Wir müssen in den Hof. Kane, du bleibst hier. Wir kommen danach zurück." Sie gestikulierte uns und ging durch die Tür zurück.

Wir folgten ihr mit Pyper an der Spitze. Als wir den Hof erreichten, fragte Pyper: „Warum muss Kane oben bleiben?"

„Die Göttin wird nur mit ihren Töchtern sprechen", antwortete Lailah.

„Wir rufen eine Göttin?", fragte ich.

Lailah ignorierte meine Frage. Angst machte sich in mir breit, als ich mich fragte, auf was zum Teufel wir uns da einließen. Ich hoffte, sie meinte es symbolisch. Ein höheres Wesen zu rufen bedeutete, Wege zu öffnen. Und wenn das geschah, konnte man nie wissen, was auf einen zukam.

„Hier drüben, Mädels. Wir haben viel zu tun, also tut bitte, was ich sage", sagte Lailah.

Wir nickten.

Lailahs sanftes Lächeln wurde von einer entschlossenen Konzentration ersetzt. „Pyper, nimm alle Kerzen aus meiner Tasche und zünde jede an. Jade, du musst mit der Kreide ein Pentagramm zeichnen. Weißt du, wie das geht?"

„Sicher. Wie groß?"

„Ziemlich groß." Sie ging in einem großen Kreis, um es mir zu zeigen. Sie trat zur Seite, und ich machte mich an die Arbeit und benutzte das schwache Kerzenlicht, mit dem Pyper beschäftigt war.

„Was kann ich tun?", fragte Kat.

„Hilf Jade. Es muss nicht perfekt sein, nur ein fünfzackiger Stern, ein Pentagramm, das in einen großen Kreis eingeschlossen ist."

Ich machte schneller, als Kat sich mir gegenüber auf die Ziegelsteine des Hofes kniete und die Linien des Pentagramms ausfüllte.

„Also, Lailah, bist du eine Hexe oder so?", fragte Kat.

„Oder so", sagte Lailah.

Kat und ich blickten auf und starrten sie an.

Seltsamerweise hielt Pyper den Kopf gesenkt und zündete Kerzen an.

„Pyper, nachdem du mit dem Pentagramm fertig bist, stell die weißen Kerzen auf den äußeren Kreis und dann die blauen Kerzen auf die Stellen, an denen sich die Linien des Pentagramms schneiden." Lailah holte verschiedene Kräuter aus ihrer Tasche.

Pyper nickte und fuhr mit ihrer Arbeit fort.

Kat warf mir einen Blick zu und wies mit dem Kopf auf Lailah. „Oder so?"

„Kat", sagte ich mit leiser Stimme, da ich vermeiden wollte, dass sie die eine Frau, die vielleicht helfen könnte, beleidigte.

„Schon gut." Lailah schnupperte an den Kräutern. „Ich bin keine Hexe. Ich bin ein Engel niedriger Stufe. Ich spüre Dinge, die andere Menschen nicht spüren können, und ich kann ein paar Wicca Zaubersprüche zu meinem Vorteil nutzen."

„Ein Engel niedriger Stufe?", sagte Kat, jedes Wort lauter als das vorherige.

Lailah lächelte. „Das ist die Reaktion, die ich normalerweise bekomme. Ich erkläre es später gerne eingehender. Im Moment haben wir viel zu tun."

Ich spürte, dass Kat Schwierigkeiten hatte, ihre Neugier zu zügeln, doch sie schwieg, bis wir den Kreis um das Pentagramm beendet hatten. „Engel niedriger Stufe?", flüsterte sie mir zu.

Ich zuckte die Achseln und flüsterte zurück: „Das ist auch für mich neu."

Pyper zeigte nicht einmal, dass sie den Austausch zwischen Kat und Lailah gehört hatte. Sie stand ein wenig abseits von uns dreien und wartete.

Schließlich, nachdem sie einige Notizen studiert hatte, blickte Lailah auf. „Ich möchte, dass ihr drei euch in einem kleinen Kreis in der Mitte der blauen Kerzen mit verbundenen Händen aufstellt."

Wir stiegen alle vorsichtig über den Ring aus brennenden blauen Kerzen und standen uns gegenüber. Ich streckte meine Hände aus, und Wärme breitete sich in meiner Mitte aus, als ich die Hände meiner beiden Freundinnen ergriff. Plötzlich fühlte sich alles richtig an. Als ob wir zusammen dort sein sollten. Ich lächelte und hatte zum ersten Mal das Gefühl, dass es tatsächlich funktionieren könnte.

„Gut. Genau so. Ihr drei bleibt in Verbindung, bis ich euch sage, dass es Zeit ist. Dann muss sich jede von euch über die blaue Kerzenebene bewegen, in den Raum, in dem ich mich befinde. Verstanden?"

Wir nickten.

„Jetzt muss ich nur noch eines machen, bevor wir anfangen." Sie trat aus dem weißen Kerzenkreis heraus und begann, in einer Sprache zu singen, die ich nicht verstand, während sie eine Spur gemahlener Kräuter hinter sich ließ. Nachdem sie dreimal um uns herumgegangen war, hörte der Gesang auf, und sie trat über die weißen Kerzen in den Kreis zurück.

„Womit sollten wir rechnen?", fragte ich.

„Ich weiß es nicht genau. Kein Zauber ist zweimal gleich. Ich werde die Göttin um Hilfe bitten, den Geist zu vertreiben. Es wird ihr Wille sein, was danach passiert. Die Idee ist, den Geist in dem Kreis, in dem ihr euch befindet, einzufangen und euch drei herauszuholen, bevor er jemanden verletzen kann."

Panik strahlte von Pyper aus.

Ich drückte beruhigend ihre Hand. „Ich werde dich nicht loslassen."

Sie nickte und blickte mit großen Augen geradeaus.

Lailah stand direkt in meinem Blickfeld, und zum ersten Mal an diesem Abend bemerkte ich, dass sie einen tief pflaumenvioletten Samtmantel mit Goldbesatz trug. Wie war mir das entgangen? Dann erfüllte die Vision, wie sie Kane mit verträumten Augen anstarrte, meinen Kopf. Ich runzelte die Stirn.

„Es ist sehr wichtig, dass ihr alle das ganze Ritual hindurch eine positive Einstellung behaltet, sonst kann es zu schwerwiegenden Konsequenzen kommen." Ein Anflug von Irritation stach mir direkt zwischen die Augen.

Erschrocken folgte ich dieser Irritation zu Lailahs durchdringendem Blick. Verdammt. Ich hasste es, dass sie mich lesen konnte. Ich biss mir auf die Lippe, holte tief Luft und verdrängte meine Irritation beim Ausatmen.

Pyper entspannte ihre Hand in meiner, und ich bemerkte das Nachlassen der Spannungsfalten um ihren Mund. Ich sammelte Energie und projizierte etwas, von dem ich hoffte, dass es Ruhe war, in ihre Richtung. Ein bisschen Hilfe konnte nicht schaden.

Kat drückte meine Hand und erregte meine Aufmerksamkeit. Ihre Haltung war nicht gerade entspannt, doch sie sah auch nicht so aus, als ob sie weglaufen wollte. Ich drückte zurück, dankbar für die Unterstützung.

„Dieser Zauber funktioniert hauptsächlich mit Absichten. Ich möchte, dass sich jeder von euch darauf konzentriert, den Geist im Kreis einzufangen. Jade, deine Energie ist aufgrund deiner empathischen Fähigkeiten am besten für diese Art von Dingen geeignet, sodass deine Absichten mehr Gewicht haben. Du sagst, du hättest den Geist gesehen?"

„Ja. Oft."

„Gut. Stell dir ein klares Bild von ihm vor und verwende all deine Energie darauf, ihn in den Kreis zu bringen."

„Ist er nicht schon hier? Kannst du Pypers dunklen Schatten nicht sehen?", fragte ich.

„Doch, ihr Schatten ist da, aber sobald wir den Zauber beginnen, kann alles passieren. Bleib einfach konzentriert."

Ich nickte und schloss meine Augen, konzentrierte mich.

„Ich fange jetzt an." Lailahs Lichtenergie umkreiste uns, als sie um den Kreis schritt. „Ich muss euch bitten, still zu bleiben und euch zu konzentrieren. Erwartet alles von Regen über Sonnenlicht bis hin zu intensiver Hitze oder extremer Kälte. Wie ich schon sagte, ich kann vorher nie sagen, was passieren wird."

Ich blickte zum klaren Nachthimmel auf, entdeckte den vertrauten gelben Mond von Louisiana und erschauderte ein wenig angesichts des Unbekannten, das kommen würde. Ich wandte meine Gedanken wieder dem geistigen Bild von Bobby zu und konzentrierte mich auf den Ziegel, der der Mitte unseres inneren Kreises am nächsten war.

Aus dem Augenwinkel sah ich, wie Lailah die Hände hob und ihren Umhang aufknotete. Sie warf ihn aus dem Kreis und stand barfuß in einem fast durchsichtigen weißen Kleid da. Ihr honigblond gesträhntes Haar hing ihr offen um die Schultern, und ich konnte nicht anders, als zu denken, dass sie wie eine entlaufene Geisteskranke aussah.

Ihr missbilligender Blick traf mich. Ich schloss meine Augen fest, entschlossen, mich zu konzentrieren.

Danach hörte ich nur noch Lailahs Stimme. „Selene, Mondgöttin der Nacht, höre mich jetzt, Hohepriesterin des Zirkels." Ihre Stimme war klar und blendete irgendwie die dumpfen Hintergrundgeräusche der Leute aus, die nur wenige Meter entfernt auf der Bourbon Street feierten. „Segne diese Frauen, deine drei Töchter, mit deiner Anwesenheit. Wir laden dich ein, auf der Suche nach Weisheit, Stärke und vor allem Macht, unsere Schwester vor allen zu schützen, die ihr schaden wollen."

Nebel kitzelte meine Arme. Ich öffnete meine Augen und

sah eine dicke Nebeldecke. Ich konnte nichts als das schwache Leuchten der Kerzen sehen, die auf dem Boden flackerten.

„Mondgöttin, wir bitten dich, die Absichten unserer Schwestern zu lesen. Wir geben dir unseren Willen aus freien Stücken und nehmen nichts als deinen dafür. Wir wollen unserer Schwester nur helfen, sich von den Fesseln zu befreien, die sie binden. Sie von dem Geist befreien, der sie verfolgt. Von einer zu dreien und von dreien zu einer, bitte lass deinen Willen geschehen."

Stille breitete sich aus. Der Nebel wurde dichter und durchnässte mein Shirt, bis es an meinem Körper klebte. Die Kerzen, kaum sichtbar, flackerten wie eine defekte Glühbirne. Ich hielt den Atem an und wartete.

Und wartete.

Dann löste sich der Nebel blitzartig auf, und die Kerzen hörten auf zu flackern. Wir drei sahen einander an, dann Lailah, die reglos dastand wie eine Statue, die Augen geschlossen, den Kopf zum Himmel geneigt. Ich warf Pyper einen fragenden Blick zu. Sie hob eine Schulter zu einem traurigen, desillusionierten Schulterzucken.

Ich stieß einen kaum hörbaren Seufzer aus und öffnete meinen Mund, um zu sprechen, verstummte jedoch geschockt, als die blauen Kerzen aufflackerten und eine Feuerwand in die Luft schossen, die uns von Lailah und dem Rest des Hofes trennte. Kat zuckte zusammen und versuchte sich loszureißen, aber instinktiv hielt ich sie fester, um den Kreis geschlossen zu halten. Die Flammen verfärbten sich zu einem strahlenden Saphirblau, bevor sie zu einem transparenten Weiß verblassten.

Durch die Wand gestikulierte Lailah in meine Richtung. „Jetzt!"

Ich riss Pyper und Kat ohne Vorwarnung durch die Wand. Anstelle von Hitze prickelten scharfe Stiche eisiger Kälte auf meiner Haut. Wir stürzten zu Boden, und die Flammen wurden wieder strahlend blau. Die strahlende Hitze vertrieb die Kälte sofort.

Ich blieb am Boden liegen und atmete tief durch. „Hat es funktioniert?"

„Keine Ahnung", murmelte Kat neben mir.

„Pyper?"

Ihr regloser Körper lag von mir abgewandt, und sie antwortete nicht.

Zu müde, um mich zu bewegen, flackerten meine Augen zu Lailah. Sie stand immer noch da wie eine Statue, ihr Gesicht war ausdruckslos.

Ich rappelte mich auf meine Knie hoch und versuchte, meine Füße unter mich zu bekommen, doch ich erstarrte, als Lailahs Gesicht silbern glühte und ihre Züge sich veränderten und sie lange, weißblonde Haare bekam und klare, blassblaue Augen mich ansahen. Ihre vollen roten Lippen verzogen sich zu einer grimmigen Linie, und die Stimme, die sprach, war tief und heiser.

„Ich habe deine Absichten erfüllt. Was als Nächstes passiert, kann ich nicht kontrollieren. Die Ereignisse, die folgen, liegen bei dir, mein Kind." Sie zeigte auf mich. „Suche tief in dir selbst, um den jetzt in Gang gesetzten Kurs zu ändern." Das silberne Leuchten begann zu verblassen.

„Warte! Warum ich?", fragte ich verzweifelt.

„Du bist meine Tochter." Das Bild verblasste wieder zu Lailah, die jetzt blass wie ein Geist war.

Die blaue Flammenwand verblasste wieder zu durchscheinendem Weiß. Lailah drehte sich um, um sich auf den Kreis zu konzentrieren und keuchte. „Er ist nicht Pypers schwarzer Schatten!"

Mein Kopf schoss zum Kreis. Da stand Bobby und strahlte

Frustration aus. Ich war mehr als nur ein wenig überrascht, dass ich seine Gefühle lesen konnte.

„Doch, das ist er. Er ist derjenige, der sie gequält hat."

„Nein! Ich kenne ihn. Seine Energie ist strahlend weiß, nicht schwarz." Lailah sank auf die Knie und sah nach Pyper, die immer noch zusammengerollt zu ihren Füßen lag. „Pyper. Wach auf!"

Ich kroch an ihre Seite und wiegte Pypers Kopf in meinem Schoß. „Pyper?"

„Ihre schwarze Wolke ist weg, aber ihre Energie auch." Lailahs Stimme wurde panisch. „Oh mein Gott! Was habe ich getan?" Sie sackte neben Pyper zusammen.

Ich öffnete meinen Geist und versuchte, Pypers Energie zu spüren. Nichts. „Sie ist nur ohnmächtig geworden. Hast du Riechsalz in der Trickkiste?"

Lailah fischte herum und reichte mir ein kleines Glas. Ich kontrollierte schnell Pypers Puls und Atmung. Beide waren ein bisschen schwach, doch ich atmete erleichtert auf und hielt ihr das Riechsalz unter die Nase.

Nichts.

„Komm schon!"

„Was ist passiert?", rief eine männliche Stimme – Kanes Stimme – panisch.

„Sie ist ohnmächtig." Ich versuchte, ruhig zu klingen.

„Nein. Sie ist nicht da drin. Ich kann sie nicht spüren." Lailah brach in Tränen aus.

Kanes Augen starrten für einen kurzen qualvollen Moment in meine.

Dann hörte ich Kat sagen: „Ja! Meine Freundin hat das Bewusstsein verloren. Schicken Sie einen Krankenwagen."

# KAPITEL ACHTZEHN

*D*ie Zeit schien stillzustehen, als Pyper regungslos in meinen Armen lag. Wenn Bobby nicht an Pyper gebunden war, was dann? Und woher war es gekommen? Ein kalter Schauer lief durch meinen Körper hindurch. Es war erst nach meinem Einzug passiert. Hatte Ians Geisterjagd das irgendwie ausgelöst?

Und was war mit Bobby? Wieso hatte Lailah ihn nicht an mir hängen sehen? Auch wenn er mir nicht überall hin folgte, sie war am Abend zuvor in meiner Wohnung gewesen. Sie hätte ihn sehen sollen. Vielleicht war sie zu sehr mit Kane beschäftigt gewesen. Ich runzelte die Stirn und verdrängte den kleinlichen Gedanken aus meinem Kopf.

Das Sirenengeheul holte mich in die Realität zurück. Ich riss meine tränennassen Augen von Pypers Gesicht los und spähte zum Tor hinauf, um die Sanitäter dazu aufzufordern, schneller zu kommen.

„Was tust du?", fragte Kat.

Ich drehte mich um, um ihr zu antworten, doch sie starrte

Lailah an. Die Flammenwand war verschwunden, und mit ihr Bobby.

„Ich beende den Zauber", sagte Lailah mit einem kaum hörbaren Flüstern.

Ich räusperte mich. „Wo ist er hin?"

„Bobby? Ich habe ihn rausgelassen. Es gab keinen Grund, ihn festzuhalten." Lailah sammelte ihre Vorräte ein und stopfte sie in die Papiertüte.

Ich sagte nichts, fragte mich aber, ob es wahr war. Ich hatte gedacht, Bobby hätte Kane und mich jedes Mal gestört, wenn wir uns nähergekommen waren. Doch war es vielleicht tatsächlich Pypers schwarzer Geist gewesen oder etwas ganz anderes? Alles schien jetzt möglich.

„Entschuldigung, aber Sie müssen sie loslassen", sagte ein Sanitäter und schob mich sanft zur Seite.

Kat zog mich auf die Füße, als die Sanitäter Pyper auf eine Trage luden. Kane blieb an ihrer Seite, und der Rest von uns folgte ihr, als sie zum Rettungswagen gebracht wurde. Ein Streit brach aus, als sie Kane sagten, dass nur Familienangehörige in den Krankenwagen durften. Lailah trat vor, legte ihre Hand auf den Arm des Sanitäters und sagte etwas, das ich nicht hören konnte. Danach stieg Kane ein, setzte sich neben Pyper und nahm ihre Hand.

Wir sahen zu, wie sie davonfuhren.

„Lailah, was hast du zu ihm gesagt?", fragte ich.

„Nicht viel. Ich habe seinen Willen nur ein bisschen mit meiner Energie gebeugt." Sie sah auf ihre Füße. „Das war das Mindeste, was ich tun konnte."

„Kommt. Ich fahre." Kat zog ihre Schlüssel heraus und ging uns voraus zu ihrem Auto.

DER ANTISEPTISCHE GERUCH von Desinfektionsmitteln brannte in meiner Nase, als ich zum Schwesternzimmer ging. Kat und Lailah folgten mir.

„Ich bezweifle, dass sie schon was wissen", sagte Kat.

„Wahrscheinlich nicht, aber wir müssen fragen, wo sie ist." Außerdem musste ich Kane sehen. Meine Augen brannten vor unvergossenen Tränen, als ich an die Qual in seinem Gesicht dachte, bevor der Krankenwagen losgefahren war.

Kat packte meinen Arm. „Setz dich. Ich besorg uns die Informationen."

Ich schüttelte den Kopf. „Schon gut. Ich gehe." Ich ließ sie im Wartebereich der vollen Notaufnahme zurück und kehrte eine halbe Stunde später zurück, nachdem ich darauf bestanden hatte, dass die Krankenschwester persönlich nach Pyper sah.

„Sie ist hier, aber ihr Zustand ist unverändert. Sie führen Tests durch. Soweit ich weiß, ist Kane immer noch bei ihr." Die Krankenschwester hatte gesagt, ein Familienmitglied sei bei ihr. Es konnte nur Kane sein. Ich saß neben Kat, mit Lailah auf ihrer anderen Seite.

„Hier." Kat reichte mir einen Styroporbecher. „Kaffee."

„Danke." Ich hielt die Tasse und wärmte meine kalten Finger, obwohl die Nacht drückend warm war.

„Was ist im Hof passiert?", fragte Kat leise.

Ich drehte mich um und sah, wie sie Lailah anstarrte.

„Welchen Teil meinst du?" Lailah konzentrierte sich auf die weiße Wand vor uns.

Kat sah mich an und zog die Augenbrauen hoch.

Ich räusperte mich. „Lasst uns am Anfang anfangen. Du hast versucht, den schwarzen Geist, der mit Pyper verbunden ist, einzufangen, aber stattdessen hast du Bobby gefangen. Wie ist das möglich? Ich dachte, sie wären ein und derselbe. Bobby ist der einzige, den ich je gesehen habe."

„Ich habe dir schon gesagt, Bobby hat weiße Energie. Er ist Beas Bruder."

„Ich weiß. Deshalb haben wir versucht, sie zu kontaktieren. Ich wusste nicht, dass du ihn kennst. Du hast ihn schonmal gesehen, nehme ich an."

Sie nickte. „Ein paarmal mit Bea. Als wir zusammen an einigen Zaubersprüchen gearbeitet haben."

„Okay." Was für Zaubersprüche? Ich schüttelte meinen Kopf und versuchte, mich zu konzentrieren. „Aber du hast gesagt, dass du Dinge sehen kannst. Du hast den schwarzen Geist gesehen, also warum hast du Bobbys Energie nicht gesehen?"

„Deinetwegen denke ich. Deine Aura ist violett, doch um sie herum ist strahlend weiße Energie, wie sie alle intuitiv Veranlagten haben. Wenn er in deiner Nähe war, wäre es für mich schwer gewesen, ihn zu sehen."

„Oh." Ich lehnte mich zurück, starrte zur Tür und wünschte, Kane würde kommen.

„Also, weil Jade sich auf Bobby konzentriert hat, war er im Kreis gefangen und nicht Pypers Geist. Wir reden hier von zwei verschiedenen Geistern, richtig?", fragte Kat.

Die Leute neben uns drehten sich um und starrten sie unverhohlen an, nachdem sie ihre Bemerkung gehört hatten. Sie starrte zurück, bis sie sich abwandten. Ich lächelte wider Willen.

„Mindestens zwei", sagte Lailah.

„Mindestens!" Ich setzte mich aufrecht hin.

„Ich weiß es nicht!" Endlich begegnete Lailah meinem Blick. „Ich habe es total vermasselt. Ich weiß gar nichts mehr."

„Beruhige dich", sagte Kat gedämpft. „Niemand macht dir Vorwürfe."

Ich unterdrückte ein widersprüchliches Knurren. Dem

Ellbogen nach zu urteilen, den sie in meine Rippen rammte, musste Kat mich gehört haben.

„Wir versuchen nur herauszufinden, was passiert ist. Erzähl uns von der Vision, die wir gesehen haben", sagte ich.

„Die Vision?" Lailah runzelte die Augenbrauen. „Welche Vision?"

„Die, bei der du dich in eine andere Frau verwandelt und mir gesagt hast, dass ich diejenige wäre, die dieses Chaos in Ordnung bringen muss." Ich sprang von meinem Stuhl auf und stellte mich vor die beiden.

Lailahs Augen weiteten sich, als sie von mir zu Kat blickte.

„Sie ist gekommen …"

„Wer? Wer ist gekommen?", fragte Kat.

„Die Göttin. Es muss so sein." Sie setzte sich aufrecht hin. Ihr Bedauern verblasste, ersetzt durch ein aufgeregtes Leuchten.

Kat und ich starrten sie schweigend an. Sie sah sich um, als würde ihr zum ersten Mal bewusst, wo wir waren. Sie stand auf und nahm uns an den Händen. „Wir müssen ein bisschen privater reden."

Ich warf einen Blick zurück zur Tür zu den Behandlungsräumen, während Lailah uns nach draußen zerrte. Immer noch kein Kane.

„Erzähl mir genau, was passiert ist", verlangte Lailah, als wir sicher außer Hörweite der anderen Wartenden vor dem Eingang der Notaufnahme waren.

„Ich …" Ich drehte mich zu Kat um. Plötzlich war ich überwältigt und schwieg.

Sie schenkte mir ein kleines Lächeln und wiederholte die Szene für Lailah.

„Du musst jetzt den Kurs ändern …", wiederholte Lailah nachdenklich.

„Was meint sie mit ‚ich bin ihre Tochter?'", fragte ich.

„Du *bist* ihre Tochter. Im kosmischen Sinne. Ich würde vermuten, dass deine Kräfte stärker sind, als du jemals gedacht hast. Eine weiße Hexe vielleicht. Eine geborene Hexe." Sie zuckte mit den Schultern. „Schwer zu sagen, bis du deine Kräfte erforscht hast."

„Also, die Göttin Selene, wer auch immer das ist, denkt, ich hätte zusätzliche Kräfte?"

„So ziemlich." Lailah ging auf und ab. „Verdammt. Ich wünschte, Bea wäre hier."

Ich biss die Zähne zusammen und ging zurück zum Eingang, suchte nach Kane. Ich wollte nichts von zusätzlichen Kräften hören. Alles, was mich interessierte, war Pypers Zustand. Ich drehte mich wieder zu ihnen um. „Ich gehe wieder rein."

„Warte!" Kat hob ihre Hand. „Nur noch eine Sache. Was zum Teufel ist ein Engel niedriger Stufe?"

Lailah blieb stehen. „Es bedeutet, dass ich ein sterblicher Engel bin. Eine Gesandte von Gott, aber in sterblicher Gestalt. Deshalb kann ich ein bisschen Wicca-Magie bewirken, aber für mich kommt das von selbst. Ich muss keine speziellen Rituale praktizieren oder durchführen. Ich kann es einfach machen. Ich muss Vorkehrungen treffen, um das Böse fernzuhalten, und darum ging es bei den Kräutern, Kerzen und dem Kreis. Obwohl ich das alles ohne es hätte schaffen können. Leider bin ich gescheitert."

„Eine Gesandte Gottes?", fragte Kat mit einer großen Portion Skepsis.

„Es gibt uns in verschiedenen Formen." Lailah schloss die Augen, als wäre ihre Last zu schwer, um sie zu tragen. „Ich kenne meinen Zweck immer noch nicht. Ich versuche, Gutes zu tun, aber wie ihr seht, bin ich nicht immer erfolgreich."

Zu überwältigt von den Ereignissen der Nacht, sagte ich nichts und kehrte ins Wartezimmer zurück.

Kat folgte wenig später. „Sie ist nach Hause gegangen."

Ich nickte, und wir saßen schweigend da, bis Kane endlich auftauchte.

Mein Herz schwoll gleichzeitig vor Freude und Schmerz bei seinem Anblick. Sein Gesicht war angespannt, die Lippen zu einer grimmigen Linie aufeinandergepresst. Unsere Blicke begegneten sich, als ich aufstand, und sein Schmerz durchfuhr mich und ließ meine Knie fast nachgeben. Ich packte ihn und hielt mich an ihm fest, mein Gesicht an seine Schulter gedrückt.

„Immer noch unverändert", flüsterte er mir ins Ohr. „Koma."

„Nein." Ich spürte, wie er nickte, und sah auf. „Es tut mir so leid." Stille Tränen strömten über mein Gesicht.

Er hielt mich fester und hob eine Hand, um meine Tränen abzuwischen. „Ich weiß nicht, was passiert ist, aber ich weiß, was immer es war, es ist nicht deine Schuld."

Seine Zärtlichkeit löste einen neuen Anflug von Emotionen aus, doch ich hielt mich fest und zwang die Tränen zurück. Er führte mich zu den Türen.

„Du solltest schlafen gehen", sagte er.

„Du auch. Willst du hierbleiben?"

„Ich muss. Lass dich von Kat nach Hause bringen. Ich rufe an, wenn ich was höre."

Das Letzte, was ich wollte, war, ihn zu verlassen, aber ich konnte an seinem sturen Kinn sehen, dass er ein Nein als Antwort nicht akzeptieren würde. „Versprich mir, sofort anzurufen, wenn es was Neues gibt, egal wann."

„Versprochen." Er führte mich durch die Doppeltür.

Ich drehte mich zu ihm um, mein Herz schmerzte, als ich in seine müden Augen sah. „Wir werden sie da rausholen. Ich verspreche es dir." Ich wusste nicht wie, aber in meinem Herzen wusste ich, dass ich alles tun würde, um sie zu retten.

Er nickte abwesend und gab mir einen sanften Stoß in Richtung Kat. Doch ich trat näher zu ihm, nahm sein Gesicht in meine Hände und küsste ihn. All meine Angst und meine unterdrückten Gefühle strömten aus mir in diesen einen Kuss, der verzweifelt versuchte, ihm zu zeigen, wie viel er mir bedeutete, auch wenn ich es nicht aussprechen konnte.

Trauer, Sehnsucht und Angst umgaben mich, als er den Kuss langsam und bittersüß erwiderte. Als sich unsere Lippen trennten, umarmte er mich fest. „Ruh dich aus." Und dann war er weg, zurück im Krankenhaus.

„Lass uns gehen, Süße", sagte Kat und zog mich zum Auto. „Du wirst ihn morgen sehen."

Ich sagte nichts, bis wir sicher in ihrem Mini waren. „Glaubst du, Lailah ist verrückt?"

„Aber sowas von."

DAS BETT BEWEGTE SICH, als Kat sich neben mich legte. Sie wollte nicht nach Hause fahren, also hatte ich ihr die andere Seite meines Betts angeboten.

„Er redet die ganze Zeit über dich, weißt du."

„Wer? Ian?" Aus meinen Gedanken gerissen über das, was gerade mit Kane passiert war, drehte ich mich um, um sie anzusehen.

„Nein. Dan."

„Was? Du machst Witze. Warum?"

„Ich fange an zu denken, dass er von dir besessen ist." Kat lehnte sich zurück und starrte an die Decke.

„Das ist verrückt", sagte ich, als mir klar wurde, dass die Ereignisse der Nacht sie härter getroffen hatten, als ich gedacht hatte.

„Nein, ist es nicht. Er hat mir von der

Stellenausschreibung an der Glasschule erzählt. Er hat mir gesagt, ich soll dich anrufen. Meinte, es wäre gut für mich, dich hier zu haben."

Ich starrte sie an, während ich ihre Worte verdaute.

„Er hat mich ständig genervt, wann du kommen würdest, und über Doppeldates geredet. Ich bin so dumm. Ich hätte es als das sehen sollen, was es war."

„Was?", flüsterte ich.

„Er ist immer noch in dich verliebt."

Ich stieß ein heiseres Lachen aus. „Das ist verrückt. Er empfindet nichts als Hass für mich."

Kat stützte sich auf die Ellbogen und drehte sich zu mir um. „Ich denke, vielleicht ist es eine Hassliebe. Er liebt dich immer noch, aber du hast offensichtlich keine Gefühle mehr für ihn. Seine Frustration manifestiert sich also wie Mobbing auf dem Schulhof."

„Willst du damit sagen, es ist meine Schuld?" Ich kniff die Augen zusammen und spürte, wie der Schmerz durch ihr Herz raste.

„Natürlich nicht." Sie legte sich wieder hin und drehte mir den Rücken zu.

Gereizt ließ ich mich auf meine Bettseite fallen. Meine Augen fühlten sich an wie Sandpapier, doch ich wusste, dass ich nie schlafen würde, bis ich die Frage aussprach, die ich seit Wochen zurückgehalten hatte. „Kat?"

„Hm?"

„Warum hast du das getan? Dan daten, meine ich."

Sie seufzte. „Ich weiß es nicht. Er ist einfach aus dem Nichts gekommen. Er hat mir nicht einmal gesagt, dass er hierherzieht, und eins führte zum anderen ..."

Ihre Stimme klang so klein und niedergeschlagen, dass ich nicht anders konnte, als Mitleid mit ihr zu haben. „Schon gut." Ich griff nach ihrer Hand und drückte sie.

„Nein, ist es nicht, aber danke, dass du es sagst." Sie drückte zurück.

Sie hatte Recht. Nichts war gut. Sie hatte gewusst, wie sehr Dan mich verletzt hatte, und sich dennoch entschieden, ihn nicht nur zu daten, sondern mit ihm zusammenzuziehen. Ich hatte mir etwas vorgemacht und gesagt, dass es okay sei, das es mich nicht störte. Doch das tat es. Und wir wussten es beide.

„Ich schmeiße ihn morgen raus", sagte sie.

„Bist du sicher? Er braucht eindeutig Hilfe. Vielleicht könntest du ihm helfen, welche zu bekommen."

„Nachdem er mich so angegriffen hat? Ich glaube nicht. Außerdem ist er nicht über dich hinweg. Ich verdiene in einer Beziehung etwas Besseres. Wenn er Hilfe will, bin ich da, aber nicht als seine Freundin."

Ich umarmte sie. „Ich hab dich lieb, das weißt du, oder?"

„Ja. Und ich hab dich auch lieb."

# KAPITEL NEUNZEHN

*E*in dumpfer Kopfschmerz begann zu pochen, als die schneeweißen Wände des Krankenhauses das grelle Licht der Neonröhren reflektierten. Die Tatsache, dass ich in den zwei Tagen seit Pyper eingeliefert worden war, nicht mehr als sechs Stunden geschlafen hatte, half auch nicht. Ich nahm zwei Aspirintabletten und spülte sie mit einem großen Schluck lauwarmen Kaffee herunter. Essen und Schlafen wären besser gewesen, aber ich würde nehmen, was ich bekommen konnte.

Die Dame am Empfang winkte, und ich nickte ihr zu, als ich den Korridor entlangging. Die Ärzte hatten von einer Drogenüberdosis bis hin zu einer Gehirnblutung alles vermutet. Doch nach einer endlosen Reihe von MRTs, CAT-Scans und Bluttests ohne Befund war die offizielle Diagnose ein ungeklärtes Koma.

Als ich Pypers Zimmer betrat, war ich erleichtert zu sehen, dass sie allein war. Kane hatte an ihrer Seite Wache gehalten, und ich hoffte, dass er endlich nach Hause gegangen war, um dringend nötigen Schlaf nachzuholen.

Ich setzte mich neben sie und nahm ihre Hand.

Ich schloss meine Augen, öffnete mich und richtete mein Bewusstsein auf sie. Es war schwer, die rohe Energie der anderen Krankenhauspatienten auszublenden, doch mit etwas Anstrengung schaffte ich es, ihre Gedanken im Hintergrund zu halten. Ich versuchte es jedes Mal, wenn ich sie besuchte, auf der Suche nach ihrer Energie, doch jedes Mal geschah das Gleiche. Nichts. Frustriert schickte ich meine Energie mit mehr Nachdruck aus. Ihre emotionale Energie war immer noch leer, doch durch ihre Hand, die in meiner lag, spürte ich, wie ihr Körper zuckte.

Ich riss die Augen auf. Sie lag da wie zuvor.

„PYPER? Pyper, Honey, wach auf! Ich weiß, du hast mich gespürt. Ich habe gespürt, wie du gezuckt hast, als ich versucht habe, in deine Gedanken einzudringen. Komm schon, wir vermissen dich alle. Wach auf!"

„In ihre Gedanken einzudringen?"

Ich sprang auf und ließ ihre Hand fallen. Kane stand mit feuchtem Haar und sauberen Jeans und T-Shirt an der Tür.

„Ich habe versucht, sie zu erreichen, und sie hat gezuckt."

„Sie erreichen? Wie?" Kane legte nachdenklich den Kopf schief und konzentrierte sich dann mit großen Augen auf mich. „Warte, sie hat gezuckt?"

„Ich glaube, es war eher ein Reflex", sagte ich und ignorierte seine ersten Fragen. Ich stand auf und ging zum Fenster, als Kane sich neben sie setzte.

Kane sprach mit leiser Stimme und versuchte, Pyper aufzuwecken. Als nichts geschah, stellte ich mich neben ihn.

„Was hast du gesagt, dass sie sich bewegt hat?", fragte er.

„Äh …" Ich setzte mich auf die Bettkante, sah ihn an und atmete tief durch. „Nichts, ich habe nur ihre Hand gehalten und versucht, ein Gefühl für ihre Energie zu bekommen." Wie konnte ich ihm jetzt von meiner Gabe erzählen? Doch wie konnte ich es nicht tun, besonders wenn ich Pyper helfen konnte?

„Oh. Aha. Hast du was gespürt?" Kane legte Pypers Hand in meine.

„Hm?" Das war nicht die Antwort, die ich erwartet hatte.

„Hast du was von ihrer emotionalen Energie gelesen?"

Warte. Er wusste es? „Du weißt von meinen Fähigkeiten?" Hatte Pyper es ihm gesagt? Ich hatte ihr nie gesagt, dass es ein Geheimnis war, obwohl ich davon ausgegangen war, dass es offensichtlich war. Ich hätte wissen müssen, dass sie es ihm sagen würde. Sie waren schließlich beste Freunde.

Seine Augen blieben fest auf meinen. „Ja. Ich weiß davon. Ich habe schon einmal versucht, es dir zu sagen, aber du wolltest nicht darüber reden, also habe ich es fallen lassen."

„Aber –"

„Jade", er streichelte meinen Arm. „Können wir das später machen? Ich glaube, es wäre gut, wenn du nochmal versuchen würdest, Pyper zu erreichen."

Ich biss mir auf die Lippe. Er wusste es. Anscheinend wusste er es schon eine Weile, und er war nicht weggelaufen. Tatsächlich hatte ich *ihn* weggestoßen. Ich Idiot. Ich holte tief Luft. „Okay."

„Danke."

„Ich kann nichts versprechen."

Er nickte.

„Okay." Ich schloss meine Augen und versuchte, mich zu konzentrieren. Nach ein paar tiefen Atemzügen entspannte ich mich und konzentrierte mich zuerst auf Kane. Seine Sorge kam deutlich bei mir an, auch ein wenig Erleichterung. Das überraschte mich. Ich war erleichtert, dass er mein Geheimnis kannte, aber warum war er erleichtert? Ich verdrängte die Frage und schob Kanes Emotionen in den Hintergrund meines Bewusstseins, bereit, mich auf Pyper zu konzentrieren.

Wie zuvor konnte ich keine Spur ihrer Energie finden. Ich sammelte so viel Kraft wie ich aufbringen konnte und drang tief in ihre Psyche ein. Mein Kopf begann sich zu drehen, als mein Blickfeld sich nur auf Pypers Gesicht verengte, und plötzlich verkrampfte sich mein Körper. Schmerz schnitt mir ins Fleisch.

Ich zuckte zurück und versuchte, die Verbindung zu unterbrechen, doch der Schmerz war zu groß, um ihn zu ertragen. Um mich herum wurde alles schwarz.

„Jade?"

„Wa ...?"

„Hier, leg dich zurück." Kanes Gesicht wurde scharf.

„Was ist passiert? Bin ich ohnmächtig geworden?"

„Ja, gleich, nachdem Pyper die Augen geöffnet hat."

„Sie hat die Augen geöffnet?" Ich setzte mich auf, und die Welt drehte sich wieder. Kanes Arme legten sich um meine Schultern, hielten mich fest, und mein Kopf wurde klar.

„Woah. Langsam. Sie sind einfach aufgeflattert und haben sich dann wieder geschlossen. Keine Worte, keine andere Bewegung. Was hast du gespürt?" Er drückte auf den Summer und rief nach einer Krankenschwester.

Ich hielt Pypers schlaffe Hand und flüsterte: „Schmerz. Ich habe Schmerz gespürt."

Kanes Gesicht wurde zu Stein. „Pyper hat Schmerzen?"

Ich nickte, als eine Krankenschwester ins Zimmer geeilt kam, und ging sofort an eine der piependen Maschinen, um einen Ausdruck zu untersuchen. „Sieht nach ein bisschen Aktivität hier aus. Haben Sie irgendeine Bewegung gesehen?"

„Sie hat die Augen geöffnet, sie aber sofort wieder geschlossen", sagte Kane.

„Das könnte ein gutes Zeichen sein. Lassen Sie mich mal

sehen." Die Schwester überprüfte ihre Augen mit einem Licht, kontrollierte ihren Blutdruck und sah sich noch ein paar Messdaten an. „Es könnte ein Reflex gewesen sein, aber ich werde es dem Arzt sagen. Sowas passiert manchmal. Wir können nur abwarten." Sie schenkte uns ein entschuldigendes Lächeln und ging.

Kane drehte sich zu mir um. „Schmerz hast du gesagt?"

„Ja." Meine Stimme zitterte. Ich atmete ebenso zittrig ein. „Ich habe es gespürt. Darum bin ich ohnmächtig geworden. Wir müssen ihr helfen."

„Was denkst du, habe ich die letzten Tage gemacht?" Er stand auf und ging auf und ab. „Verdammt, das letzte Jahr meines Lebens? Ich habe nichts anderes getan, als ihr zu helfen. Ich weiß nicht mehr, was ich tun soll."

Ich griff nach seiner Hand und zog ihn neben mich. In seinen Worten lag ein Anflug von Ärger, den man als Feindseligkeit interpretieren konnte, doch seine Emotionen zeigten nichts als allgemeine Frustration. Er war mit seiner Weisheit am Ende.

„Sie ist die einzige Familie, die mir geblieben ist, seit meine Großmutter vor ein paar Jahren gestorben ist." Er drehte sich zu mir um. „Glaubst du nicht, ich würde alles tun, um ihr zu helfen?"

„Natürlich. Ich weiß, dass du alles tun würdest. Wir müssen uns nur über unseren nächsten Schritt klar werden." Ich fuhr mit meinen Fingern über seine Handfläche. „Deine einzige Familie? Was ist mit deinen Eltern?"

Er ließ die Schultern hängen und machte eine Handbewegung, um zu signalisieren, dass das Thema nicht wichtig war. „Sie sind unterwegs, die Welt zu erkunden. Ich weiß nie, wie ich sie erreichen kann oder wo sie gerade sind. Zuletzt habe ich gehört, dass sie auf den Cookinseln leben. Sie sind nicht sehr zuverlässig." Er schenkte mir ein kleines

Lächeln. „Ich bin bei Gram aufgewachsen. Sie war meine Familie."

Mein Herz drückte bei seinen Worten. „Das kann ich nachempfinden. Ich habe meine Mutter verloren, als ich fünfzehn war. Ich habe keine Ahnung, wo mein Vater ist. Ich habe ihn seit zehn Jahren nicht mehr gesehen. Neben meiner Tante Gwen ist Kat meine einzige Familie."

„Das tut mir leid. Das ist ein schreckliches Alter, um seine Mutter zu verlieren. Wie ist sie gestorben?"

Ich schluckte. „Ich weiß es nicht. Sie ist einfach ... verschwunden."

„Entführt?" Kane nahm meine Hand und drückte sie. „Keine Spuren?"

„Keine Spuren." Ich presste meine Lippen aufeinander. Darüber wollte ich wirklich nicht reden. „Es ist lange her. Wie ich schon sagte, Kat ist jetzt meine Familie."

„Deshalb bist du hierhergezogen?"

„Hauptsächlich."

Er hob seine Hand zu meinem Gesicht und beugte sich vor, strich über meine Lippen. „Ich bin wirklich froh, dass du hier bist."

Ich schenkte ihm ein trauriges Lächeln und sah Pyper an. „Ich habe mich was gefragt."

Er hob eine Augenbraue und wartete.

„Hast du versucht, in ihre Träume zu kommen?", fragte ich leise.

Kanes Gesicht wurde weicher, als er verstand, was ich sagte. „Daran hatte ich nicht gedacht. Glaubst du, es könnte in ihrem Zustand funktionieren?"

„Keine Ahnung, aber ich bin mir nicht sicher, ob das ein Koma ist. Zumindest so, wie die Ärzte eins definieren. Das ist etwas anderes. Ich weiß allerdings nicht was."

„Ich habe nicht wirklich viel geschlafen, seit es passiert ist.

Aber ich denke, einen Versuch ist es wert." Er drehte sich wieder zu Pyper um, legte beide Hände um ihre rechte Hand und stützte sein Kinn auf seine Fingerknöchel. „Wir sehen uns bald, Liebes", sagte er zu ihr.

Ich fühlte mich plötzlich wie ein Eindringling und verließ leise den Raum. Auf dem Weg zum Schwesternzimmer traf ich Holly. „Hey!"

Hollys Augen waren müde vom Schlafmangel und so gerötet, wie sie waren, sah es aus, als hätte sie wieder geweint. „Irgendeine Veränderung?", schniefte sie.

„Nein, nicht wirklich. Kane ist jetzt bei ihr. Willst du einen Kaffee mit mir trinken?"

„Ich glaube nicht, dass ich noch eine Tasse trinken könnte." Sie hob ihre Hände hoch. „Siehst du, wie zittrig sie sind? Viel zu viel Koffein."

„Ich denke, morgen nach der ersten Kanne sollten wir dich auf koffeinfrei umstellen." Ich führte sie zum Automaten und kaufte ihr eine Packung Cracker. „Vielleicht saugen die ein bisschen auf."

Wir saßen auf den harten Plastikstühlen im sterilen Wartezimmer.

„Danke." Holly starrte die Packung an.

„Es ist wirklich keine große Sache. Mach dir keine Sorgen."

Sie sah zu mir auf. „Nicht die Cracker. Ich meinte für alles, was du tust, um Pyper mit dem Café und dem Club zu helfen. Sie hat nicht viele Leute, auf die sie zählen kann, weißt du."

Ihre Bemerkung ließ mich für einen Moment verstummen. Ich hatte abwechselnd mit Holly und Charlie im *The Grind* und *Wicked* gearbeitet, um für Pyper und Kane einzuspringen. Ich blinzelte und sagte: „Gern geschehen, aber sie hat Leute. Du, Charlie und Kane fallen mir ziemlich sofort ein. Das ist mehr als viele Leute haben, die ich kenne."

Sie fummelte an der Plastikverpackung ihrer Cracker

herum, bevor sie antwortete. „Ich war dir gegenüber nicht sehr freundlich."

Ich beobachtete sie weiter. Das war wahr. Ich wusste nicht, was ich dazu sagen sollte.

„Ich wollte nur sagen, dass es mir leidtut." Mit entschlossenem Gesicht begegnete sie meinem Blick. „Ich war eifersüchtig. Ich habe keine Entschuldigung."

„Oh. Ich dachte mir, dass es mit Kane zu tun hat. Schon gut, ich verstehe."

„Kane?" Sie lachte. „Oh nein, nicht seinetwegen." Ihr Lachen wurde zu einem Schulmädchenkichern. „Wegen der Zeit, die du mit Pyper verbracht hast."

„Pyper? Warum?" War Holly etwa in Pyper verknallt? Das ergab keinen Sinn. Sie war so begeistert gewesen, als sie uns für ein Paar gehalten hatte.

Sie zuckte mit den Schultern. „Pyper ist meine engste Freundin. Die engste, die ich je hatte, und als ihr beide angefangen habt, so viel Zeit miteinander zu verbringen, dachte ich, dass ihr ein Paar werden würdet. Sie kommt Leuten nicht so leicht nahe. Aber wenn …"

„Als dir klar wurde, dass Pyper und ich nur Freunde waren, hattest du Angst, ich würde sie dir wegnehmen?", beendete ich den Satz für sie.

„Ja", sagte sie. „Es ist dumm, ich weiß. Ich habe nicht viel Erfahrung mit Frauenfreundschaften."

Offenbar war heute der Tag der Beichte. Ich setzte ein hoffentlich beruhigendes Lächeln auf und sah ihr in die Augen. „Wir alle haben Unsicherheiten. Ich verstehe es, aber ich denke, du solltest Pyper mehr zutrauen. Sie hat in ihrem Herzen Platz für mehr als nur einen Menschen."

Sie lächelte mich an. „Ich weiß. Und ich sehe, was für eine großartige Freundin du für sie bist. Ich hoffe, dass du und ich eines Tages auch gute Freundinnen sein können."

Bewegung im Korridor ließ mich aufblicken. Ich stand auf. „Ich glaube, wir sind schon auf dem Weg dahin. Hier kommt Kane. Warum gehst du nicht zu Pyper?"

Kane trat neben mich, gerade als Holly winkte und den Korridor hinunterlief.

„Worüber habt ihr euch unterhalten?", fragte er.

„Ich habe nur ein paar Dinge geklärt. Bereit?"

Er nickte und nahm meine Hand, als wir das Gebäude verließen.

ICH LEGTE meine Füße auf den Sofatisch in Pypers Wohnung. Wir hatten beschlossen, dass es besser wäre, in ihrer Wohnung zu sein, wenn Kane versuchte, mit ihr in Kontakt zu treten.

„Wir könnten was vom Lieferservice bestellen", sagte ich, schloss meine Augen und entspannte mich in den weichen Kissen. Kane hatte seit Tagen nichts anderes als Kantinenessen gegessen, und ich hatte nicht die Energie zum Kochen.

„Guter Plan." Einen Moment später hörte ich, wie er eine Pizza bestellte. Kein Protest meinerseits. „In einer halben Stunde ist sie hier", sagte er.

„Danke!" Ich öffnete meine Augen und lächelte, als ich ihn in derselben Position wie ich auf dem Sessel neben mir sitzen sah. „Macht es dir was aus, wenn ich bei dir dusche?"

Er öffnete ein Auge, und seine Lippen verzogen sich zu einem halben Lächeln. „Willst du Gesellschaft?"

Mein Lächeln wurde zu einem Grinsen. „Jemand muss auf die Pizza warten."

„Mist."

Ich ließ ihn mit einem bedauernden Gesichtsausdruck zurück und ließ mir Zeit unter der Dusche, damit der heiße Strahl meine schmerzenden Muskeln beruhigte. Als das

Wasser lauwarm wurde, drehte ich widerstrebend das Wasser ab und griff nach dem großen Badetuch. Da fing mein Handy an zu klingeln. Ich schlang meine triefenden Haare in das Handtuch, bevor ich mich auf den Weg ins Schlafzimmer machte, wo mein Handy auf Kanes Kommode lag.

„Ja?"

„Oh, gut, dass ich dich erwische", sagte Kat. „Ich habe gerade mit Ian telefoniert."

„Endlich. Wo in aller Welt war er?"

„Mit seiner Tante unterwegs. Anscheinend waren sie bei einem Experten für paranormale Phänomene und sind in einer Geisterjagd gelandet. Alle seine elektronischen Geräte sind im Eimer, einschließlich seines Handys. Seit fünf Tagen erreicht er niemanden. Er hat gerade unsere Nachrichten bekommen. Er sagt, er wird heute Abend spät in die Stadt kommen."

„Okay. Ich bin mir nicht sicher, ob er uns jetzt nützen wird. Aber wir müssen uns zumindest keine Sorgen mehr um ihn machen." Ich schlang meinen freien Arm um meinen nackten Körper, fröstelnd von der Klimaanlage.

„Er fühlt sich schrecklich und sagt, er könnte vielleicht helfen. Anscheinend hat er einige neue Tricks gelernt." Kat kicherte. „Er hat sich angehört wie ein kleiner Junge an Weihnachten."

„Jungs ... Also gut. Kane wird heute Nacht versuchen, in Pypers Traum zu gelangen. Wir hoffen, dass es uns helfen kann, zu verstehen, was vor sich geht."

„Das ist eine tolle Idee. Ich sage Ian, dass er morgen früh vorbeikommen soll."

„Hört sich gut an." Im anderen Zimmer fiel eine Tür ins Schloss. „Das Abendessen ist da. Ich sollte gehen."

„Bis dann."

Ich klappte das Handy zu, und als ich wieder ins Badezimmer ging, öffnete sich die Schlafzimmertür.

Kane blieb im Türrahmen stehen und erstarrte. Sein Blick wanderte über meinen nackten Körper. Zweimal. Dann sah er mir in die Augen. „Tut mir leid. Ich dachte, du wärst im Bad."

Ich blieb ebenfalls wie angewurzelt stehen.

Er betrat den Raum, ohne meinen Blick loszulassen. „Abendessen ist da."

Ich schluckte, als seine Augenfarbe von zimtgesprenkeltem Mokka zu geschmolzener Schokolade wechselte. „Okay", sagte ich mit kaum hörbarer Stimme.

Er presste einen Fluch heraus, seine Stimme so rau wie seine Hände, als er meine Hüften packte und mich an seinen Körper riss. Unsere Lippen trafen sich in einem Anflug von Ungeduld. Sehnsucht klammerte sich an mein Herz, während es pochte und drohte, aus meiner Brust zu springen. Ich wollte das. Ich wollte ihn, wie ich noch nie zuvor jemanden gewollt hatte.

Meine ungeduldigen Hände fanden ihren Weg unter sein Shirt, als er mich gegen die Wand drängte. Ich presste mich an ihn und versuchte verzweifelt, mit seinem Körper zu verschmelzen.

„Ich bin hier im Nachteil", flüsterte ich gegen seine Lippen.

Ich spürte sein langsames, schiefes Lächeln, kurz bevor er mich erneut küsste und meine Hand zum Bund seiner Jeans führte. „Dann tu was dagegen."

Ich nahm die Herausforderung an und öffnete den Knopf mit Daumen und Zeigefinger. Er verstummte, als ich den Reißverschluss öffnete. Als ich mit meiner Hand über seinen seidigen Schaft strich, stöhnte er. Hitze schoss in meine Mitte. Ich legte beide Hände auf seine Hüften und zerrte seine Jeans herunter.

Ich tat bewusst alles, um zu verhindern, dass seine Emotionen mit meinen verschmolzen. Sobald das passierte, wäre ich verloren, überwältigt von der Flut seines Verlangens.

Ich wollte seine starken Hände und seinen muskulösen Körper spüren, mich in all den köstlichen kleinen Details seiner Erkundung verlieren. Wie gerade jetzt, wie er meine Brustwarze sanft zwischen seinen Zähnen hielt, während er sie mit seiner Zungenspitze neckte.

Ich drückte meinen Rücken gegen die Wand und bog meine Hüfte gegen seine volle Erektion. Ein tiefes, zufriedenes Lachen grollte in seiner Kehle. War das lustig? Das würden wir sehen. Seine Lippen verteilten Küsse über mein Schlüsselbein. Ich bewegte mich, schuf ein wenig Abstand zwischen uns, legte dann eine Hand um seinen Nacken und die andere um seinen Schwanz. Seine Lippen erstarrten mitten im Kuss. Ich streichelte seine Länge, bis sich seine Hüften im Rhythmus mit mir bewegten.

Jetzt war es an mi, zu kichern. Nicht mehr so lustig, was?

Seine Küsse wurden wieder wilder als zuvor, und mein Körper loderte wie knisterndes Feuer. Einen Moment später holte er ein Kondom aus der nahen Kommode.

Gott sei Dank war er vorbereitet.

Seine Hände wanderten zu meinem Po, hoben mich hoch, und ich schlang meine Beine um seine Taille. Seine Eichel drückte gegen meine Öffnung. Unsere Blicke trafen sich für zwei lange Augenblicke. Die Intensität durchbrach meine Abwehrkräfte, und als sein unnachgiebiges Verlangen mein Innerstes flutete, wiegte er seine Hüften und drang in mich ein.

Ein Schrei riss aus meiner Kehle, als ich fast augenblicklich kam. Ich hielt mich fest und ließ mich von Kanes Verlangen reiten, während er immer wieder in mich hineinstieß und mich wieder an den Rand brachte. Bis zu dem Augenblick, als wir zusammenkamen.

„Gott, hilf mir." Seine Lippen waren gegen meinen Hals gepresst und dämpften seine Stimme.

„Ich glaube, dafür ist es zu spät."

Er hob den Kopf und grinste. „Ich werde ein bisschen Zeit bis zur nächsten Runde brauchen."

Ich zog eine Augenbraue hoch. „Gierig."

„Ja." Er stellte mich wieder auf meine Füße und zog mich mit sich. „Ich muss mich hinlegen."

Ich blieb wie angewurzelt stehen und starrte über seine Schulter.

Langsam folgte er meinem Blick und drehte sich um.

„Siehst du das?", fragte ich.

„Ja."

# KAPITEL ZWANZIG

 $\mathcal{K}$ ane stellte sich schützend zwischen mich und den Geist, als ich das heruntergefallene Handtuch aufhob. Ich wickelte mich darin ein und spähte über seine Schulter. Eine rot-orangefarbene Wut, die von Bobby ausstrahlte, packte mein Innerstes wie ein Schraubstock.

Ich stolperte nach vorne und hielt mich mit einer Hand an Kanes Schulter fest, um bei Bewusstsein zu bleiben. Er verspannte sich. Der starke Wunsch, mich zu beschützen, ging von ihm aus, was Bobbys emotionalen Griff auf mich lockerte. Erleichtert seufzte ich und trat an Kanes Seite. Er strahlte Missbilligung aus. Ich drückte seinen Arm. „Es ist alles in Ordnung. Bleib einfach an meiner Seite. Deine Emotionen helfen.“

Unsicherheit huschte über sein Gesicht, doch er nickte.

Die Energie um Bobby wurde tiefer rot, als seine Wut außer Kontrolle geriet. Ich umklammerte Kanes Arm, als ein Zittern der Angst meinen Rücken hinauflief. Entschlossen machte ich einen kleinen Schritt und starrte Bobby in die Augen.

Mit leiser Stimme sagte ich: „Bobby, hör auf damit. Ich bin nicht deine Frau. Ich weiß, dass ich ihr ähnlich sehe, aber ich gehöre nicht zu dir. Ich gehöre zu Kane."

Kanes Freude sickerte durch den wilden Drang, mich zu beschützen, und stärkte meine Entschlossenheit.

Die Wut hatte begonnen zu verblassen, doch als Bobby sich Kane zuwandte, brach eine neue Welle wütender Besitzgier aus und ließ meine Knie einknicken.

„Hör auf!", schrie ich. „Selbst wenn ich die wäre, die du gerne hättest, würdest du deine Frau so behandeln? Behandelt man so jemanden, den man liebt?" Ich presste meine Arme an mich und versuchte, den Schmerz zu ignorieren, der in meiner Brust brannte. „Bitte, lass mich mein Leben leben."

Kanes Arme legten sich um mich, und eine neue Welle seiner Zuneigung hüllte mich sanft ein. Bobbys Griff um mich verschwand. Ich hielt mich an Kanes Oberkörper fest und starrte ihn mit großen Augen an. „Wie hast du das gemacht?"

„Was?"

„Deine Energie hat seine ersetzt. Er hat gerade keine Wirkung auf mich."

Seine Augen suchten meine. „Es muss daran liegen, dass du zu mir gehörst." Er neigte seinen Kopf, hielt mich fester und gab mir einen langsamen Kuss. Ich lehnte mich an ihn und genoss die Zärtlichkeit des Augenblicks. Als wir uns voneinander lösten, stieß ich einen leisen Seufzer aus und lehnte meinen Kopf an seine Brust. Kane strich mir übers Haar und flüsterte: „Er ist weg."

„Ich weiß."

„Komm. Du musst was essen." Kane trat ein paar Schritte zurück, weiter ins Schlafzimmer.

„Aber die Pizza ist da draußen." Ich zeigte auf die Tür.

„Ja, aber ich brauche wirklich zuerst eine Dusche, und ich lasse dich nicht aus den Augen."

Ich lachte. „Ich wusste, dass du einen Weg finden würdest, mich mit dir unter die Dusche zu lotsen."

Er grinste und zog mich hinter sich her.

Nach einer zweiten Runde des Liebesspiels kamen wir gerötet aus der Dusche und dufteten nach Regenwald.

„Ich bin am Verhungern", sagte ich, während ich ein paar Stücke Pizza in die Mikrowelle stellte.

Kane nahm ein kaltes Stück in die Hand und aß die Hälfte davon, während er zwei Bier aus dem Kühlschrank holte.

„Igitt. Ich liebe Pizza, aber kalte Pizza ist einfach falsch."

„Was? Das kann nicht dein Ernst sein. Außerdem kann ich nicht warten. Jemand hat all meine Reserven aufgebraucht."

Ich kicherte, als er sich vorbeugte, um meinen Hals zu streicheln. „Halt. Geh ins Wohnzimmer. Ich treffe dich dort mit einer warmen Pizza in der Hand."

Die Mikrowelle pingte, und ich tauschte die Teller aus.

„Geh du. Ich folge dir." Kane reichte mir die Bierflasche und gab mir einen kleinen Schubs.

Mit der Pizza in der einen Hand und einem Guinness in der anderen zog ich meine Füße unter mich und sank auf das Sofa. Als Kane auftauchte, hatte ich zwei Stücke gegessen. Er hob eine Augenbraue. „Musst ein gutes Training hinter dir haben."

„Sowas in der Art", sagte ich zwischen den Bissen.

Wir aßen in geselliger Stille. Als das letzte Stück Pizza weg war, nahm ich beide Teller und brachte sie in die Küche. Es dauerte nicht lange, die Spülmaschine zu beladen und die Arbeitsfläche abzuwischen, doch verzweifelt bemüht, das bevorstehende Gespräch zu vermeiden, ging ich zum Schrubben der Spüle über. Als Kane hereinkam, um mich zu finden, hatte ich den Herd geputzt, die Geräte abgewischt und den Boden gekehrt.

„Was tust du?", fragte er.

„Nur ein bisschen saubermachen."

„Ein bisschen?" Seine Augenbrauen hoben sich, als er sich in der funkelnden Küche umsah. „Räumst du als Nächstes den Kühlschrank aus?"

„Oh nein." Ich stellte den Besen wieder in den Wandschrank.

Kane lächelte und nahm meine Hand. „Danke, aber das war nicht nötig."

Ich zuckte die Achseln und ließ mich von ihm ins Wohnzimmer führen.

„Okay, worüber willst du nicht reden?", fragte er, nachdem er mich neben sich auf das Sofa gezogen hatte.

Ich schüttelte den Kopf. „Ich kann keine Geheimnisse vor dir haben." Wie machte er das? Es muss eine besondere Gabe sein. Nun, keine seltsame Hellseher- oder Traumwandlergabe. Einfach die Gabe natürlichen Wahrnehmungsvermögens.

„Es ist schwer, sich vor den Leuten zu verstecken, die dich lieben." Er legte seinen Arm um mich und zog meinen Kopf an seine Schulter.

Liebe. Da war es. Ich wusste, dass er mich liebte. Ich konnte es genauso spüren wie die Liebe, die in meinem Herzen für ihn wuchs. Ein Kloß verstopfte meine Kehle, und ich atmete zittrig ein. „Es tut mir leid, dass ich meine Gabe vor dir versteckt habe."

„Es ist okay. Ich kann es verstehen."

Ich setzte mich auf und löste mich aus seiner Umarmung. „Es ist nicht okay. Ich war nicht ehrlich zu dir, und wenn ich bedenke, wie hart ich zu dir war, nachdem du mir vom Traumwandeln erzählt hast, kann ich nicht verstehen, warum du nicht wütend bist."

„Vielleicht liegt es daran, dass ich von deiner Gabe wusste. Du hast es mir nicht gesagt, aber ich habe es gespürt und wusste, worauf ich mich einlasse. Außerdem hast du meine Gefühle für dich nicht beeinflusst."

„Aber du warst nicht wütend, als ich nicht ehrlich zu dir war. Warum?"

„Ist es so schwer für dich zu verstehen?" Er neigte meinen Kopf, um mir in die Augen zu sehen. „Ich weiß, wie es sich anfühlt, wenn mir Menschen wegen meiner Fähigkeiten davonlaufen. Ich wusste schon, warum du es mir nicht gesagt hast."

Mein Herz schmerzte. Er hatte, genau wie ich, Ablehnung erlebt, wegen etwas, das keiner von uns kontrollieren konnte. Und was hatte ich getan, nachdem er mir von seiner Gabe erzählt hatte? Ich war davongelaufen. „Es tut mir leid." Ich riss meinen Blick los und konzentrierte mich auf unsere verflochtenen Hände. „Ich habe dir wehgetan."

„Ich habe es verdient." Ich konnte das Lächeln in seiner Stimme hören. „Aber du solltest wissen, dass ich wirklich nicht absichtlich in deine Träume eingegriffen habe. Mein Unterbewusstsein hat mich dorthin gebracht und hatte in meinen Träumen die Kontrolle ... zumindest am Anfang. Also alles, was passiert ist, nun, es lag außerhalb meiner Kontrolle. Es ist aber genau das, was ich insgeheim wollte." Er hielt inne, und seine Stimme wurde stockend. „Und meine Gefühle ... die waren echt."

Ich hob meinen Blick, um ihn wirklich zu studieren. „Du hast nie versucht, mich zu manipulieren." Es war keine Frage, doch er antwortete mit einem Kopfschütteln.

„Ich liebe dich, Jade." Seine Hand schloss sich fest um meine. „Ich will dich als meine Partnerin, meine Freundin, meine Geliebte. Aber ich will dich nur, wenn du mich genauso willst. Ich würde nicht versuchen, dich zu irgendetwas zu manipulieren oder zu erwarten, dass du etwas anderes bist, als wer und was du bist. So bin ich nicht."

„Ich weiß", sagte ich eindringlich. „Ich weiß, dass du nicht so bist."

Er zog mich auf seinen Schoß und hielt mich fest. „Also, was sagst du?"

Freude breitete sich in mir aus und füllte alle leeren Ecken meines Seins. „Ich liebe dich auch."

Kanes Arme schlossen sich fester um mich, während seine Lippen meine berührten. Ich schmiegte mich an ihn, umarmte ihn fest und versank in den Kuss. Als ich mich zurückzog, entsprach die Weichheit seiner Augen der Zärtlichkeit, die aus seinem Wesen drang.

Ich kuschelte mich wieder an seine Brust und legte meinen Kopf an seine Schulter. „Wir müssen über Pyper reden."

„Okay."

„Ich fühle mich ein bisschen schuldig, wenn ich mich über uns freue, während sie Hilfe braucht." Ich vergrub meinen Kopf tiefer, als wollte ich mich vor mir selbst verstecken.

„Nicht. Ich kenne Pyper und sie wird sich für uns freuen, egal wie oder wann es dazu kam." Er streichelte meinen Rücken.

„Ich weiß. Das ist es nicht. Es ist, dass ich nicht weiß, wie ich ihr helfen kann. Bei der Anrufung, die Lailah gemacht hat, bin ich bei der Verwendung ihres Namens zusammengezuckt, „die Vision der sogenannten ‚Göttin' hat mir gesagt, dass *ich* die Dinge ändern muss. Dass ich die Macht habe, den jetzt eingeschlagenen Kurs zu ändern. Ich weiß nicht, was das bedeutet. Ich weiß nicht, was ich tun kann, außer zu versuchen, ihre emotionale Energie zu erreichen. Und das funktioniert nicht."

Kane saß so lange still, dass ich schließlich aufblickte, um seinem Blick zu begegnen. „Was?", fragte ich.

„Ich weiß es nicht. Wirklich nicht. Und was Lailah betrifft, wäre mir lieber, wenn du dich nicht mehr in ihre Art von Magie verwickeln lässt."

Ich setzte mich auf. „Ich bin auch nicht so begeistert davon, aber ich habe das Gefühl, dass ich etwas tun muss."

„Okay, wir werden versuchen, es herauszufinden, aber nicht jetzt. Wir brauchen beide Schlaf. Wirst du bei mir bleiben, während ich versuche, in Pypers Träume zu gelangen?"

Ich nickte, stand auf und streckte meine Hand aus. „Komm. Dann, lass uns gehen." Ich konnte nicht verhindern, dass sich meine Lippen zu einem kleinen Lächeln verzogen.

Zehn Minuten später lagen wir in Kanes Bett. Ich starrte auf seine Brust und streckte die Hand aus und strich damit über seinen Oberkörper. „Ich wollte das tun, seit ich das erste Mal neben dir aufgewacht bin."

Kane nahm meine Hand und küsste sie. „Wenn ich nicht gedacht hätte, dass du eine Gehirnerschütterung hast, hätte ich meine Finger nicht von dir lassen können."

Ich rutschte näher und kuschelte mich neben ihn. „Es hätte keinen großen Widerstand gegeben."

Er stöhnte. „Das sagst du mir jetzt."

„Ich denke, du wirst es überleben." Ich hob meinen Kopf. „Wirst du mich in den Traum mitnehmen?"

„Das habe ich vor."

Ich drückte meinen Kopf an seine Brust und entspannte mich. „Danke! Ich will versuchen, sie auf geistiger Ebene zu erreichen, bevor wir gehen."

„Kannst du das von hier aus?"

„Vielleicht. Je näher ich jemandem emotional stehe, desto leichter ist es. Und die Tatsache, dass wir in ihrer Wohnung sind, hilft. Außerdem bist du ihr bester Freund. Wenn wir verbunden sind, erreiche ich sie vielleicht."

„Es ist einen Versuch wert." Kane streckte sich zum Nachttisch und knipste das Licht aus.

„Okay, ich werde zuerst dich lesen. Ich muss mich auf deine Emotionen einnorden, damit ich sie unterscheiden und mich auf Pyper konzentrieren kann", sagte ich.

„Alles klar."

Da Kane und ich jetzt emotional und körperlich verbunden waren, war ihn zu lesen so mühelos wie atmen. Seine Energie durchströmte mich, als wäre es meine eigene. Ich dachte nicht, dass ich ihn jetzt blockieren könnte, selbst wenn ich es versuchte. Seine Freude wärmte meine Haut, und ich strich mit meinen Fingern leicht über seine, während ich innehielt, um den Moment zu genießen. Doch bald drängten sich die Müdigkeit und die Sorge um Pyper in mein Bewusstsein.

In Gedanken stellte ich mir Pypers ganz eigene Energie vor. Es dauerte nicht lange, bis ich die Leere betrat, die ich in den letzten Tagen im Krankenhaus gespürt hatte. Ich war nahe. Wie zuvor zwang ich meine Essenz tiefer. Sofort breitete sich der Schmerz über meine Arme und Beine aus. Durch den Dunst der Empfindungen hörte ich Kane neben mir erschrocken nach Luft schnappen. Instinktiv versteifte ich mich und versuchte, so still wie möglich zu bleiben, und die Stiche wurden zu einem dumpfen Schmerz.

„Pyper", flüsterte ich. „Wir sind hier. Ich kann dich spüren. Bitte sag uns, wo du bist."

Wut und Verzweiflung füllten die Leere und versuchten, Hoffnungslosigkeit zu verbergen.

„Es ist nicht hoffnungslos. Kane und ich kommen, um dich zu holen. Sag uns, wo wir suchen müssen."

*Pyper, ich bin hier. Wir sind beide hier. Gib nicht auf. Wir kommen, um dir zu helfen.* Kanes Stimme klang in meinem Kopf.

Ich zuckte erschrocken zusammen. Wie machte er das? Meine Konzentration ließ nach, und ich spürte, wie Pyper mir entglitt. „Nein", sagte ich mit entschlossener Stimme und konzentrierte mich. „Wo bist du?"

Schmerz durchbohrte meine Hände, und ich biss mir auf die Lippe, um nicht aufzuschreien. Kanes Arme schlossen sich mit grimmigem Schutz um mich.

*Roy. Kane, Roy hat mich. Helft mir.* Ich hörte Pypers schwache Stimme kaum in meinem Kopf. Ein weißglühender Schreckensblitz traf mich in den Magen, und die Verbindung brach ab.

Kane schoss hoch, als ich mich wegrollte und direkt auf das Bett erbrach.

„Oh Gott. Oh Gott. Oh Gott", sagte ich immer wieder. „Das tut mir leid."

Kane nahm die Steppdecke und trug sie aus dem Zimmer. Sekunden später war er wieder da. „Geht's dir gut?"

Ich hielt meinen Würgereflex kaum zurück, schüttelte den Kopf und schwankte ins Bad. Als ich sicher war, den Rest meines Abendessens bei mir behalten zu können, kam ich wieder heraus und fand Kane neben der Tür.

„Jade." Er rieb meinen Rücken, während ich zum Bett zurück tapste. „Bist du okay?"

Ich nickte und lehnte mich mit dem Rücken an das Kopfteil. „All dieser Schmerz war der von Pyper."

„Welcher Schmerz?"

„Oh, du hast es nicht gespürt?" Als er den Kopf schüttelte, fuhr ich fort. „Ihre Hände haben furchtbar wehgetan, als hätte jemand sie mit etwas durchbohrt. Mir ist schlecht geworden, weil ich sowas wie einen Schlag in die Magengrube erlebt habe. Nur habe nicht ich ihn abbekommen, sondern sie."

Kanes Augen wurden fast schwarz, eine Farbe, die ich in meiner langen Erfahrung bei der Analyse seiner Augenfarbe noch nie gesehen hatte. Wut und Hass erfassten mich.

„Ich weiß. Mir geht's genauso." Ich streichelte mit meiner

Hand über seinen Arm. „Warum hast du nach Luft geschnappt? Was hast du gespürt?"

„Ihre Energie hat sich verändert. Von einem luftig-leichten Gefühl zu schwer und irgendwie unheilvoll. Ich wusste, dass etwas nicht stimmt."

„Da habe ich den Schmerz gespürt." Ich rieb meine Hände. „Wer ist Roy?"

„Ich kenne nur einen Roy. Er war der Vorbesitzer des Clubs." Kane hielt inne. „Er ist vor einem halben Jahr gestorben."

„Ein Geist", flüsterte ich.

# KAPITEL EINUNDZWANZIG

Die Turbulenzen, die durch Kane pulsierten, waren mit nichts zu vergleichen, was ich zuvor erlebt hatte. Hass, verbunden mit einem entschlossenen Besitzanspruch war noch stärker als seine Beschützerinstinkte. Ich stellte mir einen Wolf vor, der sein Rudel beschützte, während er gleichzeitig seine Beute verfolgte.

„Kane?"

Er drehte sich um, und seine Emotionen durchfluteten mich und raubten mir meine übrige Energie.

„Ich weiß, du bist aufgewühlt. Du hast jedes Recht dazu, aber du musst dich beruhigen. Bitte."

Er holte tief Luft und atmete langsam aus. „Tut mir leid."

Ich zog ihn unter die Decke und kuschelte mich ganz nah an ihn. „Konzentrier dich eine Weile auf mich, okay?"

Er küsste meinen Kopf. „Ich werde es versuchen." Die Intensität seiner Emotionen ließ nach, aber die Wut verschwand nicht.

„Ich werde versuchen, mich zu entspannen und zu schlafen. Ich werde auf dich warten, wenn du bereit bist."

„Wir sehen uns bald", sagte er.

Ich schloss meine Augen und streckte meine schmerzenden Glieder. Kane fühlte sich gut an, zu gut in meinen Armen, und es dauerte nicht lange, bis ich einschlief. Sofort tauchte Bobby am Fußende des Bettes auf und strahlte in seinem hellen Licht. All die rote Wut, die er zuvor gezeigt hatte, war verschwunden und einer friedlichen Akzeptanz gewichen. Ich döste in seiner Gegenwart, bis Kane sich endlich, nach gefühlten Stunden, zu mir gesellte.

Bobby stellte sich neben das Bett, sein Licht hüllte uns beide ein. Ich blickte von ihm zu Kane und wieder zurück. Bobby nickte, verzog die Lippen zu einem traurigen Lächeln, und als er in der Nacht verschwand, ging sein Licht mit ihm.

Das war seltsam. Ich starrte auf die Stelle, von der Bobby verschwunden war.

*Konzentrier dich, Jade. Ich muss dich zu Pyper bringen.* Kanes Stimme klang klar in meinem Kopf.

Meine Augen fanden ihn. Seine Entschlossenheit und sein Gefühl der Dringlichkeit holten mich zurück in den Moment. Hand in Hand erhoben sich unsere Körper zu einem transparenten Bild von uns selbst. Wir schwebten durch Wände und Böden und landeten neben der Bühne mitten im *Wicked*.

Der Club pulsierte vor Aktivität. Eine der Stripperinnen kroch über die Bühne auf einen eifrigen Gast in der ersten Reihe zu. Ich entdeckte Charlie, die an der Bar mit einem Junggesellenabschied beschäftigt war. Der Raum war halbvoll mit Touristen, Feiernden und natürlich dem Stammgast am Ecktisch, der wie immer mit einer Zigarette und einer Flasche Bier allein dasaß. Er starrte quer durch den Raum auf etwas. Ich folgte seinem Blick.

Eine Plattform im hinteren Teil des Clubs schwebte über den Samtsofas an der Wand. Ich zeigte und schwebte darauf zu. Als ich näherkam, hüllte mich jemandes Wut ein und dämpfte meine Sinne. Der emotionale Fußabdruck kam mir vage bekannt vor, doch ich konnte ihn nicht genau zuordnen. Ich entdeckte Kane direkt hinter mir, Entsetzen in seinem Gesicht. Einen Anflug von Verzweiflung und Panik erkannte ich, als Kanes sich durch die mich umgebende Wut drängte. Ich schickte ihm meine Energie und versuchte, uns miteinander zu verbinden, doch seine Emotionen waren weit weg und kaum erreichbar. Desorientiert drehte ich mich wieder zur Plattform um und schwebte darüber.

Ich stieß einen durchdringenden Schrei aus, und meine eigene Angst verdrängte alle anderen Gefühle.

Auf der Plattform lag Pyper in einer durchsichtigen Kiste mit silbernen Umrissen. Sie war nackt und festgenagelt worden, mit gespreizten Beinen und Nägeln in Handflächen und Füßen. Stacheldraht war um ihre Gliedmaßen gewickelt, was dazu führte, dass sie still liegen oder weitere Verletzungen erleiden musste. Ihre Augen wanderten flehend von mir zu Kane und wieder zurück. Ihre Lippen bewegten sich, doch kein Ton kam heraus.

Die fremde, wütende Energie vermischte sich mit meiner eigenen Verzweiflung, und ich hob meine Arme über den Kopf, bereit zuzuschlagen. Mit all meiner Kraft schlug ich meine Hände herunter, um die Kiste mit den silbernen Umrissen zu zerschmettern. Ich spürte kaum etwas, als meine Hände davon abprallten und ich zurückgeschleudert wurde. Als ich mich daran erinnerte, dass mein Körper in Kanes Bett lag und das nur mein Traum-Ich war, änderte ich meine Taktik. Ich drehte mich im Kreis und sandte meine Energie auf die Suche nach dem ungebetenen Besucher, der immer noch mein Bewusstsein drängte.

Kane schwebte über Pyper und versuchte, mit ihr zu kommunizieren, sein Mund arbeitete, und seine Hände winkten. Charlie war sich all dessen nicht bewusst, wie alle anderen im Club, außer einem Mann; der stille, gruselige Stammgast mit der Bierflasche und der nicht angezündeten Zigarette, den ich jede Nacht gesehen hatte, wenn ich in der Bar gewesen war. Er saß in seiner üblichen Ecke und starrte mich direkt an. Der Hass riss mir Löcher in die Sinne, als er von ihm ausstrahlte.

Unsere Blicke begegneten sich, und in diesem Moment wusste ich, dass er kein Lebender war. Ein Geist. Das musste Roy sein. Wie war mir das entgangen? Ich konzentrierte mich, richtete mein ganzes Bewusstsein auf ihn und wurde in eine so dunkle Schwärze gehüllt, dass es mir vorkam, als wäre ich blind. Ich schwebte zurück zu Kane und zügelte meine Energie.

„Da ist er. Das ist Roy, nicht wahr?" Ich zeigte auf den Geist auf der anderen Seite des Raumes.

Kane drehte sich um und folgte meinem Blick. „Hurensohn!" Er flog durch den Raum, die Fäuste herausfordernd erhoben. Gerade als Kane vor dem Mann zum Stehen kam, wuchs Roys Hass, schlug auf meine Essenz ein und verschwand dann, als der Geist verschwand. Kane wirbelte herum, sah sich um und glitt dann zu mir zurück.

Ich schickte mein Bewusstsein aus, um ihn zu suchen, und spürte ein leichtes Ziehen. Dann wurde meine Energie mit einer solchen Kraft gepackt, dass ich das Gefühl hatte, sie würde aus meinem Wesen gerissen. Hektisch versuchte ich, mit Kane zu verschmelzen, wie ich es am Abend zuvor getan hatte, als Bobby in meine Sinne eingedrungen war. Aber ich konnte ihn nicht erreichen. Eine Spur von Pypers Verzweiflung erreichte mich, und ich öffnete mich ihm und verschmolz stattdessen mit ihr.

Plötzlich verschwand Pypers Schmerz zusammen mit ihren Fesseln. Ich schwebte in der Nähe der Kiste und verschmolz meine Energie weiter mit ihrer. Pyper erhob sich aus der Kiste und schwebte neben mir. Sekunden vergingen, und dann verschwand ich ins Nichts.

Ich wachte mit stechenden Schmerzen auf, die durch meine Glieder strahlten. Meine Sicht war verschwommen von unvergossenen Tränen, und als ich versuchte, meinen Arm zu bewegen, schrie ich, als sich scharfe Widerhaken in meine Haut durchbohrten. Die Tränen liefen mir übers Gesicht, und Kanes Gesicht wurde scharf.

Ich konnte sehen, wie sein Mund immer wieder das Wort „Jade" bildete, doch ich konnte nichts hören. Schlimmer noch, ich konnte seine Energie nicht spüren. Ich war in einer Leere gefangen.

*Du hast sie befreit – ich brauchte jemanden, der ihren Platz einnimmt,* sagte eine unheimliche Stimme in meinem Kopf.

„Warum?", fragte ich verzweifelt.

*Natürlich um dich zu bestrafen. Um sie zu bestrafen.*

Ich konzentrierte mich auf das grelle Licht über mir. Jetzt war ich in der Kiste gefangen, meine Gliedmaßen fest mit dem Stacheldraht eingewickelt. Schmerzen pulsierten von meinen Händen und Füßen, und ich wusste, dass Nägel sie festhielten. Es gab nichts, was ich tun konnte, um mich zu befreien. Ich starrte Kane an, der so hilflos aussah, wie ich mich fühlte, und schrie vor Angst auf, als er aus meinem Blickfeld verschwand.

*Er ist zu ihr gegangen, weißt du?*

„Nein!", schrie ich. „Er wird zu mir kommen."

*Er hat sie immer mehr geliebt. In seinem Leben wird es nie Platz für dich geben.*

„Lügen! Du bist ein böser, lügender Bastard."

Roy kicherte, und sein Lachen hallte in meinem Kopf wider. *Nenn mich, wie du willst. Du gehörst jetzt zu mir.*

„Ich werde nie dir gehören." Meine Stimme war tonlos in meinen eigenen Ohren. Wo war Kane hin verschwunden? Ich konnte nicht glauben, dass er mich so hier zurückgelassen hatte.

*Es ist wahr, Jade. Er hat dich verlassen. Wirklich, was dachtest du, was er tun würde?*

„Hör auf! Hör auf damit!" In meinem rationalen Verstand wusste ich, dass Roy meine Ängste benutzte, doch ich konnte nichts dagegen tun.

Roy spie gefühlte Stunden lang seinen Hass auf mich. Müde und erschöpft kehrte ich mich nach innen und verschloss mich. Plötzlich konnte ich ihn nicht mehr hören. Der stechende Schmerz in meinen Gliedern wurde dumpf. Warum hatte ich das nicht schon vorher versucht?

*Das ist nicht real,* sagte ich mir. Natürlich war es das nicht. Pyper lag im Krankenhaus im Koma ohne sichtbare Spuren. Roy hatte nur ihr bewusstes Selbst entführt, und jetzt hatte ich mit ihr die Plätze getauscht. All der Schmerz war eine Illusion in meinem Kopf.

Ich versuchte, meine Arme zu heben, doch alles, was ich fühlte, war das Gewicht, das mich nach unten drückte. Es gab nicht den scharfen stechenden Schmerz wie zuvor, doch ich konnte meine Arme oder Beine nicht heben. Immer noch gefangen. Verdammt!

Da mir sonst nichts zur Verfügung stand, beschloss ich, zu versuchen, wieder mit seiner emotionalen Energie zu verschmelzen. Es war das Einzige, was mir einfiel. Nachdem ich ein paarmal tief durchgeatmet hatte, öffnete ich mich. Meine Arme pochten vor Schmerzen, da ich versucht hatte, sie gegen den Stacheldraht zu heben. Ich drückte meine Arme auf die Plattform und versuchte, so weit wie möglich von den scharfen Metallspitzen wegzukommen.

*Das wird dir nicht helfen,* sagte Roy.

„Halt die Klappe, du Bastard." Ich starrte in sein hassverzerrtes Gesicht.

Er gab das manische Lachen von jemandem von sich, der in eine Gummizelle gehörte. Sein Bild schwebte über mir, und ich schickte meine Energie zu ihm.

*Hör auf zu versuchen, in meine Seele einzudringen, du Hexe! Ich bringe dich um, wenn du so weitermachst.*

Seine giftigen Gedanken spornten meine Entschlossenheit an. Ich strengte mich stärker an und versuchte, meine Energie mit seiner zu verschmelzen. Der Hass kroch mein Rückgrat hinauf und ließ mich vor Schmerz winden und weinen, als sich der Stacheldraht in meine Haut bohrte. Ich hielt inne und kämpfte darum, seine Gefühle im Zaum zu halten. Als ich tiefer drängte, spürte ich einen Anflug seiner Panik, doch seine giftige, entschlossene Energie übernahm die Oberhand, als er über mir aufragte und mir in die Augen starrte.

Ich starrte zurück, entschlossen, seine Macht über mich zu sprengen. Schweiß lief mir über das Gesicht. Ich hatte Mühe, mit ihm in Verbindung zu bleiben. Seine hasserfüllten Emotionen zermürbten mich schneller als ich erwartet hatte, und bevor ich mich verschließen konnte, schlug er mit seinen Gedanken zu. Mit einer imaginären Peitsche hieb er auf meinen Oberkörper ein und hinterließ wütende rote Striemen. Meine Schreckensschreie vermischten sich mit heißen Tränen, als ich mich bemühte, ihn auszuschließen, doch der Schmerz und die Angst dominierten.

Nach einem halben Dutzend Schlägen hielt er inne, um mich in der Kiste zu betrachten. Wirst du dich benehmen, oder musst du noch mehr bestraft werden?

Ich wandte meinen Kopf, damit ich ihn nicht ansehen musste, und nutzte den Moment, um mich zu verschließen. Ich spürte vage, wie die imaginäre Peitsche noch ein paarmal zuschlug, doch als ich nicht zusammenzuckte oder reagierte, zog er sich zurück.

Dieser Plan lief nicht gut. Meine Panik von zuvor verflog,

und ich fühlte nur noch Verzweiflung. Wo war Kane? Ich konnte nicht glauben, dass er mich allein gelassen hatte. Er musste zurückkommen. Irgendwie wusste ich, wenn er hier wäre, könnten wir Roy gemeinsam bekämpfen. Ich hoffte, Pyper war aufgewacht, und er war zu ihr gegangen.

Die Zeit hörte auf zu existieren, als Roy über mir schwebte und darauf wartete, dass ich meinen Widerstand aufgab, während er mich verspottete und zu brechen versuchte. Doch egal wie müde ich wurde, ich würde ihm nicht die Genugtuung geben.

Schließlich fing ich an, in einen bewusstlosen Schlafzustand zu gleiten. Etwas Vertrautes erreichte mich. Etwas Beruhigendes und Angenehmes. Ich griff mit meinem Verstand danach, und dann hörte ich Kane. *Jade, da bist du ja.*

*Kane, wo bist du?*

*Ich bin bei dir, neben der Kiste, in der du gefangen bist. Ich bin seit Stunden hier. Aber du hast dich verschlossen, und ich konnte dich nicht erreichen.*

*Ist das ein Traum?* Verwirrt versuchte ich mich umzusehen, sah aber nur Dunkelheit.

*Ich spreche in deinem Traumzustand zu dir. Nur so konnte ich dich erreichen.*

*Ich verstehe nicht.* Für mich ergab nichts einen Sinn. Ich hatte Kane nicht mehr gesehen oder gespürt, seit ich Pyper befreit hatte und in der Kiste gelandet war.

*Du hast dich verschlossen. Ich nehme an, es hilft dir, Roy fernzuhalten, aber es schließt mich auch aus.*

*Oh. Ist Pyper in Sicherheit?*

Ein Ansturm von Dankbarkeit und Liebe strömte von ihm aus. *Ja, Liebes. Ihr geht's gut. Du hast jedoch jetzt ihren Platz im Krankenhaus eingenommen.*

*Großartig,* stöhnte ich innerlich. *Kane ... Ich weiß nicht, wie ich da rauskommen soll.*

*Darum bin ich hier. Wir kommen, um dich zu holen. Ich, Bea, Ian, Lailah, Kat, Holly und Charlie. Wir alle. Sei bereit, dich zu öffnen. Nur so können wir dir helfen.*

*Wie?*

*Ich weiß nicht genau, wie es funktioniert. Sei einfach bereit. Bea sagt, du wirst es wissen.*

*Okay. Ich bin jetzt bereit.*

Kane lachte traurig. *Ich auch, Liebes.*

Seine Energie begann zu verblassen. Ich streckte die Hand aus, um sie festzuhalten. *Geh nicht!*

*Ich bleibe so lange, wie du mich brauchst.*

*Für immer. Ich brauche dich für immer. Doch vorerst nur, bis ich mich wieder stark fühle.* Ich weiß nicht warum, doch Kanes Energie nährte mich. Die Erschöpfung meines Kampfes gegen Roy schwand bereits.

*Ich bin da. Ich bleibe,* sagte er.

*Nur, bis ich wieder stark bin. Dann komm zurück und tritt diesem Bastard in den Arsch.*

*Ich kann es kaum erwarten.*

# KAPITEL ZWEIUNDZWANZIG

ane verschwand aus meinem Bewusstsein, und als ich dort lag und an die Decke meines Gefängnisses starrte, stellte sich Langeweile ein. Ich hatte mich fest verschlossen, und all der Schmerz war verschwunden. Ich hatte nichts zu tun, außer zu warten.

Roy hielt Abstand, und ich vermutete, dass er wusste, dass ich stärker war. Ich dachte darüber nach, mich zu öffnen, um zu sehen, ob ich ihn in einem weiteren Kampf unserer Energien besiegen könnte. Doch ich wollte nicht riskieren, mich zu ermüden, wenn die anderen kamen. Wann immer das sein würde.

Einige Zeit später kam Roy näher an mein Gefängnis heran, als wollte er ausprobieren, ob es sicher war, näherzukommen. Ich wollte lachen. Was genau konnte ich in meiner Position tun? Offensichtlich hatte er immer noch die Oberhand, wenn man bedachte, dass ich seine Gefangene war, auch wenn er mir keine körperlichen Schmerzen zufügen konnte.

Roy schwebte über mir, hin und her von der Kiste zu seiner

Ecke. Die Zigarette hing unangezündet von seinen Lippen. War er dazu verdammt, für immer als Geist zu spuken, ohne jemals diese Zigarette anzuzünden? Ein kleiner Anflug von Befriedigung überkam mich bei dem Gedanken an den permanenten Nikotinentzug.

„Geschieht dir recht", sagte ich.

Roy tauchte über mir auf und spähte in meine Kiste.

Ich zog meine Augenbrauen hoch und beobachtete ihn. Es war schön, seine Bösartigkeit nicht spüren zu müssen. Vielleicht würde mir meine neue Verbindung zu Kane helfen, nachdem mich meine Freunde aus dieser höllischen Kiste befreit hatten, die Emotionen anderer Leute aus meinem Bewusstsein fernzuhalten.

Roy starrte mich finster an. Er schrie mich an, doch ich konnte ihn nicht hören.

Meine Gleichgültigkeit schien seine Feindseligkeit zu nähren. Fasziniert betrachtete ich seine zunehmend lebhaftere Miene, während er draußen zeterte. Sein finsterer Blick wurde wütender, und seine Augen traten hervor, gerade so, als wäre er von einem Dämon besessen. Plötzlich hechtete er auf meine Kiste und landete flach mit dem Gesicht darauf.

Ich kniff die Augen zusammen. „Du kannst mir nichts tun, du kranker, wahnsinniger Bastard."

Sein Gesicht wurde feuerrot, und er brüllte. Die Kiste zitterte, doch ich konnte ihn immer noch nicht hören. Es war seltsam, wie sich der Hautton eines Geistes vor Wut ändern konnte. Obwohl das eine alternative Realität war, schien alles möglich zu sein.

Ich weiß nicht, wie viel Zeit verging, während Roy weiter tobte. Ab und zu machte ich eine abfällige, farbenfrohe Bemerkung, nur um mein eigenes perverses Bedürfnis zu befriedigen, ihn zu ärgern. Es war wahrscheinlich nicht klug, doch ich hatte nichts anderes zu tun, um mich zu unterhalten.

Schließlich bewegte sich Roy aus meinem Blickfeld. Wahnsinnig gelangweilt schloss ich meine Augen und verschwand für eine gefühlte Ewigkeit in einem halbbewussten Zustand. In meinem geschwächten Zustand begann meine Abwehr zusammenzubrechen, als jemand dagegen drängte. Ich stellte mir vor, wie sich eine Rüstung um mich bildete, entschlossen, Roy nicht in mein emotionales Feld eindringen zu lassen.

*Nein!* Ein Chor von Stimmen erklang in meinem Kopf.

Ich riss meine Augen weit auf und sah mich um, suchte nach meinen Freunden. Ein schwacher Umriss schwebte über mir, und ich lächelte erleichtert, als ich Kane sah. Ich ließ die Rüstung fallen, hielt aber meine emotionalen Barrieren aufrecht.

*Da bist du ja,* sagte ich wieder in Gedanken.

*Und ich werde nicht ohne dich gehen.* Kane blickte zur Mitte des Clubs, wo Bea in einem alten, zerlumpten Sessel saß, umgeben von Ian, Holly, Charlie, Lailah und Kat.

*Wo ist Pyper?,* fragte ich.

*Bei dir im Krankenhaus. Sie wollte helfen, aber ich habe gesagt, sie soll bei dir bleiben.*

Ich nickte. *Gute Entscheidung. Roys Fixierung auf sie ist zu gefährlich.*

*Genau.*

Ich wandte meine Aufmerksamkeit den anderen zu. Obwohl ich immer noch nichts hören konnte, schienen sie zu singen. Als sie das taten, wurde Roy noch aufgeregter, wenn das überhaupt möglich war, und schoss durch den Raum. Sein Bild bewegte sich so schnell, dass es mir schwerfiel, ihm zu folgen.

Kane schwebte auf mich zu. *Sei bereit, Jade.*

*Wofür?* Ich kam nicht darüber hinweg, wie seltsam es war, dass wir in unseren Gedanken kommunizierten. Obwohl ich vermute, dass es nicht seltsamer war, als von einem Geist in einer anderen Dimension gefangen gehalten zu werden.

*Um aus der Kiste zu kommen. Es ist fast Zeit.*

Ich wartete mit wachsender Ungeduld. Ich testete meine Fesseln und versuchte, meine Arme zu heben. Schmerzen stachen in meine Handgelenke.

*Noch nicht. Ich sage dir, wann.*

Okay, also konnte Roy nicht in meinen Verstand eindringen, doch der Stacheldraht verursachte Schmerzen. Und ich schlief nicht, zumindest nicht in dieser Realität, und Kane sprach in meinem Kopf mit mir. Gott, ich war verwirrt.

Ich schüttelte meinen Kopf, um die Gedanken zu klären und versuchte, mich zu konzentrieren. Alle Leute, die normalerweise im *Wicked* arbeiteten, waren weg. Entweder war es Tag, oder Kane hatte den Laden zum Zweck meiner Rettung geschlossen. Für mich war es nicht so wichtig. Sie konnten das alles sowieso nicht sehen. Schade. Es wäre eine tolle Show gewesen.

Während Bea sang, begann sich das weiße Licht um sie herum zu verflüchtigen und wurde zu einem weichen Nebel. Sie stand auf, stark und voller Leben. Zum ersten Mal bemerkte ich, dass die anderen fünf durchscheinend waren, Kane auch. Sie mussten im Traumzustand sein. Doch was war mit Bea? War das eine Hexensache?

*Kane, hast du sie alle im Traum hergeholt?*

*Alle außer Bea. Sie ist von allein gekommen.*

*Wandelt sie in meinem Traum?*

*Nein. Sie ist wach.*

*Beeindruckend.* War Kane in all meinen Träumen, wenn er mich besucht hatte, durchsichtig gewesen? Ich konnte mich nicht erinnern, doch ich nahm an, dass ich zu beschäftigt gewesen war, um es zu bemerken.

Er schwebte über meiner Kiste und lächelte auf mich herab. *Du hast noch nichts gesehen.*

Da ich nichts anderes tun konnte, lag ich da und starrte meinen Freund an. Ja, das stimmte. Mein Freund. Mein Lächeln wurde breiter, als ich jeden Zentimeter seines Körpers mit meinen Augen erkundete. Was würde ich dafür geben, eine weitere Nacht in seinen Armen zu haben und jeden Zentimeter gemächlich zu küssen. Meine Gedanken wanderten zu dem, was sich in seiner Dusche abgespielt hatte, kurz bevor ich Pypers Platz in dieser Kiste eingenommen hatte. Trotz meiner derzeitigen Situation fing mein Körper an zu kribbeln.

*Jade!*

*Ja?*

*Hör auf! Du lenkst mich ab.*

*Oh. Ich denke, in diesem Zustand bist du der Gedankenleser.*

Kane hob seine Hand und bedeutete mir, still zu sein, während er unsere Gruppe von Freunden beobachtete. Ich konnte nicht wirklich sagen, was geschah. Einen Moment später drehte er sich wieder zu mir um. *Ich kann deine Gedanken nicht lesen, es sei denn, du richtest deine Gedanken an mich. Was ich tun kann, ist, deine Emotionen zu spüren. Ich kann nicht glauben, dass du gerade angetörnt bist.*

*Ich habe dich angestarrt*, antwortete ich defensiv.

Ein Hauch von Humor, gemischt mit Befriedigung, drang von ihm in mein Bewusstsein, und ich kicherte.

*Reiß dich zusammen. Bea singt. Gleich wird es Zeit für dich, zu mir zu kommen*, sagte Kane.

*Okay.* Ich wartete, plötzlich angespannt und völlig unvorbereitet. Sie hatten offensichtlich einen Plan. Leider hatte ich keine Ahnung wie er aussah.

Wie aus dem Nichts tauchte Roy direkt über mir auf, seine Augen blutunterlaufen und ein wahnsinniger Ausdruck auf seinem Gesicht. Wir starrten einander an, keiner von uns wollte den Blick abwenden.

„Du kannst mich nicht behalten, du Bastard", sagte ich giftig.

Er hob eine Faust und öffnete den Mund, doch bevor er etwas sagen konnte, schleuderte ihn eine unsichtbare Kraft zurück.

*Jetzt*, rief Kane mit einem heftigen Nicken.

Mit pochendem Herzen und Angst in meinem Bauch starrte ich Kane in die Augen und kratzte so viel Mut wie möglich zusammen. *Komm schon*, Jade, sagte ich mir. *Tu es einfach.*

*Es ist alles in Ordnung. Ich bin hier*, sagte Kane.

Beim Klang seiner Stimme öffnete ich mich. Roys Wut erreichte mich wie ein Blitz, und ich kämpfte darum, mich nicht wieder zu verschließen.

„Bleib bei mir." Diesmal sprach Kane nicht in meinem Kopf. Die Worte rüttelten mich auf. Ich taumelte vorwärts. Meine Hände und Füße kamen frei, und mein Körper erhob sich, um neben Kane zu schweben.

„Gott sei Dank! Es hat funktioniert." Kane zog mich an sich, und seine starken Arme schlangen sich um mich.

„Das ist nur seltsam", flüsterte ich ihm ins Ohr.

Kane zog sich zurück und hielt mich auf Armeslänge. „Zu diesem Schluss kommst du erst jetzt?"

Ich schüttelte den Kopf. „Nein. Nicht das." Ich gestikulierte in Richtung unserer Freunde, die mitten im Club im Kreis standen. „Das" – ich zeigte auf ihn und dann wieder auf mich – „du und ich, die sich als Schattengestalten umarmen."

Kane schüttelte den Kopf und sah empört aus. Was sollte ich sagen? Ich hatte meine Angstschwelle so weit überschritten, dass ich die Angst komplett aufgegeben hatte.

„Was jetzt?", fragte ich.

Er wollte antworten, wurde aber von einem plötzlich heulenden Wind übertönt. Heiße Luft wirbelte durch den Club und zerstreute Flyer und warf ein paar Stühle um. Ich strich mir die Haare aus dem Gesicht. Lailah stand mit erhobenen Armen außerhalb des Kreises. Sie schien zu singen, doch ich konnte nichts über das Heulen des Windes hören.

Roy wand sich, als ob er schreckliche Qualen litt, in der Luft direkt über Bea. Sie saß still wie eine Statue und starrte zu ihm empor, ohne auch nur zu blinzeln. Die anderen vier, Kat, Charly, Ian und Holy, standen im Kreis um Bea herum und hielten sich an den Händen.

Ich konnte nicht anders, als mir Sorgen um Lailah zu machen. Sie war nicht mehr Teil des Kreises. Wer beschützte sie? Wenn irgendetwas schiefging mit der Magie, die sie anwandte, konnte das ernste Konsequenzen haben. Mir wurde bewusst, dass auch Kane und ich außerhalb des Kreises waren, doch aus irgendeinem Grund fürchtete ich mich nicht mehr um meine Sicherheit. Ich musste helfen.

Ich bahnte mir den Weg durch den heulenden Wind auf Lailah zu und schickte meine Sinne zu ihr. Entschlossenheit, gemischt mit einer Spur Frustration, kamen mir entgegen. Vielleicht funktionierte ihr Zauber nicht richtig. Ich warf einen Blick auf Bea, die immer noch unbewegt im Sessel saß. Von ihr war keine Hilfe zu erwarten.

Kane flog zu mir und ergriff meinen Arm. „Lass deine Energie mit meiner verbunden."

„Ich kann nicht. Ich muss das tun!", rief ich. Wir würden Roy niemals loswerden, wenn ich das jetzt nicht zu Ende brachte.

„Nein, du wirst *nicht* nochmal mit ihm verschmelzen. Ich werde es nicht zulassen." Kanes Angst drang in mein Bewusstsein.

„Nicht mit ihm. Mit Lailah."

Kanes Miene entspannte sich, doch ich wusste, dass es eine bewusste Bemühung war. Anspannung strahlte von ihm aus wie von einem Leuchtturm. Er hielt seine Hände hoch, als wollte er sagen: *warte.* „Kannst du mich mitnehmen?"

Konnte ich? Ich hatte keine Ahnung. Normalerweise konzentrierte ich mich auf einen Menschen und blendete alle anderen aus. Ich wusste nicht, ob es mit zweien funktionieren würde. „Ich werde es versuchen."

Wir standen zusammen neben der kämpfenden Lailah, und ich konzentrierte mich nacheinander auf alle im Raum und blendete sie bewusst aus. Alle, außer Roy. Dann wandte ich mich Kane zu. Mich mit ihm zu verbinden war keine Anstrengung. Ich spürte seine Erleichterung, mit mir verschmolzen zu sein. Ich schenkte ihm ein Lächeln und wandte meine Aufmerksamkeit Lailah zu.

Sie versuchte verzweifelt, etwas zu Ende zu bringen. Ich wusste nicht, was genau sie tat, doch es war offensichtlich, dass sie kämpfte. Ich hielt Kanes Geist an mich und schickte alles, was wir hatten, in ihre Richtung. Sie straffte ihre Haltung und richtete sich auf. Mit einem neuen Selbstvertrauen legte sie den Kopf in den Nacken und sang Worte, die ich nicht verstand.

Kane und ich standen neben ihr, unsere Arme umeinander geschlungen, und warteten. Dann wurde alles schwarz. Meine Finger krampften sich um seine, bis ich ein intensives Gefühl des Triumphs von Lailah spürte. Dann bildete sich ein Kreis aus Licht vor uns, der orangerot leuchtete, und der Wind legte sich. Der Raum lag in einem gespenstischen Leuchten.

Neugier lockte mich zum Licht.

Kane hielt mich fester. „Nein, Jade. Es ist ein Portal."

„Ein was?"

„Wir schicken ihn da hindurch." Kane deutete auf Roy.

Ich riss die Augen auf, als ich Bea aufstehen sah. Die

anderen zogen sich zurück, um ihr Raum zu geben, sich zu bewegen. Obwohl sie sich nicht mehr berührten, blieben sie im Kreis stehen.

Roy schwebte immer noch über Bea und wand sich, als hätte er Schmerzen. Sie bewegte sich langsam, vorsichtig, und wandte nicht den Blick von ihm ab. Alle standen und sahen fasziniert zu.

Je näher Bea und Roy dem Portal und mir kamen, desto schwerer wurde es, Roy aus meinem Bewusstsein auszusperren. Ich wich ein paar Schritte zurück und spürte, wie sich Lailah an unsere Verbindung klammerte.

„Nein, Jade. Du musst in meiner Nähe bleiben. Du bist diejenige, die mir die Kraft gibt, das Portal offenzuhalten", sagte Lailah.

Ich holte tief Luft, trat näher zu ihr und brachte Kane mit mir. Wir bildeten eine Barriere am Rand des Portals und warteten, dass Bea die andere Seite erreichte.

Selbst mit Kanes und Lailahs Stärke drang Roys Bösartigkeit langsam in mein Sein. Hass und Verzweiflung drängten in meine Seele und schickten scharfen Schmerz durch meinen Körper. Ich klammerte meine Hände fester um die von Kane und Lailah und versuchte, es auszusperren. Ein Kitzeln ihrer luftigen Präsenz berührte meine Haut, doch Roy war stärker. Dann, mit einem grausam schmerzhaften Hieb, trennte Roys Energie meine Verbindung zu Kane. Verzweifelt und in Panik schickte ich meine Energie aus und versuchte mich an Kanes Stärke zu klammern, doch nichts funktionierte. Schließlich wurde der Schmerz zu scharfen Dolchen.

Roy packte mich.

Meine Sicht verschwamm, als ich um Kontrolle kämpfte. Wenn wir ihn nur in das Portal bekommen konnten. Ich blickte auf, doch ich konnte kaum Bea erkennen, die auf der anderen Seite des Portals stand, und Roy, der mitten darüber schwebte.

„Tu es jetzt! Ich kann es nicht mehr ertragen", schrie ich, während sich mein Körper vor Schmerz verkrampfte.

„Nein!", schrie Lailah. „Er wird sie mitnehmen."

Kane schlang seine Arme um mich, als wollte er mich vor Schaden bewahren. „Ich hab dich. Ich werde nicht zulassen, dass dich irgendjemand mitnimmt."

Ich schüttelte den Kopf, und stumme Tränen rollten über meine Wangen. „Er wird mich nie gehen lassen."

„Doch, das wird er", sagte eine durchscheinende Pyper von Beas Seite.

„Pyper? Wie bist du hierhergekommen?" Kanes Stimme wurde vor Panik hoch.

„Nicht jetzt", sagte sie und drehte sich zu Roy um. „Lass sie gehen, du krankes Arschloch. Du willst mich."

„Nein!", schrie ich und riss mich aus Kanes Armen los, bevor ich um das Portal herum zu Pyper rannte.

Roys Energie verschwand aus meinem Bewusstsein, gerade als Pypers Augen in ihrem Hinterkopf rollten. Ich stürzte auf sie zu und fing sie auf, kurz bevor sie ins rote Licht fiel.

„Ich werde sie dir nicht überlassen!", schrie ich Roy an.

Er schwebte immer noch über dem Licht, gefangen von Bea, doch seine kranke Befriedigung strömte direkt zu Pyper. Sie kroch über meine Arme und wollte mich zwingen, sie loszulassen. Ich hielt sie fester und war mir schmerzlich bewusst, dass sie wieder ins Koma gefallen war. Wenn wir ihn jetzt durchschickten, wäre sie verloren.

„Verdammt!" Ich streckte Kane, der jetzt neben uns stand, die Hand entgegen. „Hilf mir."

Er nahm Pyper aus meinen Armen und hielt sie an seine Seite gelehnt.

Ich konzentrierte mich auf Lailah, und mit ihrer Energie

vermischt mit meiner schickte ich alles zu Pyper, entschlossen, sie entweder zu befreien oder ihren Platz einzunehmen. Sie konnte sich gegen ihn nicht schützen. Ich schon.

Pypers Energie war nicht leer, wie im Krankenhaus. Sie war nur versteckt. Ich verstand jetzt, was Lailah meinte, als sie sagte, sie könne Dinge sehen, die andere Menschen nicht sehen konnten. Ihre Fähigkeit half mir, mich auf die Teile zu konzentrieren, die Pyper waren und auf die Teile, die sie nicht waren. Insbesondere das, was Roy infiziert hatte.

Ihre Energie war dick, wie geistiger Schlamm. Nein, nicht ihre Energie. Roys. Das Bewusstsein traf mich, und ich konzentrierte mich stärker und kämpfte gegen den Schlamm an. Ich zwang alles zusammen. Roy wehrte sich, doch da Lailahs Stärke mit meiner verschmolz, hatte er keine Chance.

Zusammen packten Lailah und ich Roy im Geiste und rissen ihn von Pyper los. Er schrie vor Wut und schlug um sich, versuchte, in mich einzudringen.

„Jetzt!", schrie Lailah.

Roy wirbelte auf das Portal zu. Dann war es, als würde ein Schalter umgelegt. Mein emotionaler Radar wurde abgeschnitten, und ich trieb in einen trüben Nebel.

# KAPITEL DREIUNDZWANZIG

*E*in stetiger Strom von *Piep, piep, piep* drang in mein Bewusstsein ein. Es dauerte einen Moment, bis mir klar wurde, dass das Geräusch kein Wecker war. Es waren die Monitore im Krankenhaus. Plötzlich ging mir die Szene im *Wicked* durch den Kopf. Ich schreckte hoch, wurde aber von etwas aufgehalten, das meine Hand packte. Verschwommen sah ich, was mich festhielt. Pyper saß neben mir, beide Hände über meiner rechten verschränkt.

„Hey", sagte ich, und meine Stimme brach, weil ich sie eine Weile nicht benutzt hatte.

„Auch hey", sagte sie mit einem breiten Grinsen. „Wie fühlst du dich?"

„Wasser?"

Sie hielt mir einen Pappbecher entgegen.

Ich trank die Flüssigkeit durch den Trinkhalm und räusperte mich. „Es ist vorbei?"

Pyper nickte.

„Es war alles echt, oder?"

„Ja." Tränen traten in ihre Augen, und sie packte meine Hand fester. „Danke!", flüsterte sie.

Auch meine Augen füllten sich, und ich streckte die Hand nach ihr aus. Wir hielten uns lange aneinander fest.

„Wo sind alle?", fragte ich. Dann stieg Panik in mir auf. „Es geht doch allen gut, oder?"

„Ja. Sie sind in meiner Wohnung. Da haben sie sich zum Schlafen getroffen, damit Kane sie zu dir bringen konnte. Außer Bea. Sie war tatsächlich im Club."

Erleichterung breitete sich in mir aus. „Ich habe den letzten Teil der Geschichte herausgefunden. War das Roys Sessel?"

„Ja." Ihre Finger zuckten und ein kleiner Funke ihrer Überraschung kitzelte meine Hand. „Woher wusstest du das?"

„Ich habe mich einmal kurz daraufgesetzt, als ich im Lager war. Ein Teil seiner Energie hing daran. Es war schrecklich. Ich habe die Verbindung hergestellt, als ich Bea darinsitzen gesehen habe. Ich nehme an, so hat sie seine Energie angezapft."

„Du bist gut", sagte Pyper mit großen Augen und hochgezogenen Augenbrauen.

Ich lächelte und versuchte, mich aufzusetzen. „Oh Gott. Wie lange bin ich hier gewesen?"

„Eine Woche."

„Was?" Kein Wunder, dass ich mich kaum bewegen konnte. „Es kam mir nicht so lange vor."

„Ich weiß", sagte Pyper leise. „Ich denke, das ist gut, wenn man bedenkt, wie viel Schmerz er uns zugefügt hat."

„Oh, Pyper. Es tut mir so leid, dass uns nicht früher ein Weg eingefallen ist, dich zu erreichen."

„Hm? Ihr habt mich nach zwei Tagen erreicht. Wir haben eine Woche gebraucht, um dich da rauszuholen." Sie runzelte die Stirn, und Scham sickerte von ihr direkt in mein Herz. „Ich bin diejenige, der es leidtut. Ich wollte kommen. Ich wollte gleich zurück, doch Kane wollte mich nicht mitnehmen."

„Gut so!" Ich setzte mich auf und wartete, bis der Schwindel nachließ. „Ich hatte keine Schmerzen. Ich konnte ihn aussperren. Hat Kane dir das nicht gesagt?"

Sie zuckte mit den Schultern. „Ich weiß es nicht. Er hat es vielleicht versucht, aber ich war wütend und habe ein paar Tage lang nicht mit ihm gesprochen."

„Pyper ..." Ich wollte ihr ihre Schuldgefühle und die Scham so sehr nehmen, doch ich wusste, dass ich nicht stark genug war. Stattdessen sammelte ich all meinen Dank und schob ihn ihr zu.

Die Anspannung in ihrem Gesicht ließ nach. „Ich weiß, dass das nicht geholfen hat, aber ich war die Einzige, die wusste, wie schlimm es wirklich war. Es hat mich wahnsinnig gemacht, zu wissen, dass Roy dich in seiner Gewalt hatte." Ihre Augen trübten sich. „Ich wollte ihm die Augen auskratzen."

Ich lächelte darüber. „Danke! Aber ich denke, es war die bessere Wahl, ihn in die Hölle zu schicken."

„Hat Lailah ihn dorthin geschickt?"

„Ich denke schon. Wenn nicht, dann in die Nähe. Dieses Portal hatte ernsthaft gruselige Vibes." Ich schauderte. „Außerdem hat sie mir und Kat erzählt, dass sie eine Art Engel ist."

Pyper zuckte zurück. „Ein Engel? Das scheint irgendwie verrückt zu sein, findest du nicht?"

„Das habe ich auch gesagt. Aber wer weiß? Schau dir an, was wir gerade durchgemacht haben. Es könnte wahr sein."

„Ich glaube, du hast Recht."

Ich bewegte meinen Körper, versuchte meine Beine aus dem Bett zu schwingen und löste einen Alarm aus.

Pyper lachte.

„Mist."

Die Tür flog auf, und eine Krankenschwester eilte herein. „Sie sind wach!" Sie klatschte in die Hände. „Wie fühlen Sie sich?"

„Gut. Ich muss aufstehen und mich bewegen. Mir tut alles weh."

„Immer mit der Ruhe. Zuerst muss der Arzt Sie untersuchen." Sie schob mich wieder ins Bett und kontrollierte meine Temperatur und meinen Blutdruck. Nachdem sie nach meinem Namen gefragt und sich vergewissert hatte, dass ich wusste, wer und wo ich war, schien sie zufrieden zu sein und sagte: „Sieht gut aus. Ich schicke den Arzt gleich rein."

Die Schwester ging, und ich wandte meine Aufmerksamkeit wieder Pyper zu. Sie hielt mir ihr Handy entgegen. „Du hast eine Nachricht."

Ich las sie. *Sag Jade, dass ich sie liebe und dass sie sich nicht bewegen soll. Ich bin auf dem Weg. Kane.*

Ich lehnte mich zurück und schloss meine Augen, stellte mir das Gefühl seiner Arme um mich vor und setzte mich dann aufrecht hin. Ich hatte eine Woche hier gelegen. „Oh Gott, gib mir einen Spiegel!"

„Ich habe ihm gesagt, dass es dir gut gehen würde, wenn du aufwachst." Sie reichte mir eine Bürste und einen Spiegel. „Mir ging es genauso. Als ob ich nur lange geschlafen hätte."

Ich machte mich ans Werk und versuchte, meine Haare zu bändigen. Jemand hatte sie zu einem Zopf zur Seite geflochten. Ich öffnete ihn, kämmte es vorsichtig aus und band es zu einem lockeren Knoten.

„So siehst du hübsch aus", sagte Pyper.

„Ugh, wenn ich nicht so kreidebleich wäre."

Sie reichte mir Rouge und Lipgloss. „Das dürfte helfen."

Ein paar Minuten später betrachtete ich mich im Spiegel. Besser. Zumindest sah ich nicht mehr wie der lebende Tod aus.

„Danke!" Ich gab Pyper alles zurück und klopfte auf das Bett, damit sie sich hinsetzen und mit mir warten konnte.

„Also, hast du diese Woche gut geschlafen?", fragte ich.

„Nicht wirklich." Sie fing meinen panischen Gesichtsausdruck auf und fuhr fort. „Nur weil ich mir Sorgen um dich gemacht habe, nicht weil ich im Traum gefoltert wurde. Das ist vorbei. Aber ich habe in meinen Träumen jemand anderen gesehen. Einen blonden Mann und einen Golden Retriever. Kennst du sie?"

„War um sie herum weißes Licht?"

„Ja." Sie lächelte.

„Mist. Warum belästigen sie dich?"

„Das tun sie nicht. Sie sind aufgetaucht, als ich das erste Mal geschlafen habe, nachdem ich aus dem Koma erwachte. Dann hat er gewinkt und ist gegangen. Ich glaube, er hat sich verabschiedet."

„Seltsam."

„Ein bisschen, aber es stört mich nicht. Sie schienen harmlos zu sein."

„Für dich vielleicht", murmelte ich. Dann, um das Thema zu wechseln, fragte ich: „Weißt du, warum Roy hinter dir her war?"

„Ja. Er war der Meinung, es war meine Schuld, dass er gestorben ist." Sie runzelte die Stirn.

„Was? Warum?"

„Du weißt, dass er das ganze Geld durch den Verkauf des Clubs an Kane bekommen hat."

Ich nickte.

„Nun, er ist damit in diverse Casinos gegangen und hat angefangen, mit den falschen Leuten rumzuhängen. Anscheinend hat er das meiste Geld verspielt und im Haus eines Drogendealers übernachtet. Es kam zu einer

Auseinandersetzung, und er geriet ins Kreuzfeuer. So ist er gestorben."

„Und wie ist das deine Schuld?" Ich sah die Verbindung nicht.

„Weil wir ihn zum Verkauf gezwungen haben. Wenn wir es nicht getan hätten, wäre er immer noch hier und würde den Club leiten."

„Das ist lächerlich."

„Ich weiß. Aber er hat mich schon lange gehasst. Seitdem ich ihm einen Korb gegeben habe."

„Igitt." Ein Schaudern durchlief meinen Körper bei dem Gedanken, dass Roy etwas von ihr gewollt haben könnte.

„Ja." Sie schauderte wie ich, und wir lachten beide.

„Was ist so lustig?" Kane stand im Türrahmen.

Meine Augen fanden seine. Mein Herz schwoll bei der Emotion, die ich dort sah.

Pyper räusperte sich. „Nichts. War aber auch Zeit, dass du kommst. Warum hast du so lange gebraucht?"

„Ich habe nur zehn Minuten gebraucht." Er schüttelte den Kopf und drehte sich zu ihr um. „Was zum Teufel hast du dir dabei gedacht, in meinem Traum aufzutauchen?"

Pyper versteifte sich. „Oh, reg dich ab. Du hast sie nicht gesehen." Sie nickte mir zu. „Ihr Körper fing an zu zucken, und ich habe gespürt, was sie gespürt hat."

„Das hast du?", fragte ich, mehr als ein wenig überrascht.

Pyper drehte sich zu mir um. „Ja. Ich habe gespürt, wie er dich angegriffen hat. Ich konnte es nicht zulassen. Also habe ich mich neben dir zusammengerollt und bin in Kanes Traum aufgewacht. Es war nicht schwer. Ich war schonmal dort."

Ich umklammerte ihre Hand und dachte über ihre Worte nach. „Kannst du jetzt was von mir spüren?"

Sie kicherte. „Nur, dass du Zeit mit Kane allein haben willst." Sie drückte meine Hand und ließ los. „Und nein, ich habe keine außersinnlichen Fähigkeiten. Es ist einfach offensichtlich. Wir sehen uns später."

Sie verschwand, und Kane setzte sich neben mich. „Geht's dir gut?"

Ich nickte und zog ihn an mich.

Er drückte mir einen Kuss auf die Stirn und hielt mich fest. „Ich dachte, ich hätte dich verloren."

Ich schüttelte den Kopf, zu ängstlich, um zu sprechen.

Er bewegte sich und sah mir in die Augen. Ich musste seine Energie nicht erkunden, um die Liebe zu spüren, die von ihm ausging.

„Halt mich einfach eine Weile fest", presste ich hervor.

„Ich werde dich für immer halten." Er legte sich neben mich und zog mich in seine Arme. Ich kuschelte mich an ihn und legte meinen Kopf auf seine Schulter. Nach einem Moment öffnete er meinen Haarknoten und verbrachte lange Zeit damit, mit seinen Fingern durch mein Haar zu streichen.

SPÄTER AN DIESEM TAG war der Arzt gerade gegangen, als Charlie und Holly zu Besuch kamen. Sie brachten Blumen und saßen eine Weile bei mir. Ich fragte nach dem Café und dem Club, und sie informierten mich, wie unterbesetzt sie waren. Charlie sprach über ein neues Mädchen, das sie im Auge hatte, und Holly erzählte mir, dass sie sich für meinen Glasperlenkurs angemeldet hatte.

„Das hast du?", fragte ich überrascht.

„Ja. Ich wusste, dass sie einen Weg finden würden, dich zurückzubringen. Ich dachte mir, eine Zukunft mit dir darin zu planen, könnte nur helfen. Weißt du, positive kosmische Energie und so." Sie neigte den Kopf und verbarg ihr Gesicht unter ihrem langen blonden Haar.

„Ja, das hilft. Danke!" Ich tippte auf ihren Arm. „Aber wolltest du es wirklich lernen?"

Sie sah mit einem breiten Grinsen auf. „Absolut. Ich wollte es, seit ich dich kennengelernt habe. Es sieht einfach so cool aus."

Wir plauderten noch ein paar Minuten, bis Kat auftauchte.

„Wir müssen los. Bis bald", sagte Charlie und nahm Hollys Arm, um sie aus dem Raum zu ziehen.

„Tschüss." Holly winkte.

Ich sah ihnen nach und drehte mich zu Kat um. „Warum hast du so lange gebraucht?"

Sie setzte sich neben mich. „Ich musste Gwen zurückrufen. Sie war außer sich, seit sie dich verschwinden gespürt hat."

„Oh Gott, Gwen!" Ich nahm mein Handy vom Nachttisch. Nachdem ich ihr eine kurze Nachricht hinterlassen hatte, wandte ich mich wieder Kat zu. „Was hat sie gesagt? Geht es ihr gut?" Verdammt. Das musste die Hölle für sie gewesen sein.

„Ihr geht's gut. Sie hat gespürt, als du in das Land der Lebenden zurückgekehrt bist. Aber ich denke, sie plant bald einen Besuch, also bereite dich vor."

Mein Herz schwoll an. „Ich würde sie gerne sehen. Aber" – ich starrte auf die Tür, als würde sie jeden Moment hereinkommen – „Mist, ich werde keine Geheimnisse mehr haben, wenn sie hier ist."

Kat lachte. „Wohl wahr. Diese Frau kann nichts für sich behalten."

Ich stöhnte, lächelte aber immer noch. „Hast du Bea gesehen? Ich würde mich gerne bei ihr bedanken."

Kats Lächeln verblasste. „Ja. Ich komme gerade von ihrem Haus. Sie ist fast vor Erschöpfung zusammengebrochen, nachdem sie Roy so lange in einem Fesselzauber gehalten hat."

„Oh Gott. Geht es ihr gut?"

„Ich denke, sie wird schon wieder. Ian bleibt bei ihr, bis sie sich besser fühlt."

„Ian bleibt bei ihr? Ich wusste nicht einmal, dass sie sich kennen." Dann kam mir ein Gedanke. „Bea ist Ians Tante, nicht wahr?"

Kat nickte. „Ja. Ich wusste es bis diese Woche auch nicht. Sie waren zusammen auf einer Geisterjagd. Deshalb konnten wir sie nicht erreichen."

„Ian hätte uns sagen können, dass er geht", sagte ich genervt.

„Sie hatten vorgehabt, nur einen Tag weg zu sein, doch es wurde ein bisschen wild und sie konnten nicht weg. Wie auch immer, ich lasse ihn dir später alles erzählen."

„Kommt er vorbei?"

„Nein. Er sagte, ich soll dir sagen, dass er anrufen würde. Er will Bea nicht allein lassen."

„Das ist gut." Mein Herz füllte sich mit Dankbarkeit für das, was alle getan hatten, um mir zu helfen. Ich streckte die Hand nach Kat aus und drückte ihren Arm. „Danke!"

„Kein Grund, mir zu danken. So leicht lasse ich dich nicht verschwinden." Ihr Ton war unbeschwert, doch ihre Erleichterung vermischte sich mit einer Restangst, die auf mein Bewusstsein drückte.

„Hilf mir auf, bitte." Ich schwang meine Beine von der Bettkante. „Ich muss aus diesem Bett raus und unter die Dusche." Ich war schon zweimal auf gewesen. Einmal, um die Toilette zu benutzen, und einmal, um einen kleinen Spaziergang zu machen. Nach einer Woche Liegen war das nicht leicht.

Kat half mir beim Duschen, und zu meiner Freude wartete eine Tüte frischer Kleidung und Toilettenartikel auf mich. „Du bist ein Engel", sagte ich.

Sie lachte. „Das ist Lailahs Ding. Ich bin nur eine gute Freundin."

„Die Beste", nickte ich.

DIE ÄRZTE BEHIELTEN mich noch eine Nacht zur Beobachtung, und am nächsten Morgen konnte ich es nicht erwarten zu gehen. Ich hatte angefangen, in den Fluren auf und ab zu gehen, um meine Muskeln in Bewegung zu bekommen. Als die Ärzte nach einer letzten Untersuchung nichts finden konnten, entließen sie mich mit strengen Anweisungen in Kanes Obhut.

Ich musterte Kane und kicherte.

„Hör auf damit", sagte er.

„Was?", fragte ich unschuldig, während ich ihn mir nackt vorstellte.

„Vergiss es. Benimm dich."

Ich unterdrückte ein weiteres Lachen, als er meinen Rollstuhl den Flur entlang schob.

Kane fuhr mich in Pypers Mini Cooper nach Hause.

„Du hast kein Auto?", fragte ich.

„Nein", sagte er. „Früher hatte ich einen Jeep, aber vor ein paar Monaten hat ihn ein Kumpel von mir zu Schrott gefahren. Ich habe noch keinen neuen gekauft. Ich gehe fast überall hin zu Fuß, und wenn ich ein Auto brauche, leihe ich mir einfach Pypers aus."

„Das macht zwei von uns ohne Auto."

„Ich weiß." Kane hielt vor dem Club an. Ich entdeckte das Schild, das ich am Abend meines Einzugs gelesen hatte. *Hunderte von schönen Frauen und drei hässliche.*

„Kane, was ist mit dem Schild?"

Er warf einen Blick darauf und dann wieder zu mir. „Was?"

„Das Schild, was ist die Geschichte dahinter?"

Er lachte. „Du machst Witze, oder?"

Ich schüttelte den Kopf. „Nein."

„Ich kann nach all dem nicht glauben, dass du das nicht wusstest." Er bewegte seine Hände herum und zeigte auf uns, den Club und alles drum herum.

„Komm schon, wer sind die drei hässlichen Frauen?"

„Du wirst das lieben." Er lächelte. „Das sind natürlich Geister."

„Geister!", kreischte ich. „Was? Wer? Warum hat mir das keiner gesagt?"

„Du hast nie gefragt. Außerdem ist es allgemein bekannt. Wahrscheinlich dachten alle, du wüsstest es." Er zuckte mit den Schultern.

„Warum habe ich sie dann noch nicht gesehen?", fragte ich mich laut.

„Das wirst du schon noch", antwortete er.

„Woher weißt du das?"

„Du wirst sehen."

Er stieg aus dem Auto und kam an meine Seite, um mir zu helfen.

„Kane –"

Er legte einen Finger auf meine Lippen. „Schhh. Im Moment habe ich andere Dinge im Kopf." Er führte mich zur Seitentür des Gebäudes, zog mich hinein und drückte mich gegen die Wand. Seine Augen verdunkelten sich zu tiefen Seen geschmolzener Schokolade, und Sekunden, nachdem seine Lippen und sein Körper meinen berührten, verschwanden alle anderen Gedanken und Fragen.

Als er sich endlich von mir löste, hämmerte mein Herz, und meine Beine waren zu Gelee geworden.

„Komm schon", sagte er und zog mich hinter sich die Treppe hinauf. Als wir oben ankamen, keuchte ich.

„Bist du in Ordnung?", fragte er.

„Ja. Nach einwöchiger Bettruhe einfach außer Form." Ich lächelte und öffnete meine Tür. „Also, woran hast du gedacht?"

Seine Augen trübten sich, und seine mit Sorge vermischte Begierde erreichte mich.

„Hör auf, dir Sorgen zu machen. Mir geht's gut." Ich trat näher an ihn heran.

Er legte seine Arme um mich und drehte seinen Kopf zum Bett. „Ich habe daran gedacht, dich in dieses Bett zu bringen, seit ich es in deine Wohnung gebracht habe."

„Das ist seltsam. Ich habe es mir vorgestellt, seit ich das Kopfteil im Lager gesehen habe."

Er zog mich näher. „Meine Großmutter würde sich sehr freuen zu wissen, dass das Bett jetzt im Besitz der Frau ist, die ich liebe."

„Es hat deiner Großmutter gehört? Du sagtest, du wolltest es spenden." Ich stach ihm mit dem Finger in die Schulter.

Er zuckte mit den Schultern. „Ich wollte, dass du es bekommst. Ich wusste, du würdest dich gut darum kümmern. Und ich wusste, du würdest es sonst nie nehmen. Es ist mein Fluch, eigensinnige Frauen zu lieben. Großmutter wäre stolz."

Ich schüttelte den Kopf und versuchte, nicht über seinen triumphierenden Gesichtsausdruck zu lachen.

„Vergiss meine Großmutter." Er zog mich aufs Bett, und in den nächsten zwei Stunden konzentrierte ich mich nur auf Kane und die Freude, die wir einander bereiteten.

Als wir endlich einschliefen, erschien Bobby, umgeben von einem warmen, blassen Schein. Ich sah, wie er auf mich herab lächelte. Einen Augenblick später winkte er, und das Licht verblasste in der Dunkelheit. Im Traum tauchte Kane neben mir auf und schloss mich in seine Arme. Bobby war gegangen, und endlichen waren wir allein.

# ÜBER DIE AUTORIN

Die New York Times und USA Today Bestsellerautorin Deanna Chase ist gebürtige Kalifornierin, die in den langsameren Lebensstil des südöstlichen Louisiana gezogen ist. Wenn sie nicht gerade schreibt, hat sie mit ihrem Mann in New Orleans Spaß oder spielt mit ihren zwei Shih-Tzus. Weitere Informationen und Updates zu Neuerscheinungen finden Sie auf ihrer Website unter deannachase.com.